DANS LA COLLECTION
NUITS NOIRES

Venero Armanno
Sombre déluge, 2000

David Baldacci
La Simple Vérité, 1999
Sous haute protection, 2001
Un homme sous influence, 2003

Alice Blanchard
Le Bénéfice du doute, 2000

Joe Connelly
Ressusciter les morts, 2000

Robert Crais
L.A. Requiem, 2001
Indigo Blues, 2002
Un ange sans pitié, 2002
Otages de la peur, 2003

Daniel Easterman
Le Jugement final, 1998
K, 1999
Incarnation, 2000
Le Masque du jaguar, 2001
Minuit en plein jour, 2002

Barry Eisler
La Chute de John R., 2003

Dick Francis
Jusqu'au cou, 1999

Kathleen George
Voleurs d'enfants, 2002

James Grippando
Une affaire d'enlèvement, 1998
À charge de revanche, 2001
La Secte de l'ombre, 2002
La Rançon de la colère, 2003

Arthur Hailey
Détective, 2000

John Lescroart
Faute de preuves, 1998
Meurtre par pitié, 1999
Rien que la vérité, 2001
La Dernière Audience, 2003

Matthew Lynn
L'Ombre d'un soupçon, 1998

Brad Meltzer
Délit d'innocence, 1999
Mortelle défense, 2000
Chantage, 2001
Les Millionnaires, 2003

Doug Richardson
Le Candidat de l'ombre, 1998

John Sandford
La Proie de l'esprit, 1998
La Proie de l'instant, 1999
La Proie secrète, 2000
Une proie certaine, 2001
Nuits d'enfer, 2002
Une proie rêvée, 2003

J. Wallis Martin
Le Poids du silence, 2001
Descente en eaux troubles, 2002
Le Goût des oiseaux, 2003

Michael Weaver
Le Mensonge, 1999

Don Winslow
Mort et vie de Bobby Z, 1998
Du feu sous la cendre, 2002

UNE AFFAIRE DE VENGEANCE

DU MÊME AUTEUR

Rien à perdre, Grasset, 1997
La Bluffeuse, Grasset, 1998
Justice expéditive, Grasset, 2000
Erreur sur la personne, Grasset, 2001
Dans l'ombre de Marie, Grasset, 2002
La Minute de vérité, Belfond, 2002
Dernier recours, Grasset, 2003

LISA SCOTTOLINE

UNE AFFAIRE DE VENGEANCE

Traduit de l'américain
par Michel Ganstel

belfond
12, avenue d'Italie
75013 Paris

Titre original :
THE VENDETTA DEFENSE
publié par HarperCollins Publishers Inc., New York

Ce livre est une œuvre de fiction. Les personnages, les événements et les dialogues sont le fruit de l'imagination de l'auteur ou utilisés fictivement.
Toute ressemblance avec des personnes réelles, vivantes ou mortes, serait pure coïncidence.

Si vous souhaitez recevoir notre catalogue
et être tenu au courant de nos publications,
envoyez vos nom et adresse, en citant ce livre,
aux Éditions Belfond,
12, avenue d'Italie, 75013 Paris.
Et, pour le Canada,
à Vivendi Universal Publishing Services,
1050, bd René-Lévesque-Est,
Bureau 100,
Montréal, Québec, H2L 2L6.

ISBN 2-7144-3837-7

À l'Honorable Edmund B. Spaeth Jr.,
qui m'a enseigné, comme à tous ses disciples,
le droit, la justice et l'amour du prochain.
Avec mes remerciements éternels et le plus gros des baisers.

Merci, monsieur le Juge !

LIVRE UN

Italiens ! Voici le programme d'un mouvement purement national. Un mouvement révolutionnaire, parce qu'il combat les dogmes et la démagogie. Un mouvement vigoureusement innovateur, parce qu'il rejette les opinions toutes faites. Un mouvement qui place au-dessus de tout et de tous l'expérience décisive de la lutte révolutionnaire. Les problèmes secondaires – bureaucratiques, administratifs, législatifs, éducatifs, coloniaux, etc. – se régleront une fois que nous aurons fondé une nouvelle classe dirigeante.

Extrait d'un tract du mouvement fasciste,
6 juin 1919

1

Le matin où il tua Angelo Coluzzi, Tony Lucia nourrit ses pigeons plus tard que d'habitude. Depuis qu'il en élevait, et cela faisait près de soixante-dix-neuf ans, jamais Tony n'avait été en retard. Aussi, la porte du pigeonnier à peine ouverte, ses protégés lui manifestèrent-ils leur mécontentement en battant des ailes et en roucoulant avec bruit. Que cette matinée de mars soit venteuse et ensoleillée n'arrangeait rien. L'envie de voler les démangeait.

Tony tenta de les calmer, mais le cœur n'y était pas. Tolérant de nature, il leur reconnaissait le droit d'être de mauvaise humeur et ne leur demandait rien de plus que de voler vite et bien. Car ses trente-sept pigeons voyageurs étaient de véritables athlètes, capables de se déplacer jusqu'à un lieu inconnu, parfois éloigné de plus de cinq cents kilomètres, avant de prendre le chemin du retour dans des cieux où ils n'avaient jamais navigué, de survoler des campagnes et des villes qu'ils n'avaient jamais vues et où ils ne disposaient donc d'aucun repère pour regagner leur point de ralliement, lieu minuscule perdu au cœur de Philadelphie, le tout sans s'accorder le temps de se féliciter d'avoir réussi un exploit si incroyable que l'homme était incapable de l'expliquer, encore moins de l'accomplir.

Il y avait tant d'erreurs qu'un oiseau pouvait commettre, tant de pièges dans lesquels il risquait de tomber ! Tourner en rond, par exemple, comme dans un jeu ou une séance d'entraînement. Se laisser distraire de son but, malmener par une bourrasque, détremper par une pluie d'orage, ou, pire encore, céder à l'épuisement. Des milliers de facteurs imprévisibles pouvaient entraîner la perte d'un oiseau si précieux. Et même s'il parvenait le premier à destination, la course n'était pas gagnée pour autant. Combien de compétitions perdues par un pigeon qui se pavane sur un toit avant de daigner en descendre afin que les juges détachent la bague de sa patte et enregistrent officiellement son heure d'arrivée pendant que le champion d'un autre concurrent, moins étourdi ou mieux dressé, lui ravit la première place.

Les pigeons de Tony, eux, ne perdaient ni le nord ni leur temps. Depuis six, sept générations, il les croisait de manière à développer chez eux vitesse, intelligence et endurance. Il y avait consacré sa vie, une vie où l'impatience n'était pas de mise. Il lui avait fallu attendre des dizaines d'années pour constater le résultat de ses efforts qui, depuis peu seulement, lui valaient les records de son club colombophile.

Un courant d'air fit claquer la porte du pigeonnier et effraya les pigeons de la première cage, qui voletèrent de façon désordonnée, se cognant au grillage. Tony s'en voulut de sa distraction. Gauchie par l'âge et les intempéries, la porte ne tenait plus fermée qu'à l'aide du loquet. En temps normal, il y aurait pensé en entrant. Ce matin-là, il est vrai, il avait d'autres préoccupations.

La porte refermée, les oiseaux se chamaillèrent pour reprendre leurs places respectives selon un ordre de préséance dont ils étaient farouchement jaloux : chacun avait sa petite case de contreplaqué fixée à la paroi. Tony soignait particulièrement ces pigeons-là, des colombes en réalité, dont il ne cessait d'admirer la blancheur immaculée. Il les imaginait même plus douées que ses autres volatiles. Plus civilisées, surtout, comme si elles avaient conscience d'appartenir à une sorte d'aristocratie.

Ces colombes avaient été les oiseaux préférés de son fils Frank, c'est pour cette raison que Tony les entourait d'attentions singulières. Frank, qui n'avait plus voulu qu'il les lâche à la sortie des messes de mariage, même si, à raison de cent cinquante dollars l'envol, ces exhibitions constituaient un bon revenu d'appoint. Pourquoi se refuser l'occasion de gagner un peu d'argent dans les périodes creuses et, en plus, de garder les oiseaux en forme entre les compétitions ? Et puis, il était si heureux de voir la joie des jeunes mariées devant ce gracieux spectacle qui lui rappelait le jour de ses noces – moins chics, bien sûr, mais ce n'est pas l'argent qui compte en amour.

Mais Frank désapprouvait cette pratique. « Ce ne sont pas des singes savants, objectait-il, ils sont de vrais athlètes qui méritent le respect. » Tony s'était donc incliné. Cependant, il lui était trop pénible de penser à Frank ce matin-là et il devait avant tout nourrir ses oiseaux.

Il s'avança d'un pas traînant qui faisait chuinter ses semelles de caoutchouc usées sur le sol de contreplaqué blanchi à la chaux. Si la porte n'avait pas tenu le coup, le plancher résistait bien, lui. Tony avait construit le pigeonnier de ses mains quand il était arrivé des Abruzzes soixante ans plus tôt. La baraque, d'une dizaine de mètres de long, s'emboîtait dans le jardinet de sa maison dont elle occupait presque toute la surface. Une seule porte ouvrait sur un étroit couloir qui la partageait en deux dans le sens de la largeur. Trois grandes cages grillagées étaient disposées de chaque côté du couloir. Au fond, dans une petite réserve, Tony stockait les graines dans des poubelles métalliques afin de les protéger des rats et des souris. Les remèdes, les vitamines et autres fournitures identifiées par des étiquettes bien lisibles étaient rangés sur des étagères, elles aussi blanchies à la chaux.

Tony mettait un point d'honneur à entretenir son pigeonnier dans une propreté rigoureuse. Il en époussetait les surfaces horizontales, lavait les vitres, balayait et grattait le sol des cages deux fois par jour plutôt qu'une. Pour lui, une bonne hygiène était essentielle à la santé des oiseaux. Tous les printemps, avant le début de la saison des concours, il passait l'intérieur entier à la chaux. Il l'avait d'ailleurs fait huit jours plus tôt en ressentant, comme chaque fois, le même pincement de cœur tant l'odeur et la couleur du lait de chaux lui rappelaient le produit avec lequel il blanchissait les petits souliers de Frank quand ce dernier commençait à marcher.

Il y avait sur l'étiquette du flacon le portrait d'un beau bébé blond aux yeux bleus auquel Frank, avec ses boucles noires et ses yeux charbonneux, ne ressemblait pas le moins du monde. Pourtant, Tony s'imaginait que s'il badigeonnait les souliers de son fils avec ce produit, Frank finirait par devenir comme tous les bébés américains, même s'il était brun et n'avait plus de mère. Et lorsque son rêve se réalisa et que Frank prit dans la société la place qui lui revenait, Tony fut assez superstitieux pour croire que le blanc à chaussures y avait peut-être été pour quelque chose.

Il fallait qu'il cesse de penser à son fils même s'il ne pouvait pas s'en empêcher, surtout ce matin-là, et qu'il concentre son attention sur les colombes de la première cage, dont sa vue déclinante ne lui permettait plus de juger la condition physique aussi vite et aussi sûrement que naguère. Elles avaient l'air en forme et ne s'étaient pas battues pendant la nuit. Leurs fréquentes disputes étaient pour Tony un réel sujet de préoccupation. Jalouses de leurs territoires et de leurs prérogatives, elles se battaient pour un oui ou pour un non et se blessaient facilement. Tony voulait qu'elles restent en bonne santé et gardent leur fière allure. En mémoire de Frank.

Tony s'approcha ensuite des deux autres cages qui abritaient les pigeons multicolores, des Meulemans au plumage roux, des Janssen et autres variétés aux diverses nuances de gris. Tony les aimait aussi, bien sûr, d'autant que leurs coloris banals en faisaient des êtres ordinaires, un peu à son image. Il n'était pas un *braggadocio*, lui. Il ne se pavanait pas en bombant le torse, comme certains qui aiment à jouer les coqs. Sa modestie lui avait nui dans la vie, mais cela n'avait plus d'importance maintenant qu'il était vieux, il ne s'en souciait d'ailleurs plus depuis bien longtemps. Depuis soixante ans, pour être précis.

Tony observa d'un œil distrait les Janssen qui s'impatientaient. De même que les autres, ils tenaient leur nom de l'éleveur de la race. Pour la plupart, les meilleures races de pigeons voyageurs étaient originaires de Belgique et de France. Les pigeons italiens possédaient eux aussi de grandes qualités, sauf que Tony n'aimait pas trop s'en occuper – surtout ceux affublés, on ne sait trop pourquoi, du nom de Mussolini. Quiconque avait subi le règne du Duce éprouvait la même aversion pour ces pigeons-là. Tony avait toujours rêvé d'attribuer le nom de sa famille à l'une des races qu'il élevait avec tant de soin, sans jamais avoir eu la chance ni le temps de lui adjoindre le prénom de Frank.

Tony était un vieil homme encombré de vieux souvenirs. Ne voulant pas souiller son pigeonnier, il se retint de cracher par terre en signe de mépris et se contenta d'attendre en frémissant que sa colère s'apaise, jusqu'à ne lui laisser qu'un goût amer dans la bouche. Les Meulemans paraissaient en bon état, eux aussi. La matinée n'avait été épouvantable que pour Tony. La pire de son existence avait eu lieu soixante ans auparavant. Il avait cru que celle-ci le soulagerait, qu'il se sentirait mieux ensuite. Il se sentait plus mal, au contraire, car l'acte qu'il avait commis violait les lois divines. Son jugement serait prononcé dans l'au-delà, il le savait et s'y soumettait d'avance.

Comme tous les jours, son regard se posa avec affection sur le préféré de tous ses pigeons, un Meulemans qu'il avait baptisé l'Ancien. Leur amitié remontait à dix-huit ans déjà. Tony se demandait souvent lequel, de lui ou du pigeon, était vraiment le plus vieux. Trônant avec dignité dans son alvéole d'angle, la tête droite et l'œil toujours aussi clair, l'Ancien exhibait un jabot dont la courbure avantageuse avait de quoi rendre jaloux de plus jeunes que lui. Tony se souvenait de l'oisillon fraîchement éclos, petite boule de duvet gris sans rien de remarquable que le regard. Tony savait lire dans les yeux des pigeons, et ce qu'il avait vu dans ceux de l'Ancien à sa naissance lui avait dit qu'il serait un oiseau rapide, endurant et intelligent. Il ne s'était pas trompé. En son temps, l'Ancien avait été son meilleur champion.

« *Come sta ?* » murmura Tony. Mais l'Ancien savait que son maître ne lui demandait pas en réalité comment il allait et que sa question avait un tout autre sens. Alors, le vieil oiseau regarda longuement le vieil homme. Tony sentit que l'Ancien n'ignorait pas ce qu'il avait fait ce matin-là et qu'il s'agissait d'un acte assez important pour l'empêcher de nourrir ses oiseaux à l'heure. L'Ancien comprenait aussi pourquoi Tony avait été forcé de le faire, même au bout de tant de temps. Et Tony lut dans son regard que l'Ancien l'approuvait.

On entendit soudain des voitures s'arrêter dans l'allée qui longeait le jardinet, derrière le mur de parpaings. Des portières claquèrent avec bruit et Tony se douta que c'étaient des voitures de police.

Il s'y attendait.

Effrayés par le bruit, les oiseaux s'envolèrent de nouveau dans les cages. Tony, bien qu'il ait prévu l'arrivée de la police, sentit la chair de poule lui hérisser la nuque, comme autrefois. Figé entre les cages, il entendit les policiers crier des ordres avant d'enfoncer en trois coups d'épaule la vieille porte du jardinet, où ils firent irruption en piétinant ses tomates et son basilic.

Ils venaient l'arrêter, bien sûr, mais Tony n'essaya même pas de leur échapper. Il fallait d'abord qu'il donne à manger à ses pigeons, et il devait se dépêcher avant que la police l'emmène. Il se hâta d'entrer dans la réserve tandis que des policiers s'approchaient déjà, l'arme au poing, pendant que d'autres se glissaient vers la porte de la cuisine en se cachant comme des lâches. Comme des petits hommes de rien qui se croyaient très forts, eux aussi, sous leur armure de chemises noires et d'insignes chromés.

Les entrailles nouées par un afflux de bile, Tony devint subitement conscient, avec une sorte de stupeur, de posséder encore en lui cette faculté de fureur et de haine, capable de se déchaîner avec la même violence au bout de tant d'années. Alors même que cette haine cohabitait depuis toujours avec une inépuisable capacité d'aimer.

2

« Tu viens déjeuner ? » « Attends-moi, j'arrive ! » Judy Carrier entendait ses collègues se héler joyeusement dans le couloir en décrochant leurs manteaux et leurs sacs. Il faisait beau et doux pour la première fois depuis la fin de l'hiver, la fièvre du printemps exerçait ses heureux ravages sur tout Philadelphie. Le personnel au complet de la firme juridique Rosato & Associées se bousculait à la porte telle une troupe d'écolières pressées de quitter la classe. Seule Judy, malgré le soleil qui oblitérait l'écran de son ordinateur et les bavardages qui nuisaient à sa concentration, restait à son bureau afin de rédiger des conclusions pour un épineuse affaire impliquant les lois antitrust.

Anne Murphy, qui se faisait appeler Murphy tout court, passa la tête par la porte entrouverte. Récente recrue du cabinet, elle arborait des lèvres soulignées d'un rouge discret et un chignon très bon chic bon genre.

— Tu sors déjeuner avec nous ?

— Non merci, j'ai déjà mangé quelque chose, répondit Judy.

D'habitude, elle accordait à ses semblables le bénéfice du doute, mais elle avait du mal à respecter les femmes qui se peignent les lèvres comme on colorie un livre d'images. Pour sa part, elle ne se maquillait jamais et ses soins de beauté se bornaient à une douche quotidienne.

Les lèvres de Murphy dessinèrent un sourire dont le caractère amical était dû, soupçonna Judy, au tracé du rouge à lèvres.

— Et alors ? Viens quand même, tu n'as pas mis le pied dehors depuis des semaines.

— Merci, mais je ne peux pas. Il faut que je finisse les conclusions pour l'affaire Simmons.

— Tu n'as même pas le temps de faire un tour ? On est vendredi, il fait un temps splendide !

— Non, je t'assure, je n'ai vraiment pas le temps.

Judy savait que, pour Murphy, « faire un tour » signifiait faire du lèche-vitrines, or le lèche-vitrines lui donnait des envies de meurtre. Qu'est-ce qu'elles avaient dans le crâne, ces jeunes idiotes qu'elle baptisait du nom générique de « P'tites Murphy » ? Judy ne pouvait pas les souffrir. Fraîches émoulues de la faculté, elles s'imaginaient que le fait d'être inscrites au barreau les autorisait à porter des jupes à la limite de l'attentat à la pudeur ! Et elles ne prenaient même pas la loi au sérieux, seul sujet que Judy, elle, prenait *très* au sérieux.

— Bon, comme tu veux. Ne te tue quand même pas au travail.

Sur quoi, Murphy eut le bon goût de disparaître. Judy écouta un instant les bruits familiers des bureaux se vidant de leurs occupantes et des bavardages s'éloignant vers les ascenseurs, qui déposeraient au soleil leur chargement de femmes de loi.

De taille modeste, le cabinet Rosato & Associées employait neuf jeunes femmes, avocates et assistantes. Pendant une heure, les coups de téléphone auxquels la réceptionniste, absente, ne répondrait pas seraient enregistrés par la messagerie vocale, les e-mails ne seraient pas lus, et les fax resteraient en souffrance dans leurs réceptacles de plastique gris.

Le silence revenu, brisé de temps en temps par une brève sonnerie du téléphone, Judy se détendit en buvant son café dans un gobelet en plastique. Le calme de la pause-déjeuner lui faisait autant de bien qu'une longue et profonde respiration avant la frénésie de l'après-midi, et elle en appréciait trop les vertus bienfaisantes pour souffrir de la solitude ou de l'abandon.

Un encombrement chronique rapetissait son bureau déjà exigu, dont la taille correspondait à son statut dans la firme. La table croulait sous les dossiers et les paperasses, mais Judy n'y trouvait rien à redire. À ses yeux, la pièce n'était pas en désordre, simplement bien remplie. Plus que n'importe qui, peut-être, une avocate éprouve le besoin d'un nid douillet et Judy aimait se sentir entourée de ses possessions.

Rapports et exposés, manuels de droit, romans, copies de jugements civils et pénaux, recueils de jurisprudence débordaient des étagères qui tapissaient les murs, en face d'elle et derrière elle, sous la fenêtre. La tablette surmontant trois gros classeurs alignés contre le mur latéral soutenait à peine les volumineux dossiers du procès antitrust *Moltex contre Huartzer*, référence en matière de procédure, ainsi qu'une montagne de conclusions et de pièces de procès en cours qui menaçait de s'écrouler au moindre courant d'air. Des photos de famille, de chiens et de chevaux, mêlées aux divers diplômes et distinctions décernés à Judy au cours de ses études, comblaient sur les murs les rares espaces encore vierges. Judy étant la plus titrée de l'équipe, le fouillis de son bureau ne devait donc pas être traité d'inqualifiable mais, au contraire, considéré comme hautement académique.

D'ailleurs, Mary n'était pas là pour lui reprocher son désordre. Amies de faculté, elles avaient toujours travaillé ensemble, mais Mary était en congé depuis un procès criminel dont elle avait failli être la victime, et, sans son amie, Judy se sentait moins à l'aise dans son « nid ». En sirotant son café, elle se carra dans son fauteuil, dont le dossier prétendument ergonomique lui meurtrissait le dos et les épaules, et croisa les jambes, galbées à ravir et entièrement nues. Pour Judy, en effet, les collants étaient des accessoires réservés aux plus obtus des conservateurs, et comme Mary n'était pas là pour lui prodiguer des remontrances sur ce chapitre-là, elle en profitait. Mary et elle n'étaient d'accord sur presque rien, y compris la manière dont Murphy se barbouillait les lèvres de rouge.

Prise d'une soudaine inspiration, Judy ouvrit un tiroir et fouilla dans un amas de stylos à bille, de trombones multicolores, de menue monnaie et autres objets non identifiés jusqu'à ce qu'elle en exhume le crayon rouge dont elle se servait pour corriger ses notes. Elle poursuivit ses recherches afin de remettre la main sur le miroir de poche dont Mary lui avait fait cadeau. Puis, tenant le miroir d'une main et le crayon de l'autre, elle s'examina avec objectivité.

Le miroir lui renvoya l'image d'une jeune femme aux épaules larges, dont la robe d'un bleu vif échancrée sur un T-shirt jaune et les boucles d'oreilles en argent ciselé détonnaient au milieu de tant d'austères ouvrages de droit. Ses cheveux d'un blond clair, presque jaune paille, retombaient de chaque côté d'un visage rond qu'elle comparait volontiers à une pleine lune. Elle avait de grands yeux bleus aussi dépourvus de fard et d'artifice que ses lèvres, un nez court et droit. Un ex-amoureux lui avait dit qu'elle était belle, mais quand elle se regardait dans la glace Judy pensait simplement qu'elle avait l'air d'elle-même, ce qui lui semblait bien assez satisfaisant.

Sa bouche d'un joli rose naturel n'était ni trop pleine ni trop mince. Elle fit la moue, approcha le crayon de ses lèvres. Voyons... La nuance collait parfaitement et, sans se vanter, elle avait des dons artistiques. Du bout de la langue, elle humecta la pointe du crayon avant de tracer d'une ligne épaisse le contour de sa lèvre supérieure. Satisfaite, elle souligna de même sa lèvre inférieure et refit une moue pour apprécier le résultat de son travail dans le miroir.

Pas mal, décida-t-elle. Le trait de crayon lui agrandissait la bouche, les lèvres sensuelles étant paraît-il à la mode. Elle ne résista pas à l'envie de sourire à son reflet, ce qui lui donna un air amical factice, dans le plus pur style Murphy. Rien de tel pour se maquiller que les fournitures de bureau, pensa-t-elle. Elle devrait peut-être se passer les ongles au Corector ou se frotter les cils au papier carbone... Qui prétendait que la profession d'avocate n'était pas distrayante ?

Elle posa le crayon, attrapa le téléphone, composa un numéro.

— Comment tu me trouves ? demanda-t-elle quand Mary décrocha. Mon rouge à lèvres te plaît ?

— Murphy est passée par là, si je comprends bien ?

— Tout sucre et tout miel, mais je l'ai flanquée dehors.

— Tu devrais déjeuner de temps en temps avec elle.

— Elle ne me plaît pas et elle ne déjeune pas, elle court les boutiques. Si elle m'était sympathique et si elle avait vraiment l'intention de déjeuner, je l'accompagnerais peut-être. Aujourd'hui, j'ai préféré rester au bureau me peinturlurer les lèvres au crayon rouge. Que dis-tu de ma brillante initiative ?

— Tu es censée te faire des nouvelles copines.

— Non, je suis censée rédiger des conclusions barbantes et toi cesser de flemmarder et revenir dare-dare au boulot.

— C'est gentil de t'inquiéter de ma santé.

Judy entendit le sourire dans la voix de son amie, un sourire qui n'avait rien de factice et n'était dû à aucun tracé de rouge à lèvres, mais venait tout droit d'un cœur foncièrement bon. Elle éprouva aussitôt un pincement de remords. Elle avait failli perdre Mary pour de bon et préférait ne pas y penser.

— Excuse-moi. Comment te sens-tu, Mary ?

— Plutôt bien, pour quelqu'un qui a reçu deux balles dans la peau.

— As-tu besoin de quelque chose ? Il ne me faut qu'un quart d'heure pour arriver chez toi, tu le sais. Alors, sincèrement ?

— Non merci, rien du tout.

— Tu es sûre ?

— Si je ne te connaissais pas aussi bien, dit Mary en riant, je jurerais que tu te sens coupable.

C'était entre elles un vieux sujet de plaisanterie. Italienne et fervente catholique, Mary croyait dur comme fer au péché et à la contrition. Rien, sans doute, ne l'en dissuaderait.

— Moi, des remords ? répondit Judy en riant à son tour. Impossible, je suis de Californie.

— Tu devrais, pourtant. Comme amie dévouée, tu te poses là.

Le rire de Mary fut soudain noyé dans un vacarme de voix masculines surexcitées. Les parents de Mary, que Judy adorait, étaient des gens plutôt tranquilles – du moins quand M. Di Nunzio branchait son appareil contre la surdité. Chez eux, le marmonnement étouffé des neuvaines que dévidaient la mère, ses parentes et ses voisines en visite constituait le bruit de fond le plus fréquent.

— Qu'est-ce qui se passe ? s'enquit Judy. Une réunion de famille ?

— Rien d'intéressant pour toi.

Le bruit de discussions animées redoubla. Judy fronça les sourcils, mi-inquiète, mi-intriguée.

— Si, tout m'intéresse. Quelque chose qui cloche ?

— Les amis de mon père sont là. Tu connais déjà Tony-du-bout-de-la-rue.

— Celui avec qui il achète ses cigares ?

— Il en achète avec d'autres, mais c'est bien lui.

Un éclat de voix retentit tout à coup.

— Qu'est-ce qui se passe ? insista Judy.

— Tony-les-pieds ne se domine plus. C'est un émotif, malgré ses quatre-vingts ans. Ils sont tous bouleversés au sujet de Tony-pigeon.

— Ton père a des amis qui ne s'appellent pas Tony ?

— Tu devrais savoir que sur dix Italiens, tu trouves trois Tony, au moins deux Frank et presque toujours un du lot en prison. Tony-pigeon vient de se faire arrêter.

— Arrêter ? Pour quel motif ?

— Meurtre.

— Meurtre ? répéta Judy.

— Oui. Ma mère t'embrasse.

Judy sentit son pouls s'accélérer.

— Attends ! Tu as dit *meurtre* ? Un ami de ton père inculpé de meurtre ? Ton père a dans les soixante-quinze ans, non ? Quel âge a ce Tony ? Et qui est-il censé avoir tué ?

— Tu ne peux pas l'appeler simplement Tony, il faut préciser Tony-pigeon. Il aura bientôt quatre-vingts ans. Il est né en Italie et il a tué un autre vieillard, immigré d'Italie lui aussi. J'essayais justement de comprendre de quoi il retournait quand tu as téléphoné.

Pour la première fois depuis des mois, Judy eut tous les sens en éveil.

— Ce Tony-pigeon a-t-il un avocat ?

— Minute ! Tu n'as pas le droit de t'intéresser à son cas.

Judy détacha son dos du dossier de l'infâme fauteuil. Un bon meurtre valait cent fois mieux qu'une ennuyeuse affaire de lois antitrust. Elle dédaigna la sonnerie insistante de son autre téléphone.

— Et pourquoi, je te prie ? Le Premier Amendement m'accorde le droit imprescriptible de m'intéresser à ce que je veux.

— Mon père m'avait demandé de t'appeler, concéda Mary, mais j'estime qu'il a tort.

Cette fois, l'intérêt de Judy s'accrut notablement. Elle était toujours prête à tout pour faire plaisir au père de Mary, surtout s'il s'agissait de quelque chose qu'elle avait envie de faire.

— Ton père veut que je m'occupe de son ami Tony ?

— Oui, mais moi pas, et je n'ai pas le temps de discuter. On est en plein drame lyrique et il faut que je te quitte.

— Passe-moi ton père, Mary.

— Non ! As-tu déjà oublié notre dernier procès criminel ? Les balles nous sifflaient aux oreilles et nous ne sommes pas formées pour ce genre de sport. Contente-toi des affaires civiles. De toute façon, j'ai dit à mon père que la patronne ne te le permettrait pas.

— Pourquoi me le refuserait-elle ? Nous plaidons au pénal, maintenant. Bennie est au tribunal jusqu'à la fin de la journée. Je lui en parlerai ce soir et je présenterai mes excuses à ton père si elle me l'interdit formellement. Ne me force pas à te supplier, passe-le-moi.

— Non...

Le tohu-bohu reprit de plus belle à l'arrière-plan. Judy entendit la voix de Mariano Di Nunzio se rapprocher du téléphone.

— Mary, laisse-moi parler à ton père !

Au silence complet qui suivit Judy comprit que Mary avait posé une main sur le combiné pour l'empêcher d'entendre sa discussion avec son père.

— Monsieur Di Nunzio, vous êtes là ? cria-t-elle dans l'espoir de se faire entendre. Parlez-moi, monsieur Di Nunzio !

— Tu as appelé, Judy, Dieu soit loué ! fit alors la voix du père de Mary qui avait, à l'évidence, arraché le combiné à sa fille. La police a emmené mon ami menottes aux mains ! Il est en garde à vue au commissariat central.

Sa voix tremblante et enrouée par l'émotion bouleversa Judy.

— Que lui est-il arrivé ? Que lui reproche-t-on ?

— Ils disent qu'il a tué un homme, mais il n'aurait jamais fait une chose pareille. Je le connais, il en est incapable ! Écoute, Judy, je ne te demanderais pas un tel service pour moi-même, tu le sais. Mais pour mon ami, je te supplie d'accepter. Il est dans une situation terrible, il faut le sortir de là.

— Pour vous, monsieur Di Nunzio, je ferais n'importe quoi.

— Je sais, tu es une bonne fille. Une bonne avocate, aussi. Tu connais toutes les ficelles du métier et tu travailles dur, comme ma Mary. Veux-tu défendre Tony, Judy ? Accepte, je t'en prie.

— Bien sûr, monsieur Di Nunzio. J'accepte.

Elle n'avait pas terminé sa réplique qu'elle empoignait déjà son porte-documents et glissait ses pieds nus dans une paire de galoches jaune canari aux épaisses semelles de bois.

3

Tony-pigeon apparut à Judy comme le plus attendrissant de tous ses clients passés et à venir. À peine l'eut-elle vu dans le parloir du commissariat central de Philadelphie, surnommé la Rotonde, qu'elle éprouva le besoin de voler à son secours. Tout menu, un mètre soixante pour à peine soixante kilos, il nageait dans une combinaison réglementaire trois tailles trop grande d'où émergeaient, encerclés par l'acier des menottes, des poignets aussi secs et noueux que des sarments de vigne. Son crâne tanné par le soleil était constellé de taches brunes que de rares fils d'argent ne parvenaient pas à dissimuler. Avec son petit nez crochu et ses yeux ronds et noirs, il ressemblait tellement à un pigeon que Judy songea que c'était probablement l'origine de son sobriquet.

— Bonjour, monsieur Lucia. Je m'appelle Judy Carrier et je suis avocate. Vos amis Di Nunzio m'ont demandé de me charger de votre défense.

Judy s'étonna qu'il la dévisage en clignant des yeux avec étonnement. Ne parlait-il pas anglais ? Dans le doute, elle s'assit en face de lui, du côté du comptoir réservé aux visiteurs. À part eux, le parloir était vide, non pas faute de suspects mais, plutôt, d'avocats. Pour la plupart, ils dédaignaient les entrailles de la Rotonde, préférant rencontrer leurs clients dans des lieux moins déprimants.

— Mary Di Nunzio est ma meilleure amie, reprit-elle. Vous connaissez Mary, bien sûr ?

Sans mot dire, Tony leva la main et pointa vers Judy un doigt déformé par l'âge et l'arthrite, mais qui ne tremblait pas. Son geste releva la manche de la combinaison, dévoilant un biceps étonnamment vigoureux sur lequel un tatouage à la couleur flétrie représentait un crucifix. De plus en plus perplexe, Judy ne comprenait toujours pas les raisons de son étrange comportement.

— Monsieur Lucia, qu'y a-t-il ?

Pour la première fois, Tony prit la parole avec un accent italien plus épais qu'une sauce tomate bien liée.

— La bouche. Vous saignez ?

Judy piqua un fard. Le crayon rouge... La mine effarée des policiers au moment de son arrivée ne la surprenait plus. Et elle qui les croyait furieux de voir un avocat venir leur mettre des bâtons dans les roues ! En hâte, elle s'essuya les lèvres d'un revers de main.

— Non, je ne saigne pas, monsieur Lucia. Excusez-moi. Je ne suis pas un clown, malgré les apparences, mais une bonne avocate.

— Je sais, Mariano m'a parlé. J'ai appelé, il a dit que vous veniez et je vous remercie, répondit Tony en s'inclinant galamment. Et ne dites plus monsieur Lucia, mais Tony-pigeon. Tout le monde m'appelle Tony-pigeon.

Judy se rappela à temps qu'elle risquait de se retrouver à la rue en acceptant un client de sa propre initiative pour la seule raison qu'il lui était sympathique. D'habitude, elle représentait des sociétés que des statuts dûment enregistrés autorisaient à commettre des méfaits.

— Eh bien, Tony-pigeon, je suis très heureuse de vous défendre, déclara-t-elle. Je vérifierai, bien entendu, si notre cabinet peut se charger de votre dossier. Pour le moment, je suis seulement venue m'assurer que vous n'aviez rien fait qui puisse vous causer du tort. Vous n'avez rien dit à la police, n'est-ce pas ?

— Je parle pas. Mariano me l'a dit.

Par miracle, Judy réussit à pêcher un bloc-notes et un stylo en état de marche dans son porte-documents bourré à craquer.

— La police vous a interrogé ?

— Oui, ils ont posé des questions.

Judy craignit que les policiers n'aient profité de la situation pour cuisiner le vieil homme sans l'informer au préalable de ses droits.

— Beaucoup de questions ? Lesquelles ?

— J'ai pas répondu. J'aime pas la police.

La spontanéité de la réplique fit sourire Judy.

— Et qu'a-t-elle fait d'autre, la police ?

— Ils ont pris mes empreintes, dit-il en montrant ses doigts tachés d'encre, ils ont pris ma photo, ils ont pris tous mes vêtements et même mon sang. Ils m'ont tout pris ! J'arrive pas à y croire !

À son air sincèrement effaré elle en déduisit qu'il ne devait pas être souvent confronté au monde extérieur.

— Pour vos vêtements et votre sang, c'est la procédure normale.

— Normale ? répéta Tony, de plus en plus ahuri.

— Oui, afin d'établir des preuves si vous avez commis un crime, expliqua Judy.

— Mon caleçon, une preuve ?

Il s'excusa aussitôt en rougissant d'avoir eu l'audace de mentionner ce vêtement intime devant une dame. Judy commençait à partager son effarement. Arrêter pour meurtre cet inoffensif vieillard ? Les policiers avaient perdu le sens commun !

— Si je comprends bien, vous êtes accusé d'avoir tué un certain Angelo Coluzzi, âgé de quatre-vingts ans. Cet acte est juridiquement qualifié de meurtre. Vous comprenez ?

— Oui. Meurtre, répéta Tony avec gravité.

— Je dois maintenant m'assurer de la nature des charges portées contre vous. Je commencerai donc par vous poser quelques…

— J'ai tué Coluzzi, l'interrompit Tony.

Judy eut soudain la gorge sèche. Elle avait sûrement mal entendu, mal compris. Comment un avocat est-il censé réagir quand son client avoue un crime ? Le faire taire ? Ce n'était pas le style de Judy. S'il disait la vérité, elle voulait au moins savoir pourquoi.

— Venez-vous de me dire que vous avez assassiné Coluzzi ?

— Non. J'ai pas assassiné Coluzzi.

— Dieu soit loué, soupira Judy avec soulagement. Je ne vous en aurais jamais cru capable.

— J'ai pas assassiné, précisa Tony, j'ai tué Coluzzi.

Cette fois, Judy se sentit près de céder à la panique.

— Reprenons, monsieur Lucia, euh... Tony. Avez-vous tué Angelo Coluzzi, oui ou non ?

— Oui, j'ai tué, répondit Tony en levant un index sentencieux. Assassiné, non.

Judy fut tentée de jeter l'éponge. Tout, même les affaires de lois antitrust, valait mieux que les vieux Italiens.

— Que voulez-vous dire au juste ? Vous avez tué Coluzzi, mais vous ne l'avez pas assassiné ?

— Oui. Il a tué ma femme, je l'ai tué. C'est pas un assassinat.

Bon, pensa Judy avec soulagement, une classique affaire de légitime défense. Cela se plaide et cela se gagne.

— Où était votre femme lorsque Coluzzi l'a tuée ? Vous avez tué Coluzzi en vous efforçant de la protéger ?

— Non.

— Comment, non ?

— Ma femme est morte il y a soixante ans. *Assassinée* par Coluzzi.

Ne sachant plus à quel saint se vouer, Judy reposa son stylo.

— C'est parce que Coluzzi a tué votre femme il y a soixante ans que vous l'avez tué aujourd'hui ?

— Oui.

— Mais... pourquoi avoir attendu si longtemps ?

— Soixante ans, hier, c'est la même chose ! s'écria Tony en s'animant. Œil pour œil, dent pour dent. Coluzzi était un homme important. Un fasciste ! Les fascistes, vous connaissez ?

— Euh... oui. Vous voulez dire, comme Mussolini ?

— Oui, *il Duce*. Coluzzi fasciste. Assassin, lui. Pas moi.

— Je ne comprends vraiment pas…

— Coluzzi a assassiné ma Silvana, répéta Tony en ravalant les larmes qui lui montaient aux yeux. Alors, j'ai tué Coluzzi.

— Coluzzi a tué votre femme en Italie il y a soixante ans ? Mais pourquoi l'a-t-il fait ?

— Parce qu'il la voulait et qu'elle ne voulait pas de lui. Voilà pourquoi il l'a tuée.

L'évocation de ce souvenir lui était si visiblement douloureuse que Judy en fut bouleversée.

— Alors, vous l'avez tué pour vous venger ?

— Oui.

— Mais qu'a fait la police, quand il l'a tuée ?

— La police, c'était Coluzzi ! C'étaient les fascistes ! Ils ont rien fait, ils se sont moqués de moi. C'était la guerre. Qui s'intéressait à une pauvre fille ? Pas eux ! Il y avait plus de justice. Alors, Tony-pigeon s'est fait justice lui-même. Pour Silvana. Pour Frank, mon fils. Maintenant, ajouta-t-il en empoignant le comptoir de ses mains entravées, allons-y. Je vais parler au juge.

— Non ! Pas question. Ni au juge ni à personne, vous m'entendez ? Vous n'avez pas parlé de cela à la police, au moins ?

— Non. J'aime pas la police.

Judy l'avait presque oublié.

— Bon. Maintenant, écoutez-moi. Quand la police vous aura inculpé, un juge décidera de votre caution. Autrement dit, vous serez libéré après avoir versé de l'argent, et je suis sûre que vous obtiendrez votre mise en liberté compte tenu de votre âge et du fait que votre casier judiciaire est vierge. Vous n'avez tué personne d'autre, n'est-ce pas ? ajouta-t-elle, prise de soupçon.

— Non.

— Bon. Vous n'avez pas commis d'autres délits ?

— Non. Pas de crimes, pas de délits.

— Parfait. Qui pourra payer votre caution ?

Tony fronça les sourcils, perplexe.

— Je veux dire, y a-t-il un membre de votre famille en mesure de payer la caution pour obtenir votre libération ?

— Frank, mon petit-fils. Il viendra. Je parlerai au juge.

— Non, vous ne parlerez pas au juge ! protesta Judy. Il faut m'écouter d'abord, comprenez-vous ? Dans ce pays, la vengeance n'est pas un argument de défense valable dans un procès criminel.

— Pourquoi ?

— Vous ne pouvez pas raconter votre histoire au juge comme vous l'avez fait avec moi, sinon vous resterez en prison jusqu'à la fin de vos jours. Vous voudriez moisir en prison sans jamais revoir Frank, votre petit-fils ? ajouta-t-elle en constatant avec soulagement que, cette fois, l'argument semblait porter. Bien, nous sommes donc d'accord. Je vais monter à la brigade voir quand votre inculpation vous sera notifiée. D'ici là, promettez-moi de ne rien dire à personne. Plus un mot, vous avez bien compris ? Promettez-le-moi.

Tony fit une moue dubitative.

— Je ne l'entends pas, cette promesse, insista Judy. Elle vient ?

Un sourire éclaira pour la première fois le visage de Tony.

— Pour la jolie dame à la grande bouche, je promets.

Judy préféra croire qu'il se référait à ses lèvres barbouillées de rouge plutôt qu'à son statut de bavarde professionnelle.

4

En sortant de l'ascenseur, Judy gagna les locaux de la brigade criminelle par un étroit couloir qui débouchait dans une petite salle d'attente, à l'entrée de laquelle trônait une énorme poubelle en plastique noir. Dédaignant les pancartes « Interdit à toute personne étrangère au service » et « Privé. Défense d'entrer », elle poussa la porte du bureau des inspecteurs et dépassa sans ralentir le pas le comptoir de réception, inoccupé à ce moment-là. Elle devait en apprendre le plus possible sur l'affaire Coluzzi avant d'affronter les foudres de sa patronne, Bennie Rosato. La confession de Tony l'avait déconcertée au point qu'elle n'avait même pas eu la présence d'esprit de lui demander des précisions – sur la manière dont il avait tué Coluzzi, par exemple, ou autres détails insignifiants du même ordre…

Bien qu'elle ne soit venue que deux fois dans le bureau des inspecteurs, elle le reconnut sans peine. Rien n'avait dû changer depuis au moins vingt ans. Les mêmes rideaux jadis blancs, tachés d'humidité et auxquels il manquait toujours des anneaux, pendaient en accordéon devant les mêmes vitres grises de crasse. Six bureaux en désordre occupaient tout l'espace. Sur l'un d'eux, un reste de sandwich au bacon mêlait des relents graisseux à ceux de la fumée de cigare refroidie qui planait dans l'air. Le silence régnait, les sonneries des téléphones étaient muettes et les bureaux désertés par leurs titulaires, à l'exception de deux inspecteurs penchés sur un fichier.

Judy n'en fut guère surprise. Elle était assez au courant de la routine policière pour savoir qu'à la brigade criminelle le poste de jour était considérablement plus calme que celui de nuit. Les crimes se perpétrant plus volontiers sous le couvert de l'obscurité – qui oserait dire qu'il ne se passe rien à Philadelphie la nuit ? –, les inspecteurs passaient le plus clair de leurs journées à témoigner devant les tribunaux. Judy ignorait s'il fallait l'imputer à leurs apparitions publiques ou au machisme inhérent à leur profession, mais les inspecteurs de la brigade criminelle étaient, dans leur vaste majorité, vaniteux comme des paons. Il lui suffisait de jeter un œil sur les deux hommes présents en face d'elle pour en avoir la confirmation : ils arboraient des cravates de soie criardes, des complets d'une élégance ostentatoire et répandaient les effluves d'un after-shave entêtant.

Ils affichèrent une mine réprobatrice en voyant une femme envahir leur territoire, mais Judy ne se laissa pas démonter. Vis-à-vis des policiers, le fait d'être jeune et blonde représentait à coup sûr un atout plus précieux que d'être avocate. Et, tandis que leurs regards balayaient ses formes athlétiques en s'attardant sur ses jambes nues, elle se félicita d'avoir effacé son simulacre de rouge à lèvres.

— Je suis avocate et je représente Anthony Lucia, déclara-t-elle. Vous le détenez au titre de l'affaire Coluzzi.

Défendant pour la première fois un meurtrier qui revendiquait son crime, elle avait du mal à garder une contenance, même si le meurtrier en question était un attendrissant petit vieillard.

— Vous êtes de chez Rosato, je suppose ? s'enquit l'inspecteur à sa droite, un homme à la forte carrure et aux cheveux gominés.

— Oui. Le cabinet n'est pas encore officiellement chargé de l'affaire, précisa-t-elle pour assurer ses arrières, mais je viens d'avoir un entretien préliminaire avec M. Lucia. Il m'a dit que vous lui avez déjà posé des questions et je m'en étonne. Vous ne l'avez pas soumis à un interrogatoire sans l'assistance d'un avocat, j'espère ?

L'inspecteur prit derrière lui une enveloppe dont il sortit une feuille de papier qu'il lui tendit.

— On s'en voudrait, affirma-t-il avec un sourire sarcastique. Voici le texte de la plainte déposée au pénal.

Judy parcourut rapidement le feuillet, qui se bornait à exposer le fait que le dénommé Anthony Lucia était accusé d'avoir commis un homicide survenu le 17 avril au 712 Cotner Street. C'était trop maigre, il lui en fallait davantage.

— Vous avez magnétoscopé l'interrogatoire, je suppose ?

— C'est la procédure normale.

— Quand puis-je en avoir une copie ?

— Avec le reste du dossier, après la mise en examen.

Judy se retint de grincer des dents. S'il voulait jouer au plus malin, elle n'était pas aussi naïve qu'il en avait l'impression.

— Vous faites exprès d'être désagréable ou c'est votre caractère normal ?

L'autre ne réagit pas.

— Nous lui avons posé les questions habituelles, comme nous en avons le droit et le devoir avant l'intervention d'un avocat.

Judy réfléchit rapidement. De quelles preuves disposaient-ils ? Leur dossier était-il ou non bouclé ? Même à Philadelphie, la police était capable de faire condamner un vrai coupable…

— Sur quels éléments repose l'accusation ?

— Vous en prendrez connaissance vers trois heures, quand le dossier sera soumis au juge, mademoiselle, euh ?…

— Carrier, mais vous pouvez m'appeler Judy. Écoutez, poursuivit-elle en soupirant, je suis là, en face de vous. Vous ne pouvez vraiment rien me dire ?

— Ce n'est pas comme ça que nous travaillons, répondit l'autre.

— Vous pouvez quand même me dire si vous disposez de preuves concrètes contre M. Lucia !

— Vous le saurez aussi. Tout à l'heure.

— L'inspecteur Kovich ou l'inspecteur Brinkley sont-ils ici ?

Judy avait fait leur connaissance au cours de sa dernière affaire et elle savait qu'ils se montreraient plus coopératifs. L'expression de leurs collègues se rembrunit visiblement.

— Les duettistes de charme sont en mission, ricana le policier. De toute façon, nous n'avons pas les mêmes méthodes. Et comme c'est moi qui ai hérité du dossier, c'est avec moi que vous devrez traiter.

Judy comprit qu'il entendait par là « Si ces deux-là vous sont sympathiques, vous me trouverez odieux ».

— Écoutez inspecteur, euh ?...

— Wilkins. Sam Wilkins.

— Inspecteur Wilkins, M. Lucia n'est plus un jeune homme et je m'inquiète de son état de santé. Le stress de...

— Pitié, je vous en prie ! Cette vieille canaille est increvable, il dansera la gigue sur ma tombe.

Les inspecteurs détournèrent soudain le regard et Judy sentit une présence derrière elle. Un grand jeune homme en denim traversait le bureau au pas de course, hors d'haleine, ses yeux noirs étincelants d'une fureur mal maîtrisée.

— Excusez-moi, fit-il d'un ton brusque, je cherche Anthony Lucia. J'ai appris qu'il avait été arrêté, je demande qu'il soit libéré.

Judy comprit qu'il s'agissait du petit-fils de Tony-pigeon, en qui elle reconnut des traits du grand-père bien qu'il fût beaucoup plus jeune, plus grand, plus fort – et plutôt beau garçon.

— Vous devez être Frank Lucia, intervint-elle en lui tendant la main.

Il la serra distraitement dans sa grosse patte calleuse sans cesser de dévisager les policiers.

— Où est mon grand-père ? insista-t-il. Je veux le voir. Je veux le faire sortir d'ici.

— Du calme, mon vieux. M. Lucia est encore en garde à vue, il sera officiellement inculpé d'ici la fin de la journée. Voyez son avocate, maître... euh, Judy.

Frank se retourna, les yeux écarquillés par la surprise.

— Judy ? C'est vous l'amie de Mary ! Désolé de ne pas avoir compris plus tôt et merci d'être venue aussi vite.

Avec un large sourire, il l'empoigna aux épaules et l'attira contre lui. Stupéfaite, Judy eut le temps de humer une bouffée d'haleine parfumée à l'oignon avant de s'écraser contre une poitrine aussi dure qu'un mur de pierre. Elle ne parvint à regagner un peu de dignité que lorsqu'il la remit d'aplomb sur ses pieds.

— Pas de quoi, bredouilla-t-elle en se recoiffant d'une main sous le regard goguenard des deux policiers.

— Mariano Di Nunzio m'avait bien dit que vous nous aideriez, reprit Frank. Il m'a prévenu que vous étiez une avocate sensationnelle.

En proie à l'émotion, il parlait trop vite. Judy se sentit prise au piège de devoir défendre un client sans avoir eu le temps de réfléchir. Et un client coupable, par-dessus le marché.

— Je fais de mon mieux. Écoutez, Frank, il serait préférable qu'on parle de tout cela entre nous.

— Pas avant que j'aie vu mon grand-père.

— Ce n'est pas possible. Pas encore, du moins.

— Où est-il ?

— En bas.

— Vous vous moquez de moi ! Il est ici, en bas, et je ne peux pas le voir ?

Judy parvint à ne pas sourire. Frank réagissait comme elle.

— Les avocats sont seuls autorisés à voir leurs clients avant la mise en examen.

— Les avocats et pas la famille ? Un étranger a le droit de parler à mon grand-père et moi pas ? gronda Frank en se tournant vers les policiers avec un regard meurtrier. Enfin, bon Dieu…

— Je l'ai vu, Frank, l'interrompit Judy. Rassurez-vous, il va bien. Venez, il faut que nous partions.

Aveuglé par la colère, Frank mit du temps avant de remarquer le regard insistant dont elle soulignait ses mots.

— Oui, bon, allons-y, maugréa-t-il enfin. Prenez soin de mon grand-père, vous autres, ajouta-t-il à l'adresse des inspecteurs.

— Ce n'est pas mon métier, mon pote, rétorqua Wilkins.

— Hein ? Qu'est-ce que vous venez de dire ?

Les poings serrés, il fit un pas en avant. Judy l'agrippa par un bras et l'entraîna vers la sortie avant qu'il se livre à des voies de fait sur un représentant de la loi dans l'exercice de ses fonctions. Comme il avait déjà brisé entre eux la barrière du contact physique, elle faisait de son mieux pour ne pas penser à sa main qui lui serrait le bras. L'expérience lui avait d'ailleurs appris que, pour les Italiens, les contacts physiques entre étrangers ne constituaient pas un tabou.

Elle réussit à lui faire parcourir le couloir sans nouvel esclandre et ne le lâcha qu'après l'avoir poussé dans un ascenseur bondé de policiers en tenue. Pendant la descente, Frank parut peu à peu se ressaisir en regardant fixement ses mains. Judy les jugea étonnamment épaisses et calleuses pour un homme de son âge, qu'elle estima être à peu près le sien, deux ou trois ans de plus à la rigueur. Il était bâti comme un haltérophile, sauf qu'elle lisait dans ses yeux noirs une intelligence peu fréquente chez cette catégorie d'athlètes. Peut-être, admit-elle avec une louable honnêteté, lui donnait-il une impression aussi favorable parce qu'elle n'avait pas approché un homme depuis un bon bout de temps.

Elle observa que son jean était poussiéreux sauf aux genoux, ce qui l'intrigua. Ses bottes épaisses accusaient des plis profonds aux chevilles et étaient elles aussi couvertes d'une fine poussière grisâtre. Le boîtier de télémessagerie et le téléphone portable agrafés à sa ceinture ne fournissaient pas d'indices concluants sur sa profession. Que faisait-il, qui était-il ? se demandait-elle. Et comment prendrait-il la nouvelle que son grand-père risquait de finir ses jours en prison ?

— Vous m'avez dit que mon grand-père allait bien, n'est-ce pas ? reprit-il en sortant de l'ascenseur, comme s'il avait deviné ses pensées.

Si son regard reflétait la fureur quelques minutes plus tôt, Judy y lut cette fois une réelle inquiétude – mêlée à autre chose. La peur ?

— Oui, il va bien, mais il faut que nous parlions. Son affaire me tracasse.

Il lui ouvrit la porte de sortie, s'effaça pour lui laisser le passage.

— Bien sûr. Mais je dois d'abord vous emmener quelque part. Venez, mon camion est au parking.

5

— Il ne faudrait pas que cela prenne trop de temps, prévint Judy en traversant le parking. Je dois absolument passer au bureau avant la mise en examen prévue cet après-midi à trois heures.

— Pas de problème, vous y serez.

Entre les groupes de policiers et d'employés civils sortis profiter du beau temps, Frank la guida vers un gros pick-up Ford blanc, remarquable parmi cet assortiment de berlines sombres, qui était garé sous un panneau : « Emplacement réservé à la presse ».

— Vous êtes journaliste ? s'étonna Judy.

Il sortit de sa poche un trousseau de clefs et ouvrit la portière du côté passager.

— Non, j'avais besoin d'un espace libre et j'étais pressé. Montez et faites attention de ne pas vous asseoir sur l'ordinateur.

— Merci. Ce n'est pas indispensable de m'ouvrir les portes à chaque fois, vous savez.

— Je sais, répondit Frank en souriant. Si je le fais, ce n'est pas parce que je me crois obligé d'être bien élevé.

Judy s'abstint de répondre en prenant place dans la cabine. On aurait dit un véritable bureau ambulant. Comment diable ce garçon gagne-t-il sa vie ? se demanda-t-elle, de plus en plus intriguée. Sur la banquette, entre la place du conducteur et celle du passager, trônait une imposante console sur laquelle étaient disposés un ordinateur portable, une imprimante branchée sur l'allume-cigares, un autre téléphone portable et un talkie-walkie.

— Quel équipement ! dit-elle en riant. Vous êtes trafiquant de drogue ?

— Non, entrepreneur de maçonnerie, répondit-il en prenant le téléphone portable. Excusez-moi une minute, il faut que je réorganise mon emploi du temps pour me libérer à trois heures. Au fait, ajouta-t-il en composant un numéro, n'allez pas croire que je suis de ces débiles qui passent leur vie le portable vissé à l'oreille.

— Je sais ce que c'est, acquiesça-t-elle.

Elle avait conclu de sa protestation qu'il passerait le reste du trajet au téléphone, ce qui se révéla exact : il ne cessa de répondre aux questions d'un premier correspondant que pour commander des matériaux à un autre et préciser les détails du devis de construction d'un mur de soutènement à un troisième. À un moment, Judy dut même lui tenir le volant pendant qu'il lançait l'impression d'un bon de commande avant de formuler une réclamation sur une livraison en retard. Elle tua le reste du temps en consultant sa messagerie vocale et en appelant la réceptionniste au bureau pour vérifier si Bennie était toujours au tribunal. De ce côté-là, au moins, la voie était encore libre.

Judy regarda ensuite par la vitre la ville faire place à la banlieue tandis que la route ne traversait plus que des lotissements et des centres commerciaux. Pendant son enfance ballottée entre une vingtaine d'États, en fonction de l'avancement de son père dans l'aéronavale, elle avait eu le temps de constater à quel point tout devenait de plus en plus semblable. Or, au lieu de se sentir partout chez elle, cette uniformité lui donnait l'impression contraire. Ce ne fut qu'en voyant apparaître les collines verdoyantes et la campagne où se dressaient de belles maisons isolées qu'elle se réjouit de faire l'école buissonnière dans un camion bruyant, en compagnie d'un maçon qu'elle trouvait de plus en plus séduisant malgré son haleine parfumée à l'oignon.

Frank éteignit enfin le téléphone et freina à un feu rouge. Chaque fois qu'il ralentissait ou accélérait, on entendait des objets non identifiés rouler et s'entrechoquer sur le plateau de la camionnette.

— Désolé, s'excusa-t-il. Je voulais mettre les choses au point, je n'aime pas laisser mes hommes seuls sur un chantier. La pierre sèche n'est pas aussi facile qu'on le croit.

— La pierre sèche ?

— Oui, la maçonnerie traditionnelle de la Nouvelle-Angleterre. On monte les murs de pierre sans mortier, c'est ma spécialité. Au début, je faisais de la brique et du parpaing, comme mon père et mon grand-père, mais je m'en suis vite lassé. La pierre sèche est passionnante comme un puzzle. On utilise des pierres déterrées dans les champs, tout ce qui tombe sous la main, et il faut réfléchir à la manière dont les matériaux vont s'emboîter. Mes gars sont bons, mais personne ne travaille aussi bien quand le patron n'est pas là.

— Je vous crois, répondit Judy comme si le principe ne s'appliquait pas à son propre cas.

— Maintenant, je suis tranquille pour quelques heures. Nous y voilà, ajouta-t-il en s'engageant dans un chemin à l'entrée duquel se tenait une pancarte « Entrée interdite au public ».

Judy baissa sa vitre et regarda autour d'elle. Ils pénétraient dans un cimetière aux pelouses parsemées de monuments, certains fleuris, d'autres ornés de drapeaux qui claquaient dans la brise. L'air était pur et embaumait l'herbe fraîchement coupée.

— Que faisons-nous ici ? demanda-t-elle avec étonnement.

— Je voulais vous montrer la raison pour laquelle mon grand-père a tué Angelo Coluzzi.

Le pick-up garé, Frank précéda Judy jusqu'à une tombe devant laquelle il se recueillit un instant. Sertie dans le gazon, la simple dalle de granit noir portait pour seule inscription :

FRANK ET GEMMA
LUCIA
Unis dans la vie, unis dans la mort.

Il fallut à Judy une minute pour comprendre qu'il s'agissait de la tombe des parents de Frank. Une seule date était gravée dans la pierre, celle du 25 janvier de l'année précédente. Judy sentit son cœur se serrer. Frank avait perdu ses deux parents, et Tony-pigeon son fils unique.

Frank releva la tête et se tourna vers elle. Le chagrin adoucissait ses traits virils, mais il avait les yeux secs.

— Approchez-vous, vous ne me dérangez pas.

— Je suis désolée, Frank.

— Moi aussi. Mais ce n'est pas pour partager ma peine que je vous ai amenée ici, dit-il d'une voix enrouée par l'émotion. Mes parents sont morts l'année dernière dans un accident de la route. Le vieux pick-up de mon père a défoncé le parapet d'un pont sur l'autoroute, est tombé sur la chaussée inférieure et a pris feu. L'accident s'est produit tard dans la nuit. Ils revenaient d'un mariage dans le New Jersey. La police a conclu que mon père s'était endormi au volant.

Ne sachant que dire, Judy garda le silence. On n'entendait que le murmure de la brise et la voix sourde de Frank.

— Ou alors, poursuivit-il, il a été victime d'une crise cardiaque. Je n'en sais rien au juste, mais peu importe. Je les ai fait incinérer, ce que je considérais, disons… nécessaire en raison de leur état. Sauf que cela m'a posé un sérieux problème avec mon grand-père.

— Pourquoi donc ?

— Mon grand-père, voyez-vous, était persuadé qu'il ne s'agissait pas d'un accident et que mes parents ont été assassinés. Une autopsie aurait pu prouver l'une ou l'autre théorie. En plus, il se sentait responsable de leur mort.

— Qui aurait pu vouloir tuer vos parents ? s'étonna Judy.

Tout en parlant, Frank regardait au loin un bouquet de chênes au pied d'un pli de terrain gazonné baigné de soleil.

— Angelo Coluzzi. Tout cela remonte à des dizaines d'années, en Italie. Mon grand-père vous a parlé de Coluzzi, n'est-ce pas ?

— Ce que m'a dit votre grand-père relève du secret professionnel. Je ne peux en parler à personne, même à vous.

Il approuva avec un sourire qui lui plissa le coin des yeux et fit penser à Judy qu'il était peut-être plus âgé qu'elle ne l'avait d'abord cru. Proche de la quarantaine, peut-être ?

— Je le comprends et je le respecte. Faut-il en conclure que vous êtes une avocate douée d'un sens moral ?

— Cela arrive. Je ne suis pas la seule.

— Je n'en crois rien.

Il ponctua sa réponse d'un rire chaud et profond qui plut à Judy. Elle avait toujours pensé qu'on peut beaucoup apprendre de la personnalité d'un homme par son rire. Celui de Frank la rendit consciente de n'avoir approché aucun homme depuis trop longtemps.

— Je suis pourtant une avocate douée de moralité. Vous pouvez donc me parler et j'écouterai. Éthiquement, bien sûr.

— Vous m'écouterez parler ? Les femmes sont capables de ça ?

Judy parvint à réprimer son éclat de rire en pensant qu'ils étaient en train de flirter au bord d'une tombe. Elle n'avait cependant pas eu l'intention de flirter avec lui, la situation évoluait d'elle-même. En fait, Frank lui plaisait depuis l'instant où elle l'avait retenu de justesse de boxer l'inspecteur.

Elle vit son sourire s'effacer quand il se tourna de nouveau vers la tombe de ses parents.

— Nous pourrions peut-être marcher un peu, suggéra-t-il.

— Bonne idée.

Ils se dirigèrent vers une allée sablée en louvoyant entre les tombes. Frank semblait respirer plus librement.

— Ma grand-mère a été assassinée en Italie par Angelo Coluzzi. Elle sortait avec Coluzzi quand elle a fait la connaissance de mon grand-père et c'est lui qu'elle a épousé au lieu de Coluzzi, qui n'a jamais digéré d'avoir perdu la face. Il haïssait mon grand-père de l'avoir humilié de cette manière et il s'en est vengé en tuant ma grand-mère. Tout le monde dans le quartier est au courant.

— Quel quartier ?

— Le nôtre, dans la banlieue sud qu'on appelle South Philly. Ce coin-là est encore presque entièrement italien. Les Coréens et les Vietnamiens se sont installés à côté, mais il y a un pâté de maisons où tout le monde vient de la même région d'Italie, les Abruzzes. Toutes les familles se connaissaient déjà là-bas avant d'émigrer, et chacun connaît les Coluzzi, une famille riche et puissante. Des fascistes.

— Je vois, commenta Judy, qui reconnut dans la voix de Frank l'écho du mépris que professait son grand-père.

— Le crime n'a jamais été puni. Les Coluzzi avaient assez de pouvoir à l'époque pour étouffer l'affaire. On était en pleine guerre, la mort de ma grand-mère est passée inaperçue.

Il marqua une longue pause, pendant laquelle Judy s'abstint de lui demander des détails. Ils marchaient maintenant dans l'allée, où les bottes de Frank crissaient sur le gravier. L'air était pur et frais.

— C'était un autre monde, reprit-il. Un autre temps. Mon grand-père a intenté des poursuites, il a failli les payer de sa vie.

— Comment cela ?

— Ils l'ont menacé, ils ont saccagé sa maison, mis le feu à sa voiture.

— Qui, « ils » ?

— Angelo Coluzzi ou ses sbires. Les Chemises noires.

— Comment le savez-vous ? Ont-ils été arrêtés ?

— Bien sûr que non, mais nous le savions. Tout le monde le sait, aujourd'hui encore.

Judy fit une moue dubitative. Cela ressemblait fort à un échafaudage de rumeurs et de suppositions, mais le moment était mal choisi pour en discuter. Il lui fallait des faits, des détails.

— Qu'a fait votre grand-père, alors ?

— Il est parti, c'est tout. Sans même se venger, il a quitté le pays avec mon père, Frank senior, qui avait deux ans à l'époque, et il s'est établi ici. Il est devenu maçon, comme la plupart des émigrants de sa région. Il a essayé de se résigner à la mort de ma grand-mère et il a consacré sa vie au travail et à l'éducation de mon père. Et à l'élevage de ses oiseaux.

— Quels oiseaux ?

— Des pigeons voyageurs qui participent à toutes les compétitions. Il a un don extraordinaire dans ce domaine, vous devriez le voir. Il passe son temps avec eux à les dresser, à les entraîner pour ne pas perdre le chemin du retour au pigeonnier. Il reste des heures dehors à les regarder voler.

Frank prenait un plaisir évident à détailler les exploits de son grand-père avec ses oiseaux, mais ce n'était pas le genre de renseignements dont Judy avait besoin.

— Qu'a-t-il fait après avoir émigré ?

Ils débouchèrent de l'ombre au soleil. Frank cligna des yeux, ébloui.

— Je vous l'ai dit, il a travaillé, élevé mon père, et puis mes parents sont morts. Je suis sûr que c'était un accident, mais grand-père est convaincu que c'est Angelo Coluzzi qui les a tués. Vous avez dû entendre parler de la famille Coluzzi. Angelo et ses deux fils, John et Marco, possèdent une grosse entreprise de bâtiment. Ils construisent des centres commerciaux. Vous n'en avez pas entendu parler ?

Frank plissait toujours les yeux, et elle se rendit compte que ce n'était pas entièrement à cause du soleil.

— Non. Le bâtiment n'est pas mon fort.

— Ils sont tous tarés, dans cette famille. La mort de mes parents a été pour grand-père un coup très dur dont il ne s'est jamais remis. Il est convaincu que ça ne serait pas arrivé s'il avait vengé la mort de ma grand-mère. S'il avait lavé son honneur en accomplissant sa vendetta, son fils serait encore en vie aujourd'hui.

— Sa... vendetta ? répéta Judy, effarée. De quoi parlez-vous ?

Elle connaissait le mot, elle avait vu des films, mais il lui semblait impossible qu'une pareille notion puisse encore exister de nos jours.

— La vendetta est une querelle de sang fondée sur la loi du talion, expliqua-t-il patiemment. Une manière de défendre son honneur et les droits de sa famille. Elle s'est développée dans des pays où la loi ne peut rien pour des petites gens tels que mon grand-père, qui ne comptent pas sur elle pour les défendre ou les punir. Dans sa culture, qui est aussi la mienne, une vendetta doit être accomplie.

Judy s'abstint d'observer que les Italiens avaient le don de faire des sentiments une forme d'art.

— Alors, mon grand-père a baissé les bras. Après la mort de mes parents, il a sombré dans la dépression. Et il vieillissait, ce qui n'arrangeait rien. C'est un homme pacifique, ajouta-t-il d'un ton quasi implorant. Il est même incapable d'achever ses pigeons. Vieux ou malades, il les garde jusqu'à leur mort naturelle. C'est un doux, un tendre, comprenez-vous ?

— Oui, répondit-elle avec sincérité. Je ne l'imaginais vraiment pas tuer qui que ce soit de sang-froid.

— Il n'aurait pas tué Coluzzi s'il n'y avait pas été forcé. Il ne l'avait pas fait jusqu'à présent, en tout cas. Pensez que les Coluzzi se sont installés à Philadelphie à deux rues de chez mon grand-père, qui devait vivre tous les jours en sachant que l'assassin de sa femme était son voisin. Mon père a aussi subi cela. Il a enduré des années les provocations des Coluzzi qui avaient presque réussi à le mettre en faillite, mais mon grand-père ne lui permettait pas de se venger. Lui, il avait pourtant le droit et même le devoir de se venger et il ne l'a jamais fait.

— Personne n'a le droit de tuer son prochain.

— Si, à la guerre ou pour se défendre. Pour appliquer la peine de mort. Une femme battue en a aussi le droit. Dans cette société, tout le monde tue. Vrai ou faux ?

— Mais…

— Il y a plus de violence et de crimes en Amérique que n'importe où dans le monde et nous trouvons toujours le moyen de les justifier selon les circonstances. Alors, si on a tué votre femme, votre fils et la femme de votre fils, vous n'auriez pas le droit de tuer vous aussi ?

— Non, absolument pas ! De toute façon, votre grand-père ignorait si Coluzzi était vraiment responsable de la mort de vos parents.

— Il y croyait cependant dur comme fer et il avait peut-être raison, tout compte fait. Il faut quand même le considérer sous cet angle, puisque c'est son état d'esprit dont il est question.

Il la regardait avec une sincérité si désarmante que Judy dut faire appel à sa formation juridique pour y résister.

— On ne peut pas se faire justice soi-même. Les lois d'un État de droit sont précisément conçues pour prévenir les actes de ce genre.

— Dans le monde de mon grand-père, on s'entre-tue et on se fait justice soi-même ! Il en a été victime et maintenant c'est celui qui lui a causé du tort qu'il a puni. À quoi bon le punir, lui ? Il ne fera plus de mal à personne.

— Là n'est pas la question…

— Vraiment ? l'interrompit Frank en désignant d'un geste large les pierres tombales qui les entouraient. Il a soixante-dix-neuf ans. Voilà ce qui l'attend, un cimetière, des fleurs fanées. Une tombe près de celle de son fils.

Judy dut se forcer à réprimer sa compassion et à penser en avocate, sans se laisser influencer par des sentiments d'humanité.

— Rien de tout cela ne m'aidera à bâtir sa défense.

— En êtes-vous sûre ? Je me demandais si vous ne pourriez pas plaider l'accès de folie ou quelque chose de ce genre.

— La définition légale de la démence temporaire est trop contraignante, elle ne s'appliquerait pas à son cas. Dieu sait de quelles preuves la police dispose contre lui, mais si son histoire se borne à ce que vous m'avez dit, je ne peux pas en tirer d'arguments valables pour sa défense. Il n'existe aucune excuse légale pour le meurtre.

— Pas même un cœur brisé ?

— Pas même.

— Alors, y a-t-il une justice dans la loi ?

Judy ne sut que répondre. Elle n'avait qu'une certitude, celle de vouloir se charger de ce dossier.

Il lui suffisait maintenant d'en convaincre sa patronne…

6

— Tu as fait… QUOI ? rugit Bennie Rosato.

Judy se demanda si la discussion n'avait jamais cessé depuis qu'elles se connaissaient ou si c'était la trois millionième fois que sa patronne lui posait la même question sur le même ton. À un moment, elle avait songé à faire imprimer « Tu as fait… QUOI ? » sur un T-shirt, mais ç'aurait été le plus sûr moyen de se faire mettre à la porte. Cette fois-ci, en tout cas, Bennie était réellement folle de rage.

— QUOI ? répéta Bennie. Tu es allée à la Rotonde ? Tu n'en avais absolument pas le droit !

Assise en face de Bennie devant un bureau presque aussi désordonné que le sien, Judy jugea prudent de garder le silence. En vertu des convictions égalitaires de la patronne, le local directorial était à peine plus vaste que ceux alloués aux collaboratrices. Les étagères croulaient sous les revues juridiques, les ouvrages de droit, les dossiers et les classeurs. Des diplômes décernés par les associations de défense des droits civiques et du Premier Amendement tapissaient les murs. Des survêtements et des baskets de jogging témoignant d'un usage fréquent s'entassaient dans un coin. Bref, ce bureau aurait aussi bien pu être celui de Judy, dont la perplexité renaissait à chaque affrontement. Bennie et elle avaient tant de points communs, pourquoi se chamaillaient-elles aussi souvent et sur autant de sujets ?

— QUOI ? entonna Bennie pour la troisième fois. Tu as rencontré le petit-fils de l'inculpé ? Tu lui as promis *sur la tombe de ses parents* de te charger du dossier ? Et tu ne connais toujours pas le moindre détail sur le crime commis par cet homme ni de quelles preuves la police dispose contre lui ?

Judy déglutit. Le moment était venu de contre-attaquer.

— Écoute, Bennie, je te jure d'avoir spécifié à la police que nous n'avions pas eu le temps de nous faire officiellement enregistrer…

— Pas de mauvaises excuses, je t'en prie ! Tu y es allée, tu as déclaré représenter le client, cela revient au même.

Tout en parlant, elle se leva, arracha rageusement sa veste et la pendit au portemanteau derrière son fauteuil.

— J'ai précisé aux policiers que notre assistance était provisoire.

— Cela ne veut rien dire du tout. Il ne s'agit pas seulement des flics, mais du client ! De son petit-fils ! Et tu l'as accompagné au cimetière ? gronda Bennie en se passant la main dans les cheveux. Nous sommes coincées ! On ne se manifeste pas une minute auprès d'un client pour disparaître la minute d'après ! Ce n'est pas comme cela que je travaille, du moins. Comment crois-tu qu'un cabinet juridique établit sa réputation, hein ? C'est notre intégrité professionnelle qui est en cause. *Mon* intégrité professionnelle !

— Non, la mienne, pas la tienne. Puisque c'est moi qui ai engagé la responsabilité du cabinet et l'ai mis dans cette situation, c'est à moi de l'en sortir. Et je tiens à représenter Tony-pigeon.

La fermeté du ton de Judy n'eut pas le moindre impact sur Bennie qui tournait en rond dans son petit bureau, trop énervée pour rester en place. Avec son mètre quatre-vingts et sa carrure athlétique d'ancienne championne d'aviron, Bennie Rosato intimidait tous ceux qui l'approchaient, collaborateurs, adversaires, juges et clients, jusqu'aux criminels les plus endurcis. Tout le monde, sauf Judy qui ne comprenait d'ailleurs pas pourquoi elle n'avait pas peur de Bennie comme elle l'aurait dû. Son enfance peuplée de colonels l'avait peut-être assez endurcie pour gérer les éclats d'une avocate irascible.

— Ah vraiment ? Tu y tiens ? Eh bien, sache que je m'en moque ! Ce cabinet est à moi, tu es mon employée, ce qui signifie que c'est à moi de décider qui tu représenteras.

Judy savait qu'elle ferait mieux de se taire et d'encaisser, comme Mohamed Ali devant Foreman. Elle ne pouvait cependant pas s'empêcher de rendre coup pour coup. Les leçons de boxe de sa jeunesse lui avaient au moins servi à affirmer sa personnalité.

— Tu nous répètes que nous devrions chacune développer notre propre clientèle. J'aurais cru que tu accueillerais favorablement un peu d'esprit d'initiative. Dans la plupart des cabinets juridiques, on estime que c'est un facteur essentiel de l'évaluation d'un associé.

— Dans *mon* cabinet, si tu amènes un client, c'est *moi* qui décide qui s'en occupera. Tu n'en fais pas qu'à ta tête ! Et si j'ai bien compris, tu espérais devenir associée en prenant ce dossier ? C'est bien ça que tu essaies de me faire avaler ?

Judy se sentit rougir. Qu'est-ce qui lui avait pris d'invoquer un argument aussi mauvais ?

— Euh... non. Pas vraiment.

— Alors, ne soutiens pas un point de vue auquel tu ne crois pas. C'est la règle numéro un, dans la vie comme au tribunal. Et maintenant, vas-tu te décider à me dire exactement pourquoi tu es allée à la Rotonde et pourquoi tu tiens à défendre ce Lucia ?

Judy s'efforça de mettre de l'ordre dans ses pensées. On abordait les choses sérieuses : jamais encore elle n'avait demandé de représenter un client en particulier, surtout s'il était coupable. Elle avait soudain conscience de se trouver sur un seuil, celui qui sépare l'adolescence de l'âge adulte – mais fallait-il, pour le franchir, contredire automatiquement Bennie ? Elle revit la première image qu'elle avait eue de Tony, si menu et si fragile dans sa combinaison de prisonnier. Elle revit la dalle de granit des Lucia, si éloquente dans sa simplicité. Elle revit enfin le chagrin de Frank devant la tombe de ses parents.

— Alors ? insista Bennie. Je t'écoute.

Elle prit une profonde inspiration et se jeta à l'eau.

— Si ce que m'ont dit Tony et son petit-fils est vrai, comme je le pense, Tony est victime d'une injustice, c'est pourquoi je veux le défendre. Il est vieux, il a vécu toute sa vie le cœur brisé. Pourtant, il a fait de son mieux pour surmonter cette épreuve et ses efforts n'ont été récompensés que par la mort de son fils et de sa belle-fille. Il avait choisi la paix, il n'a eu que la guerre. Ceux qui tuent leurs semblables sont le plus souvent des criminels, des hommes foncièrement mauvais. Tony-pigeon, lui, m'a donné l'impression d'être un homme bon, qui a tué par erreur peut-être ou poussé par des circonstances plus fortes que lui. Même si tu me mets à la porte, je prendrai sa défense.

À mesure qu'elle parlait, Judy se rendait compte que ses mots exprimaient son intime conviction. Si elle avait toujours fait confiance à son intuition, elle avait encore beaucoup à apprendre, mais la certitude qu'elle éprouvait maintenant renforçait sa détermination.

— Tu le ferais vraiment ?

— Oui.

Bennie s'immobilisa. Peu à peu, les plis s'effacèrent de son front, le rouge de la colère disparut de ses joues. Judy espéra que ces signes d'apaisement ne dénotaient pas le calme qui vient à un patron quand il a pris la décision de flanquer à la porte sans ménagement un subordonné dont il ne supporte plus la vue.

— Ne me renvoie pas, je t'en prie. Je ne trouverais jamais un autre cabinet qui me laisserait porter des fringues aussi dingues.

Bennie eut un bref éclat de rire et s'assit enfin.

— Ma foi…

— Cela veut dire que je peux défendre Tony ?

— Lucia pourra-t-il payer nos honoraires ?

— Je ne sais pas. Je ne le lui ai pas demandé…

— Naturellement !

— Mais je me renseignerai, si tu me permets de le garder.

Bennie prit son gobelet de café et constata avec dépit qu'il était vide avant de le reposer bruyamment.

— Bon, d'accord. Tu as gagné. Mais tu traiteras ce dossier sous mon contrôle.

— Youpi !

— Ne te réjouis pas trop vite. Tu me tiendras au courant en détail de chaque stade de la procédure.

— D'accord.

— Tu continueras à être responsable de toutes tes affaires en cours. Tu finiras d'abord ces conclusions pour le procès antitrust, et je veux en voir au moins un premier jet en temps et en heure. Si mes souvenirs sont bons, et ils le sont, tu es chargée de sept autres affaires au civil. Tu les suivras comme prévu. Ces clients sont arrivés les premiers et ils n'ont tué personne, eux.

— Oui, colonel.

Bennie affecta de ne pas relever l'impertinence.

— Dernier point : puisque tu ne t'es pas donné la peine de vérifier si Lucia est solvable, tes services seront gratuits. Tu ne factureras donc pas ni à lui ni à moi le temps que tu lui consacreras. Cela t'apprendra à réfléchir avant de t'engager à l'aveuglette.

— C'est juste, admit Judy.

— Et je te répète que tu devras me tenir informée des moindres détails. Tu ne prendras aucune décision sans m'en avoir parlé d'abord. Ce sera ta punition pour ton « esprit d'initiative ». Est-ce clair ?

— Si je n'en meurs pas, je serai immunisée, répondit Judy en esquivant un crayon projeté comme un missile.

— N'abuse pas de ma patience, Carrier ! Le cabinet marche mieux qu'au début, je l'admets, mais tu n'es pas la seule au monde à avoir les mêmes diplômes. Et maintenant, débarrasse le plancher ! Il faut au moins qu'une de nous deux soit rentable.

Bennie activa son ordinateur pour lancer la lecture de ses e-mails et Judy se leva, soulagée en dépit des restrictions imposées par sa patronne. Elle avait obtenu ce qu'elle voulait, même si elle allait devoir se surmener. Un problème la tracassait toutefois encore.

— Dernière question. Comment défend-on un client coupable ?

— Pourquoi me le demander à moi ? répliqua sèchement Bennie sans quitter l'écran des yeux. Tu as voulu cette affaire, trouve la réponse toi-même.

— Euh… je voulais dire, il a le droit d'être défendu, je sais, mais je sais aussi qu'il est coupable, il le reconnaît lui-même. Cela me gêne alors que je ne suis pas censée en tenir compte, légalement du moins.

— Bon, tu veux un cours de droit ? rétorqua Bennie tout en répondant aux messages les uns après les autres. Selon l'éthique de notre profession, tu n'as qu'une seule obligation, celle de ne pas le faire témoigner au procès ni de le faire passer pour innocent si tu es certaine de sa culpabilité, car cela reviendrait à inciter un faux témoignage sous serment. De toute façon, avec ou sans code, je ne tenterais pas dans ma plaidoirie de le présenter au jury comme un innocent.

— Moi non plus.

— Je l'espérais bien. D'ailleurs, tu ne sais pas mentir, au point que je me demande comment tu as pu sortir d'une école de droit.

Judy ne sut tout à coup comment s'exprimer.

— Ma gêne est plutôt sur le plan… émotionnel. As-tu déjà défendu un coupable ?

— Au début, oui, quand je faisais surtout du pénal. Franchement, c'est pour cela que je suis passée au civil.

— Comment faisais-tu ? insista Judy. Tu défendais le principe plutôt que l'individu ? Tu t'accrochais à la présomption d'innocence jusqu'à la preuve de la culpabilité ?

— Peu importe comment je m'y prenais, répondit Bennie qui continuait à lire ses messages et à taper ses réponses comme si elle était seule. Ce qui compte, c'est comment tu t'y prendras toi. Tu veux défendre un coupable ? Soit. Fais-le à ta manière.

Judy sentit néanmoins un changement dans la voix de Bennie. Une sorte d'adoucissement.

— Tu peux quand même me donner un tuyau, ou est-ce contraire au code d'éthique ?

Pour la première fois, Bennie détourna les yeux de l'ordinateur et Judy fut étonnée d'y voir une expression soucieuse plutôt que l'indifférence ou l'agacement qu'elle attendait.

— Je t'ai dit tout à l'heure de ne pas soutenir un point de vue auquel tu ne crois pas. Le contraire est vrai. Crois-tu en ton Tony ?

— Oui. Je le pense, du moins.

— Réfléchis et décide-toi. Dans ton intime conviction, l'estimes-tu coupable ou innocent ? N'analyse pas son cas comme s'il s'agissait d'un problème juridique ou d'une question de cours, ce serait trop abstrait. Trop confortable. Ne porte pas de jugement, un juge s'en chargera. Ton rôle à toi, c'est de défendre un accusé.

Judy comprit. Elle avait toujours trop tendance à raisonner, à se reposer sur les idées plutôt que sur les sentiments, ce qui lui avait valu d'excellentes notes à la faculté. Pas ailleurs.

— Admettons que mon intime conviction le considère comme innocent. En quoi cela peut-il lui servir ?

— Cela te servira à lui bâtir une défense solide. Ta conviction passera dans ta plaidoirie, le jury et le juge l'entendront. Ta voix, ton comportement, tes moindres gestes, tout se sentira. Mais si tu n'y crois pas, Lucia n'a aucune chance de s'en sortir. Et tu auras été la pire des catastrophes qui lui sera jamais tombée dessus.

Ces derniers mots lui coupèrent le souffle. Derrière la porte, les téléphones sonnaient, les gens parlaient, mais Judy n'entendait plus ces bruits familiers, accablée par le sentiment déprimant d'avoir mordu dans un morceau trop gros pour elle. Elle avait pourtant une grande bouche – les mauvaises langues la qualifiaient de « grande gueule »…

Bennie rompit enfin le silence :

— Tu ne devais pas aller à l'audience à quinze heures ? Ce n'est pas facile d'obtenir une liberté sous caution dans une affaire de meurtre. Mets une veste sur ta robe et change de chaussures, on a à peu près la même pointure. Tu peux prendre ma paire marron dans le vestiaire de la réception, j'y laisse toujours une garde-robe de rechange.

Judy sursauta, consulta sa montre. L'heure avait tourné, elle avait à peine le temps d'aller au palais de justice. Elle bredouilla un rapide remerciement et sortit en hâte tandis que Bennie se tournait de nouveau vers son ordinateur.

Ce que Judy ne pouvait pas prévoir, c'est que Bennie allait passer un long moment après son départ à fixer des yeux l'écran de l'ordinateur sans pouvoir lire ou écrire un seul mot.

7

La foule des reporters attroupés devant le palais de justice débordait jusque dans Filbert Street, rue étroite de la vieille ville coloniale conçue pour le passage d'une voiture à cheval et non pour une horde de journalistes gonflés de leur importance. Ils semblaient attendre quelque chose et bloquaient la circulation en polluant l'air de leurs bavardages oiseux et de nuages de fumée de tabac. Judy se demanda de quelle affaire morbide ils étaient venus se repaître cette fois-ci.

— La voilà ! cria un photographe, l'appareil pendu au cou, en voyant Judy apparaître. Maître Carrier, juste un mot ! Par ici !

Prise au dépourvu, Judy se força à maintenir son allure malgré les chaussures de Bennie, trop grandes d'une pointure, qui la forçaient à traîner les pieds sur les pavés inégaux et lui donnaient l'impression d'être une gamine déguisée en grande personne. Elle réfléchissait à toute vitesse. Comment la presse avait-elle été si vite alertée ? En quoi Tony pouvait-il les intéresser ? Ils se ruaient déjà sur elle comme une meute de loups, les photographes l'appareil braqué, les cadreurs la caméra sur l'épaule, les journalistes le bloc-notes à la main.

Tête baissée, Judy marcha droit devant elle en contournant de son mieux ceux qui lui barraient le passage. Les questions fusaient de tous les côtés : « Maître Carrier, Bennie Rosato est-elle officiellement dans le coup ? » « Maître Carrier, votre client plaide coupable ou innocent ? » « Hé, Judy ! Est-ce que Mary Di Nunzio travaillera aussi avec vous sur l'affaire ? » « Maître Carrier ! La famille Coluzzi a déclaré que votre client est un assassin. Pas de commentaires ? »

Judy continua à foncer, les yeux rivés sur son objectif : la porte tambour du bâtiment. Il y avait pire dans la vie que d'essuyer un raz de marée de journalistes. Bennie et Mary en avaient toujours eu la hantise mais Judy, ayant joué au rugby dans l'équipe féminine de son lycée, savait écarter d'un coup d'épaule imparable ceux qui la serraient de trop près. Elle s'abstint toutefois de rendre la pareille à un cameraman de télévision qui lui avait heurté le bras avec sa caméra, cela aurait pu faire mauvais effet au journal télévisé.

« Maître Carrier, que pensez-vous des éléments de preuve dont dispose l'accusation ? » « Croyez-vous que votre client obtiendra sa libération sous caution ? »

Elle répétait « Pas de commentaires ! » en poursuivant sa laborieuse progression. Elle ne marqua même pas une pause comme à son habitude pour admirer le vitrail au-dessus de la porte, dont les jaunes, les bleus et les ors chatoyaient sous le soleil. Elle avait un pauvre vieux pigeon à défendre et, d'après le peu qu'elle avait appris, ses chances de le faire libérer étaient à tout le moins douteuses. La loi était contre lui ; elle espérait seulement que son âge et son passé sans tache joueraient en sa faveur.

Une dizaine de policiers en tenue et en civil, appelés à témoigner aux diverses audiences de l'après-midi, se tenaient près de l'entrée, observant d'un air narquois le parcours du combattant que les journalistes infligeaient à Judy. Elle était enfin sur le point de franchir le seuil quand elle sentit une main lui saisir le bras sans douceur. Elle leva les yeux vers l'importun, excédée.

— J'ai déjà dit pas de commentaires. Lâchez-moi !

Mais l'homme qui l'agrippait n'avait pas l'air d'un journaliste. Plus corpulent que trapu, d'âge mûr, les cheveux plaqués sur le crâne, il dardait sur elle un regard visiblement hostile.

— Je voulais juste vous dire bonjour, *maître* Carrier, dit-il adressant un sourire factice aux caméras qui filmaient déjà la scène. Je m'appelle John Coluzzi. Angelo Coluzzi était mon père. Vous avez dû entendre parler de lui, il a été assassiné par votre client.

Judy se sentit rougir et ne sut que répondre, puisque c'était vrai.

— Il a brisé le cou de mon père, reprit Coluzzi. Comme celui d'un de ses oiseaux de malheur.

Judy déglutit avec peine. C'était donc ainsi que Tony-pigeon avait tué son vieil ennemi ? Cela paraissait pourtant inconcevable.

— Je suis venu exprès pour voir le genre d'avocate de merde que vous êtes. Vous devriez avoir honte, assena Coluzzi en crachant presque sa haine à la figure de Judy.

Elle se sentit obligée de prononcer quelques mots. La vie de son client était en jeu, et l'altercation dont les reporters ne perdaient pas une miette était digne de la série télévisée *Suspense à minuit*.

— Je vous présente mes sincères condoléances, monsieur Coluzzi, parvint-elle à articuler avant de se précipiter enfin à l'intérieur.

De Tony-pigeon ou de Coluzzi, elle ne savait plus qui était le vrai méchant. Quant à elle, elle se sentait soudain pire que les deux réunis.

La cour des mises en accusation au sous-sol du palais de justice ne ressemblait en rien à l'image conventionnelle que la télévision donne d'un tribunal. C'était… un studio de télévision. Comme d'autres grandes villes des États-Unis, Philadelphie avait adopté ce système, censé accélérer et simplifier les débats. La salle était coupée en deux par une paroi de verre blindée et insonorisée derrière laquelle se tenait le public, les paroles prononcées dans le prétoire lui étant transmises par des micros et des haut-parleurs. L'estrade du juge et les tables où siégeaient la défense et l'accusation subsistaient, mais un énorme écran de télévision occupait tout le fond de la salle au-dessus de l'estrade. Chaque inculpé y apparaissait en gros plan pendant la lecture des charges relevées contre lui. Il disposait de trois minutes, moins que la moyenne des batteries de spots publicitaires qui interrompent les programmes, avant de céder sa place au suivant.

Judy ne put retenir un frémissement en pénétrant dans ce simulacre de tribunal, non seulement absurde mais anticonstitutionnel. Si l'accusé voulait conférer avec son défenseur, il ne pouvait le faire que par un téléphone spécial dans sa cellule, de sorte que son garde entendait tout ce qu'il disait. Et si l'avocat voulait lui donner un conseil, il devait user du même moyen de communication, si bien que le juge, l'accusation et le public n'en perdaient pas un mot. Elle avait beau penser que ce système violait les droits les plus élémentaires de la défense, personne ne lui avait demandé de se dévouer ni ne voulait dépenser de l'argent pour intenter devant les plus hautes instances judiciaires une action contre cette procédure aberrante et ses variantes, dont tout le monde semblait s'accommoder. Les autorités responsables avaient fait adopter la mesure sans rencontrer d'opposition, l'audience de mise en accusation étant considérée dans la procédure pénale comme une simple routine préliminaire. Pour Judy et quelques autres puristes, c'était loin d'être le cas quand la liberté d'un individu était en jeu.

Son sentiment de malaise s'accrut lorsqu'elle pénétra dans la partie de la salle réservée au public, qu'elle devait traverser. Une foule importante s'y pressait. Pourquoi y avait-il autant de monde ? Tous ces gens étaient-ils venus à cause de Tony ? Et qui avait averti la presse ? La scène avec John Coluzzi à l'entrée du bâtiment lui fit monter le rouge aux joues, et les paroles de Bennie tintèrent à ses oreilles : « Si tu n'y crois pas, Lucia n'a aucune chance de s'en sortir. »

Elle se força à ne plus y penser en reconnaissant Frank, assis au premier rang à droite, qui avait remplacé son blouson en denim par une veste de velours. Le regard soucieux, il lui lança un sourire crispé. M. Di Nunzio était lui aussi au premier rang avec d'autres vieux messieurs. En la voyant entrer, il se leva et agita la main avec autant d'enthousiasme que s'il saluait le président des États-Unis. Si elle avait été d'humeur badine, Judy en aurait ri de bon cœur.

En s'avançant vers lui, elle s'aperçut que toutes les têtes du côté droit de la salle se tournaient dans sa direction. Elle crut d'abord que sa démarche chaloupée due à ses chaussures trop grandes attirait l'attention jusqu'à ce qu'elle se rende compte que le public dans cette moitié de la salle – hommes, femmes, enfants, familles entières – la regardait avec l'admiration mêlée d'adoration qu'on réserve à une jeune mariée en marche vers l'autel. Elle en déduisit que le bruit s'était répandu qu'elle défendait Tony et que le village au complet était venu assister à ses exploits. Dieu merci, pensa-t-elle avec soulagement, personne n'avait la déplorable idée de l'applaudir.

M. Di Nunzio se leva quand elle arriva à sa hauteur et la serra contre lui avec effusion, en coinçant du même coup la tête de Frank entre leurs deux poitrines.

— Je suis si content de te voir, Judy ! Merci d'être venue. Merci !

— C'est la moindre des choses, monsieur Di Nunzio. Tout ira bien, vous verrez, répondit-elle alors qu'elle était persuadée du contraire.

Elle reconnut son odeur de naphtaline et d'amidon frais, lui tapota le dos à travers le chandail de laine qu'il portait en toute saison et dont le contact familier la réconfortait toujours. Il avait mis une chemise blanche empesée et une cravate, sa tenue du dimanche pour aller à la messe, supposa-t-elle.

— Allons, rasseyez-vous et ne vous faites pas de souci, dit-elle en le repoussant avec douceur vers sa place. Nous sommes officiellement chargées de l'affaire, maintenant.

— Dieu soit loué ! Ma femme m'a dit de t'embrasser. Elle est restée à la maison avec Mary, poursuivit-il tandis que ses voisins tendaient l'oreille pour écouter leur conversation. Elle aurait bien voulu venir, tu sais. Mary aussi, mais tu comprends, n'est-ce pas ?

— Bien sûr que je comprends, voyons ! C'est plutôt à moi de vous dire merci à tous les deux de si bien soigner ma meilleure amie.

Tout en parlant, elle surveillait l'écran du coin de l'œil pour s'assurer que ce n'était pas encore au tour de Tony. Pour le moment s'affichait le visage d'une jeune Noire en larmes au nom de laquelle intervenait le défenseur public commis d'office. On voyait de l'autre côté de la séparation ses lèvres remuer comme sur un téléviseur dont on aurait coupé le son.

— Je vais te présenter mes amis, Judy, continua M. Di Nunzio en se tournant vers la rangée de septuagénaires et d'octogénaires assis à côté de lui. Voici d'abord mon vieil ami Tony LoMonaco, qui habite ma rue. Il est membre du même club que Tony-pigeon.

— Quel club ? s'enquit Judy.

— Tu sais, le club des colombophiles.

— Oui, c'est vrai. Ravie de vous revoir, monsieur LoMonaco.

En humant l'odeur de tabac qui imprégnait ses vêtements, elle déduisit qu'il s'agissait de Tony-du-bout-de-la-rue, dont elle n'avait gardé qu'un vague et lointain souvenir et qui était célèbre pour le discernement avec lequel il choisissait des cigares pour ses amis et lui-même.

Judy avait hâte de mettre un terme à ces civilités. Elle souffrait d'un trac inaccoutumé et devait se préparer, mentalement au moins, à l'audience imminente. Sa rencontre avec John Coluzzi l'avait complètement déstabilisée. Elle l'avait repéré, assis lui aussi au premier rang, mais sur la partie gauche, à côté d'un homme moins corpulent que lui mais à l'attitude tout aussi hostile – probablement son frère Marco dont Frank lui avait parlé. Les deux hommes formaient le centre d'une foule sévère qui ne lui vouait à l'évidence aucune sympathie. Si les supporters de Tony Lucia occupaient la partie droite, ceux du clan Coluzzi s'étaient rassemblés à gauche. Les belligérants n'étaient séparés que par l'étroite allée centrale, dont la moquette élimée serait incapable de constituer une ligne Maginot en cas d'ouverture des hostilités.

Cette situation provoqua chez Judy une peur instinctive. La mort d'Angelo Coluzzi pouvait déclencher des représailles aussi sanglantes qu'au fin fond de la Sicile. Si le patriarche était mort, ses fils John et Marco, eux, étaient bien vivants. En complet élégant et cravate de soie, Marco paraissait le plus intelligent des deux, et sans doute était-ce lui qui dirigeait les affaires familiales. Mais c'était le bras musculeux de John qui soutenait une vieille femme en noir qui tamponnait avec un mouchoir ses yeux rougis de larmes, sa mère sûrement, la veuve d'Angelo. « Il a brisé le cou de mon père comme celui d'un de ses oiseaux de malheur »...

La main de M. Di Nunzio sur son bras arracha Judy à ses amères réflexions.

— Ce jeune homme est mon ami Tony Pensiera. Nous le surnommons Tony-les-pieds, mais vous pouvez l'appeler Pieds pour simplifier.

Judy se tourna vers un petit vieillard d'allure chétive, porteur de lunettes épaisses comme des hublots et dont les pieds semblaient tout à fait normaux.

— Enchantée de faire votre connaissance, monsieur Pieds.

— Monsieur Pieds ! Ça me plaît, monsieur Pieds !

Tony-les-pieds lui fit un large sourire qui dévoila une dent d'argent massif. Judy se demanda pourquoi il n'avait pas été plutôt surnommé Tony-les-dents ou un sobriquet du même genre. Pendant ce bref échange de politesses, les autres vieillards s'étaient levés et s'avançaient en tendant à Judy des mains aux doigts noueux, déformés par l'arthrite. Elle décida de mettre fin à cet intermède.

— Je suis ravie de faire votre connaissance à tous, s'excusa-t-elle, mais il faut que je prenne ma place. Nous nous verrons plus tranquillement à la fin de l'audience, si vous le voulez bien.

Ils hochèrent la tête en signe d'approbation et regagnèrent leurs sièges. À l'évidence, ils considéraient tout ce qu'elle disait comme parole d'Évangile. Judy adressa un regard qu'elle espéra réconfortant à Frank, qui n'avait pas prononcé un seul mot, immobile sur son siège, et franchit le portillon de la séparation vitrée à laquelle elle resta adossée jusqu'à la fin de la comparution en cours.

L'apparition de Tony à l'écran quelques minutes plus tard lui causa un choc. Le plan rapproché, qui exagérait ses rides jusqu'à en faire des crevasses, lui donnait l'âge d'un

Mathusalem. Ses petits yeux ronds regardaient de gauche à droite, affolés, sans savoir s'il fallait fixer l'objectif de la caméra. Il était si visiblement effrayé par la situation que nul ne pouvait de bonne foi concilier l'image de ce vieillard désorienté avec celle d'un tueur de sang-froid, capable de rompre à mains nues le cou d'un autre homme. « C'est un homme pacifique, avait dit Frank, il est même incapable d'achever ses pigeons. C'est un doux, c'est un tendre. »

Mais Judy n'avait pas le temps d'épiloguer. Elle s'approcha de la table de la défense, où le jeune avocat d'office lui céda sa place.

— Je suis Judy Carrier, Votre Honneur. Je représente l'inculpé Anthony Lucia, dit-elle avant de s'asseoir.

— Lucia a donc un défenseur privé, commenta le juge en fouillant d'un air excédé dans les piles de dossiers placés devant lui. Greffier, nous sommes prêts. Faites comparaître le prévenu.

Il avait à peine fini de parler quand un grésillement retentit dans les haut-parleurs, et l'on entendit Tony murmurer : « Allô ? Allô ? »

Judy constata qu'il ne comprenait rien à ce qui se passait et son inquiétude s'accrut devant la réaction du public, la moitié pro-Lucia atterrée de le voir en prison, la moitié pro-Coluzzi enragée de le voir encore en vie. Impavide, le juge lut à haute voix le numéro du dossier avant de lever les yeux vers la caméra, qui transmettait son image sur un moniteur dans la cellule de Tony.

— Monsieur Lucia, commença-t-il, vous êtes inculpé de meurtre. Comprenez-vous ?

— Allô ? Qui est là ? chuchota Tony en clignant des yeux.

— Monsieur Lucia, c'est le juge qui vous parle. Veuillez regarder l'objectif de la caméra placée devant vous. Avez-vous compris ce que je viens de vous dire ? Avez-vous besoin d'un interprète ?

— Votre Honneur, intervint Judy, M. Lucia ne maîtrise par parfaitement l'anglais. Il est âgé et désorienté par cette procédure. Un membre de sa famille présent dans cette salle peut servir d'interprète en cas de besoin.

— Non, ce ne serait pas légal. Voyons s'il est capable de me suivre. Monsieur Lucia, vous êtes inculpé de meurtre. Comprenez-vous ?

— Si, si, bafouilla Tony. Meurtre. C'est le juge ? Le juge ?

L'inquiétude de Judy se mua en panique. S'il prenait à Tony l'idée de parler au juge et de dire la vérité, ses propos seraient retenus contre lui au procès, ce qui reviendrait à signer son arrêt de mort. Sa main se glissa machinalement sur la table vers le téléphone noir relié à la cellule de Tony. Elle ne voulait pourtant s'en servir qu'en cas d'absolue nécessité, car la salle entière entendrait ce qu'elle dirait et elle ne pouvait pas compter sur Tony pour saisir une allusion. Un phrase du genre « N'avouez rien » équivaudrait à un aveu.

— Oui, monsieur Lucia, je suis le juge, je constate avec plaisir que vous m'avez compris. Le ministère public, enchaîna-t-il, s'oppose-t-il à la libération sous caution du prévenu ?

Le substitut, un jeune homme vraisemblablement tout juste issu de la faculté de droit et commis d'office au titre de son apprentissage du métier, se leva :

— Oui, Votre Honneur. La jurisprudence dans ce comté n'accorde pas la liberté sous caution dans les affaires de meurtre, surtout quand la victime est un octogénaire sauvagement assassiné. Le ministère public s'oppose donc à la libération sous caution.

Judy vit Tony ouvrir la bouche pour parler et se hâta d'intervenir.

— Votre Honneur, la défense soutient que M. Lucia a droit à sa mise en liberté sous caution. Son casier judiciaire est vierge de toute condamnation, et vous pouvez constater qu'il ne présente aucun risque de trouble à l'ordre public. En outre, il est âgé de près de quatre-vingts ans, aucun risque, donc, qu'il cherche à fuir la justice.

— A-t-il des attaches dans cette ville, maître ? s'enquit le juge qui consultait la liste des conditions standard d'octroi d'une libération.

— Bien sûr, Votre Honneur. Son petit-fils est prêt à verser sa caution, répondit-elle en indiquant derrière elle la moitié du public qui manifesta son soutien par des gesticulations enthousiastes, sans parler de ses nombreux amis. Il n'a nulle intention de se dérober à la justice.

— Le juge ? Où est le juge ? fit la voix de Tony, qui se penchait pour regarder derrière la caméra. Vous me voyez, juge ?

Judy n'y tint plus. Elle empoigna le téléphone :

— Monsieur Lucia, c'est Judy qui vous parle. Décrochez le téléphone. Répondez-moi.

On entendit dans la cellule une sonnerie étouffée et la voix du gardien qui disait à Tony de décrocher.

— Quoi ? Comment ?

Il s'était tourné vers le gardien qui, de guerre lasse, décrocha lui-même. Une manche d'uniforme envahit l'écran, une main tendit le combiné à Tony, qui recula comme à la vue d'un serpent venimeux. Au bout de quelques secondes qui parurent à Judy durer une éternité, Tony parla dans le combiné, mais sans le prendre lui-même.

— Allô ? Allô ? Qui est là ?

— Je suis Judy, monsieur Lucia. Votre avocate, vous vous rappelez ? Écoutez-moi bien. Restez assis et répondez simplement aux questions que vous posera le juge. Avez-vous compris ?

Un large sourire apparut sur le visage de Tony.

— Judy ? C'est Judy, la jolie fille à la grande bouche ?

— Oui, c'est moi, admit-elle avec soulagement.

Derrière elle, le public éclata de rire. Le juge rétablit l'ordre et se tourna vers le substitut :

— Compte tenu des difficultés que le prévenu semble rencontrer avec l'utilisation d'un téléphone, je ne l'imagine guère correspondre avec des compagnies aériennes pour organiser son départ clandestin de Philadelphie. J'estime en conséquence qu'il ne présente pas de risque de se soustraire à l'action de la justice et je fixe sa caution à vingt-cinq mille dollars. Monsieur Lucia, poursuivit-il en se tournant vers la caméra, vous serez libéré dès le versement de votre caution. Vous devrez vous présenter en personne à l'audience de votre procès. Veuillez signer les documents placés devant vous. Et maintenant…

— Juge ? Où est le juge ? reprit Tony dans le combiné.

— C'est terminé, monsieur Lucia, intervint Judy. Raccrochez et vous pourrez rentrer chez vous.

— Judy ? Où est le juge ? Je veux parler au juge !

Judy sentit son cœur manquer plusieurs battements. Elle s'apprêtait à reprendre la parole aussi longtemps qu'il le faudrait pour faire taire Tony quand le juge intervint avec autorité.

— Nous avons assez parlé pour aujourd'hui, monsieur Lucia. J'ai beaucoup d'autres dossiers à expédier. Signez les documents et regagnez votre cellule. Vous pourrez demander à votre gardien de vous aider si nécessaire.

Le visage de Tony disparut, l'écran redevint noir. Judy réfréna un cri de soulagement, reprit son cartable et rendit sa place au défenseur public pendant qu'un nouveau prévenu apparaissait sur l'écran. Elle avait gagné, Tony serait libéré. Dans la salle, les supporters de Tony s'embrassaient et se congratulaient.

Quand elle franchit le portillon, Judy se sentit ivre de joie. Frank, M. Di Nunzio, Tony-du-bout-de-la-rue et Tony-les-pieds se ruèrent sur elle pour l'embrasser, la remercier, la féliciter. Jamais encore elle n'avait éprouvé d'émotion aussi profonde en se voyant l'objet d'un tel débordement d'affection de la part de parfaits inconnus. Elle se laissa emporter par leur exubérance tandis que s'envolaient ses dernières appréhensions sur la victoire finale.

Jusqu'à ce que retentissent les premiers cris de rage et que les premiers coups de poing commencent à pleuvoir.

8

Jamais encore Judy n'avait eu l'occasion de voir pareil tableau dans la salle de conférences de Rosato & Associées – ni dans aucune autre salle de conférences d'un cabinet juridique de sa connaissance. Autour de la grande table de noyer verni, devant des gobelets de café, étaient assis cinq Italiens dont trois octogénaires, les vêtements froissés, déchirés ou ensanglantés. Les blocs-notes restaient vierges, les crayons intouchés, les téléphones inutilisés. Le panorama de gratte-ciel de verre et de granit qu'encadraient les larges baies vitrées, l'un des plus spectaculaires de la ville, ne faisait aucune impression sur les rescapés, trop endoloris pour penser y jeter un œil.

Judy fit la revue des dégâts en distribuant des doubles doses d'analgésiques. Par miracle, personne n'avait dû être emmené à l'hôpital. M. Di Nunzio avait reçu un méchant uppercut, son menton virait au violet, mais il n'avait pas besoin de points de suture et avait rendu des coups aussi efficaces que celui qu'il avait encaissé. Tony-du-bout-de-la-rue avait fait preuve d'une étonnante agilité malgré son poids respectable : le premier à réagir à l'attaque du clan Coluzzi, il avait senti décupler ses forces en se faisant traiter de « gros porc ».

Frank, dont l'arcade sourcilière droite fendue ne saignait plus, heureusement, s'était révélé le plus valeureux des combattants, sans doute parce qu'il était le plus costaud du lot et le seul au-dessous de soixante-dix ans. Il avait presque réussi à mettre K.-O. le redoutable John Coluzzi avant l'intervention musclée d'une petite armée de gardes du palais et d'agents de police, convoqués en toute hâte par le juge au bord de l'hystérie. Les forces de l'ordre avaient réussi à séparer les belligérants, menacés des foudres de la loi s'ils ne se dispersaient pas séance tenante pour regagner leurs territoires respectifs. Grâce à l'éloquence persuasive d'une jeune avocate blonde pourvue d'une « grande gueule » et sachant s'en servir, aucun membre des deux tribus n'avait été appréhendé pour outrage à magistrat.

Judy referma le flacon de comprimés pendant que Frank posait un sparadrap sur le crâne chauve de Tony-les-pieds, qui avait justifié son sobriquet en déployant une remarquable compétence dans l'administration de coups de pied dans les tibias et autres parties sensibles des séides des Coluzzi. Il déplorait toutefois la perte de ses grosses lunettes, jetées à terre dans la bagarre, qui gisaient en miettes dans la pochette de sa chemise. Pour sa part, Judy avait été mise dès le début sur la touche, peut-être parce que les Coluzzi eux-mêmes lui accordaient le statut d'une neutralité helvétique. Après avoir égaré l'une des chaussures de Bennie, ce qui n'était pas une grosse perte, elle avait aidé la police à restaurer la dignité dans le prétoire profané.

Seul Tony-pigeon sortait indemne de l'aventure, mais il ne le devait qu'à son absence puisque, à ce moment-là, il n'était pas encore élargi. À la lumière des événements, Judy révisait radicalement son point de vue sur les audiences télévisées. Tout bien pesé, l'idée se révélait excellente lorsque des Italiens vindicatifs étaient en présence.

Les premiers soins dispensés, elle se posta au bout de la table.

— Maintenant, écoutez-moi bien. D'abord, nous avons de la chance que le juge n'ait pas annulé la libération de Tony, j'espère que vous en êtes conscients. Vous devez vous enfoncer dans la tête une bonne fois pour toutes que nous ne mènerons pas cette affaire de la manière dont elle s'est déroulée aujourd'hui. Je n'apprends pas vite, mais je suis en train de me faire une idée sur la question. Les Lucia haïssent les Coluzzi et les Coluzzi haïssent les Lucia, soit. Ce n'est pas ce qui compte pour l'instant. Je ne défendrai pas Tony-pigeon si vous êtes tous incapables de vous dominer. Il va falloir vous habituer à voir plus loin que le bout de votre nez et à réfléchir à long terme.

Judy ne s'était jamais exprimée de manière aussi dictatoriale et elle y prenait goût. Tony-pigeon clignait des yeux, M. Di Nunzio avait l'air grave, Tony-les-pieds baissait la tête comme un écolier pris en faute. Frank souriait, malgré une bosse de la taille d'un œuf d'oie sur sa pommette. Assis face à Judy à l'autre bout de la table, il posait une main protectrice sur le dossier de la chaise de son grand-père.

— Avez-vous bien compris ce que j'ai dit, Tony-pigeon ? reprit-elle d'un air sévère. Plus de bagarres, sinon cherchez quelqu'un d'autre pour vous défendre.

— C'est pas nous qui avons commencé, Judy, c'est les Coluzzi ! protesta l'interpellé en agitant dans l'air un poing osseux. Ils ont tapé les premiers, nous avons tapé après !

Les autres Tony approuvèrent avec des hochements de tête véhéments. Judy comprit qu'elle aurait fort à faire pour les amener à ses vues.

— Messieurs, s'il vous plaît ! Je n'admettrai pas ce genre d'excuses chez des hommes de vos âges. Vous n'êtes plus des petits garçons qui se battent dans la cour de récréation. Il ne s'agit ni d'un jeu ni même d'une guerre, mais d'un procès pour meurtre dont les conséquences peuvent être tragiques si nous accumulons les erreurs. D'une affaire sérieuse qui concerne la loi.

— D'une affaire sérieuse dans le cadre d'une guerre, observa posément Frank entre deux gorgées de café.

— Et quand bien même ce serait le cas, riposta Judy, c'est *moi* qui prendrai les commandes ou ne comptez plus sur moi ! Je m'en vais.

Sur quoi, elle empoigna son cartable et se dirigea vers la porte. Le fait qu'elle était dans ses bureaux donnait à sa démonstration une valeur purement symbolique, mais Tony-pigeon s'en émut quand même.

— Non, Judy ! s'écria-t-il d'une voix étranglée par l'angoisse.

Une main sur la poignée de la porte, elle s'arrêta et pivota sur un talon, exploit qui aurait pu lui valoir une mention flatteuse dans le *Livre Guinness des records*.

— Vous voulez que je vous défende ?

— *Si !* Oui !

— Vous vous conduirez bien ?

— *Si, si !*

— Plus de bagarres ?

— *Si ! No !*

— Vous me le promettez ? Pour de bon, cette fois-ci ?

— Je promets, affirma Tony avec conviction.

— Les autres doivent comprendre les règles eux aussi, Tony. Tous ceux qui étaient au tribunal aujourd'hui, tous les voisins, tout le quartier, comprenez-vous ? Plus de bagarres, ou je m'en vais.

— *Si, si !* Oui, oui ! répéta Tony.

M. Di Nunzio se leva, visiblement troublé.

— Ne t'en va pas, Judy. Tu as raison, tout ce que tu as dit est vrai. Je veillerai à ce qu'on ne se batte plus, je le jure devant Dieu.

La mine contrite, les deux autres Tony confirmèrent leur accord. Judy se tourna vers Frank, qui sirotait son café sans mot dire.

— Eh bien ?

— Eh bien quoi ? répondit-il en reposant son gobelet. Vous voudriez que je promette de ne pas me battre quand ils attaqueront de nouveau mon grand-père ? La réponse est non.

Excédée, Judy en lâcha son cartable.

— Vous êtes complètement cinglé ou quoi ? Nous ne sommes plus à Naples en 1900 mais à Philadelphie en l'an 2000 ! Nous avons Internet, maintenant, et Microsoft, et les boys-bands ! Personne ne va plus tirer de l'eau dans un puits ni laver son linge dans un lavoir ! Si quelqu'un attaque votre grand-père, c'est l'affaire de la police !

— J'aime pas la police ! s'exclama Tony-pigeon en tapant du poing sur la table. Et je suis pas de Naples !

— Vous l'avez insulté en le traitant de Napolitain, remarqua Frank en souriant. Il les considère tous comme des voleurs.

Judy poussa un grognement de lassitude.

— C'est tout ce que vous avez retenu de ce que j'ai dit ?

— Non, répondit Frank, mais je ne suis quand même pas d'accord avec vous. Vous dites qu'il s'agit d'une affaire qui ne concerne que la loi, mais lorsque j'ai précisé « dans le cadre d'une guerre » j'étais sérieux. Vous ne croyez qu'aux règles, bon, mais une vendetta obéit à ses propres règles, qui ne s'embarrassent pas plus de la loi que de l'espace et du temps. Elle ne se transforme pas en changeant de siècle, elle est aussi vivante aujourd'hui qu'en 1940 dans la mémoire collective des Coluzzi et des Lucia, qui ont vécu dans un autre temps, dans un autre pays et dont le mode de vie traditionnel est toujours actuel pour eux-mêmes, leurs enfants et leurs petits-enfants.

— Essayez-vous de justifier le principe de la vendetta ?

— Non, de l'expliquer. Il faut que vous compreniez la réalité avant de pouvoir défendre mon grand-père.

Judy en resta muette. Que Frank la batte sur son propre terrain lui déplaisait. Il avait parlé avec autorité et persuasion, mais elle ne pouvait pas lui permettre de gagner, tant pour Tony que pour elle-même. La démonstration de Frank sapait la primauté de la loi, qu'on lui avait appris à vénérer et qu'elle était arrivée à aimer. Son incapacité à trouver sur-le-champ des arguments pour contrer Frank l'inquiéta.

— John et Marco Coluzzi ne sont pas du genre à lâcher prise, Judy, reprit-il. Ils chercheront à lui mettre la main dessus, c'est une certitude. Que voudriez-vous que je fasse, que je les laisse le battre à mort sans réagir ? Il est mon grand-père. Et votre client.

— Si c'est vrai, soupira-t-elle, accablée, pourquoi l'avoir fait libérer ? Pourquoi ne pas l'avoir laissé en prison ?

— Non, nous avons bien fait, il serait encore moins en sûreté en prison. Dehors, je serai capable de le protéger, c'est d'ailleurs mon devoir. Vos lois et vos règles ne nous serviront à rien.

— Pourquoi ?

— Parce que les Coluzzi sont trop habiles pour vos lois, jusqu'à présent, du moins. Ils ont de l'argent, de l'influence, des relations, ils le tueront si nous les laissons faire. Vos lois ne peuvent pas arrêter quelqu'un *avant* qu'il ait commis un crime… et encore !

— *È vero*, approuva tristement Tony-pigeon.

Judy n'eut pas besoin de traduction, c'était la vérité.

Les deux hommes affichaient la même gravité, la même détermination, le même regard sombre. La ressemblance entre le grand-père et le petit-fils était si frappante que Judy en fut désarçonnée. Peut-être avaient-ils raison, après tout. Elle ne l'aurait jamais cru avant d'avoir vu de ses yeux l'invraisemblable pugilat éclater dans la salle du tribunal et se poursuivre jusque dans la rue. Si cette folie de vendetta venue du fond des âges existait toujours, comme l'avait affirmé Frank, Tony-pigeon risquait fort d'être mort bien avant son procès…

— D'accord, dit-elle enfin. Que votre grand-père soit en danger, je vous l'accorde. Mais cela ne doit pas nous empêcher d'étudier le dossier à fond et de bâtir une défense. Nous devons aller de l'avant. Par conséquent, vous le protégerez à votre manière, moi à la mienne. Vous vous battrez pour le sauver, moi je me servirai de la loi.

— Vous voulez parier qui gagnera ? demanda Frank en souriant.

— Non, ce serait vous voler. Et maintenant, allons-y.

Si Judy n'avait pas de religion, elle avait foi en son étoile, qui l'avait bien aidée en faisant en sorte que la patronne soit absente quand elle était arrivée au cabinet à la tête de son escouade d'invalides. Elle espérait être tout autant protégée au moment de sa sortie.

Elle entrebâilla la porte de la salle de conférences et balaya du regard le hall de réception pour s'assurer que la voie était libre. Les bureaux des avocates ouvraient sur le vaste espace carré, chacun flanqué d'une cellule logeant une secrétaire. Les imprimantes crissaient, les claviers cliquetaient, les avocates caquetaient, les secrétaires travaillaient. Donc, l'ordre régnait. Et pas de patronne en vue.

Elle se glissa au-dehors encadrée par Frank et M. Di Nunzio, les Trois Tony, qui n'avaient rien à voir avec les Trois Ténors, sur ses talons. Au passage des éclopés, les secrétaires détournèrent ostensiblement les yeux, comme les badauds évitent de regarder les victimes d'un accident de la route. Mais Murphy et les P'tites Murphy, qui perdaient leur temps à jacasser dans le couloir, n'eurent pas autant de décence. À la vue de Frank, un sourire apparut sur les lèvres de Murphy sans que Judy puisse discerner s'il était dû au fait que Frank était beau garçon ou réussissait à le rester malgré son visage tuméfié.

— Ces messieurs sont mes clients, lança-t-elle au contingent Murphy quand elle parvint à leur hauteur. Veuillez ne pas écarquiller les yeux, baver ou pouffer de rire, contentez-vous de dire au revoir.

— Je n'aurais jamais rien fait de semblable, protesta Murphy en tendant à Frank une main manucurée. Vous devez être Frank Lucia. Je vous ai vu à la télévision.

La bagarre avait eu droit, en effet, à un flash d'information.

— C'est exact. Et maintenant, tu dis au revoir, ordonna Judy.

Murphy n'en tint aucun compte.

— Bonjour, dit-elle en serrant la main de Frank d'une manière qui suscita la réprobation de Judy. Quel spectacle vous nous avez offert sur les marches du palais de justice ! Le type de la télévision disait que c'était la plus belle bagarre à laquelle il ait jamais assisté.

— Il était modeste, commenta Frank avec un sourire qui ne l'était pas moins.

Murphy fit tinter son rire cristallin, aussitôt imitée par ses collègues qui ne savaient rien faire de mieux. Judy en eut assez :

— Il faut que nous partions. Dis au revoir.

— Voyons ! Tu ne me présentes pas à tes clients ?

Judy se retint de grincer des dents. À l'évidence, Murphy n'éprouvait aucun intérêt pour les Trois Tony.

— Frank Lucia, Murphy, dit-elle de mauvaise grâce. Elle ne se sert jamais de son prénom, Dieu sait pourquoi. Et maintenant, allons-y.

— Enchanté de faire votre connaissance, déclara Frank alors même que Judy lui prenait le bras pour l'entraîner dehors.

Elle voulait à tout prix éviter Bennie et, autant l'avouer, éprouvait une certaine jalousie à l'égard de Murphy. Sur quoi, suivie des Trois Tony qui traînaient leurs pieds endoloris sur la moquette, elle prit la direction de la sortie.

Au moment où leur petit cortège dépassait le comptoir de la réceptionniste, l'étoile de Judy tomba en panne sèche : la porte s'ouvrit à la volée, et Bennie fit irruption dans le hall, son cartable surchargé dans une main et deux journaux pliés sous le bras.

— Ah ! s'exclama-t-elle. Voilà justement celle que je voulais voir.

Elle s'arrêta le temps de se présenter à Frank et aux vieillards qu'elle gratifia d'un sourire, avant d'extirper de sous son aisselle les journaux qu'elle tendit à Judy.

— Je te parlerai plus tard, mais j'ai pensé que tu voudrais mettre ces articles dans ton press-book, ils sont très instructifs. Tes leçons de boxe n'ont pas été inutiles, en fin de compte.

— Merci, répondit poliment Judy en dépliant le *Daily News*.

Sous une manchette en gros caractères, le premier tabloïd de Philadelphie affichait une photo où l'on voyait des hommes en uniforme les expulser, Frank et elle, de l'enceinte du palais de justice. On fait un beau couple, pensa-t-elle en s'abstenant de le dire à haute voix. Le moment aurait été mal choisi.

— L'audience ne s'est pas déroulée tout à fait comme prévu, se borna-t-elle à commenter.

— Apparemment, rétorqua Bennie d'un ton sarcastique. J'espère que tu n'envisages pas de répéter trop souvent ce genre d'exploit, à savoir complicité d'outrage à magistrat. Pour votre gouverne, poursuivit-elle en se tournant vers Frank, les collaboratrices de Rosato & Associées se contentent, en général, de commettre leurs délits au bureau.

Son sourire, Dieu merci, ne s'était pas effacé. Celui que Frank lui rendit était sensiblement moins joyeux.

— Ne reprochez pas ce regrettable incident à Judy. C'est entièrement ma faute et elle m'a déjà réprimandé. Cela ne sert pas notre cause, je sais, et je vous promets que cela ne se reproduira plus. Je vous prie de m'en excuser.

Bennie fit un geste désinvolte et lui tourna le dos en se dirigeant vers la porte de son bureau.

— Inutile de vous excuser puisque vous avez gagné, lança-t-elle par-dessus son épaule.

Et elle ponctua sa réplique d'un pouce levé en signe d'approbation.

Judy et son escorte en demeurèrent bouche bée, jusqu'à ce que Judy prenne conscience qu'elle n'avait pas de temps à perdre. Elle rafla sur le bureau de la réceptionniste ses messages téléphoniques qu'elle feuilleta en marchant vers l'ascenseur. Outre ceux de quelques confrères adverses dans ses affaires civiles, il y en avait un de Mary Di Nunzio auquel elle donnerait suite sans trop tarder. Le reste, e-mail et boîte vocale, devrait attendre des circonstances plus favorables. Dans l'immédiat, elle avait des Italiens à défendre.

Contre eux-mêmes – en grande partie, du moins.

9

Judy constata avec soulagement que les médias ne s'agglutinaient pas devant l'immeuble du bureau et que les embouteillages n'étaient dus qu'au trafic normal des heures de pointe par une chaude soirée. Le soleil couchant, dont le disque se glissait par tranches entre les buildings, emplissait le ciel d'une lumière orangée. Le flot des hommes d'affaires et des employés déversé sur les trottoirs de Locust Street s'écoulait vers la gare à l'autre bout de la rue. De jeunes couples déambulaient la main dans la main en direction des boutiques élégantes et des restaurants branchés du centre-ville. Frank balayait la foule d'un regard si soucieux que Judy comprit que ce n'était pas l'apparition d'un journaliste qu'il craignait. Bien qu'elle ait du mal à croire à la réalité de la menace, elle se rapprocha de Tony-pigeon.

Frank et elle mirent les deux Tony dans un taxi avec M. Di Nunzio, chargé de veiller à ce qu'ils parviennent sains et saufs à leurs destinations respectives. Elle prit un autre taxi avec Frank et fit asseoir Tony-pigeon entre eux. Il était si menu – il leur arrivait à peine aux épaules – que Judy eut l'impression, à la fois troublante et attendrissante, qu'il était leur très vieil enfant aux cheveux gris.

Pour sa part, en tout cas, Tony ne semblait pas partager l'inquiétude de Frank devant la foule. Il examinait l'intérieur usé et crasseux de la voiture avec une véritable fascination.

Frank se pencha vers lui en souriant, amusé :

— Tu étais déjà monté dans un taxi, grand-père ?

Tony sursauta, comme s'il avait été réveillé brutalement.

— Moi ? Bien sûr, répondit-il avec un geste large. J'en prends tout le temps, des taxis !

— Je me disais aussi...

C'est alors que Judy décida de ne demander sous aucun prétexte à Tony de témoigner. Il mentait encore plus mal qu'elle.

Frank retomba dans le silence, Tony reprit sa contemplation du taxi et Judy regarda par la vitre. Le chauffeur se dirigeait plein sud par une des rues numérotées, en laissant derrière eux les embouteillages. Peu à peu, le paysage urbain changeait, et Judy découvrait des perspectives qu'elle n'avait pas encore eu l'occasion de voir.

Frank gardait toujours le silence, Tony paraissait somnoler. Les artères commerçantes faisaient place à des rues résidentielles bordées de maisons de deux ou trois étages, le plus souvent anciennes mais entretenues avec soin, avec des vitraux aux fenêtres et des façades de briques roses jointoyées de mortier blanc. Dans Rodman et Bainbridge Streets, on trouvait des maisons modernes aux fenêtres plus larges, au style parfois prétentieux. Quelques rues plus loin, en peu de distance comme en témoignait le taximètre qui n'affichait encore que trois dollars, on quitta la ville proprement dite pour son faubourg le plus populaire, South Philly, où les maisons perdaient un étage.

C'est normal, pensa Judy. Ici, il s'agissait de logements ouvriers, simples, dénués du superflu. Chacun, néanmoins, était différent de son voisin pourtant mitoyen. Bâties sur le même plan, les maisons avaient toutes une porte d'entrée et une fenêtre au rez-de-chaussée, surmontées de deux fenêtres à l'étage comme les yeux d'un honnête visage de travailleur. Mais chacune de ces façades avait été amoureusement personnalisée par son propriétaire. Certaines arboraient des auvents en plastique orange ou vert, d'autres étaient ornées de l'initiale de la famille peinte ou, plutôt, calligraphiée en élégante cursive. Les unes avaient un perron en pierre, d'autres en marbre, la plupart en brique. Ici et là, on avait ajouté un balcon, une balustrade en fer forgé ou en fonte ajourée. Cette recherche d'individualité frappa Judy par le contraste qu'elle offrait avec la lugubre uniformité observée le matin même dans des banlieues neuves où les lotissements alternaient avec les centres commerciaux impossibles à distinguer les uns des autres.

Elle sentait la fatigue l'engourdir, mais elle ne pouvait y céder, elle avait encore trop à faire. Le silence régnait dans le taxi, seulement meublé par le grincement du compteur à bout de forces. Les maisons cachaient maintenant le soleil, trop bas sur l'horizon, dont les derniers rayons accentuaient le rouge ou le rose de la brique en y ajoutant des touches dorées ou orangées. Pour Judy, qui peignait à l'huile depuis sa jeunesse, les rues offraient au regard une mosaïque de tons chauds, allant de l'ambre à l'abricot, qui lui paraissait d'autant plus belle que ces murs aux vives couleurs abritaient des êtres humains, des familles.

Le taxi s'enfonçait dans le faubourg, révélant à chaque carrefour de nouvelles boutiques, épicerie, salon de coiffure, boulangerie, café, dont l'enseigne représentait toujours un nom ou un prénom, « Chez Sam », « Yolanda's », « Esposito's ». Aucun magasin de chaîne, aucune grande surface en vue. En proclamant l'identité ethnique du propriétaire, chaque enseigne affirmait la diversité du quartier. À mesure qu'on se rapprochait de la rue de Tony, constata d'ailleurs Judy, les noms à consonance hispanique ou asiatique se raréfiaient, les prénoms ou patronymes italiens devenaient plus fréquents.

À deux rues de la maison, sentant un léger poids sur son bras droit, elle baissa les yeux. La tête posée sur son épaule, son client s'était endormi et ronflait doucement, aussi attendrissant et plus léger qu'un jeune chiot.

LIVRE DEUX

Avec des renforts fournis par l'Association agraire, les Chemises noires écumaient les campagnes en camion. Arrivés dans une ville ou un village, ils commençaient par rosser les passants qui ne saluaient pas le drapeau ou quiconque portait du rouge, cravate, foulard, chemise. Celui qui protestait ou tentait de se défendre et, ce faisant, maltraitait un fasciste subissait une « punition » aggravée... Ils se ruaient ensuite dans les maisons suspectes, enfonçaient les portes, jetaient dehors les meubles, les livres, les marchandises des magasins, arrosaient le tout d'essence et y mettaient le feu. Toute personne découverte à l'intérieur était rouée de coups, parfois jusqu'à ce que mort s'ensuive.

ROSSI, *La Montée du fascisme en Italie* (1983)

Au début de décembre, le moment est venu d'accoupler les oiseaux... auxquels on laissera la liberté de choisir leur conjoint... car ils se comporteront beaucoup mieux. Un homme, une femme ne sont-ils pas plus heureux s'ils peuvent choisir un compagnon selon leur cœur et leur goût plutôt que d'être contraints à un mariage de convenance ?... Un couple de pigeons gardera sa forme des années durant. Mais si l'un des deux vient à disparaître, le survivant ne retrouvera jamais le même niveau avec un autre.

Joseph ROTONDO, *De l'élevage des pigeons voyageurs* (1987)

10

Dans son sommeil, Tony-pigeon rêvait de sa première rencontre avec sa femme. Il ne se rappelait pas la date exacte parce qu'il n'avait jamais été un homme précis, mais il se souvenait de l'année. Il avait dix-sept ans, on était donc en 1937, et cela s'était passé un vendredi soir du printemps, au début de mai.

Celui qui n'était encore qu'Antonio Lucia vivait chez ses parents dans un petit village proche de la ville de Veramo, dans les montagnes des Abruzzes au centre de l'Italie. Tony travaillait dur. Aidant son père à exploiter son oliveraie et son élevage de pigeons, il passait le plus clair de son temps dans la compagnie des adultes et des oiseaux et ne s'adonnait jamais aux frivolités propres aux garçons de son âge. Sa timidité était un secret qu'il croyait bien gardé. Il était sûr, en revanche, de ne pas plaire aux filles parce qu'il n'était pas beau et que tout le monde le constatait.

Tony, il est vrai, était d'allure chétive. « Il a la peau sur les os », disait sa mère. Il avait beau manger, il ne grossissait pas. Il avait beau soulever ou traîner de lourdes charges, ses muscles ne changeaient pas de volume. Il avait les pieds plats, ce qui lui faisait mal quand il marchait trop longtemps. Et malgré tout, Tony était vigoureux. Fils unique, sa mère n'ayant pas pu avoir d'autres enfants, il était capable d'abattre la besogne de dix garçons et le prouvait quotidiennemet.

Le jour où il fit la connaissance de celle qui allait devenir sa femme, il accomplissait une de ces besognes qui consistait à transporter en charrette les pigeons de la famille jusqu'au lieu de départ d'une course prévue pour le lendemain. Le temps s'annonçait idéal pour la compétition. Il faisait doux, le soir tombait, car il avait fallu à Tony la journée entière pour parcourir la distance entre Veramo et Mascoli, dans la province de la Marche, où les oiseaux seraient lâchés. Malgré ses pieds endoloris qui ralentissaient sa progression, Tony préférait cheminer à côté de la mule plutôt que de la chevaucher, car il avait bon cœur : la charrette était lourdement chargée et la pauvre bête avait une jambe postérieure raide.

La route était cahoteuse, les oiseaux s'agitaient et l'équipage avançait lentement, sans que Tony prête attention au paysage qu'il n'avait pourtant jamais vu. Les Abruzzes, situées au sud de la Marche, étaient méprisées par leurs voisins du nord qui en considéraient les habitants comme des demeurés. De leur côté, les Abruzzois détestaient les Marchigiani, jadis collecteurs de l'impôt au temps de l'Empire romain, ce qui leur valait, dans la plupart des provinces du Mezzogiorno, une haine rétrospective qui survivait aux siècles. Tony, lui, ne faisait pas de différence entre les êtres humains ; il n'aimait pas les généralisations injustes et ne s'intéressait pas à la politique malgré le climat surchauffé de l'époque. Il ne se souciait que de sa famille, de ses oliviers et de ses pigeons. Et ceux-ci étant pour le moment l'objet de tous ses soins, il marchait à reculons en surveillant l'échafaudage des cages, tenues par une corde et secouées par les ornières de la route, afin de s'assurer qu'aucun de ses précieux oiseaux n'en souffrait.

C'est ainsi qu'il faillit être renversé par une carriole qui arrivait au grand trot, en sens inverse, sur la route étroite et sinueuse. Deux personnes étaient assises côte à côte sur la banquette, un jeune homme qui menait l'attelage et une ravissante jeune fille. Le jeune homme n'était autre qu'Angelo Coluzzi.

— Eh, toi le péquenot ! cria Coluzzi en stoppant de justesse. Tu ne peux pas regarder où tu marches, espèce d'imbécile ? Tu es en plein milieu de la route, sinistre crétin !

Surpris par l'arrêt brutal, Tony retint d'une main ses cages qui oscillaient dangereusement.

— Oh ! Pardon *signor*, je ne vous avais pas vu. Les pigeons...

— Les pigeons ! Belle excuse. Ce n'est pas une raison pour provoquer un accident, *coglione* !

Coluzzi était rouge de colère. Ses cheveux plaqués par de la gomina étaient aussi noirs que sa chemise, ornée des boutons dorés et des insignes distinctifs d'un haut dignitaire des Jeunesses fascistes. Il n'avait pas besoin de s'identifier davantage dans la région où tout le monde le connaissait, au moins de réputation. Il devait à l'influence de son père d'occuper une position aussi élevée à l'âge de dix-huit ans.

— Je vous demande pardon de mon étourderie, *signor*.

Tony ne se sentait pas plus humilié de présenter ses excuses à ce grossier personnage qu'un adulte s'efforçant de calmer un gamin mal élevé qui pique une crise de rage. Son attention était d'ailleurs tout entière occupée par la ravissante *signorina* assise à côté de Coluzzi.

Ses yeux avaient la merveilleuse couleur brune de la terre la plus fertile et ses cheveux, par quelque miracle, étaient d'une teinte presque identique rehaussée par la présence de quelques fils roux comme des veines d'argile. Ses lèvres étaient peintes en rouge, mode alors en vigueur chez les femmes de la ville, mais Tony aurait été fasciné par sa bouche sans même cet artifice. Malgré la fureur de son compagnon, elle lui souriait avec gentillesse, et Tony, qui n'avait rien d'un imbécile, en déduisit sans peine que Coluzzi et elle n'étaient pas faits l'un pour l'autre. S'en apercevrait-elle à temps ? se demanda-t-il. Oui, conclut-il aussitôt, car l'intelligence brillait dans ses superbes yeux bruns.

Pendant ce temps, Coluzzi continuait à vitupérer :

— Et qu'est-ce ça veut dire de marcher à côté de sa mule au lieu de monter dessus, triple imbécile ? Es-tu bête au point de ne pas savoir que les animaux ne sont pas faits pour être traités comme des humains ?

Tony ignora cette nouvelle insulte, car il venait de trouver le moyen de nouer le contact avec la séduisante inconnue.

— Je vous présente toutes mes excuses, *signor*. Ma pauvre mule est si vieille, voyez-vous, qu'elle ne supporterait pas mon poids au bout d'une longue journée de marche. Permettez-moi de me présenter. Je m'appelle Antonio Lucia et je viens de Veramo, dans la province des Abruzzes. Et vous, *signor*, vous êtes Angelo Coluzzi si je ne me trompe, dit Tony en s'inclinant.

— Des Abruzzes ? cracha l'autre avec mépris. Je ne m'étonne plus de ta stupidité, vous êtes tous plus idiots les uns que les autres, là-bas. Je suis Coluzzi, en effet. Tu me connais ?

— Bien sûr, *signor*.

— Es-tu fidèle au Duce, au moins ?

— Naturellement, *signor*. Nous le sommes tous, chez nous.

Tony espérait que Coluzzi aurait au moins la politesse élémentaire de lui présenter sa compagne, mais rien ne vint. Alors, enhardi par le sourire dont elle continuait à le gratifier, il enchaîna :

— Je n'ai pas eu l'honneur d'être présenté à la *signorina*. Elle est si charmante qu'elle doit être votre sœur.

— Tu dépasses les bornes de la bêtise ! Oui, elle est charmante, mais elle n'est pas ma sœur et son nom ne te regarde pas. Maintenant, dégage la route et laisse-moi passer. J'ai déjà déposé mes pigeons à la ville et je dois être de retour chez moi avant eux.

Tony ôta sa casquette, s'inclina profondément :

— Eh bien, mademoiselle Qui-ne-me-regarde-pas, Antonio Lucia est très honoré d'avoir fait votre connaissance.

Il se penchait trop pour la voir, mais le son du rire qui tinta dans la carriole suffit à le rendre conscient de l'existence de son cœur dans sa poitrine, détail auquel il n'avait jamais accordé d'attention jusqu'à cet instant précis. Puis, son salut achevé, il se redressa, secoua la poussière de sa casquette et la reposa sur ses épaisses boucles noires selon un angle qu'il espéra plein d'élégance désinvolte.

— Comment as-tu l'audace de faire le joli cœur et d'adresser la parole à ma Silvana ? rugit Coluzzi. Misérable vermine !

Il empoigna son fouet, en cingla le visage de Tony qui recula en titubant. Les yeux pleins de larmes de douleur et de stupeur, il n'eut que le temps de voir l'expression horrifiée de la jeune fille et de l'entendre pousser un cri d'indignation avant que Coluzzi fasse de nouveau claquer son fouet, cette fois sur la croupe de son cheval qui partit au galop en fonçant droit sur Tony. L'infortuné se jeta à terre pour éviter d'être piétiné, roula vers le bas-côté en se meurtrissant la hanche et l'épaule et tomba dans le fossé sous le nuage de poussière et de cailloux soulevé par les roues de la carriole qui disparaissait déjà.

Tony se redressait en recrachant la poussière quand il vit avec horreur sa vieille mule, effrayée par le vacarme et l'agitation, partir à son tour au galop, allure qu'elle n'avait pas adoptée depuis des lustres, entraînant la charrette brinquebalante dont le chargement instable menaçait de s'écrouler d'un instant à l'autre.

Un cri de détresse lui échappa, doublé d'un cri de douleur en ressentant un terrible élancement près de l'épaule. Il comprit qu'il s'était fracturé la clavicule dans sa chute, mais il n'avait pas le temps de s'apitoyer sur son propre sort. Il lui fallait avant tout rattraper son attelage fou et sauver ses chers pigeons.

Tenant d'une main son bras blessé, Tony se lança à la poursuite de la mule, qui galopait avec une vigueur dont nul ne l'aurait jamais crue douée. Il avait beau lui crier de s'arrêter, la mule ne ralentissait pas et se précipitait vers un gros rocher bordant un virage de la route. Et l'inéluctable se produisit.

Souffrant mille morts, autant pour les pigeons que pour lui-même, Tony vit la charrette s'écraser contre le rocher. Le précaire échafaudage de cages bascula, la corde se défit et les cages s'effondrèrent les unes après les autres comme un château de cartes, en se fracassant à mesure qu'elles touchaient le sol.

— Non ! Non ! criait en vain Tony.

Ces légères cages de bois, qu'il avait lui-même assemblées avec soin, n'étaient pas conçues pour résister à un tel cataclysme. Quand il arriva enfin sur le lieu du drame, l'épaule en feu et les pieds en sang, il ne put que s'écrouler à genoux, haletant, tandis que les pigeons se débattaient pour se libérer, certains en se blessant les ailes contre les éclats du bois.

Se relevant tant bien que mal, Tony alla de cage en cage pour finir de les détruire et mettre fin au calvaire des pauvres volatiles. L'os fracturé de sa clavicule lui infligeait des coups de poignard, mais il n'en tenait pas compte. La course était perdue avant même d'être engagée, des mois de patients efforts et une journée de rude cheminement à jamais gâchés, mais il y aurait d'autres courses auxquelles participer. Ce qui importait, c'était de sauver les oiseaux. Des passants s'arrêtaient, des laboureurs quittaient leurs champs et s'approchaient en riant du spectacle de ce jeune homme en train de démolir ses propres cages, mais Tony n'entendait même pas leurs moqueries.

Le dernier pigeon dégagé de la dernière cage, il leva enfin les yeux. Impatients de retrouver leurs compagnes, les oiseaux prenaient leur envol dans le ciel bleu que le crépuscule commençait à assombrir. Aucun, Dieu merci, ne paraissait gravement blessé, car ils volaient sans battre de l'aile. Tous les quarante faisaient honneur à leur entraînement en effectuant un seul cercle au-dessus de leur maître avant de reprendre, sans perdre de temps, la direction du pigeonnier en s'aidant de courants ascendants qu'ils étaient seuls à voir ou à sentir. Un long moment, tenant son bras blessé, Tony resta à les regarder s'amenuiser dans le ciel jusqu'à n'être plus, dans les derniers rayons du soleil, que des points brillants se confondant avec les premières étoiles.

Tony avala sa salive, le cœur battant d'une émotion dont il ne comprit pas tout de suite la cause : Silvana. Le son de son rire, si féminin, si harmonieux, tintait encore à ses oreilles. Et il sentait la douceur de son haleine sur sa joue, le poids de sa main sur son épaule qui, par miracle, ne le faisait plus souffrir.

— Tony, murmura une voix de femme.

Tony ouvrit les yeux. Son regard ne revit pas les beaux yeux sombres de Silvana, mais le bleu lumineux des yeux d'une autre femme. Quand il l'avait vue la première fois, elle avait elle aussi la bouche peinte en rouge. Judy, son avocate.

— Tony-pigeon, répéta-t-elle en usant de ce surnom que Silvana n'avait jamais connu. Réveillez-vous, nous sommes presque arrivés.

Il entendit alors une autre voix et tourna son regard vers des yeux plus familiers. Pas ceux de Silvana, mais si proches par la couleur puisqu'ils venaient d'elle. Ceux de son petit-fils Frank

— En forme, grand-père ? Tu te réveilles ?

— Bien sûr, bien sûr, marmonna Tony.

Il lui fallait moins longtemps pour reprendre ses esprits quand il était plus jeune, pensa-t-il en se redressant sur la banquette du taxi, mais il les reprenait quand même.

— OK, Frankie. OK, Frank, se corrigea-t-il aussitôt.

Même bébé, Frank n'aimait pas qu'on l'appelle par un diminutif.

Et puis, d'un seul coup, il remarqua que Frank ne souriait plus et que l'avocate ne riait pas non plus. Le taxi s'arrêtait le long du trottoir devant chez lui, où une foule s'était rassemblée. Tony dut tendre le cou pour voir ce qui se passait.

La scène qu'il découvrit ne l'étonna pas ou, plutôt, il s'y attendait. Et il comprit que ce don de seconde vue était à la fois la bénédiction et la malédiction du grand âge.

11

Les réverbères n'étaient pas encore allumés malgré la nuit tombante. Judy distingua cependant sur le trottoir des chaises en plastique disposées par groupes de trois ou quatre devant chaque maison. Les voisins attroupés n'étaient que des silhouettes indistinctes, femmes en bigoudis, hommes cigarette aux lèvres.

Judy s'approcha de la maison en contournant le groupe rassemblé autour de Frank et de Tony. La porte d'entrée défoncée à coups de masse pendait sur ses gonds, des débris de bois jonchaient le perron. À l'intérieur, les lampes allumées brillaient à travers les trois fenêtres en façade, elles aussi fracassées. Il fallut à Judy un instant pour assimiler la sauvagerie de ce vandalisme et l'ampleur des ravages.

— Mes oiseaux ! Mes oiseaux ! s'écria Tony d'une voix tremblante.

Elle prenait son téléphone dans son sac quand il la dépassa en courant et escalada le perron sans même s'aider de la rampe. Frank s'élança à sa suite et s'arrêta le temps d'effleurer le bras de Judy.

— Nous éloignerons mon grand-père le plus vite possible, compris ? dit-il à mi-voix. Il serait en danger de mort s'il passait la nuit ici. Il refusera de partir, mais je l'y forcerai et je compte sur vous pour me soutenir. D'accord ?

Judy acceptait de recevoir des ordres de ses clients – quand elle était du même avis.

— D'accord, répondit-elle en composant le numéro de la police.

— Bonne chance avec vos représentants de la loi, ricana Frank avant de courir rejoindre son grand-père.

Judy signala l'agression, indiqua l'adresse. Malgré la promesse de l'arrivée rapide d'une voiture de police, son inquiétude ne s'apaisa pas, car nul ne pouvait parier sans risque sur l'efficacité de la police de Philadelphie. Le score : Loi 0, Vieilles méthodes italiennes 1 n'aurait rien d'impossible – à moins d'intervenir à bon escient.

Une voisine balayait les éclats de verre. Malgré cette preuve de bonne volonté, Judy ne pouvait pas la laisser continuer.

— Vous voulez vous rendre utile, je sais, lui dit-elle le plus gentiment possible, mais il vaut mieux attendre l'arrivée de la police. Il y a peut-être des empreintes ou d'autres indices sur ce verre cassé.

La femme s'arrêta aussitôt. La lumière venue de l'intérieur se réfléchit en scintillant sur le petit tas de morceaux de verre.

— Désolée, je ne savais pas. Vous, vous êtes avocate, vous êtes au courant de ces choses-là.

Judy ne lui demanda pas comment elle la connaissait. Par la télévision ou par la rumeur publique, plus efficace qu'Internet ?

— Personne n'avait appelé la police avant notre arrivée ?

— Je ne sais pas, répondit la voisine. C'est honteux, ce qu'ils ont fait à ce pauvre vieux.

— Qui l'a fait ? demanda Judy par acquit de conscience, se doutant déjà de la réponse.

— Je n'en sais rien.

— Vous n'en avez vraiment aucune idée ?

— Non.

— Savez-vous à quelle heure cela s'est passé ?

— Non, répéta la femme qui prenait ses distances.

— Vous n'avez rien vu ? Rien entendu ?

— Rien du tout.

La voisine se fondit dans la foule. Judy ne se découragea pas.

— Écoutez, vous tous ! Votre attention, s'il vous plaît ! cria-t-elle en levant les mains avec autorité.

Les badauds lui firent face, le silence revint. Dans l'obscurité, Judy ne pouvait pas voir leurs expressions, mais ils paraissaient disposés à l'écouter. Cigarettes et cigares rougeoyaient doucement. Dans les derniers rangs, on entendit un rire étouffé.

— Qu'est-ce que vous tenez là ? cria une voix. Une bombe ?

Judy fourra prestement son téléphone dans son sac.

— Vous constatez qu'on a saccagé la maison de Tony, reprit-elle. Quelqu'un a-t-il vu qui a commis cet acte de vandalisme ?

Certains se concertèrent à voix basse, mais personne ne répondit. Le plaisantin du dernier rang pouffa à nouveau de rire. Judy aurait voulu pouvoir l'étrangler.

— Écoutez, vous avez quand même dû entendre ou voir quelque chose ! Il faut du temps pour défoncer une porte, fracasser les fenêtres, ça fait du bruit ! Il fait à peine noir, cela s'est donc passé en plein jour. Personne ne veut aider Tony-pigeon ?

Aucune voix ne s'éleva de la foule des badauds, qui commençaient à se disperser.

— Attendez ! cria Judy. Ne partez pas ! Vous êtes tous les voisins de Tony, et certains d'entre vous étaient même prêts à nettoyer pour lui rendre service ! Êtes-vous indifférents au point de ne pas vouloir l'aider à attraper les brutes qui lui ont fait cela ?

Quelques murmures se firent entendre tandis que le groupe s'amenuisait à vue d'œil. Consternée, Judy voyait les ombres rentrer les unes après les autres dans leurs maisons et refermer leurs portes d'une manière visiblement définitive.

— Qui donc a fait le coup, à votre avis ? cria une voix.

— Je crois le savoir et vous aussi. Il n'empêche que quelqu'un a dû voir ou entendre ces malfaiteurs ! Tout ce dont nous avons besoin, tout ce dont Tony a besoin, c'est d'un témoin !

Le silence retomba si soudainement que Judy comprit ce que ce simple mot pouvait avoir de redoutable dans de telles circonstances.

— Vous savez ce qu'est un témoin, n'est-ce pas ? poursuivit-elle sans se laisser démonter. Comme je suis l'avocate de Tony et qu'il s'agit d'un terme juridique, je vais vous en donner la définition. Un témoin est celui qui a les couilles de s'avancer et de dire la vérité !

Un éclat de rire salua sa boutade, sans pour autant ralentir le rythme des défections. Il ne restait maintenant devant elle que quatre hommes, dont un contraint et forcé à l'immobilité par son chien, un basset fort absorbé à renifler de captivantes odeurs sur le trottoir.

— Vous n'êtes pas obligés de témoigner tout de suite, continua-t-elle à l'adresse de son auditoire restreint. Je m'appelle Judy Carrier, du cabinet Rosato & Associées. Vous pourrez m'appeler quand vous voudrez.

Le seul à entendre ces derniers mots fut l'infortuné propriétaire du basset obstiné dont il tenait la laisse.

— Vous avez un beau toutou, lui dit Judy avec son sourire le plus engageant.

— Un emmerdeur de première, grogna l'homme en tirant sur la laisse pour traîner le beau toutou qui freinait des quatre pattes.

Résignée, Judy pénétra dans la maison. Elle aurait dû s'attendre au spectacle qu'elle allait découvrir, mais celui-ci dépassa son entendement. On entrait directement dans un petit living, meublé d'un vieux canapé vert sous un grand miroir et des photos encadrées. Devant le canapé, une table basse en bois et, à côté, une bergère recouverte du même tissu vert que le canapé.

Ce modeste intérieur était méconnaissable. La table basse était coupée en deux, comme si l'on avait sauté dessus à pieds joints jusqu'à ce que le bois se rompe. Le canapé était éventré, le tissu en charpie et le rembourrage répandu par poignées dans toute la pièce. La bergère avait subi le même sort, son armature de bois fracassée à coups de masse. Le miroir en miettes pendait de travers, retenu par un coin. Mais celui qui maniait la masse ne s'en était pas tenu là : la cloison de plâtre derrière et autour du miroir était défoncée en plus de dix endroits. La seule partie demeurée intacte était celle à laquelle était accroché un crucifix, preuve que les vandales étaient de confession chrétienne même s'ils n'en pratiquaient pas les vertus.

Judy n'en croyait pas ses yeux. Toutes les maisons de la rue étant mitoyennes, il était évident que les voisins avaient été obligés d'entendre le bruit des démolitions ! S'ils ne voulaient pas lui parler à elle, ils seraient bien forcés de parler à la police ! Ou continueraient-ils à respecter l'*omerta* ?... Elle préféra ne pas s'attarder sur cette pensée déprimante et quitta la pièce à la recherche de Frank et de Tony.

La cuisine adjacente au living était elle aussi un champ de ruines. Là encore, les lumières avaient été laissées allumées, sans doute pour accroître l'effet de choc. La table n'avait plus de pieds, le téléphone était arraché du mur. Les tiroirs, les placards muraux étaient vidés, leur contenu jeté au hasard. Des boîtes de conserve et des paquets de légumes secs étaient éventrés. Les débris de vaisselle et de verres cassés jonchaient le carrelage. L'évier avait été bouché avec un torchon et le robinet ouvert, de sorte que l'eau débordait et inondait le sol.

Judy essaya d'imaginer la mentalité des gens capables de tels agissements. Ils s'étaient comportés comme des brutes sans cervelle, avaient détruit pour le seul plaisir de détruire jusqu'à ce que leur fureur s'épuise d'elle-même. Ils n'avaient pas volé les rares objets de quelque valeur, le poste de télévision et une petite radio, ils les avaient réduits en miettes. La scène lui paraissait aussi impensable, aussi irréelle que la bagarre en plein tribunal. Et pourtant, elle devait en croire ses yeux.

Par réflexe, elle ferma le robinet de l'évier. Dans le silence revenu, elle entendit la voix de Frank à l'arrière de la maison et se rappela l'inquiétude de Tony pour ses oiseaux. Alors, appréhendant ce qu'elle allait découvrir, elle se dirigea vers la porte du jardinet.

12

Dans la pénombre, Judy distingua contre le mur de parpaings une baraque blanche qui occupait presque toute la surface du jardin, sans doute le pigeonnier de Tony. À l'exception du grondement assourdi de la circulation et du ululement lointain d'une sirène de police, il régnait un silence angoissant.

Les vandales avaient scié ou attaqué à la hache les parois et l'armature d'un des côtés, de sorte qu'une moitié de la structure s'était effondrée sur elle-même. Peut-être avaient-ils eu l'intention d'effectuer l'opération sur les quatre côtés, mais comme ils avaient dû procéder de l'intérieur faute de place à l'extérieur, ils s'étaient réservé une issue. À travers les grillages arrachés, Judy vit Tony et Frank et voulut les rejoindre. Se frayant un chemin entre les débris, elle enjamba les vestiges de deux marches et entra.

Agenouillés sur le plancher défoncé, trop absorbés par une tâche qu'elle ne devinait pas, les deux hommes ne levèrent pas les yeux en l'entendant. Horrifiée, Judy regarda autour d'elle. Tout était saccagé, les cages, les perchoirs, les étagères. Les boîtes de remèdes vétérinaires étaient vidées, leur contenu piétiné, les poubelles métalliques où Tony stockait les graines renversées. Mais il y avait pire : les brutes avaient sauvagement massacré tous les pigeons qu'ils avaient pu attraper. Judy dénombra sept cadavres, certains le cou tordu, d'autres piétinés à mort. Elle faillit même marcher sur une colombe au plumage blanc ensanglanté. Devant l'horreur du spectacle, elle sentit la nausée lui monter à la gorge.

Frank aidait son grand-père à soigner un gros oiseau gris qui avait par miracle échappé au massacre. Il lui jeta un bref coup d'œil :

— Ça va ? Vous devriez rester dehors.

Craignant d'ouvrir la bouche pour parler avant que sa nausée s'apaise, Judy se contenta de répondre par un signe de dénégation. Frank accorda de nouveau toute son attention au pigeon, qu'il tenait à deux mains alors que Tony finissait de poser un pansement à la jointure de son aile gauche. Ils ne parlaient ni l'un ni l'autre, mais leurs expressions presque identiques trahissaient la tension et l'inquiétude.

Les voir soigner l'oiseau blessé avec tant de sollicitude et de délicatesse fit oublier à Judy sa nausée. Elle n'avait encore jamais approché un pigeon d'aussi près. Observer ceux qui cherchaient fortune dans les poubelles ou arpentaient les trottoirs ne faisait pas partie de ses préoccupations. Celui-ci lui parut vif et alerte en dépit de son aile démise. Ses yeux dorés à la pupille noire bougeaient sans cesse. L'importance de son envergure l'étonna au point de regretter de n'avoir pas suivi avec plus d'attention ses cours de sciences naturelles au lycée. Elle souhaitait simplement que ce beau volatile survive.

— Il s'en sortira ? demanda-t-elle.

— Espérons-le, répondit Frank avec un sourire amer. Il n'a qu'un petit os fracturé, il est jeune et fort, il devrait guérir.

— Tant mieux. C'est abominable ! Je ne trouve pas de mots...

— Nous avons dû en achever deux pour abréger leurs souffrances, reprit Frank. Mais la plupart ont réussi à s'enfuir. Il y aurait donc une trentaine de survivants, y compris Jimbo que nous soignons.

— Tant mieux, répéta Judy. Vont-ils revenir au pigeonnier ?

Pendant ce temps, Tony terminait le pansement.

— Après ce qui s'est passé, on ne sait pas. Leur instinct leur dictera peut-être de se tenir à l'écart. Ils sont presque tous partis avec leur compagne sauf deux : Nino, un mâle dont la pigeonne a été tuée, et l'Ancien, qui est veuf depuis longtemps.

L'ingrat pigeon remercia Tony de ses soins par un coup de bec sur le doigt. Tony essuya en riant la goutte de sang sur son pantalon. Frank rit à son tour.

— Il se sent mieux, hein grand-père ?

— *Si. Va bene.*

Malgré son sourire, Judy voyait la tristesse lui assombrir le regard. Tandis qu'il se relevait et se dirigeait vers le fond du pigeonnier en ruine, Frank fit signe à Judy avant de parler :

— Écoute, grand-père, il faut partir d'ici le plus vite possible. Judy est de mon avis.

— C'est vrai, je suis d'accord avec Frank, enchaîna-t-elle. Vous ne devriez pas rester ici, Frank non plus. C'est moi qui attendrai la police.

— La police ? s'exclama Tony qui fourrageait dans les débris. J'aime pas la police. La police, elle fait rien. Rien !

Judy avait oublié que les Lucia vivaient encore dans les Abruzzes en 1900 plutôt qu'à Philadelphie en l'an 2000.

— Je ne pouvais pas faire moins qu'appeler la police, voyons ! Ce qu'ils ont fait à votre maison et à vos oiseaux est un crime, il faut porter plainte. La police y donnera les suites qui s'imposent.

Tony dénicha dans les décombres une boîte en carton à peu près intacte dans laquelle il plaça délicatement le pigeon blessé.

— La police fait rien, répéta-t-il. Je bouge pas d'ici. Je vais nulle part.

— Vous ne pouvez pas rester ici !

Tony prit dans sa poche une paire de ciseaux avec laquelle il perça un trou d'aération dans le couvercle de la boîte.

Frank éloigna Judy d'un geste :

— Merci, mais laissez-moi essayer, c'est une affaire de famille. Tu viendras avec moi, grand-père, poursuivit-il en se tournant vers Tony. Les Coluzzi reviendront, tu le sais très bien. Nous irons chez moi ou à l'hôtel. C'est trop dangereux de rester ici.

— Je pars pas, répliqua Tony en perçant un autre trou d'aération dans la boîte. L'Ancien reviendra.

— Tu n'en sais rien.

— Si, je le sais. Il est toujours revenu à la maison.

Tony perça un troisième trou pendant que le pigeon passait la tête par le couvercle entrouvert et regardait autour de lui avec curiosité, sans essayer de s'enfuir.

— Peut-être, mais tu ne sais pas quand ! insista Frank. Tu ne peux pas rester. Nous ne devrions même pas être encore ici en ce moment.

— Je ne pars pas. *Basta*, Frankie ! lâcha Tony en brandissant ses ciseaux.

Judy allait intervenir quand on entendit du bruit. Deux policiers en uniforme inspectaient la cuisine. Les renforts étaient arrivés. Enfin…

Judy, Frank et Tony, sa boîte dans les bras, allèrent les rejoindre. Judy se plaça devant Tony pour l'empêcher de faire un esclandre tandis qu'elle parlait aux policiers. Le pigeon roucoulait comme pour commenter son compte rendu. L'agent McDade écoutait d'un air blasé, son collègue O'Neil écrivait avec application sur son bloc. Judy savait qu'ils ne saisissaient ni l'un ni l'autre la gravité de la situation. Dans le domaine de la vengeance et des rancunes recuites, les Irlandais n'étaient que des amateurs comparés aux Italiens.

— Bon, j'ai mon rapport, décréta O'Neil en refermant son bloc. Merci de vos renseignements, nous allons nous en occuper.

— Quand l'équipe scientifique viendra-t-elle ?

— L'équipe scientifique ? s'étonna McDade.

— Mais oui, vous savez, ceux qui relèvent les empreintes, prennent les photos. Je les ai souvent rencontrés sur les lieux des crimes.

— Ils interviennent dans les cas d'homicides, pas d'effraction ou de vandalisme. Nous ne disposons pas des moyens nécessaires.

Judy sentit que Frank commençait à s'énerver à côté d'elle.

— Il s'agit pourtant d'un cas d'homicide, indirectement du moins. M. Lucia, mon client, a été inculpé cet après-midi d'homicide sur la personne de M. Coluzzi. Ils ont démoli sa maison en représailles.

— J'ai dit à M. Lucia que nous interrogerons les Coluzzi, répondit McDade en désignant Frank pendant que son collègue se dirigeait vers la porte. Nous irons d'abord voir John, le fils dont il nous a parlé.

— Vous ne comprenez donc pas que cet acte de vandalisme est un avertissement ? Les Coluzzi ont déclaré la guerre à mon client. Je veux que le ou les responsables soient derrière les barreaux, c'est la seule manière d'assurer la sécurité de M. Lucia.

Judy savait qu'elle insistait trop, mais insister faisait partie de ses devoirs d'avocate. Elle ne pouvait pas laisser Tony-pigeon sans protection. La loi devait garantir sa sécurité – mais le ferait-elle ?

Un éclair d'agacement traversa le regard du policier :

— Sa vie n'a pas été mise en danger.

— Pas encore, mais cela pourrait bientôt se produire.

— Je vous ai déjà dit que nous nous en occupons. Et maintenant, ajouta-t-il en rejoignant son collègue qui avait déjà franchi la porte, il faut que nous y allions.

— Et moi, je vous dis que le vrai problème est d'assurer sa sécurité ce soir ! Si vous ne croyez pas à la réalité des menaces qui pèsent sur lui, regardez donc les infos de 23 heures, vous y verrez sûrement la bagarre de cet après-midi au tribunal.

— Écoutez, ma petite dame, nous avons à traiter ce soir douze autres plaintes pour vols avec effraction et coups et blessures. On est vendredi, jour de paie, la lune est pleine et les fous sont de sortie. Nous avons regardé partout dans la maison, votre client n'a même pas été cambriolé. Il ne lui manque pas d'objets de valeur.

— Il ne lui manque que sa maison et ses oiseaux, intervint Frank.

— Sans vouloir manquer de respect à votre grand-père, lui répondit McDade, nous sortons de chez un type de Moore Street. Son appartement est dans le même état que cette maison et, en plus, on lui a tout pris. Nous faisons ce que nous pouvons, conclut McDade en touchant la visière de sa casquette en guise de salut. Nous vous tiendrons au courant dès que nous en saurons davantage.

Judy refusa de s'en tenir à ces bonnes paroles.

— Allez-vous arrêter John Coluzzi ?

— Qui a dit que nous allions l'arrêter ? J'ai dit que nous allions l'interroger, et c'est ce que nous allons faire.

— Allez-vous au moins le convoquer à la Rotonde ? N'est-il pas considéré comme un suspect ?

— Légalement, non. Nous ne disposons pas de preuves, rien que vos soupçons. C'est insuffisant pour l'appréhender.

— Si vous parlez aux voisins...

— Nous l'avons déjà fait. Personne n'a rien vu.

— Parce qu'ils ont peur !

— C'est possible, mais nous n'avons pas le pouvoir de fabriquer des témoins, maître... euh, Carrier. Mon collègue et moi avons plus de quarante ans d'expérience, nous avons l'habitude de recueillir des témoignages, nous savons ce que nous faisons.

Judy pêcha une carte de visite dans son sac et la lui tendit.

— Je ne doute pas de votre expérience. Si certains voisins prennent contact avec moi, je vous en informerai. Ferez-vous de même ?

— Bien sûr, c'est la procédure normale, répondit le policier en fourrant la carte de Judy dans sa poche.

Il serra la main de Judy, celle de Frank, salua d'un signe de tête Tony qui serrait toujours la boîte en carton sur sa poitrine. Il y eut des claquements de portières, un bruit de moteur. Le silence revint.

Les représentants de la loi étaient à peine partis quand Judy répondit à la question que Frank ne lui avait pas posée :

— Cela prend du temps, Frank. On ne peut pas brûler les étapes.

— Je sais. Je n'en espérais pas plus.

Le regard de Frank n'exprimait plus la colère ou la crainte, seulement une lassitude soucieuse.

— Puisque je ne peux pas te décider à partir, grand-père, je reste, déclara-t-il.

— Toi, ici ? Non, non ! protesta Tony.

— Si. Je dormirai sur le canapé. Ou ce qu'il en reste.

Tony s'y résigna en grommelant tandis qu'un roucoulement joyeux émanait de la boîte en carton.

De retour chez elle, Judy fut incapable de trouver le sommeil. Elle se retournait tant et si bien dans son lit que le T-shirt lui servant de chemise de nuit depuis trois jours fut tire-bouchonné au point qu'elle préféra l'enlever et le jeter au pied du lit. Elle eut froid en se glissant nue sous les draps, mais refusa de remettre le T-shirt, d'une part parce qu'elle aurait dû sortir du lit pour l'enfiler et, surtout, parce que cela reviendrait à s'avouer vaincue. Elle alluma donc sa couverture électrique et, quelques secondes après, elle eut trop chaud.

C'étaient toutes ces pensées angoissantes qu'elle remuait dans sa tête qui lui interdisaient de trouver le repos. Tony était en danger de mort à l'autre bout de la ville dans sa maison saccagée avec, pour seules protections, Frank, son ordinateur portable et son imprimante de voyage. Les policiers, obnubilés par l'heure du changement de poste, s'en moquaient complètement, ce qui prouvait que sa confiance en eux était mal fondée. Elle avait pris en charge la défense d'un homme accusé d'un meurtre qu'il avouait avoir commis. Pour tout arranger, cet improbable meurtrier lui inspirait une réelle affection et elle commençait à avoir un sérieux béguin pour son petit-fils. À cette idée un bref sourire s'esquissa sur son visage, qui s'effaça aussitôt qu'elle reprit l'examen objectif du guêpier dans lequel ils étaient tous fourrés et que lui revint la vision de la maison en ruine, des oiseaux massacrés et de la douleur muette qu'elle avait lue dans les yeux de Tony.

Judy bourra son oreiller de coups de poing, s'enfonça dans son lit qui, malgré sa largeur, lui paraissait trop étroit. Sa chambre était en désordre. Elle aurait pu meubler son insomnie en la rangeant, mais elle n'avait pas la tête à un tel dérivatif et elle se tourna vers le mur pour échapper à la lumière de la lune qui se déversait par la fenêtre.

Elle avait trouvé cet appartement dans un des quartiers anciens et toujours élégants de la ville au bout de longues recherches, rendues plus ardues par l'existence de Penny, une adorable, mais encombrante, Golden Retriever de neuf mois qui ronflait paisiblement au pied du lit. Et encore avait-elle eu de la chance de convaincre le propriétaire de lui signer un bail en échange de services juridiques gratuits. Il avait un épineux problème de chaudière défectueuse dans un autre de ses immeubles, mais, comme ses autres clients, il devrait s'armer de patience jusqu'à ce qu'elle s'en occupe. Les conclusions sur les lois antitrust restaient inachevées à son bureau, la date limite du mardi suivant se rapprochait inexorablement. Quant à ses rapports aussi étroits que conflictuels avec sa patronne, ils ne cessaient de la hanter.

Incapable de se détendre, Judy se redressa. Si elle avait été une habituée des drogues douces ou dures, ç'aurait été le moment ou jamais d'y avoir recours, mais elle n'avait jamais cédé à cette facilité. Un verre de rosé bien frais aurait constitué un agréable substitut, mais il lui aurait donné envie de danser plutôt que de dormir. Elle n'avait rien de bon à lire, malgré la présence sur sa table de chevet d'une pile de livres de poche qui menaçait de s'écrouler à tout moment. Désormais, décida-t-elle, elle n'achèterait plus que les livres qu'elle aurait vraiment envie de lire plutôt que ceux qu'on lui recommandait. Quelle libération !

Renonçant au sommeil, Judy alluma la lampe de chevet et sauta à bas de son lit. Réveillée, la jeune chienne leva la tête, comprit où se rendait sa maîtresse et se rendormit en se disant que la suivre ne valait pas le dérangement.

Son atelier aménagé dans la pièce contiguë, de la même taille que sa chambre, n'était meublé que de rayonnages chargés de tubes de peinture, de vieux pots de confiture pleins de pinceaux de toutes les tailles et de toutes les formes, de toiles de grand format appuyées contre les murs, certaines encore vierges, d'autres terminées, d'autres enfin en cours de finition.

D'une facture hardie aux couleurs vives et pures, ses tableaux représentaient essentiellement les paysages, peints de mémoire ou d'après des photographies, des lieux où s'était écoulée sa vie itinérante. Il y avait les montagnes du Big Sur, où elle se promenait quand son père était en poste à Stanford ;

les roches qu'elle avait escaladées en Virginie, près de la base de Quantico ; les pistes subtropicales de Floride parcourues en VTT, lorsque son père avait été nommé instructeur de vol à Pensacola. La toile en cours sur le chevalet représentait un ruisseau serpentant à travers le marais, découvert un jour sur le chemin des Everglades. La vision des verts crus, des bleus denses et des oranges torrides ne lui procura pas la satisfaction qu'elle en attendait. Quelque chose lui déplaisait, mais quoi ? Dans le silence de la nuit, elle voyait sa peinture d'un œil neuf et plus critique que d'habitude.

De l'autre côté de la pièce, la fenêtre obscure lui renvoya le reflet d'une grande fille blonde et nue, aux cheveux ébouriffés. Elle aurait dû tirer le rideau, se dit-elle, mais il n'y avait pas de rideau et, de toute façon, la ville était endormie. Seul le disque de la pleine lune glissait son regard indiscret par la fenêtre et se réfléchissait sur le toit de la maison d'en face, dont la gouttière en zinc brillait avec l'éclat d'un tube fluorescent. Au-delà des toits, elle voyait les lumières de la ville et des immeubles de bureaux scintiller comme des lucioles. Pour la première fois, Judy remarqua la rude beauté de cette composition en camaïeu de noir, de blanc et d'argent et en apprécia le contraste d'avec les tons chauds des façades de brique vues dans la soirée par la fenêtre du taxi. Elle contempla un moment la ville derrière l'écran de la fenêtre, où sa propre silhouette dénudée se détachait en transparence au premier plan. Puis, d'un pas décidé, elle revint vers le chevalet, en enleva la toile inachevée, la posa à l'écart et mit une toile vierge à la place. Lorsqu'elle s'arrêta de peindre, la lune n'était plus qu'une ombre translucide dans la grisaille de l'aube.

Judy attrapa deux heures de sommeil avant de se doucher et de s'habiller. Et malgré tout, elle se sentait apaisée, reposée et même débordante d'énergie, conditions indispensables pour le programme qu'elle s'était fixé.

13

La journée s'annonçait aussi belle que celle de la veille, ce qui signifiait que Philadelphie avait déjà épuisé son quota de beau temps pour l'année. Le soleil brillait dans un ciel sans nuages, l'air était pur et frais. Judy héla un taxi, lui indiqua l'adresse et sortit son téléphone portable de son sac. Elle voulait avant tout vérifier si l'un de ses clients était toujours en vie, information n'ayant rien de superflu compte tenu de l'endroit où elle se rendait.

— Lucia, s'annonça Frank d'une voix lasse mais ferme.

— Dites-moi que vous êtes tous les deux vivants et en bonne santé.

— Nous sommes tous les deux vivants et l'un de nous est en pleine forme. Il est en train de faire le ménage du rez-de-chaussée après le pigeonnier et l'étage. Une vraie pile atomique.

— Il n'est pas trop bouleversé, malgré tout ?

— Si, parce que nous n'avons plus de sacs-poubelle. Il voulait aller en acheter avec un paquet de café à l'épicerie du coin, mais j'ai dit non.

— Et il a écouté ?

— Bien sûr que non, il a fallu que je le ficelle sur une chaise. On a l'esprit de famille ou on ne l'a pas. J'espère que vous n'y voyez pas d'inconvénient ?

— Ce n'est pas une vraie séquestration.

— Tout ce qu'il y a de plus vraie, croyez-moi.

Judy ne put s'empêcher de rire. Elle avait de plus en plus de plaisir à parler avec Frank, à entendre sa voix chaude, profonde.

— La police est venue ? demanda-t-elle.

— Vous plaisantez, j'espère ?

Leur première escarmouche. Elle préféra ne pas relever.

— Et les pigeons ? Sont-ils de retour ?

— Pas encore.

— Votre grand-père refuse donc de partir ?

— Il y sera bien obligé. Je dois aller sur un chantier, je l'emmène avec moi. Vous avez vu les journaux, ce matin ?

— J'évite de les regarder.

— Nous faisons la une, malheureusement. Il y a toute une tartine sur les Coluzzi et leur entreprise de bâtiment, des photos de John et de Marco, des suppositions sur celui qui prendra la tête de l'affaire après la mort d'Angelo. Une minute...

Judy entendit à l'arrière-plan Tony ergoter en italien.

— Excusez-moi, reprit Frank un instant plus tard. Il aura beau dire, je ne le lâcherai pas d'une semelle aujourd'hui.

— Pourquoi refuse-t-il de partir ?

— Il s'inquiète pour ses pigeons, mais il n'a pas besoin d'être ici en permanence s'ils reviennent. Si même ils reviennent, ajouta Frank. J'ai passé la nuit par terre sur les coussins du canapé dans lesquels il restait encore un peu de rembourrage, ça m'a suffi. Je l'emmène tout à l'heure et je ne le lâche plus.

— Tout à fait d'accord, approuva Judy. Vous pourriez peut-être demander aux Tony de venir attendre les oiseaux, suggéra-t-elle.

— Les Tony ? répéta Frank en riant. Si vous trouvez bizarre qu'ils aient tous le même prénom, vous faites erreur. Ce qui est vraiment bizarre, c'est qu'ils ne s'appellent pas tous Frank.

Le taxi franchissait le pont sur la Schuylkill, qui réussissait ce jour-là à prendre une teinte vert-bleu au lieu de son habituel marron boueux. Les tours gothiques de l'université de

Pennsylvanie se profilaient déjà. Il fallait à Judy un dernier renseignement.

— Où serez-vous aujourd'hui, si jamais j'ai besoin de parler à votre grand-père ?

C'était la vraie raison de son appel, mais le prétexte n'était guère convaincant, y compris à ses propres yeux. Frank l'avalerait-il ?

— Vous avez de quoi écrire ?

Son étoile devait être au mieux de sa forme, car elle trouva presque du premier coup du papier et un stylo bille dans son fourre-tout.

— Allez-y, j'écoute.

Elle nota l'adresse, l'itinéraire à suivre. Plus elle se rapprochait de sa destination, plus son estomac se nouait.

— Il faut que je vous quitte, Frank, reprit-elle. Je vous appelle de mon portable.

— Où êtes-vous ?

— Vous n'avez pas besoin de le savoir.

Le bâtiment moderne en briques rouges était maintenant juste en face du taxi, qui gravissait University Avenue.

— Bon, d'accord. Mais n'allez pas encore vous mettre dans une situation impossible comme hier. Votre direct manque de punch.

Judy éteignit le téléphone en riant et se sentit rougir.

— Arrêtez-moi là, devant ce bâtiment, dit-elle au chauffeur.

Celui-ci, qui avait écouté la conversation avec un rictus méprisant, lui lança dans le rétroviseur un regard effaré mais respectueux.

— Ici ? Mais c'est…

— Je sais. Et alors ? répondit-elle avec désinvolture.

Malgré son assurance destinée à impressionner le chauffeur, Judy n'était jamais encore entrée à la morgue, encore moins pour assister à une autopsie. Elle s'efforça de dissimuler cette lacune au substitut, qui s'était présenté sous le nom de Jeff Gold, et à l'inspecteur Sam Wilkins, avec qui elle avait eu des rapports rugueux à la Rotonde. Ils semblaient l'un et l'autre insensibles à l'aspect de la longue table d'acier inoxydable devant laquelle ils se tenaient. Quand Judy prit conscience du fait que la rigole au milieu de la table et le bac à son extrémité basse n'étaient pas destinés à recueillir de l'eau mais du sang, elle sentit son estomac lui remonter au bord des lèvres. Et elle eut beau battre le rappel des paysages de montagnes, de forêts et de lacs peints sur ses tableaux, rien n'y fit. À l'issue de ce premier round, le score s'établissait donc à Médecine légale 1, Arts plastiques 0.

Un scialytique projetait une lumière crue sur les instruments disposés sur une console à côté de la table. Un assortiment de scalpels, des gros ciseaux aux lames terminées par des sortes de bulbes et un outil à l'allure de pinces ou de tenailles brillaient sous la lumière. Judy remarqua aussi un marteau pourvu d'un crochet à un bout, une scie égoïne avec une poignée en forme de crosse de pistolet et un outil électrique composé d'un cylindre chromé et d'une lame de scie circulaire. Les odeurs de formol et de désinfectant étaient trop fortes pour que Judy ose respirer à fond. Le scialytique lui brûlait les yeux, un début de migraine lui martelait les tempes. Elle dut s'accrocher à la bandoulière de son sac pour se préparer à ce qui allait suivre.

Deux assistants arrivèrent en poussant une civière chargée d'un sac en plastique noir qu'ils posèrent sur la table avec un bruit sourd. Le médecin légiste, un Indien qui avait dû passer son enfance en Angleterre puisqu'il en avait gardé l'accent, s'était présenté sous le nom de Dr Patel. Il avait une quarantaine d'années, un demi-sourire permanent et des yeux noirs derrière de fines lunettes à monture métallique. Il posait sur le sac une main possessive gantée de latex. Judy, qui s'efforçait de regarder le médecin plutôt que le sac, fut bien obligée d'y baisser les yeux.

— Ça va ? s'enquit le Dr Patel avec sollicitude.

Elle savait que cela partait d'un bon sentiment, mais cette question qu'on ne cessait de lui poser depuis deux jours l'agaça. Elle était censée être une dure à cuire. Elle avait pris des leçons de boxe. Elle faisait de la varappe par amour du sport. Elle était fille de colonel. Avait-elle vraiment l'air d'une mauviette ?

— Très bien, merci, répondit-elle en espérant qu'on n'entendrait pas ce qu'elle pensait en réalité : « Attention, je vais tourner de l'œil d'une seconde à l'autre ! » Le substitut et l'inspecteur lui lancèrent un regard qui lui donna envie de s'enfuir à toutes jambes.

— C'est votre première autopsie ? insista le Dr Patel.

Pas moyen de tricher…

— Oui.

Une lueur compatissante adoucit le regard du médecin.

— Je comprends. Je vous expliquerai à mesure ce que je vais faire, cela devrait atténuer vos appréhensions.

Non, pitié ! Surtout pas ! fut-elle sur le point de répondre.

— Euh… oui, merci.

— Bien. Nous commencerons donc par l'examen externe.

Le Dr Patel et un assistant ouvrirent le sac et en firent glisser le corps, qu'ils allongèrent sur la table avant de recouvrir pudiquement ses parties génitales d'un linge blanc. Judy sentit son malaise s'aggraver à l'idée que ce cadavre était celui d'Angelo Coluzzi.

Le Dr Patel lut à haute voix, devant un micro pendu au plafond, le numéro inscrit sur une étiquette attachée à un orteil du mort.

— Le sujet de sexe masculin est âgé de quatre-vingts ans, poursuivit-il. Il a été admis le 17 avril au service de médecine légale de Philadelphie.

Judy voulut encore détourner les yeux et parvint de justesse à s'en empêcher. Elle était artiste amateur, soit, mais surtout avocate de profession et, si elle voulait bâtir pour son client une défense valable, elle avait le devoir de comprendre les faits sans rien omettre. À la base de toute affaire criminelle, il y avait un cadavre, c'était là un élément essentiel auquel nul ne pouvait échapper – surtout si ce cadavre l'était devenu à cause de son client. Alors, s'ordonna-t-elle, prends tes responsabilités. Considère les conséquences de l'acte que tu t'apprêtes à défendre. Regarde et décide en ton âme et conscience si celui qui l'a commis est coupable ou innocent. L'estomac en déroute, Judy regarda donc. Et ce qu'elle vit lui fit horreur.

Angelo Coluzzi était un petit vieillard chétif aux articulations déformées par l'arthrite et qui n'avait, littéralement, que la peau sur les os. Judy s'était attendue à tout sauf à ce physique pitoyable. Elle avait imaginé Coluzzi en homme grand et fort malgré son âge, une brute menaçante à l'image de ses fils. Or ce corps était celui d'une victime – la victime de *son* client ! Un sentiment de désolation la submergea, moins supportable que la nausée, qui lui laissa dans la bouche le goût amer de la tristesse. Voilà donc ce qu'une vendetta, ce qu'une idée abstraite pouvait infliger à un vieillard...

— Nous noterons maintenant les anomalies externes du corps, continuait le Dr Patel, imperturbable. Nous constatons des traces d'hématomes proches du cou, le cou lui-même affectant un angle anormal par rapport à l'axe de la colonne vertébrale.

Tandis que Judy poursuivait sa lutte contre la nausée, le substitut ouvrit son bloc-notes.

— Aurait-il été étranglé ? demanda-t-il le stylo levé, prêt à écrire.

— Je ne pense pas. Laissez-moi vous expliquer.

Le Dr Patel sortit d'une grande enveloppe une radio qu'il fixa sur le dépoli lumineux derrière lui. Au prix d'un effort, Judy s'apprêta à son tour à prendre des notes.

Nul besoin d'avoir fait des études de médecine pour se rendre compte, au premier coup d'œil, que la colonne vertébrale ainsi représentée n'était pas dans son état normal, car le miraculeux assemblage des vertèbres s'interrompait au-dessous de la boîte crânienne.

— Nous avons pris ce cliché quand le sujet nous a été confié, expliqua calmement le Dr Patel. Vous pouvez constater la fracture visible au point C3. À ce niveau, la mort a dû être instantanée.

— Mais il aurait quand même pu être victime d'une strangulation, insista le substitut. Les hématomes cutanés visibles sur cette partie du corps semblent avoir été causés par de fortes pressions.

Le Dr Patel fit un signe de dénégation assez condescendant, comme s'il n'était disposé à exposer que des faits scientifiquement démontrables.

— Le cou n'a subi aucune pression, répondit-il. Les hématomes sont dus à une hémorragie interne. En outre, une strangulation ou une asphyxie laisse toujours des traces d'hémorragie sur la conjonctive.

Pour mieux prouver ses dires, il souleva une paupière du mort. Judy ne put s'empêcher de sursauter à la vue de ce cadavre qui paraissait soudain cligner de l'œil.

— Vous voyez ? reprit le médecin. Il n'y a aucune trace de caillot de sang sur la face interne de la paupière ni sur la cornée. Mais nous anticipons sur le déroulement de l'examen, permettez-moi d'en reprendre le cours. Selon mes premières conclusions, le décès a été provoqué par la rupture d'une vertèbre cervicale. La mort a été instantanée, l'homme n'a donc pas souffert.

Judy avait déjà compris où le substitut voulait en venir. Il se souciait fort peu des souffrances éventuelles de la victime, il cherchait à prouver la préméditation. Selon les lois de l'État de Pennsylvanie, la préméditation d'un meurtre ne reposait pas sur le temps consacré à la préparation du crime, mais sur l'intention de donner la mort, même si cette intention n'existait qu'une seconde avant les faits. La strangulation constituerait donc un des facteurs essentiels de l'accusation.

En tant qu'avocat de la défense, Judy ignorait si elle avait elle aussi le droit de poser des questions au cours d'une autopsie, mais puisque le substitut le faisait, elle ne voyait pas de raisons de s'en priver. Et sa question avait pour elle plus qu'une motivation juridique.

— Vous avez dit, docteur, que la victime est morte d'une fracture des vertèbres cervicales. Est-ce difficile à infliger ?

— Qu'en sauriez-vous, docteur ? intervint le substitut avec un ricanement dédaigneux. Ce n'est pas un problème pathologique.

— Non, en effet. Mais je suis médecin, monsieur, et cette question n'est pas déplacée dans cette procédure. Le cou d'une personne de cet âge se brise sans difficulté. Un seul coup pourrait suffire. Le cou de cet homme a cédé suite à un coup violent. J'apprécie l'intérêt que vous portez à mon travail mais, je vous en prie, revenons à notre sujet. Je dois suivre les procédures officielles.

Le substitut prit des notes, et Judy, désarçonnée, se mit à la place des jurés. « Le cou de cet homme a cédé suite à un coup violent »...

— Nous allons maintenant déterminer s'il existe d'autres anomalies externes sur le corps, enchaîna le Dr Patel.

Posément, il entreprit d'examiner chaque millimètre du cadavre d'Angelo Coluzzi, décrivant dans le micro les moindres cicatrices et grains de beauté. Il donna même la description du tatouage sur un des bras, un crucifix entouré d'une couronne d'épines et surmonté d'une bannière où l'on pouvait lire ITALIE.

Judy fit le rapprochement entre ce tatouage patriotico-religieux et celui qu'elle avait aperçu sur le bras de Tony et qui représentait, lui aussi, un crucifix. Ainsi, ces deux hommes exactement contemporains étaient originaires du même pays et, selon ce qu'avait dit Frank, avaient grandi à quelques kilomètres l'un de l'autre. Tous deux férus de pigeons, ils portaient les mêmes tatouages et avaient aimé la même femme. Ils avaient plus en commun que bien des amis et, malgré tout, ils étaient ennemis – au point qu'un de ces deux petits vieillards fragiles avait tué l'autre.

Tout en retournant ces pensées dans sa tête, Judy observait le Dr Patel enlever les sachets en plastique qui protégeaient les mains de Coluzzi, gratter chacun de ses ongles et sauvegarder soigneusement sa récolte de crasse aux fins d'analyse par le laboratoire de la police. Judy savait que cette analyse révélerait des traces d'ADN de la peau de Tony et les fibres des vêtements qu'il portait. Le dossier de l'accusation serait solidement étayé par des preuves d'autant plus indiscutables que Tony avait commis le meurtre, comme il l'avouait lui-même. Et c'était à elle qu'il incombait d'assurer sa défense... Cette pensée l'atterrait. L'odeur de mort l'écœurait. La vue du cadavre la glaçait. Les hématomes du cou criaient justice. Judy ne pouvait plus se boucher les yeux devant l'évidence. Il s'agissait bel et bien d'un meurtre.

— Nous allons maintenant procéder à l'examen interne du corps, annonça le Dr Patel en prenant un grand scalpel. Je vais d'abord effectuer une incision primaire du tronc d'une épaule à l'autre, puis vers la poitrine et la base du sternum d'où je descendrai par le milieu de l'abdomen jusqu'à la région pubienne…

Le Dr Patel s'interrompit, le scalpel levé, et lança à Judy un regard inquiet.

— Comment vous sentez-vous ? Vous êtes toute pâle.

Mais Judy ne put répondre, elle était déjà partie en courant vers les toilettes les plus proches pour éviter de se couvrir de honte.

14

Judy avait prévu d'aller au bureau en sortant de la morgue, mais elle ajourna cette partie de son programme. Elle avait mieux à faire que se torturer les méninges sur la législation antitrust. Après avoir récupéré sa voiture, une VW Coccinelle II flambant neuve, elle enfonça l'accélérateur, baissa sa vitre et se laissa baigner par l'air tiède. Elle allait avoir une sérieuse conversation avec son client, l'homme capable de tordre le cou d'un autre homme en estimant avoir raison.

La Cox vert pomme filait sur l'autoroute plus vite qu'aucun insecte, même mécanique, n'en avait le droit. Judy adorait sa nouvelle voiture. Toutefois, elle ne lui procurait ce jour-là aucun plaisir. Son intérieur de Skaï noir rappelait par trop le plastique du sac à cadavres. L'odeur de voiture neuve ressemblait trop à celle du formol. La marguerite qu'elle avait mise dans une bouteille fixée au tableau de bord était fanée. Et le goût de bile dans sa bouche n'était pas dû à la nausée, mais à la colère. Elle était furieuse contre Tony pour ce qu'il avait fait, furieuse contre elle-même de s'être laissé entraîner dans la défense d'un coupable. Qu'elle ait pu douter de sa culpabilité avait même quelque chose d'effrayant. Que diable avait-elle eu en tête ? Qu'il était un attendrissant petit vieux ? Qu'il avait un séduisant petit-fils ?

Et son intégrité professionnelle, qu'en faisait-elle ? Voilà qu'elle se rangeait d'elle-même dans la catégorie d'avocats qui font passer des coupables pour des innocents. De ceux qui se mentent à eux-mêmes autant, sinon plus, qu'aux jurys. De ceux que tout le monde déteste ou méprise et qui font l'objet d'innombrables mauvaises plaisanteries ! « De quoi se servent les avocats pour le contrôle des naissances ? De leur personnalité. » « Quelle différence y a-t-il entre une avocate et un pitt-bull ? Le rouge à lèvres. » Etc. etc. Judy n'avait aucune envie de rire à ces blagues cent fois ressassées. Penser qu'autant de ses collègues ignoraient la noblesse de leur profession et la grandeur de la loi lui était insoutenable. Et elle était devenue l'un d'entre eux…

Elle enfonça un peu plus l'accélérateur. La Cox paraissait voler vers le comté de Chester, où Frank lui avait dit qu'il emmenait Tony. Judy avait pourtant eu l'intention de n'y aller qu'après avoir fini de rédiger ses conclusions, mais elle avait encore la journée de dimanche devant elle pour achever cette corvée.

Le papier sur lequel elle avait noté les indications était posé sur le siège du passager. Elle devait quitter l'autoroute à la route 202 et mettre ensuite le cap à l'ouest. Il lui faudrait plus d'une heure. Trop long, beaucoup trop long. Mais pas assez pour avoir le temps de se calmer.

L'air qui entrait à flots par la vitre ouverte devenait plus frais et plus humide. Si le soleil brillait, il avait dû pleuvoir dans la matinée, et le changement ne concernait pas seulement le temps et la température. Sur la petite route secondaire qui serpentait entre des pâturages, Judy constatait qu'elle avait pour ainsi dire changé de monde et quitté la ville pour la pleine campagne. Prise d'un doute, elle vérifia son itinéraire, mais elle allait bien dans la bonne direction.

Le ciel bleu repoussait à l'horizon des bancs de nuages gris par-dessus un moutonnement de vallonnements herbeux si vaste qu'il semblait se poursuivre à l'infini. La prairie vierge, telle qu'avaient dû la découvrir les premiers colons, s'étendait à perte de vue. L'herbe ondulait doucement sous la brise, des hirondelles et des geais striaient le ciel de leurs vols et plongeaient de temps à autre pour gober des insectes dérangés par la pluie. Cet immense tapis de verdure était parsemé de fleurs sauvages, groupées par couleurs comme si un peintre les avait disposées pour se répondre harmonieusement, le jaune cru des touffes de pissenlits alternant avec le pointillé bleu des myosotis et les gerbes des chèvrefeuilles. Malgré les fraîches senteurs des fleurs qui embaumaient l'atmosphère, Judy referma sa vitre. Si le paysage bucolique inspirait l'artiste, c'était l'avocate qui était au volant.

Elle vit bientôt un gros bouquet de chênes qui s'élevait dans un pli de terrain. Devant, elle reconnut le camion blanc de Frank et aperçut des engins de terrassement à côté de la seule cicatrice de ce paysage intact. Des talus de terre meuble et des amas d'herbes arrachées délimitaient une surface de la taille d'un petit aérodrome. Quand elle s'approcha en dérapant sur l'herbe humide, Judy vit une profonde tranchée creusée sur toute la longueur du terrain défriché.

À peine la Coccinelle eut-elle quitté l'herbe qu'elle s'enlisa dans la terre humide. Pestant contre ce coup du sort, Judy coupa le contact, mit pied à terre et se dirigea aussi vite que le lui permettait la boue visqueuse vers le camion de Frank, garé à l'autre bout du terrain près d'un déblai d'au moins deux mètres de haut. Le soleil qui se réfléchissait sur les vitres ne lui permit pas de voir s'il y avait quelqu'un à l'intérieur, et elle dut arriver tout près pour constater qu'il était vide. Une grosse pelleteuse orange grondait à quelques dizaines de mètres, un homme déversait des brouettées de sable dans la tranchée. À part ces signes d'activité, personne en vue.

La boue qui collait à ses semelles ralentissait son allure, mais il en aurait fallu davantage pour stopper Judy. Plus elle s'en approchait, plus le grondement de la pelleteuse se faisait assourdissant. L'engin était plus volumineux qu'un dinosaure et son allure aussi incongrue dans un tel cadre. Elle leva les yeux vers la cabine vitrée et vit Frank.

En jean et torse nu, il était assis devant une console comportant deux leviers et en tenait un de chaque main pour guider les évolutions de l'énorme pelle au creux de la tranchée. Judy ne put s'empêcher d'observer le fin duvet noir qui couvrait sa poitrine, ses muscles dignes d'un athlète qui roulaient sous sa peau hâlée. Elle le regarda un moment manœuvrer les leviers avec aisance avant de se rappeler à l'ordre. L'attrait qu'il exerçait sur elle la décontenançait, surtout depuis sa séance à la morgue. Tony n'était toujours nulle part en vue et elle espéra que les Coluzzi n'avaient pas réussi à lui mettre la main dessus avant qu'elle ait pu lui dire ses quatre vérités.

Le moteur de la pelleteuse stoppa tout à coup. Frank lui décocha un large sourire du haut de la cabine.

— Salut, Judy !

Il se leva, enfila un T-shirt pendu à un bouton de la console. Maintenant qu'il était habillé, elle n'avait plus de raison de s'attarder.

— Où est votre grand-père ?

— Derrière le tas de cailloux.

Elle s'y dirigea aussitôt sans se retourner, pour bien faire comprendre à Frank qu'il s'agissait d'une visite strictement professionnelle. Une minute après, d'ailleurs, elle entendit le moteur redémarrer. En pataugeant dans la boue, elle contourna l'obstacle et trouva Tony.

En pantalon noir, coiffé d'un chapeau de paille à large bord, un foulard rouge noué autour du cou et une chemise de madras autour de la taille, il se penchait sur les pierres qu'il paraissait sélectionner une à une. S'il travaillait torse nu comme son petit-fils, l'effet sur Judy fut très différent. À l'exception d'Angelo Coluzzi, elle n'avait encore jamais vu d'aussi près un homme de cet âge dénudé, et sa maigreur osseuse lui noua la gorge d'une tristesse mêlée de compassion.

La vue du crucifix d'or pendu à son cou la ramena à la réalité en lui rappelant le tatouage de Coluzzi. L'ambiance glacée de la morgue, certes bien éloignée de celle de cette prairie ensoleillée, avait laissé sur Judy une empreinte qu'elle ne pouvait effacer. Tony, pensa-t-elle, a de la chance d'être en vie aujourd'hui dans ce lieu idyllique. Il a le privilège, lui, de respirer cet air pur, privilège qu'il n'a pas accordé à Coluzzi, quelles que soient ses raisons.

Elle porta sur son client un regard froid et objectif. Tony examinait chaque pierre avec soin, la tournait et la retournait dans ses mains avant d'aller la poser sur une des trois piles qui s'élevaient peu à peu derrière lui. Judy ne vit aucune différence entre ces piles et se dit avec agacement qu'il avait consacré sa matinée à un travail inutile.

En se relevant, il vit Judy et son visage s'éclaira d'un sourire.

— Ah, Judy ! Vous êtes venue.

Il décrocha la chemise de sa ceinture et il l'enfila aussi vite que Frank avait remis son T-shirt.

— Il faut que je vous parle, Tony. Vous pouvez vous arrêter cinq minutes ?

— Bien sûr

Tony reposa la pierre qu'il venait de prendre, repoussa son chapeau retenu à son cou par un cordonnet. Son sourire s'était effacé.

— Qu'est-ce qu'il y a ? demanda-t-il, un peu inquiet.

— Suivez-moi, répondit Judy avec autorité.

Et elle l'entraîna vers l'ombre du bouquet d'arbres.

15

Le soleil qui filtrait entre les feuilles des chênes mouchetait l'herbe de taches dorées, la brise soufflait doucement. Judy était trop en colère pour s'asseoir alors que Tony s'était déjà installé sur une grosse racine d'arbre, à côté d'un volumineux sac-poubelle qu'il avait tenu à aller chercher dans le pick-up. Il avait étendu son foulard rouge sur l'herbe comme une nappe de pique-nique, sur laquelle il disposait des objets enveloppés dans ce qui ressemblait à des chemises ou à des tricots de corps. Judy n'avait aucune idée de ce dont il pouvait s'agir ni pourquoi du linge servait d'emballage.

— Je veux que vous m'écoutiez, Tony.

— *Si, si.* J'écoute.

Il dénoua le premier paquet, un sandwich à la mozzarella, à la tomate et aux poivrons dans un petit pain à la croûte dorée. Judy en eut l'eau à la bouche, mais fit semblant de ne rien voir.

— Regardez-moi pendant que nous parlons. Ce que j'ai à vous dire est important.

Tony déballa le paquet suivant, contenant une poignée d'olives noires macérées dans une huile qui avait imprégné le coton.

— Oui, oui. Mais il faut manger. Travailler fatigue. On mange, on travaille mieux après. Tout le monde doit manger.

— D'accord, soupira Judy. Pouvons-nous au moins parler pendant que vous mangez ?

Tony fit de la tête un signe de dénégation et déballa encore un paquet, qui révéla cette fois une grosse pomme rouge, si parfaite qu'elle paraissait fausse. Le dernier paquet contenait un pot de confiture vide et une demi-fiasque de chianti.

— Tant pis, dit Judy en s'asseyant dans l'herbe. Vous m'écouterez quand même. J'arrive de la morgue. Vous connaissez la morgue ?

Tony déboucha la bouteille, versa du vin dans le pot de confiture et le tendit à Judy.

— Buvez. La morgue ? *Che ?*

— Non, merci. La morgue, c'est l'endroit où on garde les morts.

— Ah ! *Si*. Mangez, dit-il en lui tendant le sandwich.

— Mais non ! Je ne veux pas manger votre déjeuner.

— C'est pour vous. Je l'ai fait pour vous. Il faut manger pour bien travailler.

— Ce n'est pas votre déjeuner ?

Judy préférait ne pas comprendre. Elle était venue à seule fin de le secouer, de le confronter à son acte. Il avait commis un crime, elle venait de voir sa victime.

— Non, non, pas pour moi. J'ai déjà mangé. Tout est pour vous.

Judy reposa le sandwich que Tony lui avait mis de force dans la main et prit son air le plus sévère.

— Écoutez-moi, Tony. J'ai vu Angelo Coluzzi à la morgue. Je veux que vous me disiez comment vous l'avez tué. Vous comprenez ?

— *Si*. Vous ne mangez pas, Judy ?

— Non, parlons. Dites-moi tout. Qui d'autre il y avait, où et comment vous l'avez retrouvé. Tout.

— Vous mangerez après ?

Judy poussa un soupir. Tony se révélait un négociateur redoutable. Elle l'imagina en Italie discutant pied à pied pour obtenir au marché le meilleur prix de ce qu'il vendait.

— Oui, je mangerai après. Mais nous parlons d'abord.

Tony réfléchit quelques instants. Son visage se rembrunit.

— J'ai vu Coluzzi au club. Le club, vous savez ?

Judy comprit qu'il s'agissait du club de colombophiles.

— Oui. À quelle heure, exactement ?

— Le matin. Vendredi matin, huit heures. Tout le monde vient au club le matin prendre les bagues pour les oiseaux. Vous savez, les bagues pour mettre aux pattes avant la course. Vous comprenez ?

— Oui. Qui d'autre était au club ?

— Tout le monde, Tony, Pieds, tout le monde. Moi, je vais derrière chercher mes bagues et... boum ! Je vois Coluzzi.

— Où, derrière ?

— La salle de derrière. Là où on joue aux cartes. Vous savez.

Judy ne savait pas, mais elle pouvait deviner.

— Y avait-il quelqu'un d'autre dans l'arrière-salle ?

— Non.

— Vous voulez dire, juste Coluzzi et vous ?

— Oui.

Judy tenta de se représenter les lieux. Il fallait qu'elle s'y rende le plus vite possible. Mais quand en trouverait-elle le temps ? Et ses autres clients, quand s'en occuperait-elle ?

— Bon. De quelle taille, cette pièce ? Grande, petite ?

— Petite.

— Et qu'y a-t-il dans cette pièce, en dehors des bagues ?

— Tout le reste. Tout pour les oiseaux.

Judy s'en voulut d'avoir laissé son sac dans sa voiture. Elle ne pouvait noter les détails que de mémoire.

— Donc, vous allez dans la pièce et Coluzzi y est déjà. Que s'est-il passé ensuite ?

Tony serra les poings, son visage se colora.

— Je le vois et je le hais. Je le hais là, dans mon cœur, dit-il en se frappant la poitrine. La haine, vous connaissez ?

Pas au point de vouloir tuer quelqu'un, s'abstint-elle de répondre.

— Oui, je connais. Alors ?

— Alors, je l'ai tué.

Judy ne put s'empêcher de frissonner.

— Vous le haïssez et vous le tuez ? Comme ça ?

Tony parut décontenancé.

— J'essaie de comprendre pourquoi vous l'avez tué, reprit-elle. J'ai vu son corps, son cou brisé. C'était horrible à voir. Je ne sais pas comment vous avez pu faire une chose pareille.

— J'ai déjà dit. Il a tué ma femme, je vous l'ai dit.

Judy dut s'éponger le front. Elle tournait en rond.

— Écoutez, je dois comprendre ce qui s'est passé. Vous avez vu Coluzzi et vous vous êtes précipité sur lui pour lui tordre le cou ?

— Nous nous sommes battus et j'ai cassé son cou. Voilà.

— Que voulez-vous dire ?

— Lui et moi, battus. Vous comprenez ?

— Attendez ! Vous ne m'aviez pas dit que vous vous étiez battus. Pourquoi vous êtes-vous battus, tous les deux ?

— Pour ce qu'il a dit.

Lui tirer les vers du nez devenait franchement laborieux.

— Et qu'est-ce qu'il a dit ?

— Il a dit… des choses.

— Quelles choses ? insista Judy, qui avait du mal à se dominer. Il vous a insulté ? Allez-vous parler, à la fin ?

Tony ne répondit pas. Il regardait une tache de soleil sur l'herbe à côté des arbres. Les oiseaux chantaient, mais il ne les entendait pas.

— Tony, allez-vous me dire ce qu'il vous a dit ? Ne faites pas semblant de ne pas me comprendre !

Il se tourna enfin vers elle, le regard brouillé.

— Il a dit… il a dit qu'il a tué mon fils.

Judy ressentit comme un coup de poing en pleine poitrine.

— Il a tué votre fils ? Il a avoué ?

— Oui, mon Frank. Et Gemma, sa femme. Dans le camion.

— Vous voulez parler de leur accident ?

— Non, ce n'était pas un accident ! Il l'a fait. Il a tué mon fils. Il a tué ma femme. Il me l'a dit, à moi. Il a dit qu'il voulait me détruire parce que Silvana voulait de moi et pas de lui. Il a dit qu'il voulait tuer Frankie. Détruire toute ma famille.

Sa voix se brisa, ses yeux s'emplirent de larmes. Judy s'efforça de ne pas se laisser attendrir. Elle devait avant tout éclaircir la situation.

— Il vous a dit qu'il avait tué votre fils ? Il a dit qu'il voulait aussi tuer Frank, votre petit-fils ? C'est bien cela, n'est-ce pas ?

Les larmes dans les yeux de Tony refusaient de sécher.

— *Si, si.* Quand il m'a dit ça, je l'ai haï. J'ai couru, je l'ai poussé et j'ai cassé son cou. Je l'ai tué pour mon fils. Pour ma femme. Pour mon Frankie. De mes mains, je l'ai fait ! De mes mains.

Voilà qui était clair, maintenant. Elle l'imaginait sans peine, aveuglé par la rage et la douleur, ne voulant plus que venger ses morts et sauver Frank, son petit-fils.

— Vous l'avez tué tout de suite après qu'il vous a dit cela ?

— Oui. Je l'ai tué, il est tombé par terre et ils sont tous venus de l'autre pièce. Ils ont tous vu.

Judy recommença enfin à raisonner en avocate.

— Vous a-t-il dit qu'il voulait vous tuer, vous aussi ?

— Non. Moi, pas me tuer. Moi, il voulait me détruire.

Judy comprit : savoir que son ennemi éliminait ses êtres chers aurait fait de la vie de Tony un enfer pire que la mort.

— Parlait-il à haute voix pour vous dire cela ? Les autres l'ont-ils entendu ?

— Non, il parlait doucement. Et il riait.

Tony s'essuya les yeux d'un revers de main. Judy ne put retenir une grimace de douleur. Il lui fallait un témoin de cette conversation, de ces menaces.

— Êtes-vous sûr que personne ne l'a entendu ? Y a-t-il une autre porte, dans cette pièce ?

— Oui.

— Était-elle ouverte ou fermée ?

— Fermée.

Judy réfléchit un moment. Cette révélation était une véritable bombe. Mais pas de témoins…

— Pourquoi ne m'en avez-vous pas parlé plus tôt ?

— Toutes les vérités ne se disent pas.

— Quoi ? s'écria-t-elle, effarée. Il faut tout me dire, vous comprenez ? Tout ! Si vous voulez que je vous défende, il faut être franc avec moi. Vous ne devez rien me cacher !

— Vous parlerez au juge ?

— Bien sûr que non, voyons !

— Pff ! Alors…

Tony fit un geste de la main signifiant sans doute « à quoi bon ? ». Il fallait quand même qu'elle sache.

— M'avez-vous caché autre chose ?

— Non, non.

— Rien ? Promis, juré ?

Tony se signa, ce que Judy accepta comme une promesse valable.

Elle se rappela alors sa conversation avec Frank devant la tombe de ses parents. Il lui avait dit que Tony soupçonnait que leur mort n'était pas due à un accident. Son grand-père lui avait-il rapporté sa dernière conversation avec Coluzzi ?

— Pourquoi Frank ne m'en a pas parlé ?

— Je n'ai rien dit à Frank.

Judy en resta un instant bouche bée.

— Mais… pourquoi ?

— Ça ne le regarde pas.

— Quoi ? Il s'agit de sa famille. De ses parents !

— Vous ne dites rien, compris ? Rien ! répliqua Tony d'un ton si sévère que Judy en fut désarçonnée.

— Je ne lui rapporte rien de ce que vous me dites, je n'en ai pas le droit. Mais pourquoi le lui avoir caché ?

— Pourquoi lui dire ? Pour lui briser le cœur ?

Judy admit que c'était vrai. Frank en souffrirait à coup sûr.

— Il a pourtant le droit de savoir, insista-t-elle. Cela le concerne.

— Non ! C'est mon affaire, pas celle de Frankie. La vendetta, c'est pour moi, pas pour lui. Venez, dit-il en se relevant. Venez voir.

Il prit la main de Judy d'une poigne étonnamment ferme et l'entraîna au soleil. Intriguée, Judy se laissa faire docilement, comme un enfant, bien que Tony ne lui arrive qu'à l'épaule.

Ils contournèrent le tas de pierres et s'arrêtèrent au bord du terrain boueux, toujours la main dans la main. La pelleteuse avançait, reculait, creusait, rejetait la terre sur les côtés. Absorbé par son travail, Frank ne les regardait pas. Tony montra l'engin de sa main libre.

— Voyez ! Le signe. Vous voyez ?

— Quel signe ?

Judy regarda autour d'elle sans rien voir de particulier. Elle ne remarqua qu'au bout d'un moment des lettres peintes sur la vitre arrière de la cabine : MAÇONNERIE LUCIA.

— Ah ! dit-elle. Le nom de l'entreprise ?

— Oui. Tout est à Frank, les machines, le camion. Tout est Lucia, dit Tony en serrant la main de Judy, le regard brillant de fierté et d'émotion. Vous voyez ? Frankie, il fait... *come se dice* ? Il fait...

— Une entreprise ?

— Non !

— Des constructions ?

— Non, non ! Vous ne voyez pas, Judy ? Il fait...

— Je ne sais pas, répondit-elle, aussi frustrée que Tony.

— Regardez, Judy. Voyez, tout, là...

— Oui, je vois. Et alors ?

— Alors, Frankie, il fait... *futuro ! Capisce ? Futuro.*

Judy comprit. Ce n'était ni une entreprise que Frank avait créée, ni une construction qu'il exécutait.

— Un futur, traduisit-elle. Un avenir.

— *Si !* Frank, il fait un futur. Pour ses enfants. Pour tous ceux qui le suivront. Un futur !

Judy sentit l'émotion lui nouer la gorge.

— Je vois, maintenant.

— Alors, vous comprenez ? Ne dites rien à Frankie. Ne parlez pas de son père, mon fils. Ou il n'y aura pas de *futuro* pour Frankie. Seulement la vendetta. Le sang. La mort. *Capisce ?*

Judy acquiesça d'un signe.

— Promis ?

— Promis, dit-elle en souriant.

— *Bene.*

Rasséréné, Tony se tourna vers la bruyante pelleteuse et contempla Frankie qui bâtissait son avenir.

Un quart d'heure plus tard, ils remontèrent tous en voiture. Dans sa Coccinelle verte, Judy suivait Frank et Tony dans le pick-up blanc. Elle avait remplacé sa marguerite fanée par des myosotis et quittait cependant sans regret la campagne ensoleillée et ses parfums. Puisqu'elle avait de nouveau un client défendable, elle devait s'attacher à lui bâtir une défense solide, même si elle était loin d'en avoir résolu toutes les contradictions.

Tout en roulant, Judy tourna et retourna dans sa tête les données du problème. Les images d'Angelo Coluzzi la hantaient encore, mais elle savait désormais que la situation n'était pas aussi noire et blanche qu'elle l'avait craint. Peintre, elle connaissait l'infinité des nuances du gris, elle s'en était d'ailleurs toujours félicitée. Si elle soulignait d'un gris sombre les masses nuageuses d'un ciel d'orage ou d'un gris presque imperceptible la saillie d'une pommette dans un portrait, pourquoi ne pas user de la même technique dans ses plaidoiries ? À la fois artiste et avocate, la conception de sa défense lui incombait autant que la création d'un de ses tableaux, il ne tenait qu'à elle d'en déterminer les nuances.

Tony avait insisté pour qu'elle emporte son déjeuner. Elle mordit à belles dents dans le sandwich, savoura le contraste entre le pain croustillant et la tendre mozzarella et se persuada que le sandwich l'aidait à réfléchir. Par la vitre arrière du pick-up, elle voyait Frank et Tony parler avec animation en ponctuant leurs paroles de force gestes, ce qui l'amena à se demander comment les Italiens faisaient pour conduire et s'ils avaient un taux d'accidents supérieur à la moyenne.

Sa conversation avec Frank au cimetière lui revint en mémoire. Ainsi, ses parents avaient été assassinés. Le fait que Tony le lui ait caché la touchait, elle comprenait ses raisons, mais cela la troublait. Née et élevée dans une famille américaine aussi patriotique et militaire qu'on puisse l'imaginer avant d'avoir étudié le droit, elle en avait conservé les principes, elle adhérait à un code des droits et des responsabilités de l'individu. De son point de vue, Frank avait le droit d'être informé de la manière dont ses parents étaient morts, c'était une vérité que nul ne pouvait lui dissimuler. D'ailleurs, pourquoi Tony estimait-il normal de lui cacher cette vérité-là et pas celle qui concernait la mort d'Angelo Coluzzi ? Ce dossier contenait décidément plus de conflits culturels ou éthiques que juridiques.

Judy mastiqua une autre bouchée du sandwich en se disant que si elle en mangeait assez, elle saurait comment venir à bout de tout le travail négligé depuis le début du week-end. Elle allait s'atteler sans faute ce soir aux conclusions, le dimanche n'y suffirait pas et elle allait devoir affronter Bennie le lundi matin.

Le ciel se couvrait peu à peu de gris. Et Judy ne put s'empêcher de penser que c'était justifié.

16

Une banderole pendue au toit du club souhaitait BIENVENUE AUX COLOMBOPHILES et, en parallèle, de façon incongrue, une bande de plastique jaune POLICE FRANCHISSEMENT INTERDIT barrait la porte d'entrée. Le club occupait une maison de brique, la seule encore debout dans cette partie de la rue, ses voisines ayant été rasées en vue d'une opération de rénovation immobilière.

Judy mit pied à terre, Frank aida Tony à descendre du pick-up.

— Vous voyez ce type au bout de la rue ? demanda Frank. C'est Jimmy Bello, dit le Gros. Il travaille pour les Coluzzi.

Judy regarda dans la direction indiquée. Un homme corpulent dans une Cadillac noire semblait absorbé par la lecture d'un journal.

— Et alors ?

— Alors, il surveille le club et ça ne me plaît pas. Vous êtes sûre que vous voulez y aller ?

— Oui, il faut que je voie les lieux.

— Nous ne pouvons pas revenir un autre jour ?

— Non. J'ai l'autorisation du procureur pour aujourd'hui et il vaut toujours mieux examiner les lieux d'un crime le plus tôt possible.

Frank lança un coup d'œil à la Cadillac. L'homme assis au volant lisait toujours le journal.

— Bon. Vous disposez de cinq minutes, déclara-t-il.

— Pourquoi ?

— Parce que je ne veux prendre aucun risque inutile. Dépêchez-vous, je vous attendrai dehors. Allez-y, ne traînez pas !

On entrait directement dans une pièce qui avait dû être le living, dont le sol était recouvert de linoléum vert et blanc. Des cages grillagées, une douzaine de chaque côté, étaient alignées sur les murs latéraux. Devant le mur du fond, il y avait une sorte de bar derrière lequel étaient empilées des caisses de bière et de soda. Près de la porte, des chaises pliantes étaient disposées de chaque côté d'une table comme pour une conférence. Au-dessus des cages, une frise de vieilles photos en noir et blanc, l'une d'elles représentant des hommes et des femmes endimanchés autour d'une table de banquet. Judy aperçut en passant la légende manuscrite : « Club colombophile de Philadelphie, 14 juin 1948 ».

Tony la précéda dans l'autre pièce, sans doute l'ancienne salle à manger car ces maisons étaient toutes bâties sur le même modèle.

— Où était Coluzzi quand vous êtes entré ? demanda Judy.

— Là, près des étagères.

Judy vit les étagères renversées, les boîtes de vitamines et autres fournitures pour les oiseaux répandues par terre. Elle songea aux photos de l'équipe scientifique et redouta l'impact qu'elles risquaient d'avoir sur le jury au cours du procès.

— Bon, vous ouvrez la porte, vous le voyez. Ensuite ?

— Je le tue.

Judy fit la grimace.

— Pas si vite ! Vous m'avez dit que vous vous étiez battus. Comment cela a-t-il commencé ? Qui a parlé le premier ?

— Lui.

— Il parlait fort ?

— Non, j'ai déjà dit. Pas fort.

— Bien. Et qu'a-t-il dit, au juste ?

— Il rit et il dit : « Voyez qui arrive ! Le pitre, le froussard, le lâche ! »

— Pourquoi a-t-il dit cela ?

— Parce que je ne venge pas ma Silvana et je fuis en Amérique.

— Je ne comprends pas. Quel mal y a-t-il à ne pas se venger ?

Tony rougit de colère.

— Si j'honore la vendetta, mon fils serait vivant.

— Vous n'en savez rien !

— Si, je le sais. Coluzzi aussi.

— Mais si vous aviez tué Coluzzi, son fils s'en serait pris à vous ! N'est-ce pas le principe de la vendetta ? Œil pour œil, dent pour dent ?

Tony marqua une pause.

— Peut-être, mais il faut honorer la vendetta comme un homme. Coluzzi s'en prend à mon fils. Et à mon Frankie.

Judy préféra ne pas se laisser entraîner dans une discussion sur le respect de la vendetta et l'honneur des hommes.

— Dites-moi, qu'avez-vous fait, à ce moment-là ? À part le haïr.

— Je le hais et je me bats.

— Montrez-moi comment. Faites comme si j'étais Coluzzi.

Tony ouvrit de grands yeux.

— Moi, me battre avec vous ? Avec une femme ?

— Oui.

Tony hésita. Le rouge de la colère revint sur son visage.

— Bon, bon… Alors, je dis à Coluzzi : « Tu es un porc, tu es une ordure. Tu es plus lâche que moi parce que tu as tué une femme sans défense. »

Judy ignorait comment Silvana était morte, mais elle s'abstint de le lui demander pour ne pas interrompre le fil de son récit.

— Alors, il rit et il me dit : « Tu es un imbécile, tu es trop bête pour comprendre que je veux te détruire. J'ai aussi tué ton fils et sa femme. Je les ai tués dans leur camion, je tuerai bientôt Frank et tu n'auras plus rien. »

Tremblant de colère et de douleur, Tony s'interrompit. Malgré sa compassion, Judy ne pouvait pas en rester là.

— Qu'avez-vous répondu ? insista-t-elle.

— Rien. Mon cœur est trop plein de haine.

— Vous avez quand même fait quelque chose !

— Oui.

— Eh bien, montrez-moi.

— Je cours sur lui et je le pousse.

— Poussez-moi de la même manière que vous l'avez poussé.

Tony hésita encore, puis il s'avança lentement.

— Je cours, vite. Je ne pense pas, je cours. Et quand je suis sur lui, dit-il en agrippant les bras de Judy, je pousse fort. Très fort.

Judy commençait à se représenter plus clairement la scène.

— Alors, il est tombé en arrière contre les étagères ?

— Oui. L'étagère est en métal, elle tombe et fait du bruit, beaucoup de bruit. Tout le monde vient et voit que je lui ai cassé le cou.

— Qu'en savez-vous ?

Tony la regarda comme si elle avait soudain perdu la tête.

— Son cou est… bizarre, tout tordu. Tout le monde dit : « Tu lui as cassé le cou. »

Judy réfléchit rapidement. Cela se tenait d'autant mieux que c'était conforme aux constatations du médecin légiste.

— Bien. Qu'avez-vous fait, ensuite ?

— Rien. Je regarde, je ne peux pas croire que Coluzzi est mort. Les Tony me font sortir, m'emmènent chez moi. L'ami de Coluzzi au club, le gros Jimmy, me crie des injures, me donne des coups, appelle la police, mais les amis l'écartent. Ensuite, je vais chez moi nourrir mes oiseaux et la police vient me chercher.

Une seule poussée ayant entraîné sa chute contre les étagères métalliques avait donc suffi à briser les vertèbres cervicales de Coluzzi. Judy n'avait pas oublié la remarque du Dr Patel sur la fragilité des os chez les personnes âgées.

— Vous ne l'avez plus touché après cela ?

— Non.

Judy éprouva un réel soulagement. Elle voyait sa défense prendre tournure et son espoir renaître. Un dernier détail lui manquait :

— Combien de temps êtes-vous resté dans cette pièce ? Je veux dire, combien de temps avant de pousser Coluzzi ?

— Deux, trois minutes. Pas longtemps.

Judy décida de tester la théorie qu'elle espérait pouvoir mettre en œuvre.

— Dans ce cas, vous n'aviez peut-être pas l'intention de le tuer. Vous vouliez juste le frapper, lui faire mal, et c'est à cause de sa chute en arrière qu'il s'est cassé le cou.

Tony fronça les sourcils, visiblement contrarié.

— Mais non ! Je veux le tuer.

— Vous êtes sûr ?

— Oui. Je veux le tuer pour Silvana, pour Frank. Pour Frankie. Vous ne comprenez pas ?

Judy comprenait trop bien, mais elle ne voulait pas lâcher la trame de sa plaidoirie.

— Écoutez, Tony, de la manière dont cela s'est passé, personne ne saura que vous aviez l'intention de le tuer. Pour tout le monde, y compris les témoins de l'accusation, vous n'avez pas passé plus de deux ou trois minutes dans cette pièce. Vous l'avez juste poussé et c'est en tombant qu'il s'est brisé les vertèbres cervicales. Ce n'est pas un meurtre.

— Bravissimo, Judy ! s'exclama Tony avec un large sourire. Ce n'est pas un meurtre, je vous l'ai dit avant. Coluzzi a tué ma femme, mon fils et la femme de mon fils.

— Je voulais dire, ce n'est pas un meurtre parce que vous n'aviez pas l'intention de le tuer.

— Si ! protesta Tony. Je le tue parce que je veux le tuer.

— Les jurés n'en sauront rien.

Tony fronça les sourcils sans comprendre :

— Jurés ? *Che ?*

— Les gens qui décident au procès si vous êtes coupable ou innocent.

— *Si, si !* Je parle aux jurés, je parle au juge. Je dis que je le tue mais que c'est pas un meurtre.

Ils étaient de retour à la case départ. Judy se domina avec effort.

— Non, vous ne dites rien au juge et aux jurés ! Écoutez-moi bien. Selon la loi, l'accusation doit apporter la preuve que vous aviez l'intention de tuer Coluzzi quand vous l'avez poussé. En fait, elle doit prouver que vous l'attendiez, que vous lui aviez tendu une embuscade à seule fin de le tuer. D'après les faits dont dispose l'accusation, elle ne peut rien prouver de semblable. Il s'agit tout au plus d'un homicide involontaire, or ce n'est pas ce dont vous êtes accusé. Comme d'habitude, le ministère public exagère le chef d'inculpation. Nous allons gagner, Tony ! Vous sortirez libre du tribunal.

Tony l'avait écoutée avec un effarement visible.

— Mais, Judy, je *veux* le tuer ! C'est la vérité.

Judy se sentit rougir. Elle était prête à dissimuler la vérité, voire mentir pour défendre son client. Comment l'expliquer à quelqu'un comme Tony-pigeon ? Lequel d'entre eux se targuait d'une moralité supérieure à celle de l'autre ? Était-il coupable ou non ? S'ils n'étaient pas d'accord sur le raisonnement, ils estimaient tous deux qu'il ne s'agissait pas d'un meurtre. Cette différence avait-elle de l'importance pour la suite ? Judy était incapable de résoudre le dilemme.

Tony ne se posait pas de question sur ce point :

— En courant sur lui, j'ai dit : « Je vais te tuer, cochon ! »

Judy sursauta.

— Hein ? Pourquoi ne me l'avez-vous pas dit plus tôt ?

— J'ai oublié.

— Vous parliez fort ?

— Oui, fort. Je crie.

Judy sentit son moral retomber à zéro. Des témoins l'avaient peut-être entendu à travers la porte.

— Qui était présent, ce matin-là ? Les Tony, d'autres membres de votre club ?

— Personne d'autre.

— Espérons qu'ils n'ont rien entendu. Et du club de Coluzzi ?

— Juste le gros Jimmy. Il est toujours avec Coluzzi.

— Le gros Jimmy ? Comment s'appelle-t-il, déjà ?

— Bello.

On entendit frapper à la porte. Frank apparut sur le seuil, l'air sombre.

— Il faut partir. Tout de suite.

— Pourquoi ? voulut savoir Judy.

— Le gros Jimmy a prévenu John Coluzzi. Il va arriver d'une minute à l'autre.

17

— Il faut vraiment laisser ma voiture dans ce quartier ?

En pensant au montant de ses paiements mensuels, Judy lança un regard de regret à sa Coccinelle verte.

— Dépêchez-vous, bon sang ! lui cria Frank qui soulevait son grand-père pour le faire monter dans la cabine du pick-up. L'homme de Coluzzi l'a appelé il y a déjà deux minutes, il ne va plus tarder.

Judy regarda la rue. À part un autobus à l'arrêt un peu plus loin, il n'y avait aucun véhicule suspect en vue. Des nuages gris commençaient à s'amasser dans le ciel. Une jeune femme se hâtait sur l'autre trottoir avec un enfant dans une poussette.

— Pourquoi je ne peux pas prendre ma voiture ? insista Judy.

Frank la tira par un bras, plus soucieux qu'agacé.

— Allez-vous monter, à la fin ? Pas question que vous restiez seule. Nous reviendrons plus tard chercher votre maudite bagnole.

— Promis ?

Sans lui laisser le temps de protester, il l'empoigna par la taille, la souleva et l'assit sur la banquette.

— Non ! D'autres questions ? gronda-t-il en lui claquant la portière au nez.

Judy resta un instant décontenancée. Personne ne l'avait encore soulevée avec une telle facilité. Elle ne croyait même pas que ce fût possible et elle ne savait trop si cela lui plaisait ou non.

— Il a de l'autorité, dit-elle avec un rire contraint.

Elle entendit Tony glousser de gaieté derrière elle.

— Mon Frankie, il vous aime bien.

Judy se sentit rougir. Elle se demanda si c'était vrai et s'étonna d'y attacher assez d'importance pour se poser la question.

Frank s'assit au volant, actionna le démarreur.

— Maintenant, filons !

Le moteur rugit et le pick-up démarra en trombe dans un crissement de pneus. Judy jeta un coup d'œil sur le rétroviseur latéral. Le bus avait quitté l'arrêt et s'éloignait en sens inverse.

— Il n'y a personne derrière, annonça-t-elle.

Frank regarda à son tour dans le rétroviseur.

— Pas encore, mais ça va pas tarder, grommela-t-il. Grand-père, couche-toi sur le siège. Vous aussi, Judy.

Il tourna le coin de la rue sans ralentir, accéléra. Des piétons effarés se retournaient sur le passage du bolide. Une femme qui promenait son caniche brandit le poing en criant des injures. Des pierres roulaient avec fracas dans le plateau du pick-up.

— Couchez-vous, tous les deux ! répéta Frank, les mains crispées sur le volant.

Tony obtempéra sans mot dire, mais Judy n'avait jamais accepté de recevoir des ordres, en silence ou non. Envisageant de lancer une pétition pour interdire la délivrance du permis de conduire aux Italiens, citoyens américains ou pas, sur le territoire des États-Unis, elle agrippa la poignée du tableau de bord pour éviter d'être ballottée dans les virages à angle droit que Frank négociait à une allure démentielle.

— Faites attention, Frank. Votre réaction me paraît excessive.

— Allez-vous vous baisser, à la fin ? cria-t-il au moment où une forte détonation retentit derrière eux.

Judy sursauta. Un coup de feu ? En plein jour ? Impossible ! Elle se retourna. Une voiture noire les poursuivait, un homme penché par la vitre braquait un pistolet sur eux. D'où surgissait cette voiture ? se demanda-t-elle, terrifiée. Une minute plus tôt, elle n'avait rien vu.

Un deuxième coup de feu éclata, plus proche que le premier. Les passants se jetaient à plat ventre sur les trottoirs.

— Baissez-vous ! cria Frank en lui appuyant sur la tête pour la forcer à se courber. Grand-père, reste couché, ils nous tirent dessus !

Judy n'en croyait ni ses yeux ni ses oreilles. Un flot d'adrénaline se déversa dans ses veines. Elle fit appel à toute sa volonté pour garder son calme. Nous sommes victimes d'une tentative de meurtre, se dit-elle en cherchant vainement sa ceinture de sécurité. Il fallait appeler la police. Son téléphone portable était dans son sac, à ses pieds. Elle tendit une main tremblante...

Une nouvelle détonation éclata, plus proche encore. Son sac glissa hors de sa portée tandis que le pick-up prenait un nouveau virage à angle droit. Dans la rue, les gens hurlaient de terreur.

— Je n'arrive pas à les semer, nom de Dieu ! grommela Frank, les dents serrées. Cramponnez-vous.

Il braqua une nouvelle fois le volant, le lourd pick-up dérapa, les pierres dans le plateau arrière roulaient dans un bruit de tonnerre. Projetée contre Frank par la brutalité de la manœuvre, Judy s'agrippa de son mieux au tableau de bord. En se redressant, le lourd véhicule érafla du coin de son plateau arrière une rangée de voitures en stationnement, projetant un sillage d'étincelles.

Judy se retourna. La voiture noire se rapprochait inexorablement. Elle se surprit à lâcher un hurlement en se retournant vers l'avant. Le pick-up fonçait vers un carrefour. Le feu passait au rouge. Un camion de déménagement commençait à s'engager dans l'intersection. Dans une seconde tout au plus, ils seraient coincés entre le camion et la voiture des Coluzzi. Ils mourraient à coup sûr s'ils ne passaient pas.

— Foncez ! cria-t-elle comme si elle lisait les pensées de Frank.

Il n'avait pas besoin d'encouragement pour écraser l'accélérateur. Du bras droit en guise de ceinture, il plaqua Judy contre le dossier. L'avertisseur du camion se déchaîna à leurs oreilles, plus assourdissant qu'une sirène de cargo. Ils étaient si près du camion, déjà à demi engagé dans le carrefour, que Judy vit nettement l'expression horrifiée du chauffeur. Freins bloqués, il tentait de stopper son pesant véhicule. Les pneus crachaient de la fumée, mais l'espace se rétrécissait. C'est fichu, eut le temps de penser Judy dont le cœur avait cessé de battre...

Frank tourna brutalement le volant, contourna en dérapant le capot du camion, heurta la bordure de trottoir, réussit à contrôler l'amorce d'un tête-à-queue et, en redressant sa trajectoire, défonça des voitures stationnées le long du trottoir d'en face, mais le pick-up n'avait pas subi de dommages sérieux. Au bout de la rue, la rampe d'accès à l'autoroute semblait leur faire signe. Frank lâcha une bordée de jurons et, l'accélérateur toujours à fond, se rua vers le salut.

Judy pleurait presque de joie et de soulagement. Derrière eux, on entendit des crissements de freins et des fracas de tôles embouties. Le camion barrait complètement l'intersection. Dans sa cabine, le chauffeur paraissait indemne. Et les Coluzzi ? se demanda Judy. Avaient-ils été tués dans la collision ? Au moins blessés ? Elle l'espérait, en tout cas. Ces voyous étaient des tueurs.

— On a gagné ! cria Frank en guidant le pick-up sur la rampe.

Sans quitter le rétroviseur des yeux, il déboîta rapidement dans la file de gauche et se tourna vers la banquette arrière.

— Tout va bien, grand-père ?

— *Si !* répondit Tony.

Ils éclatèrent de rire tous les deux.

— Tant mieux. Et vous, Judy ? enchaîna-t-il avec un large sourire.

— Je suis en vie. Et c'est un merveilleux sentiment, ajouta-t-elle avec conviction.

Sa respiration s'apaisait, sa tension reprenait des valeurs normales et elle voulait appeler la police. Le pick-up roulait sous un ciel chargé de nuages que le crépuscule proche assombrissait encore. Tony somnolait sur la banquette arrière et Frank conduisait en gardant le bras droit contre Judy, bien que le danger soit écarté. Ce contact lui causait un plaisir qu'elle ne se rappelait pas avoir éprouvé – elle n'avait, il est vrai, jamais connu d'homme comparable à Frank.

Elle se dégagea malgré tout de sous ce bras chaud et protecteur, prit son téléphone et composa le numéro direct de l'inspecteur Wilkins. Par un heureux hasard, il était de service et décrocha aussitôt.

— Je veux porter plainte pour tentative de meurtre, inspecteur. Sur les personnes de mon client, de son petit-fils et d'une avocate pour qui j'éprouve une certaine affection.

— Nous sommes au courant. South Philly, n'est-ce pas ?

— Oui. Nous procédions à une reconstitution officieuse sur le lieu du crime, les Coluzzi nous surveillaient et nous ont poursuivis. Il y avait John, je crois, et un certain Jimmy Bello, un homme de main qui travaillait pour le père. Ils nous ont tiré dessus avec l'intention de nous tuer.

— Nous avons saisi le véhicule qui s'est écrasé contre le camion. Il est à l'état d'épave, mais les suspects ont réussi à prendre la fuite. Êtes-vous sûre qu'il s'agissait de John Coluzzi ? Vous l'avez vu ?

— Attendez ! Vous dites qu'ils se sont enfuis ? Comment ont-ils pu s'enfuir ? Tout le quartier a assisté à la poursuite !

— Nous sommes intervenus le plus vite possible après les appels des témoins et nous étions sur les lieux moins de cinq minutes après la collision, mais nos oiseaux s'étaient déjà envolés.

Judy fronça les sourcils. Elle voyait Frank se renfrogner à vue d'œil – il ne croyait pas plus que Tony à l'efficacité de la police. Mais elle ne pouvait pas renoncer à recourir à l'action légale.

— Puisque vous avez saisi la voiture, vous savez au nom de qui elle est immatriculée. Vous pouvez remonter aux Coluzzi ou à Bello.

— Impossible. Cette voiture a été volée il y a trois mois à un rabbin de Melrose Park. Pourquoi répétez-vous qu'il s'agit de John Coluzzi ? Pouvez-vous l'identifier ?

— Je les ai vus. L'un d'eux, au moins, celui qui se penchait à la portière et nous tirait dessus.

— Était-ce John Coluzzi ?

Judy réfléchit un instant. Elle n'avait vu Coluzzi qu'au palais de justice. Tout s'était passé trop vite. L'avait-elle réellement reconnu ?

— Je n'en suis pas certaine, pas encore du moins. J'ai vu un homme de race blanche avec des cheveux bruns.

— Rien d'autre ?

— Non. Personne dans la rue ne les a vus s'enfuir ?

— Les seuls témoignages recueillis décrivent deux hommes de race blanche, l'un des deux assez corpulent, sans identification plus précise. Nos hommes procèdent à une enquête de voisinage.

— Personne n'a rien vu ni ne sait rien ? s'indigna Judy. Vous y croyez, inspecteur ?

— Que voulez-vous que je fasse de plus ? Nous avons ouvert une enquête sur ces actes criminels et nous agissons conformément à la loi. Quand nous aurons appréhendé ces malfaiteurs, nous vous en aviserons.

Wilkins paraissait sincèrement décidé à mener l'enquête jusqu'au bout. Ce n'était pas lui l'ennemi, se répéta Judy. Un policier, après tout, est l'allié des honnêtes gens.

— Pourriez-vous l'identifier mieux que moi ? demanda-t-elle à Frank. L'avez-vous vu clairement ?

— Oui, passez-moi le téléphone. Inspecteur, voici la description de vos suspects. Vous avez de quoi écrire ? Les deux malfrats qui nous poursuivaient étaient John Coluzzi, parce que son frère Marco n'a pas de tripes, et son homme de main, Jimmy Bello. Allez chez John, vous y trouverez deux individus plus amochés que d'habitude, ce sont vos coupables, conclut-il en rendant le téléphone à Judy.

Elle ne put se forcer à sourire.

— Inspecteur, je peux venir à la Rotonde regarder des photos. Cela peut-il vous rendre service pour les identifier ?

— Non, pas question ! gronda Frank.

— Nous disposons de quelques photos des membres de la famille Coluzzi et de leur entourage. Vous nous rendriez service, en effet, mais je ne peux rien vous garantir.

— Bien, je m'y rendrai le plus tôt possible, ajouta-t-elle malgré les véhémentes protestations de Frank.

— Quand viendrez-vous ? Je suis du poste de nuit cette semaine, je ne bougerai pas du bureau avant demain matin.

— Je vous rappellerai, eut-elle le temps de dire avant que Frank lui prenne le téléphone des mains et coupe la communication.

— Vous n'irez pas à la Rotonde, déclara-t-il.

— Pourquoi, je vous prie ?

— Parce que vous vous ferez tuer.

— Ce n'est pas après moi qu'ils en ont. Je ne suis que l'avocate.

Frank lâcha un ricanement.

— Vraiment ? Ces balles, tout à l'heure, vous passaient à côté ?

— Ils visaient Tony, répondit-elle sans conviction. D'ailleurs, j'irai seule à la Rotonde. Ils ne me suivront pas si je suis seule.

— Bien sûr que si ! Vous n'avez toujours pas compris ? Que sont-ils en train de faire à votre voiture en ce moment, à votre avis ?

Le cœur de Judy manqua un battement.

— Vous… vous croyez qu'ils l'abîmeront ?

— Non, ils sont beaucoup trop gentils pour abîmer une belle voiture neuve ! répondit Frank en riant.

Judy n'avait aucune envie de rire.

— Qu'est-ce qu'ils vont lui faire ?

— À votre Coccinelle ? Après lui avoir arraché les ailes ou avant ?

— S'ils posent un seul doigt sur ma voiture, je…

— Dominez-vous ! l'interrompit Frank d'un ton faussement sévère. Il va sans dire que si ces voyous font la moindre éraflure à votre chère voiture, vous serez en droit de les poursuivre par tous les moyens que la loi met à votre disposition.

— Je suis folle de rage ! s'écria Judy.

Et, cette fois, elle était tout ce qu'il y a de plus sincère.

18

Lorsque Frank arrêta enfin son pick-up, la nuit tombait et les étoiles scintillaient derrière un fin voile de brume. Judy reconnut le chantier quand il se gara dans l'herbe devant un château d'eau abandonné, situé de l'autre côté de la prairie. Il avait plu dans la journée, les moucherons attirés par les phares grouillaient devant le pare-brise. Les oiseaux chantaient à tue-tête, mais rien ne réveillait Tony, toujours assoupi sur la banquette arrière.

Judy baissa sa vitre pour respirer l'air pur du soir.

— Vous pensez qu'il sera en sûreté, ici ?

— Tout à fait, répondit Frank en serrant le frein à main. La propriété est au milieu de rien, elle est vaste et le château d'eau est au centre. Personne ne viendra le chercher ici.

Judy regarda autour d'elle. Ils étaient en effet au milieu de rien, sinon au paradis.

— Où est la maison ? Je croyais que les châteaux d'eau étaient censés alimenter des maisons.

— Elle était à une cinquantaine de mètres d'ici, dit-il en indiquant l'endroit du doigt. Les propriétaires l'ont démolie pour en construire une autre, là où j'effectue le terrassement. Venez, je vais vous faire voir.

Il mit pied à terre et referma doucement la portière pour ne pas réveiller son grand-père. Judy en fit autant. Le contact de l'herbe lui redonna un sentiment de sécurité.

— Alors, je suis plein de surprises, non ? dit Frank en lui tendant la main. Je vais vous faire les honneurs de mon bureau.

Elle le laissa lui prendre la main dans sa grosse patte, et le contact lui fit du bien. L'herbe lui chatouillait les mollets, lui trempait les pieds, mais elle était trop heureuse pour s'en plaindre. Elle ne savait plus quand ni comment avaient commencé ces contacts physiques, sauf qu'à ce moment-là les balles sifflaient à ses oreilles.

— J'espère que mon décor vous plaît, reprit Frank en montrant le bouquet de chênes sur sa gauche. Sans me vanter, ces arbres ont plus de deux cents ans. Le vert est ma couleur préférée.

— Mon bureau est plein de livres de droit.

— Dommage. Au moins, ils brûlent facilement.

— J'ai aussi des étagères et des classeurs.

— Dans le mien, je n'ai que le soleil.

— En plus, poursuivit Judy qui s'amusait à cet échange, j'ai un ordinateur et deux lignes de téléphone sur mon bureau.

— Moi, j'ai une pelleteuse, des outils, un pick-up et un grand-père. C'était tout jusqu'à présent, mais maintenant j'ai quelque chose de beaucoup plus important, conclut Frank en lui serrant la main.

Judy préféra ne pas lui demander ce qu'il entendait par là, bien qu'elle l'ait compris. Elle ne voulait surtout pas se couvrir de ridicule, Frank lui plaisait trop pour prendre le risque de brûler les étapes.

Elle leva les yeux vers les siens dans l'espoir d'un échange de regards chargés de sous-entendus, mais il regardait à ses pieds.

— Vous voyez ? demanda-t-il, le doigt tendu.

Judy eut beau faire, elle ne vit que de l'herbe mouillée.

— Voir quoi ?

— Les fondations, dit-il en grattant l'herbe du bout du pied pour dégager une pierre. De la pierre de Valley Forge, qu'on ne trouve que dans cette partie de la Pennsylvanie. C'est ici qu'était bâtie la vieille ferme. On en voit encore l'empreinte. Regardez, l'herbe est plus rare le long de ces lignes, fit-il en désignant un rectangle visible sur le sol.

Judy ne se laissa pas distraire par la vue de l'imposant biceps dévoilé par la manche du polo. Elle prenait trop plaisir à être près de lui, la main dans la main, à écouter le son de sa voix dont la richesse trahissait assez clairement son amour de ce qu'il lui expliquait.

— La ferme datait de 1780, poursuivit-il. Je l'ai vue l'année dernière, avant qu'elle soit démolie. Les fondations et les murs étaient plus épais, plus solides que tout ce que j'avais jamais imaginé. Cette maison aurait pu durer éternellement. J'ai tout fait pour essayer de la sauver, je vous le jure, affirma-t-il avec regret.

— Pourquoi les propriétaires l'ont-ils démolie ?

— Parce qu'elle n'avait pas de salle de jeux ni de place pour installer un sauna ou quelque chose de ce genre.

— Mais c'était un monument historique ! s'exclama Judy.

— Je suis un professionnel, j'ai appris à ne pas juger mes clients. Et vous ?

— Restons-en là, répondit-elle en riant.

— Pour certains, l'Histoire ne compte pas. Ils veulent de l'espace pour leur « home cinéma » et un garage de trois voitures. En tout cas, ils ont bon goût pour la maçonnerie. Ils sont allés en Irlande et ce qu'ils y ont vu leur a plu. Pendant des siècles, les Irlandais ont presque tout bâti en pierres sèches. On n'a besoin que de pierres et de pesanteur. Je ne connais rien de plus passionnant.

— Comment cela ?

— Une construction en pierres sèches vous nettoie l'esprit et vous absorbe en même temps. Les autres techniques de maçonnerie font le même effet, d'ailleurs. Pendant la guerre, Winston Churchill allait dans sa maison de campagne élever un mur dès qu'il avait du temps libre. Le saviez-vous ?

— Non.

— C'est pourtant vrai. Mais ce n'est pas un passe-temps pour tout le monde. En Italie, qui a toujours eu les meilleurs maçons du monde, les fermiers devaient apprendre à dresser leurs clôtures en pierres sèches parce qu'ils manquaient d'arbres. Les maçons italiens émigrés en Amérique ont édifié plus de la moitié des constructions en pierres sèches de la Nouvelle-Angleterre et autour de New York. Je vous emmènerai un jour à Westchester. Leur travail vaut ce qu'on trouve en Italie.

— Vous y êtes allé ?

— En Italie ? Deux fois. J'ai visité des tas de villages de montagne entièrement construits en pierres, toiture comprise.

— Et êtes-vous allé dans la ville natale de votre grand-père ?

— Bien sûr, son village est juste à côté de Veramo, dans les Abruzzes. J'ai fait la connaissance des cousins qui y vivent encore. Nous avons eu de merveilleuses retrouvailles.

Judy profita de la tournure prise par la conversation pour tenter de placer une pièce du puzzle qui lui manquait encore, car elle n'avait pas voulu interrompre le récit de Tony pendant leur visite au club.

— Je vous crois sans peine. Mais je voudrais vous poser une question au sujet de votre grand-mère, Silvana.

La main de Frank se referma sur la sienne.

— Allez-y.

— Comment est-elle morte ?

— Je vous l'ai déjà dit, Coluzzi l'a tuée parce qu'elle lui avait préféré mon grand-père.

— Je sais, mais comment l'a-t-il tuée ?

Frank s'éclaircit la voix.

— On en parle encore, là-bas. On l'a trouvée morte dans l'écurie comme si elle était tombée du grenier à foin. Le cou brisé.

Judy sursauta :

— Comme Coluzzi ?

— Oui, mais il n'y a aucun rapport.

Judy réfléchit aussi vite qu'elle put. Cette coïncidence serait considérée comme une preuve de vengeance et renforcerait l'argument de l'accusation. Mieux valait, si c'était possible, la passer sous silence au procès.

— Comment était-on sûr qu'il s'agissait d'un crime, pas d'un accident ? Elle aurait très bien pu tomber du grenier à foin.

— Non. D'après ce qu'a toujours dit mon grand-père, ma grand-mère ne s'approchait jamais de l'écurie. Il est probable qu'ils l'ont tuée en maquillant le crime pour faire croire à un accident.

Judy réfléchit un instant.

— Comment savez-vous que c'était bien Coluzzi, alors ?

— On l'a vu en ville ce soir-là, ce qui était d'autant plus étrange qu'il habitait Mascoli, dans la Marche, et ne mettait jamais les pieds à Veramo, dans les Abruzzes, qu'il ne daignait pas honorer de sa présence. Si vous rôdez dans une rue de South Philly où vous n'avez pas vos habitudes, les gens vous remarquent. Ce jour-là, Coluzzi était sur le territoire des Lucia et n'est donc pas passé inaperçu. Vous allez me dire que ce n'est pas une preuve, je suppose ?

— Exact. Dans ce pays, ce serait insuffisant pour accuser Angelo Coluzzi d'un crime. Le seul fait de l'avoir vu ne prouve rien.

Elle sentit Frank lâcher sa main. Leur troisième désaccord en quarante-huit heures… Peut-être étaient-ils aussi incompatibles que l'eau et l'huile d'olive.

— Vous avez pourtant vu ces types, Judy. Ils nous, ils *vous* tiraient dessus.

— Soyez logique, Frank. Ce n'étaient pas ceux qui sont supposés avoir tué votre grand-mère. Ce n'était pas Angelo Coluzzi qui tirait, mais ses fils, ses petits-fils ou je ne sais qui.

— Ce sont des Coluzzi. Ils ont le crime dans le sang. Ils sont fous, fous furieux. Ils ne connaissent rien d'autre que la haine.

— On ne peut pas généraliser…

— Pourquoi pas ? J'en ai le droit. L'Histoire est pleine d'exemples de familles de meurtriers ou de malades mentaux. Que ce soit inné ou acquis ne change rien à l'affaire. Et les Borgia ? Ou les générations de la famille Gambino, patrons de la Mafia ? La violence est pour eux un mode de vie. Une valeur familiale. Vous n'avez pas connu mon père, Judy, poursuivit-il d'un ton radouci, mais je ne suis pas très différent de ce qu'il était. Et avec mon grand-père, quelles sont nos différences ? Je suis plus grand, plus jeune, j'ai un peu plus d'argent dans mes poches, c'est tout. Enfin, bon sang, de quoi ont peur presque toutes les femmes ? De ressembler à leurs mères. C'est exactement pareil.

Judy aurait voulu l'interrompre une ou deux fois, mais il ne lui en avait pas laissé le temps. Elle ne put s'empêcher de frémir en pensant à sa mère, une intellectuelle bardée de diplômes, si fière de son érudition qu'elle se faisait appeler Docteur, même par les serveurs de restaurant.

— Tout le monde sait qu'Angelo Coluzzi a tué Silvana, reprit Frank avec véhémence. Je vous garantis qu'il était persuadé d'avoir eu raison de le faire et que tous les Coluzzi sont du même avis.

Ses mots amenèrent Judy à penser à Silvana, à l'origine, bien malgré elle, de tout ce qui était arrivé. Si elle en croyait Frank, cette femme avait payé de sa vie son choix de l'homme qu'elle aimait. Judy ne concevait pas de n'être pas libre d'aimer qui elle voulait, jusqu'à ce qu'elle redevienne consciente que le monde était souvent bien différent de celui où elle vivait. En Orient, en Inde, ailleurs encore, partout où sévissait le fanatisme religieux, rares étaient les femmes auxquelles leurs parents ne dictaient pas le choix de celui qu'elles devaient épouser. Comment pareilles coutumes pouvaient-elles subsister à notre époque ? se demanda-t-elle. Était-elle en mesure de faire quelque chose pour corriger une telle barbarie ? Elle cherchait en vain une réponse quand la main de Frank reprit la sienne.

— Cette guerre est la nôtre, Judy, pas la vôtre. Nous la menons à notre manière, pas à la vôtre. Après ce qui s'est passé aujourd'hui, je veux trouver un autre avocat pour mon grand-père. Je ne veux plus vous exposer au danger. Je n'aurais jamais dû vous y entraîner.

Ce fut Judy, cette fois, qui dégagea sa main.

— Non, Frank. Je peux et je veux assurer sa défense.

— Je sais que vous en êtes capable, mais c'est trop dangereux. Vous auriez pu vous faire tuer, tout à l'heure.

— C'est mon affaire, et je sais quoi faire.

— Je ne crois pas…

— Peu m'importe. Je garde le dossier, inutile de discuter. Si j'ai besoin de protection, je l'obtiendrai.

L'expression de Frank devint presque tendre. D'un doigt, il repoussa une mèche de cheveux blonds du front de Judy.

— Vraiment ? Je croyais que c'était moi, votre protection.

— Aucun homme ne m'a jamais protégée.

— Pas possible ? dit-il en riant. Je croyais vous avoir plutôt bien protégée, cet après-midi.

— Euh… oui. Pas trop mal.

— Plutôt bien, pas trop mal, bon, admettons. Auriez-vous déjà oublié ? Le gros camion en travers de la rue, le type au volant à côté de vous qui faisait du rodéo ? C'était moi.

— C'était tout à l'heure, maintenant c'est maintenant. J'étais prise au dépourvu, cela ne se reproduira plus. Je suis avocate, c'est moi qui assure la protection. C'est ce qu'on appelle la défense.

— Vous ne pigez décidément rien, *cow-girl* ? Si vous tenez à me protéger, je n'y vois pas d'inconvénient. Tout ce que je vous demande, c'est de ne pas me compliquer la vie quand j'essaie de vous protéger.

Il se penchait vers elle et Judy se rendit soudain compte à quel point leurs visages étaient proches. Son haleine ne sentait plus l'oignon mais, même dans ce cas, elle ne s'en serait pas plainte.

— Je n'ai pas besoin de votre protection. Au pire, je suis d'accord pour nous protéger mutuellement.

Il lui prit le visage d'une main. Ses doigts calleux lui râpaient les joues mais, là encore, elle ne s'en plaignit pas.

— Ce n'est pas négociable. Je suis du genre protecteur, voyez-vous. Tant que vous serez avec moi, je vous protégerai. D'accord ?

Judy n'était pas en état de réfléchir. Elle ne s'était jamais sentie aussi bien, tout son corps semblait vouloir se blottir contre lui. Elle se demanda combien de temps elle allait devoir attendre un baiser, et la patience n'était pas son fort.

— Je n'ai pas besoin qu'on me protège, dit-elle en se hissant sur la pointe des pieds. J'ai besoin qu'on m'embrasse.

Alors, il l'embrassa.

LIVRE TROIS

« Avec force et douceur. »

Devise de la province des Abruzzes

Les dictateurs chevauchent des tigres furieux dont ils n'osent pas descendre.

Winston CHURCHILL, *While England Slept* (1936)

19

Réveillé depuis quelques minutes, Tony regardait Frank et Judy s'embrasser. Il savait qu'ils finiraient par se trouver et son cœur débordait de joie. Frank avait vu trop de tristesse pour un homme aussi jeune, il était grand temps qu'il cesse de travailler si dur, qu'il se marie, qu'il ait des fils. Des filles aussi, si elles ressemblaient à Judy. Tony l'aimait déjà comme sa fille, même si elle n'était pas italienne, il était assez réaliste pour savoir que les temps changeaient.

Avec un léger soupir, il se rencogna sur la banquette et referma les yeux sur les images d'un autre baiser, si vivace dans sa mémoire qu'il croyait le revivre chaque fois qu'il l'évoquait, bien qu'il datât de plus de soixante ans. Et il s'empêcha de se rendormir afin que son souvenir ne devienne pas un rêve dont le déroulement lui échapperait. Car ce souvenir n'était rien de moins que le premier baiser de Silvana.

Il était aussi à la campagne par une nuit de printemps. Sèche, brûlée par le soleil, son sol rocailleux épuisé par des siècles de culture, la campagne des Abruzzes était très différente de celle de l'Amérique. Dans le Mezzogiorno, il fallait des hommes solides pour travailler la terre. Beaucoup avaient renoncé et étaient partis pour l'Amérique, où le sol fertile promettait une existence facile et prospère. Pourtant, Tony et son père étaient restés sur la terre qu'ils aimaient, leur terre, et Tony avait vu sa fidélité récompensée au centuple. La pauvre terre des Abruzzes n'était pas ingrate envers ceux qui l'aimaient. Elle lui avait appris le pouvoir de l'espérance, et c'est grâce à cette vertu qu'il avait gagné le cœur de Silvana.

Depuis leur rencontre sur la route, Tony ne pensait plus qu'à elle. De retour chez lui ce soir-là, il avait dû subir les reproches de son père pour la perte de la course et la destruction des cages. Comme la prochaine course avait lieu quinze jours plus tard, Tony s'était remis à l'ouvrage avec une énergie décuplée par l'espoir, mieux, par la certitude de revoir Silvana.

Dès le lendemain, Tony avait conçu un plan. Il fallait d'abord savoir où habitait Silvana. De ses manières et de sa mise raffinées il avait déduit qu'elle était citadine et devait donc vivre à Mascoli, dont Coluzzi était lui aussi originaire. Tony n'avait jamais eu l'occasion de se rendre à Mascoli, il avait trop à faire chez lui. Et une fois là-bas, comment se renseigner sans s'attirer la vindicte de Coluzzi et de ses amis, les Chemises noires.

Ce matin-là, après avoir réparé les cages aussi vite qu'il le pouvait et vérifié que son père était parti au marché, Tony fit sa toilette avec soin, enfourcha sa mule et prit la route de Mascoli, où il entra par la rue principale, la via Dante Alighieri. Mascoli était une cité médiévale hérissée de tours que Tony admira bouche bée. Il Duomo, la cathédrale, était si massive et si haute qu'elle paraissait vouloir percer le ciel. Les rues étroites, les maisons serrées les unes contre les autres, le vacarme des automobiles, la bousculade des piétons lui donnaient le vertige, mais il se ressaisit en pensant au taureau furieux qui l'avait une fois chargé dans un champ et auquel il avait su échapper. Seules les Chemises noires l'inquiétaient réellement. Aussi commença-t-il à transpirer à grosses gouttes à mesure qu'il s'approchait du quartier général des fascistes, installé dans l'immeuble d'un journal qu'ils avaient chassé. Coluzzi y était ou y entrerait sûrement.

Arrivé à distance respectueuse, Tony mit pied à terre sans même chercher un poteau auquel attacher la mule. La pauvre bête était si fatiguée qu'il aurait fallu mettre le feu à son écurie pour la décider à bouger. Au milieu des gens qui allaient et venaient d'un air affairé, il se donna une contenance en feignant de lire un journal ramassé sur le trottoir, bien qu'il ne sût pas lire. En fait, il surveillait la porte de l'immeuble par laquelle il voyait entrer et sortir des petits groupes de Chemises noires.

Comme son père, Tony exécrait les fascistes. Ce matamore de Duce, son gendre Ciano tout juste bon à courir les jupons et leur ramassis de voyous arrogants étaient une plaie pour le pays, pire qu'une nuée de sauterelles. Quant aux récents traités d'amitié entre Mussolini et le dictateur de l'Allemagne, il n'en sortirait sûrement rien de bon. Toutefois, les Lucia père et fils gardaient prudemment ces opinions pour eux, d'autant qu'ils étaient à peu près les seuls à les partager dans les Abruzzes et les provinces avoisinantes.

Tony vit tout à coup Angelo Coluzzi sortir de l'immeuble et s'engouffrer dans une longue voiture noire. Quel idiot je suis ! se dit-il. Il n'avait pas pensé à la voiture. Il croyait que Coluzzi irait chez Silvana à pied ou en carriole ! Comment faire pour le suivre, maintenant ? Mascoli n'était pas un petit village comme le sien, mais une grande ville, où les hommes importants ne se déplaçaient pas en carriole ! Je ne suis qu'un paysan, songea-t-il avec désespoir.

La voiture démarrait, Tony n'avait pas une minute à perdre. Il sauta sur le dos de la mule, mais il eut beau la bourrer de coups de talon, l'animal refusait obstinément d'avancer. Les passants riaient du spectacle ridicule qu'il offrait. Et lui qui avait voulu être discret, se fondre dans la foule ! Rouge de honte, furieux de sa propre bêtise, il continua à s'évertuer. En vain. La mule restait plus immobile qu'une statue.

Déjà, la voiture était hors de vue. Comprenant qu'il serait inutile de s'entêter, Tony sauta à terre et partit en courant dans la via Maggiore où il avait vu tourner le véhicule. Hors d'haleine, la poitrine en feu, il dut s'arrêter un instant et s'appuyer à un mur pour reprendre son souffle. Où donc allait Coluzzi ? Chez Silvana ? Puisqu'il lui faisait la cour, il fallait bien qu'il s'y rende tôt ou tard.

La voiture noire tourna encore une fois à droite. Tony prit ses jambes à son cou et atteignit le coin de la rue à temps pour la voir disparaître à un nouveau carrefour. Il ne savait plus où il était, ses pieds lui faisaient souffrir mille morts, mais il ne ralentit pas. Il louvoyait de son mieux entre les piétons, il évitait de justesse les véhicules qui lui lançaient de furieux coups d'avertisseur quand il était forcé de descendre sur la chaussée, mais rien n'aurait su l'arrêter dans sa course folle.

Il vit soudain la voiture noire stopper devant une vieille maison à laquelle était accrochée une enseigne. Tony ralentit enfin son allure en apercevant Coluzzi et trois autres Chemises noires descendre de voiture et entrer dans la boutique. Tony ne comprenait plus. Silvana travaillait-elle dans cette boutique ? Ses parents en étaient-ils propriétaires ? Il n'allait pas tarder à avoir la réponse.

Les Chemises noires sortirent de la maison en tenant entre eux un homme en blouse blanche, un pharmacien sans doute, à la blouse tachée de sang. Une femme qui passait dans la rue à ce moment-là s'enfuit précipitamment tandis que Coluzzi frappait le malheureux homme à coups de poing sur la figure. Sa tête ballottait à chaque coup, et il perdit ses lunettes qui se brisèrent sur les pavés. Ahuri d'un tel spectacle, indigné, Tony s'élança sans plus réfléchir pour porter secours à l'homme. Quatre contre un, c'était ignoble !

— Arrêtez ! cria-t-il. Vous n'avez pas le droit !...

Mais les autres étaient trop loin pour l'entendre, et Coluzzi trop occupé à frapper à coups de botte le pharmacien tombé à terre pour prêter attention aux protestations de Tony. Il n'avait d'ailleurs eu le temps que de parcourir quelques foulées quand le dernier des Chemises noires sortit à son tour de la boutique, appela ses complices, et tous les quatre sautèrent dans la voiture qui démarra en trombe.

— Voyous ! Sauvages ! cria Tony à leur intention.

Il se jeta à genoux près du pharmacien. Le malheureux avait un œil tuméfié, les joues ensanglantées, le nez brisé. Tony regarda désespérément autour de lui mais, comme il ne savait pas lire, les enseignes des boutiques et les plaques de cuivre sur les portes des maisons ne pouvaient pas le renseigner sur ce qu'il cherchait.

— Il faut appeler un médecin, monsieur. Vous êtes gravement blessé. Eh ! vous autres ! cria-t-il à l'adresse des rares passants qui se détournaient en pressant le pas, nous avons besoin d'un médecin. Connaissez-vous un docteur dans la rue ?

Pendant ce temps, le pharmacien se relevait péniblement.

— Allez-vous-en, jeune homme, dit-il d'une voix tremblante.

Tony crut qu'il délirait.

— Mais non, monsieur, vous avez besoin d'aide.

— Vous n'avez pas compris, imbécile ? Laissez-moi tranquille, mes affaires ne vous regardent pas.

Sur quoi, malgré les protestations de Tony, il se traîna jusqu'à la porte à demi défoncée de son officine qu'il claqua derrière lui.

Une heure plus tard, quand il retrouva enfin sa mule toujours endormie, Tony n'était plus le même. Il avait mûri, il voyait les choses et les gens d'un regard différent. La ville vaquait à ses occupations comme si un pauvre homme sans défense n'avait pas été roué de coups en plein jour sur la voie publique. Homme de la campagne, Tony ne s'était jamais douté de ce qui se passait dans les villes, de ce que subissaient sa patrie et la terre qu'il aimait. Il ne parvenait pas à comprendre comment l'Italie était tombée aux mains de malfaiteurs qui se croyaient tout permis. Pourtant, l'horrible scène dont il venait d'être témoin ne chassait pas Silvana de son esprit, au contraire. Car il nourrissait désormais de sérieuses inquiétudes pour sa sécurité.

À l'ombre de son chapeau de paille qui dissimulait ses traits, Tony reprit son poste d'observation devant le quartier général des fascistes. L'après-midi s'avançait, les Chemises noires commençaient à quitter leurs bureaux par petits groupes et rentraient chez eux en voiture ou à motocyclette. La patience de Tony fut enfin récompensée quand il vit Coluzzi sortir à son tour. Lavé, coiffé, vêtu d'une chemise repassée de frais, il parlait en riant à l'un de ses camarades et, s'il ne pouvait pas les entendre, Tony sentit qu'il n'était plus question entre eux d'expéditions punitives. Coluzzi se pavanait comme un homme qui s'apprête à aller faire sa cour à une femme. À Silvana.

Voyant Coluzzi monter au volant d'une voiture après avoir salué son camarade, Tony sauta sur sa mule. Le repos de l'après-midi avait fait du bien à la bête qui consentit à partir au petit trot, et Tony put suivre ainsi la voiture sans difficulté dans les embouteillages de cette fin de journée. L'un derrière l'autre, ils quittèrent le centre pour gagner les faubourgs, et Coluzzi s'arrêta enfin devant une maison de pierre, un peu plus humble que ses voisines mais aussi soignée. Le cœur battant, Tony stoppa à quelque distance. Le crépuscule tombait, il ne pouvait pas voir le numéro de la maison, mais il n'en avait pas besoin. Si c'était la maison de Silvana, il saurait en retrouver le chemin dans la nuit la plus noire et la reconnaître entre toutes.

Coluzzi descendit de voiture et alla sonner à la porte d'entrée, abritée par une arche en surplomb. Les passants le saluaient, il leur rendait leurs saluts d'un air condescendant comme s'il les connaissait tous, au point que Tony se demandait avec rage depuis combien de temps il faisait la cour à Silvana.

Une minute plus tard, la porte s'ouvrit et Silvana apparut sous l'arche comme un tableau dans son cadre. La lumière derrière elle soulignait la finesse de sa taille. Elle n'avait pas les épaules larges et musclées d'une femme de la campagne, mais cela n'avait aucune importance pour Tony. Silvana n'était pas faite pour porter des seaux d'eau ni de lourdes charges, Tony le ferait avec joie à sa place.

Non, pensa-t-il quand la porte se referma, cet ignoble porc ne mérite pas une femme comme Silvana. S'il a réussi à l'aveugler sur sa vraie nature, il faut la sauver des griffes de cette brute. Elle sera à lui, Tony, et ils seront heureux ensemble jusqu'à la fin des temps. Le moment était venu pour lui d'entreprendre sa cour.

Il mit pied à terre et prit dans sa poche le cadeau préparé pour Silvana, enveloppé dans le beau mouchoir brodé que ses parents lui avaient offert pour sa confirmation. Espérant ne pas commettre de sacrilège en l'utilisant de la sorte, il traversa la rue et alla déposer le paquet près de la porte, un peu à l'écart afin que Coluzzi et ses ignobles bottes noires ne marchent pas dessus. Puis, imaginant la surprise de Silvana quand elle découvrirait son cadeau, il enfourcha de nouveau sa mule et reprit le chemin du retour aussi vite que sa monture s'en montrait capable. Malheureusement pour lui, loin d'écouter son récit indigné sur les méfaits des Chemises noires, ses parents inquiets de sa longue absence l'accablèrent de reproches et l'envoyèrent se coucher sans dessert.

Le lendemain soir, ses tâches terminées et ses parents couchés, Tony reprit le chemin de Mascoli et traversa la ville jusqu'à la maison de Silvana. La voiture de Coluzzi n'y était pas, toutes les lumières étaient éteintes. Faute d'un autre mouchoir brodé pour envelopper son cadeau, Tony avait dû se contenter du plus beau torchon de sa mère, en espérant qu'elle ne s'apercevrait pas de sa disparition. Quelle ne fut alors sa surprise en s'approchant de voir un petit carré de linge blanc près de la porte, à l'endroit même où il avait déposé son cadeau la veille.

Tony retint de justesse un cri de joie : c'était son mouchoir de confirmation, lavé et repassé. Il sentait encore la lessive et l'odeur du fer chaud. Tony le porta à son nez et se grisa de ce parfum, le plus doux qu'il avait jamais respiré puisqu'il évoquait les mains de Silvana qui l'avait elle-même touché. Il aurait voulu le garder comme un trésor, mais le mouchoir pouvait servir à un meilleur usage. Il défit donc son paquet, remballa le cadeau dans le mouchoir et le déposa au même endroit que la veille avant de sauter sur sa mule et de s'éloigner.

Cette nuit-là, Tony fut incapable de s'endormir. Le lendemain, il accomplit son travail avec une énergie qui lui valut les compliments de ses parents. La nuit venue, il reprit le chemin de la maison de Silvana, où il retrouva son beau mouchoir de nouveau lavé et repassé, comme il le serait la nuit suivante et celle d'après. Chaque fois, Tony dépliait le linge et y emballait son cadeau : la plus belle des tomates cueillies cet après-midi-là dans son potager.

Quatorze soirs d'affilée, Tony refit le même manège. Le jour de la nouvelle course de pigeons, il chargea la charrette, attela la mule et reprit, le matin cette fois, la route de Mascoli qu'il connaissait désormais par cœur. La mule avait considérablement maigri, ce que les parents attribuaient à tort aux vers ou à quelque autre maladie, car ce qu'elle avait perdu en graisse, elle l'avait gagné en muscles et en vigueur, si bien qu'elle partit d'un trot allègre en dépit du lourd chariot qu'elle traînait, auquel Tony ajouta sans scrupule son propre poids. Pour la première fois, il menait son attelage comme un homme digne de ce nom au lieu de marcher à côté de sa bête. Pour cette grande occasion, Tony avait revêtu ses meilleurs habits et remplacé son vieux chapeau de paille par le chapeau de feutre avec lequel son père avait fait la cour à sa mère. Il ne voulait laisser aucun détail au hasard puisqu'il comptait fermement voir Silvana en personne.

Sa déception fut d'autant plus amère en constatant que Coluzzi et par conséquent Silvana n'étaient pas là. Il attendit aussi longtemps qu'il le put avant de faire enregistrer et baguer ses pigeons, mais toujours pas de Coluzzi. Les nerfs à vif, il envisageait déjà le pire. Pourquoi Silvana n'était-elle pas venue ? Était-elle malade ? Coluzzi l'avait-il battue en découvrant que Tony déposait des cadeaux à sa porte ? Courait-elle un danger ?

Il était tard, les concurrents se retiraient les uns après les autres. Tony fit semblant de vérifier le harnachement de la mule, les roues de la charrette jusqu'au départ du dernier. Il fallait qu'il en ait le cœur net, qu'il sache ce qui était arrivé à Silvana. Ses parents s'inquiéteraient de son retard, bien sûr, mais rien ne l'empêcherait de se renseigner sur le sort de celle dont il était profondément amoureux.

La nuit était tombée quand Tony atteignit la sortie de Mascoli. Il n'avait pas préparé de cadeau ce jour-là puisqu'il pensait voir Silvana, mais il était trop tard pour s'en soucier. Il ignorait ce qu'il ferait, ce qu'il lui dirait, si même il pourrait lui parler. Il ne pensait qu'à s'assurer qu'elle était en bonne santé.

Il arrêta donc la charrette devant la maison. Sa position surélevée lui permettait de voir au niveau du premier étage. À une fenêtre, la lumière brillait à travers un fin rideau de dentelle. Le cœur de Tony bondit en voyant Silvana ouvrir la porte et entrer dans la chambre. Elle allait donc bien. Elle était plus belle que jamais. Elle devait être sortie pour la soirée, car elle enlevait le foulard noué autour de son cou. Le cœur de Tony, cette fois, cessa de battre. Bien sûr, elle était sans doute sortie avec Coluzzi, au cinéma peut-être ou au restaurant comme le font volontiers les gens des villes.

Un autre que Tony aurait lancé des cailloux contre les vitres, sonné à la porte, essayé de lui parler. Lui, il se détourna de la fenêtre, triste à pleurer. Il s'en voulait d'avoir été aussi bête, aussi naïf. Jamais il ne se marierait avec elle, il en était indigne. Ses cadeaux étaient la preuve de sa bêtise. Il fallait être un innocent tel que lui pour se croire capable de séduire une femme en lui offrant des tomates, même si on les appelait des pommes d'or...

Tony fit faire demi-tour à la mule et prit le chemin du retour. La bête elle-même paraissait partager le chagrin de son maître en marchant d'un pas lent, bien différent du trot allègre qu'elle avait adopté à l'aller. La nuit était noire, la pleine lune éclipsait les étoiles et projetait une lumière crue sur leur triste équipage. Tony se préparait à présenter ses excuses à ses parents pour ce nouveau retard, mais il n'était pas encore tout à fait découragé. Il poursuivrait sa cour à Silvana, il lui offrirait des cadeaux plus dignes d'elle. De belles olives fraîches, peut-être. Ou des bonbons, pourquoi pas ? Sa mère adorait les douceurs...

Une fois à la ferme, Tony détela la mule, l'envoya dans le pré d'une claque sur la croupe. Sa mère avait laissé une lumière allumée, de sorte qu'il vit à l'intérieur ses parents endormis sur leurs chaises en l'attendant. Plein de remords, il ouvrit doucement la porte et allait franchir le seuil quand quelque chose attira son attention. Juste à côté de la porte, sous un rayon de lune, il y avait un petit paquet blanc. Tony cligna des yeux, incrédule. Était-ce vrai ? Était-ce une illusion ? Il se pencha, regarda de plus près : c'était bien son mouchoir !

Il se pencha et le prit d'une main tremblante. Silvana était venue elle-même le déposer là. Elle s'était donné la peine de trouver sa maison et de venir de Mascoli. Et elle l'avait fait pour lui ! Voilà donc pourquoi elle était sortie de chez elle ce soir. Elle n'était allée ni au restaurant ni au cinéma, elle était venue ici. Devant sa porte.

Surexcité, le cœur battant, Tony s'assit sur le seuil, déballa le paquet et découvrit la plus belle, la plus parfaite de toutes les tomates qu'il ait jamais vues de sa vie. Longtemps, il la tourna et la retourna dans ses mains, la caressa, admira sa peau lisse et luisante qui brillait sous la lumière de la fenêtre. Si Silvana l'avait achetée, elle avait le talent de l'avoir choisie aussi belle. Si elle l'avait elle-même cultivée, alors elle avait du génie. Et puisque la pomme d'or était un gage d'amour de Silvana, il ne pouvait donc en faire qu'une seule chose, comme il espérait qu'elle l'avait fait avec celles qu'il lui avait offertes.

Tony mordit à belles dents dans la tomate sans se soucier du jus qui dégoulinait au coin de ses lèvres. Il ne pensait qu'à celle qui la lui offrait, à ses mains qui s'étaient posées aux endroits mêmes où sa bouche se posait. Il savoura lentement la tomate comme s'il n'en avait jamais mangé d'autres avant celle-ci. Elle était si bonne, si douce, si parfumée qu'elle n'avait nul besoin de sel ou d'huile d'olive pour en relever le goût. Et quand il eut enfin avalé la dernière bouchée, Tony comprit ce que cette tomate était en réalité.

Leur premier baiser.

20

Encore étourdie par le baiser de Frank, Judy franchit avec lui la porte du château d'eau et gravit un escalier branlant.

— Je réparerai les marches demain, promit-il.

— J'espérais que tu me porterais.

— Tu veux que je te prenne au mot ?

Judy frissonna d'excitation. Seule la prudence et la crainte d'être vue par son client l'avaient empêchée de trop se laisser aller dans les bras de Frank. En voyant Tony les attendre à la porte avec un sourire réjoui, brandissant une lanterne de chantier comme la torche de la statue de la Liberté, elle avait compris qu'il n'en avait sans doute pas perdu une miette et elle avait baissé les yeux, gênée.

À la lumière de la lanterne, elle découvrit une grande pièce rectangulaire, où Frank parlait déjà d'installer l'électricité en se branchant sur le compteur des anciennes pompes à eau du rez-de-chaussée. Les murs enduits de plâtre entretenaient une agréable fraîcheur en absorbant l'humidité des réservoirs. Un mur latéral était percé de deux petites fenêtres que Judy jugea pleines de charme.

— Cela nous suffira pour un moment, commenta Frank d'une voix qui éveilla les échos de la pièce nue. Je dirigerai sur place les travaux en cours ici et je superviserai mes autres chantiers de mon bureau installé dans le pick-up. Je n'aurai pas besoin de rentrer chez moi avant un bon moment. L'endroit te plaît, Judy ?

— Je le trouve parfait.

Elle alla ouvrir une fenêtre, écarta les toiles d'araignée, laissa l'air de la nuit chasser de la pièce les relents de moisi. Sous la lumière de la pleine lune, la brise agitait doucement le feuillage des chênes. Tony et Frank seront en sûreté ici, pensa-t-elle avec un soulagement qui n'était pas seulement dû à sa conscience professionnelle.

— Combien de temps pensez-vous rester, tous les deux ?

— Je ne sais pas. Quand aura lieu le procès ?

— Dans six mois, peut-être davantage. Mais l'audience préalable est prévue pour mardi prochain, et Tony devra y comparaître.

— Bien. Je l'y emmènerai et je le ramènerai tout de suite après. Je demanderai à mon client qu'il m'autorise à nous installer ici jusqu'à ce que je trouve un appartement. Qu'en penses-tu, grand-père ? Ça te plaît, cet endroit ?

— Il me plaît. Nous restons cette nuit. Après, je rentre chez moi.

— Il n'en est pas question, grand-père ! déclara Frank. Nous resterons ici jusqu'à ce qu'il n'y ait plus de danger.

— Non, je rentre chez moi nourrir mes oiseaux.

— Ne sois pas aussi têtu, bon sang ! C'est une question de vie ou de mort, comprends-tu ? Oublie les oiseaux.

— Non, les oiseaux, je n'oublie pas, répliqua Tony avec calme.

Judy n'en croyait pas ses oreilles.

— Voyons, Tony, les Coluzzi veulent vous tuer !

— Je ne laisse pas mes oiseaux.

— Bon, j'irai les chercher. Vous resterez ici, ensuite ?

— Non, vous ne cherchez pas les oiseaux, protesta Tony.

— Tu n'iras pas chercher ces foutus oiseaux, Judy ! s'exclama Frank, furieux. D'abord, tu n'y connais rien. Et surtout, c'est trop dangereux. Les Coluzzi surveilleront la maison, il n'est pas question que tu mettes les pieds dans le quartier.

— Il faut quand même que j'aille récupérer ma voiture. Je vais d'ailleurs y aller tout de suite, pendant qu'il fait noir. Si j'ai besoin d'aide, j'appellerai la police.

Les yeux de Frank lancèrent littéralement des éclairs.

— Ils te tueront ! Faut-il te le répéter cent fois ?

Judy en eut assez. Il était tard, l'adrénaline coulait à flots dans ses veines, le pick-up de Frank était garé à vingt pas et la clef était sur le contact. Elle tourna les talons et sauta par la fenêtre.

— Judy ! Judy, arrête ! entendit-elle Frank crier.

Elle se reçut en souplesse dans l'herbe épaisse et courut vers le pick-up, dont la lune découpait la silhouette blanche comme celle d'un gros jouet délaissé par un enfant négligent.

Derrière elle, elle entendit un bruit de chute et la voix de Frank lâcher une bordée de jurons. Sans ralentir, elle bondit dans la cabine, ferma aussitôt la portière de l'intérieur. Elle tournait la clef de contact au moment même où Frank posait la main sur la poignée extérieure.

— Non, Judy ! Ne fais pas ça !

Déjà, elle allumait les phares, desserrait le frein à main, embrayait. Déséquilibré, Frank dut lâcher prise et s'étala dans l'herbe.

— Désolée, mon chou ! lança-t-elle.

Le pick-up fit un bond en avant. Avec une excitation qu'elle n'avait éprouvée qu'une fois dans sa vie pendant un certain baiser, Judy fonça à travers l'herbe et les fleurs sauvages, en réveillant les hirondelles affolées et en dispersant les nuages de moucherons attirés par la lumière des phares.

Il était 2 h 14 à l'horloge du tableau de bord. Les Di Nunzio devaient être avertis de son arrivée, car toutes les lumières de la maison étaient allumées. Judy en déduisit que Frank les avait appelés sur son téléphone portable et elle eut des remords de les réveiller à une heure pareille.

Elle dépassa la maison, fit le tour du quartier par mesure de précaution puis, ne voyant aucune Cadillac noire dans le rétroviseur ni d'individus à la mine patibulaire embusqués dans les coins sombres, elle gara le pick-up au bout de la rue et finit le trajet d'un pas rapide. La porte s'ouvrit avant qu'elle ait sonné, et M. Di Nunzio apparut sur le seuil, boudiné dans une robe de chambre à carreaux et ses rares cheveux, ébouriffés.

— Entre, Judy. Entre vite.

Il lui prit la main et lui fit traverser le living et la salle à manger inutilisés vers la seule pièce où la famille Di Nunzio passait son temps, la cuisine. Judy les comprenait d'autant mieux qu'elle s'y sentait elle aussi chez elle. La pièce était petite, mais immaculée et chaleureuse, avec des comptoirs en Formica aux coins craquelés. Un rameau de buis bénit se desséchait depuis Pâques derrière un panneau de fusibles électriques. À côté d'une photo en couleurs du pape Jean XXIII, une photo de Paul VI avait droit à un cadre plus petit, mais Jean-Paul II brillait par son absence. Pour les Di Nunzio, les vertus de l'ancien évêque de Venise éclipsaient apparemment celles de ses successeurs.

— Ah ! Judy, te voilà.

Mme Di Nunzio l'embrassa à l'entrée de la cuisine. Elle avait d'épaisses lunettes à monture de plastique transparent et une tignasse blanche frisée qui ressemblait à de la barbe à papa. Les arômes qui flottaient dans la pièce firent prendre conscience à Judy qu'elle n'avait rien mangé de la journée.

— Je meurs de faim ! dit-elle en lui rendant son baiser. Nourrissez-moi vite, sinon je défaille sur le carrelage.

— Eh bien, viens t'asseoir, répondit Mme Di Nunzio en riant.

Éveillée malgré l'heure indue, Mary était assise devant une tasse de café fumant, signe que sa convalescence était en bonne voie.

— Tu arrives à temps, lança-t-elle à Judy, nous allions nous mettre à table. Tu sais que nous mangeons toujours à deux heures du matin.

Elle souffrait sans doute encore. Judy l'embrassa avec précaution.

— Désolée de vous faire tous lever à une heure pareille.

— Pas grave. Il paraît que tu entendais les balles te siffler aux oreilles, ajouta Mary avec inquiétude. C'est pas bon, ça.

Judy rapprocha sa chaise pour éviter à son amie de parler fort.

— Comment le sais-tu ? Par Frank, je parie.

— Entre autres. Plus les infos, les flics et notre patronne. Rien de plus pratique que les téléphones portables.

— Je me demande comment il se doutait que je viendrais ici, dit Judy en souriant pour cacher son embarras.

— Il sait que tu as un appétit d'ogresse.

Judy fit la moue.

— Il est intelligent, tu sais.

— Oui, un vrai génie. C'est lui qui a inventé le feu. Alors, ton travail te plaît ?

— C'est une affaire sensationnelle. Aucune autre ne m'avait encore stimulée à ce point.

— Ce sont uniquement les problèmes juridiques qui te fascinent ? s'enquit Mary d'un ton ironique.

— Ha, ha ! Très drôle.

M. Di Nunzio posa devant elle une tasse de café, Mme Di Nunzio des couverts et une assiette débordante d'une combinaison de poivrons, de pommes de terre, d'oignons et d'œufs brouillés cuits tous ensemble dans la même poêle. La première fois qu'elle avait vu cette mixture, Judy en avait presque eu un haut-le-cœur. Depuis, elle s'en régalait. La présentation n'est pas tout, en fin de compte.

— Mange, Judy, ordonna Mme Di Nunzio.

— J'irai même jusqu'à me forcer. Merci à tous, répondit Judy en enfournant une énorme bouchée. Pourquoi ne m'avais-tu jamais parlé de Frank ? demanda-t-elle à Mary. Je me serais épilé les jambes.

— Pourquoi ? On n'est pas dimanche.

— Pour Frank, j'aurais fait une exception.

— Il te plaît, hein ? Je n'aurais pas cru que c'était ton genre.

— Tu deviens aveugle ou quoi ?

— En dépit de ses atouts physiques, voulais-je dire. Je ne te laisserai pas le mener par le bout du nez, je te préviens.

Tout en parlant, Judy dévorait. Les légumes et les œufs baignaient dans l'huile d'olive. Bref, le repas idéal au milieu de la nuit.

— Je sais, mais il s'en remettra. Il tient mordicus à me protéger. Tu te rends compte ?

— Bonne chance, Frank ! s'esclaffa Mary.

— C'est bien ! se réjouit Mme Di Nunzio. Frankie a raison. Nous le connaissons depuis qu'il est tout bébé. Il te faut un homme bon et fort pour te protéger, Judy.

Judy avait parfois du mal à se rappeler que les Di Nunzio étaient presque aussi vieux que Tony, car ils avaient eu leurs jumelles, Mary et Angie, à un âge déjà avancé. Mary disait qu'elles étaient des accidents, Mme Di Nunzio préférait parler de « dons de Dieu ».

— Je me protège moi-même, répondit Judy pour le principe.

— Ne parle pas trop vite, intervint Mary. Bennie m'a appelée trois fois aujourd'hui.

— C'est une sorcière ! clama Mme Di Nunzio.

Judy réprima un sourire. Les Di Nunzio blâmaient Bennie Rosato pour tous les problèmes de Mary et les siens, et Judy n'avait pas réussi à les en détromper.

— Elle a appelé ici ? Qu'est-ce que tu lui as dit ?

— Que je ne te connais plus.

— Et elle t'a crue ?

— Non. À mon avis, elle s'inquiète de ta santé. Elle m'a aussi touché un mot de certaines conclusions…

— Je m'en serais doutée !

— Pff ! intervint M. Di Nunzio. Elle ne se soucie pas de toi, Judy. Elle ne s'intéresse qu'à elle-même

— Je sais, acquiesça Judy. Elle exige même que je travaille pour mériter mon salaire, c'est vraiment méchant de sa part. Bennie voulait me parler pour me flanquer à la porte, je suppose ?

Elle liquida les dernières miettes sur son assiette et fit une prière muette pour en avoir une autre. Elle savait d'expérience que ce genre de pensées se transmettait par télépathie à toutes les mammas italiennes de l'Univers et qu'une de leurs représentantes se précipiterait, une assiette fumante à la main. Cent fois plus efficace que l'e-mail.

— Non, elle m'a conféré le pouvoir de te flanquer moi-même dehors. Et arrête d'énerver ma mère.

— Cette sorcière a de la chance d'avoir des filles comme vous qui travaillent pour elle ! déclara Mme Di Nunzio qui n'avait nul besoin d'être énervée. Vous êtes brillantes, vous travaillez comme des bêtes, vous vous sacrifiez pour elle ! Ma Maria a reçu une balle à cause d'elle !

— Maman, je t'en prie ! Bennie n'est pas si mauvaise que ça.

— Une diablesse ! Une diablesse ! répéta sa mère.

— Allons, Vita, calme-toi, dit M. Di Nunzio d'un ton conciliant. Tout ira bien pour Mary et pour Judy. N'est-ce pas, Judy ?

— Bien sûr, le rassura-t-elle.

Il poussa quand même un profond soupir.

— Tu ne devrais pas continuer à t'occuper de cette affaire, Judy. Je suis responsable, c'est moi qui t'ai demandé de défendre Tony. Et maintenant, regarde ce qui t'arrive.

Judy posa affectueusement une main sur son bras. Il paraissait sur le point de fondre en larmes et elle faillit paniquer. Elle avait eu plus que sa dose d'émotions fortes pour la journée.

— Je l'aurais fait de toute façon, je tenais à m'en charger. Ne pleurez pas, monsieur Di Nunzio. Tout ira bien, vous venez vous-même de le dire.

— Ne t'inquiète donc pas, Judy, intervint Mary en souriant. Il sanglote quand l'équipe de base-ball perd un match. Il adore pleurer, il est malheureux s'il ne peut pas fondre en larmes. Domine-toi, papa, ajouta-t-elle, tu fais de la peine à Judy. Elle n'a pas l'habitude des gens comme nous, elle est normale, elle.

— Mais oui, mais oui, je vais très bien, dit son père en se forçant à rire. Je vais quand même t'aider, Judy. J'ai appris pour les pigeons de Tony et j'ai trouvé la solution.

— Comment cela ? s'étonna-t-elle.

On entendit alors frapper doucement à la porte.

— Tu vas voir, répondit-il en se levant pour aller ouvrir.

Au même moment, une assiette débordante d'œufs brouillés, de poivrons, d'oignons et de pommes de terre sautées se matérialisa comme par miracle devant Judy. Le réseau télépathique des mammas démontrait une fois de plus son infaillibilité.

21

Une caravane de Chrysler, Toyota et autres Chevrolet hors d'âge progressait sous la lune dans les rues de South Philly, avec une sage lenteur imposée par leurs conducteurs septuagénaires dont la vision nocturne n'était plus ce qu'elle était. Une Ford plus poussive que les autres fermait la marche que Judy ouvrait au volant du pick-up de Frank. À côté d'elle, M. Di Nunzio faisait fonction de navigateur. Sur la banquette arrière, Tony-du-bout-de-la-rue et Tony-les-pieds remplissaient le rôle du chœur antique.

— Ralentissez Judy, vous allez semer Tullio, l'avertit Pieds.

Ses lunettes réparées avec du sparadrap n'amélioraient sans doute pas son acuité visuelle.

— La prochaine à gauche, indiqua M. Di Nunzio.

Judy ralentit au point de soulever les protestations du moteur qui étouffait. Elle avait l'impression de tenir un tigre en laisse.

— Tullio est toujours à la traîne, déclara Tony-du-bout-de-la-rue qui mâchouillait un cigare éteint. C'est sa foutue Ford. Je lui ai dit cent fois de se débarrasser de ce tas de ferraille.

— Il n'écoute personne, approuva Pieds.

— S'il tombe en panne, qu'il ne compte pas sur moi pour lui donner un coup de main.

— Moi non plus, je lui ai dit pareil. Il est trop radin.

— Jamais il ne paiera une tournée.

— Non, jamais de la vie ! renchérit Pieds. Ça, on peut le dire, c'est la pure vérité.

La discussion sur l'avarice de Tullio se poursuivit à grand renfort d'exemples. Judy leva les yeux au ciel. Elle ne savait plus lequel des deux parlait à tour de rôle et s'en moquait d'ailleurs éperdument.

— Pouvez-vous me dire, messieurs, si Tullio est encore avec nous ? demanda-t-elle en profitant d'un bref silence.

— Il est toujours en vie, si c'est ce que vous voulez dire, l'informa Pieds avec un gloussement de gaieté. À nos âges, il ne faut jurer de rien.

Tony-du-bout-de-la-rue jeta un regard par la lunette arrière.

— Il bouge, lâcha-t-il d'un ton dégoûté. Il a dû prendre une double dose de Viagra. Pour ce qui est de sa Ford…

— Continue jusqu'à deux rues plus loin, intervint M. Di Nunzio. Après, je te dirai.

D'un signe de tête, Judy accusa réception du message. Sans aide, elle ne s'y serait jamais retrouvée dans ce lacis de rues aux maisons toutes identiques. Il fallait être un indigène pour ne pas s'y perdre.

— Dans combien de temps arriverons-nous ? demanda-t-elle par acquit de conscience.

— À ce train-là, dans trois jours, grommela M. Di Nunzio.

Judy vérifia dans le rétroviseur la présence de la Ford en queue de colonne et sourit, amusée. Elle ne pouvait pas leur en vouloir. Les membres du club colombophile étaient venus au complet après avoir accepté sans discuter d'assurer en pleine nuit le sauvetage des pigeons de Tony. Ils avaient même déjà décidé de la répartition des oiseaux, qu'ils s'engageaient à prendre en pension dans leurs propres pigeonniers jusqu'à ce que Tony soit en mesure de les récupérer. Les Coluzzi, estimait Judy, n'oseraient pas s'attaquer à un tel rassemblement de vieillards, qui faisaient preuve d'une bonne volonté et d'une solidarité exemplaires. Si seulement, pensa-t-elle avec regret, les membres du barreau de Philadelphie pouvaient s'en inspirer…

Un nouveau regard dans le rétroviseur lui apprit que Tullio creusait l'écart. Elle laissa échapper un soupir agacé. Les pigeons risquaient de mourir de vieillesse avant l'arrivée des sauveteurs.

— Si ça continue, dit-elle à la cantonade, je vous demanderai de prendre le volant à la place de Tullio.

Derrière elle, les deux Tony approuvèrent d'une même voix.

Il était près de quatre heures du matin quand les derniers pigeons eurent été enfournés dans des cages, et les cages dans les voitures. Le processus ne se déroula pas sans mal. En proie à la panique, les pigeons se débattaient contre ceux qu'ils prenaient pour des ravisseurs, et Judy découvrit avec stupeur quel vacarme les roucoulements d'aussi petits volatiles étaient capables de provoquer.

Le bruit et l'agitation avaient bien entendu réveillé les voisins, qui s'étaient mis aux fenêtres pour profiter du spectacle. Aucun d'eux ne dit mot ni ne proposa son aide, bien que quelques applaudissements se soient fait entendre lorsque la cohorte des vieillards finit de quitter les lieux, chargée des cages, des sacs de graines et des fournitures rescapées du pigeonnier démoli. L'Ancien, dont on avait informé Judy qu'il était le préféré de Tony, n'avait pas réapparu et personne ne s'attendait à le revoir. Malgré son absence, Judy espéra que Tony serait content car la plupart des oiseaux étaient revenus sains et saufs.

Pendant le déroulement de l'opération, elle avait monté la garde sur le trottoir, armée de son téléphone et prête à appeler la police – qui aurait sans doute volé à leur rescousse au bout d'une heure. Elle devait s'avouer que la vigilance des autorités pouvait prêter à la critique. Une trentaine de seniors venaient de vider une maison sans que personne ne paraisse s'en soucier le moins du monde.

À part cela, tout se déroula sans anicroche. Pas de Coluzzi, pas de fusillade, pas même une batte de base-ball en vue. Judy ne recommença pourtant à respirer vraiment qu'en entendant claquer la dernière portière et quand M. Di Nunzio et les deux

Tony eurent repris leurs places dans la cabine du pick-up. Ils n'avaient cependant accompli que la première partie de leur expédition nocturne. C'est Judy qui avait conçu la seconde, à laquelle les participants avaient donné leur accord avec une touchante unanimité. L'intervention téléphonique de Frank n'y était pas étrangère, il est vrai.

Quand elle actionna le démarreur, le moteur s'éveilla en rugissant de plaisir. Un plaisir vite déçu, car Judy dut se contenter d'effleurer l'accélérateur pour reprendre la tête de son cortège d'antiquités.

Le cœur de Judy bondit de joie à la vue de sa chère Coccinelle verte, garée sous un réverbère devant le local du club colombophile. Elle s'attendait à la retrouver victime d'une horde de vandales, cabossée de partout, veuve de ses vitres, de ses roues, voire plus mutilée encore. Mais la voiture était aussi brillante et neuve qu'en sortant de chez le concessionnaire.

— Regardez ! s'écria-t-elle. Elle est là, intacte !

— Elle a l'air en bon état, commenta M. Di Nunzio, étonné.

— Plus belle que jamais, oui !

Judy coupa le contact, ouvrit la portière. Elle allait mettre pied à terre quand M. Di Nunzio la retint par un bras.

— Attends, Judy. On ne sait jamais.

— On ne sait jamais quoi ?

— Elle est peut-être piégée.

— Piégée ? Allons donc !

Les manières d'agents secrets adoptées par ses complices allaient trop loin.

— Il a raison, Judy, approuva Pieds derrière elle.

— On ne peut pas faire confiance aux Coluzzi, Judy, renchérit l'autre Tony. Ils ont peut-être mis une bombe sous le capot.

— Jamais de la vie !

— Laisse-moi d'abord aller voir, annonça M. Di Nunzio.

Il descendit non sans mal du pick-up, dont les aménagements n'étaient manifestement pas conçus pour des hommes de son âge.

— Non, attendez-moi !

Judy empoigna son sac et descendit de son côté. Les deux Tony s'extirpèrent à leur tour du pick-up et ils s'immobilisèrent tous les quatre sans s'approcher de la VW, comme si elle était radioactive. La caravane arrêtée en double file occupait presque toute la longueur de la rue. Peu à peu, les occupants descendaient de voiture, les claquements de portières résonnaient dans le silence de la nuit. Judy estima que la situation devenait franchement ridicule.

— Il n'y a pas de bombe dans ma voiture, voyons !

— Pourquoi pas ? rétorqua Tony-du-bout-de-la-rue. C'est facile à fabriquer, une bombe.

— On en trouve la recette sur Internet, juste comme celle des gnocchis. Mon gamin me l'a dit, précisa Tony-les-pieds.

La Coccinelle brillait sous le réverbère avec l'éclat d'une émeraude. Judy ne pouvait pas l'imaginer en train d'exploser sous ses yeux quand elle se rappela que les Coluzzi avaient tué les parents de Frank dans leur propre véhicule. Malgré tout, elle n'arrivait pas à se sentir vraiment inquiète.

— Ce n'est pas à moi qu'ils en veulent. Ce n'est pas sur moi qu'ils tiraient. Je ne suis qu'une avocate.

— Oui, bien sûr, tout le monde adore les avocats, commenta l'un des Tony d'un ton lourdement sarcastique.

Entre-temps, la troupe s'était réunie autour de M. Di Nunzio.

— Ça ne me plaît quand même pas, Judy, déclara Pieds.

— N'y va pas, Judy, ordonna M. Di Nunzio. Frank m'a bien recommandé : « Si la voiture a l'air en bon état, défends à Judy de monter dedans, elle est peut-être piégée. »

— Frank me *défend* de monter dans *ma* voiture ? s'écria-t-elle, indignée.

— Il ne l'a pas dit méchamment, il s'inquiète pour toi.

Judy renonça à discuter. Elle était fatiguée, elle voulait rentrer chez elle, se coucher. Elle avait un chien à sortir et une vie à vivre. La sienne. Elle prit donc son sac et s'approcha de la Coccinelle.

— Judy ! la héla M. Di Nunzio en lui courant après. N'y va pas ! Appelle d'abord la police, les démineurs vérifieront s'il y a une bombe. Ne prends pas de risques inutiles.

— Ne vous affolez pas, voyons ! Je n'ai pas envie d'attendre le bon plaisir de la police. Les flics ne se sont pas précipités à notre secours jusqu'à présent, oui ou non ?

— Ne monte pas dans cette voiture, Judy, répéta M. Di Nunzio.

Pendant ce temps, les autres formaient autour de la Coccinelle une barrière plus infranchissable qu'une phalange romaine.

— Tu vois ? fit M. Di Nunzio avec une évidente satisfaction. Si tu veux sauter avec ta voiture, tu nous feras tous sauter avec.

Ce déploiement d'instinct protecteur était émouvant, certes, mais Judy en avait plus qu'assez.

— C'est ridicule ! Les Coluzzi ne veulent pas me tuer.

— Ah oui ? fit une voix à l'arrière de la Coccinelle.

Toutes les têtes se tournèrent dans cette direction. Tullio se redressait tant bien que mal en s'aidant du pare-chocs.

— Que voulez-vous dire ? s'enquit Judy.

— S'ils ne veulent pas vous tuer, répondit Tullio, je voudrais bien savoir pourquoi ils ont mis un tuyau bourré d'explosifs dans le pot d'échappement.

22

Lorsque Judy se retrouva au bureau le dimanche matin, elle s'écroula dans son fauteuil après avoir tiré les rideaux pour ne plus voir les journalistes attroupés devant l'immeuble. Le soleil filtrant à travers le tissu synthétique lui paraissait encore trop brillant. Elle avait eu à peine une heure pour fermer les yeux, se doucher et se rhabiller avant d'aller travailler.

Après la découverte de la bombe sous sa voiture, elle avait appelé la police, mais les journalistes qui écoutaient les fréquences policières étaient arrivés bien avant l'équipe de déminage. Ni Judy ni ses compagnons ne leur avaient adressé la parole, mais cela ne les avait pas empêchés de prendre des photos et des films vidéo. La police avait saisi la voiture comme pièce à conviction, ce dont Judy n'espérait aucun résultat. Les Coluzzi étaient trop futés pour laisser des empreintes, et les limiers de la brigade criminelle avaient d'autres chats à fouetter, surtout le week-end. Une tentative d'homicide avortée n'avait guère plus d'importance à leurs yeux qu'un vulgaire vol de sac à l'arraché.

Pendant que son gobelet de café refroidissait, Judy fit le point de la situation. Elle était assiégée par des gens armés de crayons et de caméras. Elle avait presque réussi à faire sauter le père de sa meilleure amie et une escouade de septuagénaires. Des hommes puissants et sans scrupule faisaient tout pour les supprimer, elle et son client. Et comme si cela ne suffisait pas, elle avait une patronne enragée qui allait se pointer d'une minute à l'autre, des conclusions à rédiger, plus de voiture pour Dieu sait combien de temps, et sa chienne qui l'avait traitée en étrangère. Seul élément positif, Frank embrassait comme un dieu.

Elle avala une première gorgée de café tiède. L'écran allumé de son ordinateur semblant lui reprocher de le dédaigner, elle relut distraitement les premiers paragraphes, les seuls qu'elle ait rédigés. Ces considérations sur les lois antitrust étaient si futiles eu égard à sa situation… La fatigue et l'anxiété lui brouillaient d'ailleurs la vue.

Elle avait surveillé ses arrières en allant de chez elle au bureau et poussé un soupir de soulagement à la vue du garde à son poste dans le hall d'entrée de l'immeuble. Malgré tout mal à l'aise dans les locaux silencieux où elle était seule, elle avait espéré que quelques collègues feraient au moins une apparition. Mais on était dimanche, il faisait beau et personne ne viendrait. Sauf Bennie, bien entendu.

Le courrier s'était amoncelé sur son bureau en son absence, y compris la convocation de Tony au tribunal le mardi suivant. Si elle devait continuer à esquiver les coups de feu, quand trouverait-elle le temps de s'y préparer ? Il y avait aussi un exemplaire du *Philadelphia Inquirer*, distribué les jours ouvrables. Se demandant si l'affaire Lucia y était évoquée, Judy ouvrit le dernier numéro daté du vendredi.

La manchette à la une SANGLANTES QUERELLES DE FAMILLE, lui fit faire la grimace. L'article ne couvrait que l'arrestation de Tony et le fait qu'il était représenté par la firme cent pour cent féminine Rosato & Associées, ce que la presse ne manquait jamais de relever. Il évoquait ensuite la haine entre les Coluzzi et les Lucia, mais sans faire état des raisons ni des circonstances, telles que le meurtre de Silvana ou les causes présumées de la mort des parents de Frank. Tant mieux, pensa Judy, les voisins ne parlaient pas. Pas encore, du moins, car ils ne tarderaient sans doute pas à se rattraper. Les journaux du jour, en revanche, devaient faire leurs choux gras des aventures de la nuit et des photos de sa Coccinelle embarquée par la police.

Elle allait tourner la page quand un encadré attira son regard :

LE ROI EST MORT, VIVE LE ROI !

> La soudaine et brutale disparition d'Angelo Coluzzi, le magnat du BTP, soulève nombre d'interrogations quant à celui qui lui succédera à la tête d'une entreprise, pilote dans sa catégorie, dont le chiffre d'affaires est estimé à plus de 65 millions de dollars. Selon nos informations, Angelo Coluzzi n'avait pas désigné de successeur, et la compétition se déroulera donc entre ses deux fils, John et Marco.
>
> John Coluzzi, l'aîné, a 45 ans. Directeur général de l'entreprise, il est réputé pour son expérience « sur le tas » de tous les métiers de la construction et assure la supervision des nombreux chantiers de centres commerciaux qui constituent l'essentiel des activités de la compagnie. Mais c'est son cadet, Marco, 40 ans, que les initiés verraient plutôt accéder au trône. Diplômé de l'université de Penn State et de l'école de gestion Wharton, Marco occupe le poste de directeur financier et, à ce titre, exerce une influence décisive sur l'évolution d'une affaire dont l'expansion est de plus en plus diversifiée.
>
> Selon des sources bien informées, la famille devra rapidement régler cette rivalité, car l'attribution du marché de 11 millions de dollars pour la construction d'un nouveau centre commercial en dépend.

Cet article devait être celui auquel Frank avait fait allusion. Pour sa part, Judy n'avait remarqué aucun désaccord entre les frères Coluzzi lors de leur rencontre mouvementée au tribunal, mais elle ne s'était guère trompée dans son jugement sommaire de leurs personnalités respectives. Marco était le cerveau, John les muscles. Ayant constaté à quel point John pouvait se montrer vicieux, elle parierait sur lui pour emporter le fauteuil de président. Le crime constituait, après tout, un moyen efficace de se pousser dans les affaires...

— Tu as survécu à une voiture piégée et à l'assaut de la presse ? fit une voix derrière elle.

Judy sursauta. Ce n'était que Bennie, mais il y avait quand même lieu de s'inquiéter.

— Je lisais le journal, dit-elle en se redressant.

Un paquet de journaux à la main, Bennie s'assit en face de Judy. Elle avait mis une tenue décontractée, jean et sweater, mais son expression ne l'était pas.

— Moi aussi. Tu as lu la presse d'aujourd'hui ?

— La presse, je la boycotte.

— Tu ne devrais pas. Tu serais étonnée de ce que les journaux t'apprendraient sur ton propre dossier et de ce que tu pourrais leur faire dire. Ta voiture piégée fait la une. As-tu appelé tes parents ? Ils sont en Californie, n'est-ce pas ?

— Non, ils prennent des vacances en France.

— Appelle-les quand même. Il y a des téléphones en France.

— Je n'ai pas besoin de leur parler.

— Tu te trompes. Si tu ne veux pas le faire, je le ferai à ta place. Ce sont tes parents. Tu dois les rassurer.

Sachant que Bennie avait récemment perdu sa mère, Judy préféra ne pas insister. La une du journal sur le dessus de la pile que Bennie avait jetée sur son bureau était barrée par une manchette en gros caractères : ALERTE À LA BOMBE ! Judy le reposa sans le lire.

— Je suis mise à la porte ? demanda-t-elle.

— Bien sûr que non ! répondit Bennie, sincèrement étonnée. Pourquoi voudrais-tu que je te renvoie ? Si quelqu'un cherche à te tuer, ce n'est pas ta faute.

— Alors, tu me retires le dossier ?

— Tu le voudrais ?

Judy n'eut pas besoin de réfléchir. Les Coluzzi avaient tenté non seulement de la tuer mais, plus infâme encore, de démolir sa voiture.

— Pas question !

— Bon. Dans ce cas, tu gardes le dossier. Tu connais le client et tu n'es pas une imbécile. Mais tu le partages avec moi.

— Tu y tiens vraiment ? Pourquoi ?

— C'est simple, Carrier, je ne voudrais pas qu'il t'arrive malheur. Et maintenant, déclara-t-elle en se levant, au travail. J'ai appris l'affaire dans ses grandes lignes par la lecture des journaux et je me demande pourquoi tu ne m'en as pas parlé plus tôt. Je t'écoute.

— Depuis le début ?

— Oui, et n'essaie pas de passer le petit-fils sous silence. Murphy m'a déjà chanté ses louanges.

— Murphy ferait mieux de se mêler de ce qui la regarde, grommela Judy.

— Moi, je me mêle de cette affaire parce qu'elle me regarde. Je suis la patronne au cas où tu l'aurais oublié. Et ton idylle avec le petit-fils du client ne me plaît pas.

— Ce n'est pas une idylle. Et ce n'est ni immoral ni illégal.

— Non, simplement idiot.

Judy exposa donc à sa patronne tous les détails de l'affaire depuis l'arrestation de Tony, sans omettre son attirance pour Frank. Bennie l'écouta en silence, la mine de plus en plus excédée.

— C'est à cause de Frank que tu es furieuse ? s'enquit Judy.

— Non, Frank n'est qu'une amusette. C'est la manière dont tu parles de cette affaire qui me met hors de moi. Tu veux t'en occuper, oui ou non ?

— Bien sûr, je viens de te le dire.

— Dans ce cas, réveille-toi ! Tu réagis en victime, ce qui est le plus sûr moyen d'en devenir une. Ressaisis-toi, bon sang ! Bats-toi !

— Contre qui ?

— Les Coluzzi ! Qui d'autre ? aboya Bennie.

— Que dois-je faire, alors ?

— Dis plutôt que *devons-nous* faire. Sois tranquille, nous trouverons. Je ne t'ai entendue parler que de bombes, de poursuites en voiture, de fusillades. Quel rapport avec la loi ?

— Aucun. C'est le chaos.

— Évidemment. Les Coluzzi sont des bandits. Leurs armes sont illégales. Ils détruisent des biens et ils tuent des gens.

— Exact.

— Dans ce contexte d'illégalité, nous sommes donc clairement en dehors de notre élément. Cette situation nous désoriente, nous effraie. Je dirai même qu'elle nous déprime. Exact ?

— Exact, approuva Judy.

— Bon. Mais ce conflit n'est pas d'une nature différente des autres, y compris des litiges juridiques. Nous devons donc cesser de jouer leur jeu. Nous devons amener l'affrontement sur notre terrain. Appliquer nos règles. Lutter avec nos armes.

— Qui sont ?

— La loi, bien entendu.

— La police ne fait rien !

— Qui parle de la police ? Tu es avocate, Carrier ! Terrorise-les. Fais un scandale. Cogne au-dessous de la ceinture. Et s'ils braillent, ne les laisse pas te glisser entre les doigts. Harcèle-les !

Judy se demanda si Mme Di Nunzio n'avait pas raison de traiter Bennie Rosato de diablesse…

— Comment ? voulut-elle savoir.

— Poursuis-les, fais-leur des procès en série.

— Pour quels motifs ?

— Quels motifs ? s'exclama Bennie, incrédule. Sers-toi de ta tête, Carrier ! D'abord, ils ont piégé ta voiture avec une bombe.

— La police prétend qu'on ne peut pas le prouver.

— Au pénal, peut-être pas, mais au civil c'est une autre affaire, la procédure est moins contraignante. Poursuis-les au civil en dommages et intérêts.

Judy hocha la tête. Ce n'était pas absurde, tout bien pesé.

— Ils ont saccagé le domicile de ton client, reprit Bennie. Et tu te contentes de l'avaler sans rien dire ? Fais-leur un autre procès à ce titre. Nous citerons à comparaître tout le quartier, cela provoquera un bel esclandre. Force les Coluzzi à trouver le temps de se défendre. Et toi, prends-les de haut, ils y regarderont à deux fois avant de s'attaquer encore à toi. Lutte sur tous les fronts. Vois-tu autre chose ?

Judy sentait peu à peu son courage renaître.

— Ils ont tué les pigeons. Il existe sûrement dans l'État de Pennsylvanie une loi sur la cruauté envers les animaux, peut-être même assimilée à des actes criminels. Cela leur ferait une presse terrible.

— Voilà, tu es sur la bonne voie ! Ce n'est pas gagné, mais c'est bien parti. Personne n'aime les tueurs d'oiseaux. Tu te souviens de ces minables qui avaient massacré les flamants roses du zoo ? Mais ce n'est pas tout, poursuivit Bennie avec une lueur inquiétante dans le regard. Les Coluzzi sont aussi des hommes d'affaires. Leur entreprise est une des plus importantes dans l'industrie du bâtiment.

— Oui, ils pèsent dans les soixante-cinq millions de dollars, approuva Judy en citant le journal qu'elle venait de lire.

— D'après ce que j'ai entendu dire, continua Bennie comme en se parlant à elle-même, ils construisent surtout des centres commerciaux. Ils en ont réalisé en banlieue ouest, un autre à Ardmore il n'y a pas très longtemps, je crois. Je me demande combien ils en font par an.

— Ils sont sur le point de signer le marché d'un nouveau centre sur les quais, enchaîna Judy en montrant le journal.

— Parfait. Pour décrocher autant de marchés publics, ils doivent avoir des appuis politiques. En plus, ajouta Bennie après une brève réflexion, ils doivent être bien conseillés sur les lois du travail, la fiscalité. C'est le cabinet Schiavo & Schiavo qui les représente, je crois.

Judy n'en douta pas, Bennie connaissait tous les membres du barreau de Philadelphie. Ils formaient une communauté restreinte où celui qui jouait un tour pendable à un autre était sûr de recevoir la monnaie de sa pièce plus vite qu'il ne le pensait. Cela avait le mérite de stimuler les avocats honnêtes.

— Écoute, Carrier, reprit Bennie en regardant Judy dans les yeux. Si nous ne sommes pas capables de causer des ennuis à une boîte comme celle-là, il ne nous reste qu'à brûler nos diplômes.

Judy réfléchit un instant.

— Pour le moment, je ne m'y connais que dans le domaine des lois antitrust et des ententes illégales.

— Eh bien, partons de là ! dit Bennie avec un sourire carnassier. Ces individus se font attribuer beaucoup de marchés, voire beaucoup trop. Or, dans leur métier, la concurrence est féroce.

— Tu crois qu'ils trafiquent leurs soumissions ?

— Rien n'est à exclure. Verser des pots-de-vin à des gens bien placés, construire une piscine gratuite pour un officiel, gonfler les frais généraux ou faire des fausses factures pour frauder le fisc, doser trop de sable dans le béton, donner un emploi fictif à une maîtresse influente, avoir des contacts mafieux. Il y a des milliers de manières de décrocher des contrats juteux et de se remplir les poches. Une personne de bonne volonté devrait fourrer sérieusement son nez dans leurs affaires. Une bonne avocate, par exemple.

Ravie, Judy éclata de rire.

— Oui, mais… l'article 11 ? risqua-t-elle en reprenant son sérieux. Pour intenter une action devant un tribunal fédéral, il faut une cause motivée. Des faits prouvés.

— Eh bien, trouves-en ! Tu ne vas pas me dire que le bâtiment est une industrie au-dessus de tout soupçon ! Je me chargerai des dommages et intérêts au civil et de la cruauté envers les animaux. Occupe-toi du reste. Au travail ! Nous avons du pain sur la planche.

— Il faut lancer les actions le plus vite possible, n'est-ce pas ?

Bennie s'arrêta sur le pas de la porte.

— Pas le plus vite possible, demain matin. D'autres questions ?

Judy hésita une seconde.

— Oui. Comment te remercier ?

Bennie sourit et se retira sans répondre. Judy la suivit des yeux en enviant son pas élastique – les baskets valaient décidément mieux que les semelles plates-formes – avant de mettre de l'ordre sur son bureau.

Elle travailla toute la matinée et tout l'après-midi, ne faisant de brèves pauses que pour avaler les sandwiches que Bennie et elle avaient fait monter de la cafétéria et boire du café. Sa recherche de la jurisprudence sur les affaires impliquant des entreprises de bâtiment et de travaux publics l'instruisit sur les fraudes les plus couramment pratiquées dans la profession. En consultant Internet, elle découvrit des sites spécialisés qui garantissaient l'anonymat aux entrepreneurs victimes de manœuvres frauduleuses de leurs concurrents et les incitaient à signaler les ententes, pots-de-vin et autres activités délictueuses dont ils auraient connaissance. Il existait donc un énorme potentiel d'abus de toutes natures, mais cela ne lui fournissait pas de quoi déposer contre les Coluzzi des plaintes circonstanciées. Pour cela, il lui fallait des faits précis et le point de vue d'un initié.

Sa Swatch l'informa qu'il était près de sept heures du soir. Elle savait à qui s'adresser. Et elle n'avait pas de temps à perdre.

Une heure plus tard, Judy filait sur l'autoroute dans une voiture de location. Elle avait laissé le pick-up de Frank garé devant le bureau pour éviter le risque d'être repérée par les Coluzzi ou suivie par des journalistes. Ces derniers faisaient toujours le siège de l'immeuble dans l'hypothèse, tout à fait vraisemblable, que Judy serait forcée d'en sortir à un moment ou à un autre. Elle avait donc dû passer par une porte de service tandis que Bennie faisait diversion en donnant une conférence de presse improvisée sur le trottoir. En bonne avocate, Bennie était capable d'éluder les questions les plus précises ou de donner des réponses évasives à souhait.

Le pied enfoncé sur l'accélérateur, Judy retournait voir Frank. Il était d'accord pour l'aider et, de plus, elle ne soulèverait aucune objection s'il l'embrassait de nouveau. Non, décida-t-elle. Elle allait simplement le revoir. Pas l'embrasser.

Pour le moment, du moins.

23

La nuit était tombée lorsque Judy trouva l'adresse ou plutôt la boîte aux lettres au bord de la route, puisque la maison, cachée par une haie et un rideau d'arbres, était invisible. Ici, on était loin de la ville, comme le confirmait le panneau High Ridge Farm.

Au bout d'une allée bordée d'arbres, Judy arriva devant une imposante bâtisse de pierre de deux étages, dont deux ailes perpendiculaires flanquaient le corps principal. Il faisait doux, la nuit vibrait du chant des grillons, le cadre était idyllique, mais Judy était trop préoccupée pour le remarquer. Où était Frank ? Comment viendrait-il jusqu'ici sans son pick-up ? Le château d'eau était trop éloigné pour faire le chemin à pied. Elle coupait le contact quand elle eut ses réponses.

Émergeant au milieu d'une Bentley bleu nuit, d'une Jaguar champagne et d'un tracteur garés dans la cour, Frank venait au-devant d'elle, les bras tendus et un large sourire aux lèvres.

— Bonsoir, belle dame.

— Bonsoir, beau gosse.

Elle le laissa la prendre dans ses bras, se serra contre sa poitrine ferme et chaude. Elle entendait battre son cœur sous le T-shirt qu'il portait la veille et qui sentait la sueur, odeur virile qui était loin de lui déplaire. Sans remords, elle se détendit et se sentit réconfortée.

— Si je n'avais pas de procès à préparer, je resterais ici pour toujours, dit-elle à mi-voix en se serrant un peu plus contre lui.

— Ce n'est pas moi qui soulèverais la moindre objection.

— Comment es-tu venu jusqu'ici ? En tracteur ?

— Bien sûr que non. Dan est venu me chercher en Bentley.

Le porte de la maison s'ouvrit, un homme grand et mince apparut sur le seuil. Ils se séparèrent à regret.

— Frank ! C'est toi, dehors ?

— Nous arrivons, Dan !

Il donna à Judy un rapide petit baiser sur la joue et lui prit la main pour l'entraîner vers la maison.

Une lampe en cristal de Waterford en forme d'ananas répandait une douce lumière sur Judy, Frank et Dan Roser assis dans les fauteuils de cuir de la bibliothèque. Les étagères en bois fruitier étaient chargées de livres ; un écran plat de télévision, une chaîne stéréo et un ordinateur occupaient une niche séparée à côté d'un bar prêt à étancher la soif des visiteurs. Ce soir-là, cependant, personne n'était d'humeur à y faire honneur, Judy à plus forte raison.

— Parlez-moi un peu de vous, monsieur Roser, l'encouragea-t-elle, un bloc-notes sur les genoux.

En mocassins Gucci, complet de coupe italienne et chemise de soie, Dan Roser avait l'assurance que confère la réussite. Judy estimait son âge à environ cinquante-cinq ans, mais il paraissait plus jeune grâce à son hâle, entretenu sans doute sur les meilleurs terrains de golf de la région, qui faisait ressortir ses yeux noisette et ses cheveux châtains.

— Appelez-moi Dan, je vous en prie. Si Frank se le permet, vous en avez le droit.

— D'accord, Dan, dit-elle en souriant. En deux mots, donc.

— Je suis un promoteur spécialisé dans les centres commerciaux. Ma société en a réalisé un peu partout autour de Philadelphie, elle fait un chiffre d'affaires annuel d'environ deux milliards de dollars.

— Vous n'êtes donc pas constructeur à proprement parler.

— Grand Dieu, non ! répondit Roser avec le geste de chasser une mouche importune. J'engage des entrepreneurs qui exécutent les travaux de construction. Frank m'a contacté parce qu'il savait que j'avais récemment traité avec Coluzzi pour un centre commercial de la banlieue sud et que c'est devenu, depuis, un cauchemar permanent.

— Comment cela ?

— Le chantier a été un désastre dès le début. Les sous-traitants…

— Les sous-traitants ?

— Coluzzi prend le chantier en entreprise générale et sous-traite les divers corps d'état, électricité, plomberie, etc., y compris la préparation du site, c'est-à-dire le terrassement et le compactage.

Pour Judy, ces termes étaient de l'hébreu.

— Le compactage ? répéta-t-elle.

— Le compactage des sols. Si le sol des fondations n'est pas correctement compacté, il risque de s'affaisser sous la charge. Dans le cas de South Philly, nous avions en plus un problème de contrôle de l'environnement parce que nous construisions sur un terrain municipal.

— Il s'agissait donc d'un marché public ?

— Oui, c'était même mon premier contrat avec la ville. J'espérais qu'il m'ouvrirait les portes pour en réaliser d'autres par la suite, puisque la municipalité a changé aux dernières élections. Au lieu de m'ouvrir des portes, cette affaire me les a claquées au nez et a sérieusement compromis ma réputation.

— Comment cela ?

— J'avais engagé les Coluzzi parce que leur soumission était la plus basse. Je savais aussi qu'ils avaient des contacts dans le quartier. N'essayez pas, s'empressa-t-il de préciser, de me faire dire qu'il s'agit de la Mafia, je n'en ai aucune preuve. Ce dont je peux parler en toute connaissance de cause, c'est du tort qu'ils m'ont causé et me causent toujours depuis la réception du chantier, parce que ça, j'en ai les preuves. À commencer par les protestations de mes locataires.

— À quel sujet ?

— Les graves malfaçons dont ils sont victimes. Les murs qui se fissurent chez le teinturier, exposa-t-il en comptant sur ses doigts. Les planchers qui ondulent au restaurant japonais. Les joints du dallage qui cèdent dans le hall d'entrée. Les fenêtres et les huisseries mal scellées qui créent un courant d'air dans le restaurant chinois. L'escalier mal fixé dans la boutique de vidéo a provoqué la chute d'un employé qui s'est cassé la jambe. Dans tous les locaux de mes quinze locataires, les plafonds fuient depuis le début, nous avons dû refaire trois fois l'étanchéité de la toiture. Regardez, poursuivit-il en sortant une épaisse chemise d'un porte-documents posé sur la table basse, voilà le dossier des plaintes que je reçois. Pas mal, non ? De quoi avoir une bonne réputation auprès de la municipalité.

Judy prit le dossier, l'ouvrit. Le premier document était une résiliation de bail.

— Les locataires se défilent, si je comprends bien ?

— Rectification : le locataire principal, le drugstore Philcor, a donné le signal ; maintenant les autres quittent le navire. J'aurai de la chance si les choses en restent là. Sinon, je me retrouve avec la situation du Society Hilltop sur les bras, et vous imaginez la suite.

Judy referma le dossier. Le Society Hilltop auquel Roser faisait allusion était un dancing qui s'était écroulé en tuant dix personnes. L'enquête avait établi qu'il s'agissait de malfaçons structurelles. Mais si ce que lui disait le promoteur était en effet scandaleux, elle ne pouvait pas en tirer grand-chose. Les malfaçons relevaient des litiges contractuels, et un procès civil ne lui fournirait pas l'impact médiatique dont elle avait besoin. Une question, cependant, lui échappait encore :

— Si les Coluzzi font un aussi mauvais travail, comment font-ils pour gagner autant d'argent ?

Roser lança à Frank un regard étonné face à une telle preuve de naïveté de la part d'une avocate.

— Parce qu'ils sont malhonnêtes, ma chère amie. J'ai épluché les dossiers des sous-traitants qu'ils avaient engagés, aucun ne possède les qualifications nécessaires. Ils ont décroché la commande parce qu'ils reversaient des pourcentages aux Coluzzi. Alors, pour faire un bénéfice, ils ont rogné sur tous les postes. Ils n'ont respecté ni les plans ni les spécifications. Et c'est moi qui me retrouve le bec dans l'eau.

Judy vit une lueur d'espoir. Pots-de-vin et fausses factures valaient mieux que des litiges contractuels.

— Et les inspecteurs ? demanda-t-elle. Ils sont payés, eux aussi ?

— Bien entendu, répondit Roser. Dans tous les gros chantiers de construction, il y a deux catégories d'inspecteurs. Les inspecteurs municipaux, qui connaissent leur métier mais s'en fichent, et ceux des organismes financiers, qui ne s'en fichent pas mais n'y connaissent rien. Coluzzi arrose à coup sûr les inspecteurs de la municipalité. Quant à ceux des banques, c'est possible mais pas certain.

Judy ne lui demanda pas s'il fallait le croire sur parole. Cette découverte lui redonnait le moral : un scandale impliquant la municipalité et les grandes banques, c'était presque trop beau !

— Comment l'avez-vous su ?

— McRea, le sous-traitant chargé du parking, a refait les abords de la villa de Marco Coluzzi à Longport, au bord de la mer. J'en avais entendu parler et j'y suis allé voir par moi-même. Le travail est bien fait, avec les drainages d'eau de ruissellement et tout et tout. Il y en a eu pour cent trente mille dollars, au bas mot. Alors, quand j'apprends qu'une entreprise qui a bâclé le travail chez moi est capable d'un job de cette qualité, je n'ai pas de mal à comprendre. Les Coluzzi n'engagent des Noirs et des Irlandais que lorsqu'ils ne peuvent pas faire autrement. Et McRea ne répond à aucun de mes appels depuis une semaine.

— Vous l'avez appelé ? s'étonna Judy.

— Je me gênerais ! s'exclama Roser. Mais je finirai par le joindre et il parlera. Il suffira de le bousculer un peu pour qu'il sorte tout ce qu'il sait sur Coluzzi. Entre voyous, il n'y a pas d'honneur.

Judy reposa son stylo, c'était le moment de conclure.

— Je serai franche avec vous, Dan. D'après ce que vous m'avez dit, je vois déjà plusieurs motifs de poursuivre les

Coluzzi, le plus efficace étant peut-être d'invoquer la loi fédérale sur le racket, la corruption et autres délits passibles de lourdes peines. Je serais enchantée de vous représenter, mais je dois vous demander d'abord le feu vert.

Roser ne répondit pas tout de suite. Il se carra dans son fauteuil, se joignit les mains en voûte et prit le temps de la réflexion avant de se tourner vers Frank.

— Désolé, mon vieux, dit-il enfin. Vous aviez presque réussi à me convaincre au téléphone et je sais quelle importance vous y attachez. Nous nous connaissons depuis longtemps, nous nous apprécions. Mais les Coluzzi sont coriaces.

— Les Coluzzi, je m'en charge ! s'écria Judy.

Roser lui lança un regard stupéfait.

— Vous ? Vous vous en sentez capable ?

— Tout à fait.

Un sourire condescendant apparut sur les lèvres de Roser.

— Pourquoi voudriez-vous que je poursuive les Coluzzi ? J'ai bu un bouillon, je l'admets, mais je le passerai en pertes et profits, j'ai d'ailleurs besoin de déductions fiscales. Qu'est-ce qu'un procès me rapporterait ?

Bonne question, songea Judy. Elle regarda autour d'elle le cadre luxueux de la bibliothèque, les centaines de livres reliés, les coûteux tableaux aux murs. Des dommages et intérêts, même importants, ne suffiraient pas à motiver un homme tel que Dan Roser.

— Je pense au moins à une bonne chose, déclara-t-elle.

Le promoteur pencha la tête, intrigué.

— Laquelle ?

— La justice.

Frank lui lança un regard perplexe.

— Et si la justice ne vous suffit pas, ajouta-t-elle, que diriez-vous de la vengeance ?

Le cristal des flûtes à champagne tinta dans les mains d'un joyeux groupe composé de Judy, Frank, Dan Roser et Trish, son époustouflante nouvelle épouse. Judy aurait juré que Trish sortait à peine des bancs de l'école, mais elle s'abstint de tout commentaire, elle était de trop bonne humeur pour la ternir par la moindre pensée négative. L'amour était toujours bon à prendre quand on avait la chance de le trouver, même avec le petit-fils d'un client inculpé de meurtre.

— À la loi ! dit-elle en levant son verre.

— À Judy ! répondit Frank.

— À Trish ! proposa Roser.

— *Cheers !* se contenta de dire Trish.

Tout le monde rit, même Judy qui ne trempa cependant plus les lèvres dans son champagne. Elle devait se mettre au travail sans tarder. Roser avait accepté de lui fournir les documents nécessaires pour étayer la plainte et lui avait communiqué en plus les coordonnées des sous-traitants. Elle avait une montagne d'assignations à préparer, sans compter celles des frères Coluzzi. Et il était déjà onze heures du soir.

Frank remarqua son regard inquiet au cartel sur la cheminée.

— Tu dois vraiment rentrer ? demanda-t-il.

— J'ai du travail par-dessus la tête et ma patronne travaille sur le même dossier. Elle va passer la nuit au bureau elle aussi, puisque nous voulons déposer les plaintes demain matin.

— Quel dommage ! compatit Trish avec une moue qui mettait en valeur ses lèvres pulpeuses. Le trajet est long pour rentrer en ville. Dan et moi espérions que vous passeriez la nuit dans notre maison d'amis. Elle est si romantique ! Le plafond de la chambre est une verrière, vous vous endormiriez sous les étoiles. Et vous y seriez seuls et tranquilles tous les deux.

Frank fit un sourire modeste, Judy se demanda si Trish avait réussi à deviner ses fantasmes. Une nuit seule avec Frank dans un petit cottage romantique, perdu dans la nature ?...

— Restez juste cette nuit, voyons, renchérit Dan Roser. La maison est charmante. Trish et moi y allons parfois, rien que pour le Jacuzzi.

Judy entrouvrit la bouche. Un Jacuzzi ? Frank la regarda, la mine soudain soucieuse.

— La décision dépend de Judy, déclara-t-il.

Elle avait le choix, en effet. L'amour ou le travail ?

Selon Sigmund Freud, l'amour et le travail étaient tous deux indispensables au bonheur des êtres humains. Mais il n'avait pas spécifié dans quel ordre.

Personne, au fond, n'a envie de répondre aux questions difficiles.

24

La salle de conférences de Rosato & Associées n'avait jamais connu pareille affluence, surtout un lundi matin. Des grappes de micros bourgeonnaient sous le menton de Judy, une vingtaine d'objectifs se braquaient sur elle. Les photographes chargeaient leurs appareils, les journalistes testaient leurs magnétophones, les envoyés des stations de télévision caquetaient dans leurs téléphones portables, les pique-assiettes s'agglutinaient au fond de la pièce devant le buffet chargé de jus de fruits, de café et de viennoiseries. Exaspérée, Judy attendait avant de pouvoir commencer qu'un homme de la télé se fasse apporter quelque chose dont il avait, prétendait-il, le plus urgent besoin.

Elle s'efforça de calmer ses nerfs. Même si c'était sa première conférence de presse, elle savait cependant que les choses se seraient mieux passées si elle avait fait l'amour la veille au soir avec un bel Italien. La magie n'aurait pas eu le temps de s'évaporer, ses effets auraient libéré ses forces intérieures et débloqué ses sinus. Sachant quels bienfaits en retirer, qui aurait sacrifié une nuit d'amour au profit d'une nuit de travail ? Une idiote. Ou une avocate consciencieuse.

L'homme de télévision lui fit signe qu'il était enfin prêt. Judy refoula de son mieux ses pensées profanes et s'éclaircit la voix.

— Bonjour à tous, merci d'être venus, salua-t-elle en rajustant son tailleur bleu marine.

Elle avait mis, pour la circonstance, un chemisier blanc et des chaussures de Bennie. Son collant lui donnait l'impression de porter une ceinture de chasteté, parfaitement inutile dans le cas présent puisqu'elle n'aurait pas pu être plus chaste... Arrête ! se reprit-elle. Tu n'as pas le droit d'y penser. Au travail. Et montre-toi à la hauteur.

— Nous vous avons invités afin de vous informer que nous intentons ce matin trois actions en justice, l'une contre l'entreprise Coluzzi, les autres contre les personnes de John et Marco Coluzzi. La première est intentée devant la cour fédérale au titre des dispositions de la loi de 1970 sur le racket et la corruption, articles 19-61 à 19-68.

Judy marqua une pause pour permettre à l'auditoire d'assimiler et s'accorder à elle le temps de chasser définitivement de son esprit le souvenir de certains bras musclés. La loi constituait le meilleur des antidotes contre les idées folâtres.

— L'action fédérale est intentée par M. Dan Roser, promoteur du centre commercial de Philadelphie Sud, reprit-elle. Il soutient que les frères Coluzzi et des collaborateurs de l'entreprise Coluzzi avec plusieurs de leurs sous-traitants, parmi lesquels l'entreprise de terrassement et de revêtement McRea, se sont livrés avant et pendant l'exécution du chantier à des pratiques frauduleuses comprenant, entre autres, des actes de corruption active et passive caractérisés.

Les journalistes écrivaient, les magnétophones tournaient, les caméras ronronnaient, les flashes crépitaient. Judy reprit haleine quelques secondes.

— Sont également cités la ville de Philadelphie et plusieurs services municipaux, en particulier ceux de l'urbanisme, ainsi que les deux établissements financiers concernés par ce chantier, les banques Marshallton et Construbank. Les assignations seront signifiées aujourd'hui même à toutes les parties en cause. Si un point quelconque vous avait échappé, vous pouvez prendre connaissance du texte complet de ces assignations, dont des copies sont à votre disposition sur la table près du buffet. N'hésitez pas à m'en demander d'autres exemplaires en cas de besoin.

Des mains se levèrent, des questions fusèrent. Avec l'autorité d'un policier réglant la circulation, Judy imposa le silence d'une main levée. Elle ne voulait pas diluer ses propos par des digressions, les Coluzzi ne devaient pas en perdre un mot.

— Nous répondrons aux questions après notre déclaration.

Bennie entra discrètement dans la salle. Elles étaient convenues que Judy tiendrait la conférence de presse et que Bennie la rejoindrait à la fin pour la séance des questions-réponses. Judy lui était reconnaissante de sa confiance et s'en étonnait en même temps. Car c'était la réputation de Bennie qui avait attiré autant de monde ce matin-là et, en un sens, elle y jouait son va-tout.

— J'intente également en mon nom personnel, reprit-elle, une action devant la cour de l'État contre John et Marco Coluzzi pour des actes délictueux commis à mon préjudice, comprenant notamment une tentative d'assassinat à l'aide d'un engin explosif.

Elle poursuivit par un exposé sur les lois de l'État de Pennsylvanie applicables en la matière. Plus elle parlait, plus elle se sentait soutenue par la force de la loi et plus s'estompait la crainte qu'avaient pu lui inspirer les Coluzzi. Elle jouait gros, elle prenait des risques, elle le savait, mais ces risques l'exaltaient au lieu de l'abattre.

À la fin de son exposé, Bennie vint la rejoindre. Et c'est ensemble qu'elles firent face à la presse et à l'ombre menaçante des Coluzzi.

— Avez-vous des questions ? demanda Judy.

L'invite était inutile : elle n'avait pas fini de le dire que les questions fusaient de tous les côtés. Un journaliste au premier rang agitait si furieusement la main que Judy lui donna la parole.

— Maître Carrier, faut-il considérer les actions que vous intentez comme des représailles ou une forme de vengeance ?

— Ces actions sont légalement fondées. Elles sont intentées dans le but de sanctionner des actes commis en violation des lois fédérales et de celles de l'État de Pennsylvanie. Si nos droits étaient de nouveau lésés à l'avenir, nous continuerions à les défendre par tous les moyens que la loi met à notre disposition.

— Si je comprends bien, vous essayez de faire passer un message aux Coluzzi ?

Judy n'hésita qu'une fraction de seconde :

— Je ne vous le fais pas dire.

Le départ des médias laissa un sillage de gobelets de café vides, d'exemplaires froissés des assignations et un journal abandonné sur la table de conférences à côté des pieds nus de Judy qui les avait posés là pour se détendre. Le spectacle à peine fini, elle s'était empressée de se déchausser et de se débarrasser de son collant, qui gisait à terre tortillé et flasque comme une mue de serpent.

Bennie alla allumer un petit téléviseur près du téléphone.

— Ç'a été, dans l'ensemble, observa Judy. Nous avons eu droit à des tas de questions.

— Et nous leur avons donné de bonnes réponses. L'affaire va faire du bruit. Si nous ne passons pas aux infos de midi, c'est que j'ai perdu la main. Regarde, ça commence.

Bennie s'assit sur un coin de la table au moment où une ravissante présentatrice afro-américaine apparaissait sur l'écran.

— Notre principale information de la journée concerne les suites de la vendetta opposant les familles Lucia et Coluzzi. La police n'ayant appréhendé aucun suspect pour les tentatives de meurtres perpétrées contre Me Judy Carrier et son client Tony Lucia, il semble que l'avocate ait décidé de faire appliquer la loi à sa manière en intentant une série d'actions spectaculaires en guise de représailles.

— Représailles ? grogna Judy tandis que des extraits de sa conférence de presse passaient à l'écran. Je...

Bennie la fit taire au moment où un correspondant interviewait un jeune représentant des services juridiques de la municipalité, qui affichait une expression soucieuse.

— Nous allons bien entendu lancer sans délai une enquête sur les allégations contenues dans cette plainte, déclarait-il, en premier lieu dans nos services d'urbanisme. Tout comportement fautif ou simplement douteux de la part d'un de nos collaborateurs sera sévèrement sanctionné. La ville de Philadelphie tient à assurer à ses concitoyens comme à ses partenaires économiques que l'attribution et le contrôle des marchés publics se déroulent dans l'intégrité et la transparence.

— Les voilà qui s'affolent, commenta Judy en souriant.

— Il y a de quoi. Ils risquent un scandale à tout casser.

Le jeune juriste municipal fut suivi sur l'écran par un digne homme d'affaires en costume trois-pièces, assis derrière le plateau en verre fumé d'un imposant bureau directorial.

— En tant que l'un des principaux organismes financiers de la construction et de la promotion immobilière, la Construbank réagit à ces allégations avec un souci bien compréhensible. Nous ferons toute la lumière sur ce problème, si problème il y a.

— C'est parti ! dit Bennie en souriant. Ils prennent déjà leurs distances d'avec les Coluzzi. Attendons-nous bientôt à des démentis, à des protestations d'innocence et à des licenciements de « précieux collaborateurs » devenus des pestiférés.

— On a gagné ! s'écria Judy.

Sa nervosité s'était évaporée. La loi valait-elle mieux que l'amour, tout compte fait ? Euh… à la réflexion, non.

— Gagné, pas encore. Mais tu as fait du bon travail et il paie.

— Toi aussi, Boss.

— Attends, regarde ! Nous voilà en territoire ennemi.

La présentatrice elle-même se tenait maintenant devant un modeste bâtiment de brique coincé entre un snack et une boulangerie. Au-dessus de la porte, l'enseigne délavée COLUZZI CONSTRUCTION était drapée d'un bandeau de crêpe noir.

— Nous avons essayé de joindre des collaborateurs de l'entreprise, mais aucun n'a répondu à nos appels. En nous rendant au siège, nous avons constaté que les bureaux étaient fermés aujourd'hui car le personnel au complet doit assister au service funèbre d'Angelo Coluzzi, le fondateur de la firme.

Bennie écarquilla les yeux.

— Quoi ? Quel service ? Il est enterré aujourd'hui ? Je n'en savais rien. Et toi ?

— Moi non plus, mais nous ne pouvions pas retarder. Il fallait réagir vite, tu l'as dit toi-même.

Bennie jeta son gobelet en plastique en direction de la corbeille à papier, qu'il manqua comme prévu.

— Bon Dieu ! Ils sont à l'enterrement de leur père le jour même où nous leur lançons des assignations ?

Judy s'étonna de la réaction de Bennie.

— Bon, d'accord, ça fait peut-être mauvais effet...

— Il ne s'agit pas d'effet !

— Écoute, Bennie, nous n'avions pas le choix. Les Coluzzi s'amusaient à me tirer dessus alors qu'ils auraient dû être en train de choisir un cercueil pour leur père.

Bennie se leva, fit un instant les cent pas.

— Tu as raison, dit-elle enfin. Il fallait lancer l'affaire dès le lundi matin. Il n'empêche que ça me gêne. Et si, à Dieu ne plaise, la même chose t'arrivait le jour de l'enterrement de tes parents, ça ne te plairait pas non plus. Au fait, les as-tu appelés ? ajouta-t-elle en ramassant le gobelet vide qu'elle déposa dans la corbeille.

— Non, pas encore.

— Fais-le, déclara Bennie en quittant la pièce. Aujourd'hui même.

Judy regarda la fin du journal télévisé, qui enchaînait sur des grèves, un incendie d'entrepôt et le premier accident de bateau de plaisance de la saison. Le fait d'avoir lancé la procédure le jour de l'enterrement ne la gênait pas. Ces gens étaient des voyous sans scrupule, des tueurs. Ils avaient placé une bombe sous sa voiture.

Son regard se détourna du téléviseur et tomba sur le journal à côté de ses pieds. L'enterrement a-t-il réellement lieu aujourd'hui ? se demanda-t-elle. Elle prit le journal, l'ouvrit à la page des avis de décès et y découvrit celui d'Angelo Coluzzi.

La notice nécrologique commençait par les mots « Père affectueux », ce qui énerva Judy qui n'en avait jamais eu. Elle imagina les qualificatifs convenant à son père : sévère, militaire, mauvais père mais excellent colonel… Non, décidément, elle ne lui téléphonerait pas comme Bennie le lui avait enjoint. Si le colonel ne savait pas encore que sa fille avait vu la mort de près, inutile de lui gâcher son déjeuner.

Elle finit de lire la notice sans éprouver aucun remords. Comment pouvait-on couvrir de louanges un individu pourri tel qu'Angelo Coluzzi ? Comment les fils pouvaient-ils se prétendre « éplorés » et « inconsolables » quand ils consacraient leurs loisirs à s'exercer au tir sur des cibles vivantes ? La dernière ligne annonçait que la famille avait fait une donation à la paroisse Notre-Dame-des-Sept-Douleurs et que le service funèbre aurait lieu au funérarium Bondi.

Cette dernière indication donna une idée à Judy.

25

Judy se glissa dans la foule des badauds sur le trottoir en face du funérarium Bondi, dans South Broad Street. Avec un foulard noir qui couvrait ses cheveux blonds, des lunettes noires et un imperméable noir, elle avait plus l'allure d'une espionne de film de série B que d'une proche affligée, mais au moins ce déguisement avait-il le mérite de dissimuler l'avocate sans cœur et sans entrailles qui poursuivait de sa vindicte la veuve et l'orphelin. À coup sûr, sa présence dans les parages ne susciterait pas la sympathie des Coluzzi si on la démasquait.

À côté d'elle, un homme buvait au goulot d'une bouteille dans un sac en papier, deux femmes cancanaient, deux étudiantes discutaient de la voiture piégée. Judy remonta le col de son imperméable. La presse du matin avait attiré des voisins, des curieux et, bien entendu, des journalistes. Le service devait avoir lieu à quinze heures, il était à peine plus de quatorze heures, mais déjà des policiers en tenue étaient là pour canaliser la foule qui grossissait de minute en minute.

— Reculez, s'il vous plaît ! Dégagez le passage !

Des employés municipaux déchargeaient d'un camion des barrières métalliques qu'ils alignaient le long des trottoirs pour empêcher la foule de déborder sur la chaussée et de bloquer la circulation ou de se faire écraser. La tradition de la banlieue sud qui regroupait les funérariums dans l'artère principale, ce qui garantissait les embouteillages ou la mort des imprudents, sinon les deux, dépassait l'entendement de Judy. Il y avait, à vrai dire, beaucoup d'autres habitudes du quartier qu'elle ne comprenait pas davantage, comme de manger les spaghettis avec une cuiller ou de pratiquer les tentatives de meurtre en guise de sport.

Les mouvements de foule amenèrent Judy contre une barrière, lui offrant ainsi une vue imprenable sur l'entrée de l'établissement. Elle voulait voir comment se comporteraient les frères Coluzzi et essayer d'en apprendre davantage. Elle ignorait ce qui se passerait ou ce qu'elle ferait mais mieux valait, tout compte fait, assister à un service funèbre que téléphoner à ses parents.

Un murmure s'éleva dans la foule et toutes les têtes se tournèrent vers l'extrémité de la rue, où apparaissait une longue file de limousines noires. Judy sentit son pouls s'accélérer. Les Coluzzi faisaient leur entrée en scène.

Des assistants en complet anthracite sortirent en hâte du funérarium et prirent position au bas du perron tandis que la voiture de tête s'arrêtait le long du trottoir. Les voitures suivantes progressaient avec une lenteur qui attisait l'intérêt ou, plutôt, la curiosité des spectateurs. Les flashes des photographes de presse commencèrent à crépiter. À côté d'elle, Judy vit une jeune fille braquer un Kodak jetable.

— Je vous en offre vingt dollars, lui dit-elle.

— Ça va pas, non ? C'est ce qu'il coûte, répondit l'autre.

Judy ouvrit son portefeuille et y prit un billet de cinquante dollars, que la fille accepta avec empressement.

Judy mit l'appareil en batterie au moment où John Coluzzi, boudiné dans un complet visiblement coûteux, descendait de la première limousine. Il tendit la main à sa mère, en robe noire et la tête couverte comme Judy d'un foulard noir, pour l'aider à mettre pied à terre, puis à son épouse, une petite femme sèche coiffée d'une mantille de dentelle noire. Judy eut à peine le temps de prendre la photo que Marco émergeait de la deuxième limousine avec sa femme, copie conforme en plus élégant de la femme de John, et ses deux jeunes fils en costumes de premiers communiants.

Un groupe d'hommes et de femmes que Judy ne connaissait pas descendit de la troisième limousine. Judy les photographia à tout hasard au cas où eux aussi seraient impliqués dans les procès à venir. Elle photographia ensuite les occupants des voitures suivantes qui, à mesure, se mettaient en rang et formaient un long fleuve noir qui s'écoulait lentement vers l'entrée du funérarium.

En les voyant peu à peu disparaître à l'intérieur, Judy se sentit frustrée. Le public, après tout, avait lui aussi le droit d'entrer rendre un dernier hommage au défunt. Pourquoi pas elle ? C'était risqué, bien sûr, de s'introduire dans l'antre de la bête sur laquelle elle plantait les premières banderilles. Mais personne ne l'avait identifiée jusque-là, pas même les deux étudiantes qui parlaient de sa voiture piégée. En se mêlant à la foule, elle réussirait peut-être à entendre quelque chose d'intéressant.

Sitôt sa décision prise, elle fourra l'appareil photo dans la poche de son imperméable, se glissa entre deux barrières et traversa la rue d'un pas rapide. Le cœur battant, elle se mêla à ceux qui gravissaient l'escalier de marbre sous un auvent de toile grise. La progression était lente, car les gens qui se rencontraient, se saluaient ou éteignaient leurs cigarettes à l'entrée formaient un goulet d'étranglement en haut des marches. Noyée dans cette foule d'inconnus, Judy se forçait à garder son calme et à ne pas se faire remarquer.

Arrivée sur une épaisse moquette rouge, la colonne obliqua vers la gauche. La vision de Judy était bloquée par le large dos de l'homme qui la précédait, mais un examen discret des hommes qui l'entouraient lui avait dévoilé auparavant un échantillonnage de visages tannés et de mains calleuses. Son estomac se noua quand elle se rendit compte qu'il s'agissait sans doute, pour bon nombre d'entre eux, des sous-traitants ayant exécuté pour les Coluzzi les travaux des centres commerciaux. Aujourd'hui plus que jamais, ils devaient être sur leurs gardes et attendre des Coluzzi qu'ils les protègent d'une manière ou d'une autre. Ces gens-là constitueraient une mine d'or pour un avocat qui saurait leur tirer les vers du nez… Les yeux baissés, les oreilles tendues, Judy se concentra pour noter les moindres détails. Ce qui la frappa en premier, c'est que personne ne paraissait très chagriné.

La double file pénétra ensuite dans une vaste pièce que Judy balaya d'un coup d'œil. Des rangées de chaises pliantes faisaient face au mur du fond, caché par les groupes qui se formaient un peu partout. Les hommes se saluaient cordialement, s'envoyaient des claques dans le dos. À mesure qu'elle avançait, Judy entendait des bribes de conversations fort peu funèbres, puisqu'il était surtout question de résultats sportifs et de projets de vacances. Elle eut beau tendre l'oreille, elle ne découvrit rien d'intéressant dans ces bavardages.

La file poursuivait sa lente progression. Parvenue à quelques mètres du mur du fond, Judy releva les yeux. Un cercueil en bronze massif avec des poignées chromées trônait sur une estrade couverte de gerbes de fleurs. À la gauche du catafalque, raides comme des piquets devant un autre étalage floral, se tenaient John et Marco Coluzzi. Ils n'échangeaient pas un mot, comme s'ils souhaitaient garder leurs distances, mais Judy fut soudain trop angoissée pour analyser leur attitude. Elle vit que les personnes devant elle allaient s'agenouiller et se signer devant le cercueil avant de présenter leurs condoléances aux frères Coluzzi.

Derrière ses lunettes noires, les yeux de Judy s'écarquillèrent d'horreur. Elle ne voulait à aucun prix fléchir le genou devant Angelo Coluzzi et elle ne savait même pas faire le signe de croix. Si elle ne trouvait pas très vite un moyen de s'échapper, elle était condamnée à serrer la main à ceux-là mêmes qui voulaient sa mort !

La file avança de la valeur de deux rangées de chaises. Judy n'était plus qu'à quelques pas du prie-Dieu disposé devant le cercueil. Il n'était pas question de s'éclipser entre les chaises, personne jusqu'à présent n'avait eu l'audace de quitter la file d'attente avant d'avoir présenté ses respects au défunt – et tous ceux qui avaient vu *Le Parrain* savaient que, dans ce milieu, la notion de respect n'était pas un vain mot. Elle devait vite trouver une solution.

Une seule excuse était acceptable dans une situation pareille.

— Excusez-moi, chuchota-t-elle assez fort pour être entendue. Est-ce que quelqu'un pourrait me dire où sont les toilettes ?

Devant elle, une dame âgée se retourna et pointa vers la droite un doigt déformé par l'arthrite.

— Par là, dit-elle d'un ton compréhensif.

Judy la remercia d'un signe de tête. Les deux seules issues étaient soit la porte d'entrée à l'autre bout de la salle, soit celle située à droite du cercueil. Laquelle choisir ? Une conduite suspecte attirerait l'attention des Coluzzi avec les fâcheuses conséquences que cela aurait pour elle. Alors, se tenant le ventre comme si elle était victime d'une brutale attaque de dysenterie, Judy marcha aussi vite qu'elle put sans courir, contourna une gerbe de glaïeuls et se dirigea vers la porte au-dessus de laquelle luisait l'indication « Salons particuliers ».

Croyant à un euphémisme, elle découvrit non pas les toilettes, mais une vaste pièce aux murs floqués d'or, meublée de chaises pliantes et amplement pourvue de boîtes de mouchoirs en papier. Les chaises étaient occupées par des femmes en larmes. Un groupe sanglotait à grand bruit en étreignant des poignées de mouchoirs détrempés, un autre semblait vouloir le concurrencer à grand renfort d'invocations à la Sainte Vierge et à tous les saints.

Judy s'arrêta sur le seuil, interloquée.

— Euh… excusez-moi, dit-elle.

Nulle parmi les pleureuses ne fit attention à elle, sauf une jeune femme blonde aux yeux bleus, grande et visiblement enceinte, qui se tenait près de la porte et paraissait examiner la peinture pailletée, d'un mauvais goût flagrant dans un lieu comme celui-ci.

— Inutile de vous excuser, fit-elle avec un fort accent irlandais.

— Je cherchais les toilettes.

Elle se pencha vers Judy, un éclair malicieux dans le regard.

— C'est au fond du couloir. J'ai fait la même erreur que vous, tout à l'heure. Vous n'êtes pas italienne vous non plus, n'est-ce pas ?

— Comment le savez-vous ? demanda Judy, inquiète d'être reconnue.

— Facile. Vous êtes grande, sympathique et je vois sous votre foulard que vous êtes blonde.

De nouvelles lamentations s'élevèrent des deux groupes avec un saisissant effet stéréophonique. Judy envisagea de prendre congé, mais la jeune femme enceinte n'appartenait à l'évidence à aucun des clans de pleureuses.

— Nous sommes les deux seules ici à ne pas fondre en larmes, lui chuchota-t-elle. Faut-il pleurer pour entrer ici ?

La jeune femme rit sans bruit.

— C'est la grande différence entre les Italiens et les Irlandais. Nous autres, nous organisons des veillées funèbres à tout casser. Tout le monde s'amuse, il est défendu de pleurer et cela peut durer des jours et des jours. Du moins dans le comté de Galway, celui de ma famille. Vous connaissez ?

— Non, répondit Judy, qui se sentait toujours un peu coupable d'ignorer la géographie en dehors de celle de l'Amérique.

— C'est un beau pays. Je viens d'une petite ville qui s'appelle Loughrea. Je ne suis ici que depuis deux ans, après avoir rencontré Kevin, mon mari. Au fait, je m'appelle Theresa.

— Ravie de faire votre connaissance, se borna à répondre Judy qui omit sciemment de se présenter à son tour, Theresa ayant l'air un peu trop encline à parler au premier venu.

— Kevin, mon mari, est américain. Il était venu en vacances au pays, nous avons eu le coup de foudre, nous nous sommes mariés et, maintenant, nous allons avoir un bébé. C'est merveilleux !

Elle marqua une pause, tout à coup mal à l'aise.

— J'ai eu quand même un peu de mal à m'adapter, reprit-elle. Le mariage, la vie qu'on mène ici et tout et tout. Bien sûr, je croyais connaître l'Amérique, j'ai beaucoup lu sur votre pays, nous avons tous vos shows télévisés, vos films, vos livres, alors je croyais savoir à quoi m'attendre. Mais on ne sait jamais vraiment ce que la vie vous réserve, n'est-ce pas ?

Elle secoua la tête comme pour chasser quelque mauvais souvenir et ses yeux s'emplirent soudain de larmes. Décontenancée, Judy lui prit le bras et la guida vers une chaise près de la porte.

— Vous ne vous sentez pas bien ? Venez vous asseoir.

— Excusez-moi, je suis sotte. Ce sont mes hormones qui me jouent des tours.

— Pas du tout, voyons. Nous sommes dans la salle des pleureuses, autant en profiter.

Judy prit un mouchoir dans une boîte posée sur une chaise et le lui tendit. Au même moment, la porte s'ouvrit derrière elle. Judy se figea. John Coluzzi passa la tête par l'entrebâillement comme s'il cherchait quelqu'un. Il était si proche qu'elle sentait l'odeur douceâtre de son after-shave. Était-ce elle qu'il cherchait ? S'il la trouvait ici, elle ne donnerait pas cher de sa peau. Elle prit Theresa aux épaules, la serra contre elle, espérant ainsi se confondre parmi les pleureuses.

Coluzzi s'attardait et, comme Theresa pleurait de plus belle, Judy la serra plus fort dans ses bras. Au bout d'une longue minute, elle entendit enfin la porte se refermer et Coluzzi s'éloigner, ne laissant derrière lui que des relents d'after-shave.

Pendant ce temps, Theresa n'avait pas cessé de parler à travers ses larmes. Judy prêta enfin attention à ce qu'elle disait :

— Vous êtes si gentille… C'est bien de pouvoir se faire une amie ici. Les Américains, ou peut-être seulement les gens de Philadelphie, je ne sais pas, ne sont pas toujours aussi gentils avec les nouveaux venus.

— Je sais, répondit Judy avec conviction.

La seule réelle amitié qu'elle avait nouée depuis sa propre arrivée à Philadelphie était avec Mary. Elle l'avait toujours attribué à son manque de sociabilité mais, après tout, elle pourrait peut-être dorénavant blâmer aussi les autres. Ce serait plus facile, en tout cas.

— Tout va si mal pour nous alors que tout devrait aller si bien… Nous sommes continuellement stressés et quant à mes hormones… le docteur a dit qu'elles sont… qu'elles deviennent folles.

Secouée par les sanglots, Theresa s'interrompit. Judy éprouva pour elle un élan de compassion, surtout parce qu'elle venait sans le savoir de lui sauver la vie.

— Tout va s'arranger, j'en suis sûre, fit-elle d'un ton réconfortant.

— Mais nous avons tant d'ennuis… Des ennuis d'argent, je veux dire. Tout est si cher, ici. Ce n'est pas comme en Irlande. Au fond, je crois que je souffre surtout du mal du pays.

C'était un sentiment que Judy n'avait jamais ressenti.

— Cela passera, vous verrez.

— Nous sommes en train de construire notre maison. Les affaires de mon mari marchaient si bien, nous allions enfin pouvoir quitter notre minuscule appartement… Il nous faut une chambre pour le petit, vous comprenez, expliqua-t-elle avec un sanglot. Kevin travaillait pour les Coluzzi, ils parlaient de lui racheter son affaire pour se diversifier ou quelque chose comme ça. Ils lui offraient un bon prix. Et le vieux Coluzzi s'est fait tuer. Maintenant, il y a un procès contre leur compagnie et je ne sais pas comment cela va tourner. Nous risquons de perdre tout ce que nous avons eu tant de mal à avoir…

Judy fut atterrée. Theresa était donc la femme d'un sous-traitant, et c'était elle, Judy, la cause des soucis et du chagrin de cette jeune femme enceinte, sur le point d'accoucher. Quand elle avait décidé de faire de la vie des Coluzzi un enfer, elle n'avait certes pas voulu faire un enfer de la vie de femmes comme Theresa.

— Je suis vraiment désolée, dit-elle avec sincérité.

— Kevin me répète de ne pas me tracasser, mais je ne peux pas m'en empêcher. Ce n'est pas possible que nous perdions notre nouvelle maison, surtout avec le bébé qui arrivera bientôt.

Judy réfléchit le plus vite qu'elle put. Elle avait beau avoir pitié de Theresa, elle tenait peut-être l'occasion espérée. Qu'est-ce que Roser lui avait dit, déjà ? « Les Coluzzi ne font travailler des Noirs et des Irlandais que lorsqu'ils ne peuvent pas faire autrement. » Theresa serait-elle la femme de McRea, l'entrepreneur du parking ? Theresa disait qu'il s'appelait Kevin, mais Judy n'avait pas fait attention au prénom quand les assignations avaient été rédigées.

— C'est une pénible épreuve pour vous, Theresa.

— Épouvantable, et elle ne pouvait pas tomber plus mal. Je n'ose même pas en parler à mes parents, de peur qu'ils me disent de laisser Kevin et de rentrer à la maison. Je voudrais bien rentrer chez moi, c'est vrai, mais pas sacrifier mon mariage.

Judy lui tendit la boîte de mouchoirs en se détestant de manifester de la compassion avec une arrière-pensée. Mais elle devait faire son travail, des vies étaient en danger. La sienne, entre autres.

— Gardez votre calme, Theresa, je dois vous dire quelque chose qui vous surprendra. Je crois pouvoir vous aider, votre mari et vous.

Theresa s'essuya les yeux.

— Qu'avez-vous dit ? Je ne comprends pas.

— Je suis avocate et je peux vous rendre service. Je suis au courant du procès et je vous assure que ce n'est pas votre mari qui est visé.

— Bien sûr, il connaît à peine les Coluzzi. Je ne sais même pas qui sont tous ces gens. Il n'avait jamais travaillé pour eux avant.

— Je m'en doutais.

Theresa cligna des yeux, finit de sécher ses larmes.

— Comment êtes-vous au courant de tout cela ?

— Je m'appelle Judy Carrier, c'est moi l'avocate qui ai lancé la procédure.

Le cri de Theresa fut noyé par le concert de lamentations qui s'élevait des deux côtés de la salle. La voyant ouvrir la bouche comme pour hurler ou appeler à l'aide, Judy lui agrippa la main.

— Non ! Ne me trahissez pas, je vous en supplie, ces gens vont me tuer.

— Mais de quoi parlez-vous, à la fin ?

— Les Coluzzi sont dangereux. Ils ne sont pas ce qu'ils paraissent, ce que vous croyez du moins. Ce sont des tueurs.

Theresa dévisagea Judy comme si elle était folle à lier.

— Mais alors, qu'est-ce que vous faites ici ?

— J'espérais prendre contact avec votre mari ou un autre sous-traitant. Vous êtes bien la femme de Kevin McRea, n'est-ce pas ?

Les yeux de nouveau pleins de larmes, Theresa acquiesça d'un signe de tête. Judy ne lui avait toujours pas lâché la main.

— Écoutez-moi. Kevin aura les pires ennuis tant qu'il restera solidaire des Coluzzi. Je sais qu'il leur a fait gratuitement des travaux chez eux pour décrocher le marché du dernier centre commercial.

— Je ne connais rien aux affaires de Kevin.

— Je ne dis pas que vous le saviez, mais ce qu'il a fait est illégal, dit Judy qui s'en voulait d'effrayer Theresa. Je n'ai aucune envie de poursuivre Kevin, vous encore moins. Mais sachez que les Coluzzi sont des crapules, poursuivit-elle en baissant la voix. Ils ne feront rien pour aider Kevin quand les choses iront mal, croyez-moi. Ils sont dangereux, ils ne protégeront qu'eux-mêmes et leurs proches. Ils feront pendre leurs sous-traitants à leur place.

Theresa recommençait à sangloter, mais Judy ne pouvait plus se laisser attendrir. Elle en avait trop dit, ou pas assez.

— Vous pourrez me joindre n'importe quand à mon bureau. Si vous décidez Kevin à coopérer, j'arrêterai les poursuites contre lui et vos ennuis seront résolus, je vous le promets. Je ne suis pas du genre à vouloir vous priver de votre chambre d'enfant, je vous assure. Ferez-vous ce que je vous demande ?

Theresa dégagea sa main que Judy n'avait pas lâchée.

— Mon bébé, vous vous en moquez pas mal ! Vous cherchez à vous servir de Kevin pour l'enfoncer un peu plus !

— Non, au contraire. Compte tenu de ce qu'il a fait, je représente sa meilleure chance de s'en sortir sans dommage. Dites-lui que nous en avons parlé. C'est sa seule chance. Et la vôtre.

Puis, sans laisser à Theresa le temps de lui répondre – ou de la dénoncer –, Judy se leva et sortit par la porte des toilettes. Elle devait maintenant s'éloigner le plus vite possible. Elle avait accompli plus que ce qu'elle espérait. Quand on gagne, comme le savent les avocats avisés, on la boucle et on quitte le prétoire.

Judy se retrouva dans le hall rempli d'hommes qui parlaient fort, riaient et sortaient fumer une cigarette avant le début de l'office religieux. Se frayant un passage entre les larges épaules et les nuques épaisses, elle était presque arrivée à la porte quand elle sentit sur elle le regard insistant d'un homme corpulent qu'elle était en train de dépasser. À l'abri derrière ses lunettes noires, elle leva les yeux vers lui.

Cet homme, elle l'avait déjà vu, elle en était sûre. C'était Jimmy Bello, l'homme de main de John Coluzzi, celui qui avait surveillé le club colombophile dans une Cadillac noire. Il était avec d'autres individus qui parlaient et plaisantaient, mais c'était elle qu'il regardait fixement. L'avait-il reconnue ?

Judy n'attendit pas pour le savoir. Elle bouscula les deux personnes qui la séparaient de la porte et dévala le perron jusqu'au trottoir.

26

— Tu as fait... QUOI ?

Judy décida d'offrir à sa patronne le T-shirt auquel elle pensait depuis longtemps. Seule différence entre cette apostrophe et la précédente, la conversation se déroulait dans son bureau à elle et les bons étaient en train de prendre l'avantage sur les méchants.

— C'était un peu risqué, d'accord. Et alors ?

— Qu'est-ce que ça veut dire « et alors » ?

Bennie hurlait, mais Judy était de trop bonne humeur pour se laisser impressionner.

— Regarde ce que cela m'a rapporté : la femme de McRea ! J'ai eu raison, non ?

Bennie était visiblement tendue, épuisée par une longue journée de travail. Derrière la porte, on entendait les premiers bruits annonciateurs du départ de ses fidèles collaboratrices.

— Quand tu seras morte, tu verras comme tu avais raison ! Ne recommence jamais ce genre de plaisanteries, tu m'entends ? C'est de la folie pure !

— Le FBI va tout le temps aux enterrements des mafieux. Je parie qu'il avait envoyé des agents à celui-là.

— Tu n'es pas le FBI. Ils sont armés, eux. Ne provoque pas inutilement les Coluzzi.

Judy pouffa de rire :

— Les poursuivre en justice, ce n'est pas les provoquer ?

— Faire un procès est une chose, s'introduire frauduleusement à des obsèques en est une autre. Ces gens sont des tueurs !

— J'ai été très prudente.

Les deux poings sur le bureau, Bennie se pencha vers Judy, les yeux étincelants de colère.

— Ah, oui ? Tu ne m'as pas dit que John Coluzzi t'avait peut-être vue et ce Jimmy Bello aussi, quand tu sortais ?

— Je suis partie à temps. Je sais me défendre, quand même !

— Vraiment ? Tu es forte, c'est vrai, mais en paroles. Et cette femme si sympathique, Theresa McRea, tu crois vraiment que tu pourras la défendre ?

— Que veux-tu dire ?

— Coluzzi peut avoir découvert que c'était avec toi qu'elle parlait. Il sait que nous sommes au courant des travaux que McRea a faits chez lui, c'est dans l'assignation puisque c'est le seul exemple concret dont nous disposons. Alors, que crois-tu que les Coluzzi feront aux McRea s'ils craignent qu'ils te racontent tout ? Au mieux, ils les menaceront pour les empêcher de parler. Au pire, je te laisse deviner.

Judy eut soudain la bouche sèche. Mettre les McRea sous le feu de l'ennemi était pire qu'un procès. Elle se sentit rougir.

— Bon, je vois que tu as compris. Espérons que les McRea auront la bonne idée de prendre contact avec nous avant que les Coluzzi leur tombent dessus, soupira Bennie en se levant. Entre-temps, je veux bien ne pas te harceler pour les conclusions, mais je te rappelle que tu as d'autres affaires en cours. Si tu n'avais pas passé ton temps à courir les enterrements, tu aurais pu faire ton travail.

Judy sentit poindre une méchante migraine. Elle n'avait rien mangé depuis des heures, pas dormi depuis des jours, pas fait l'amour depuis un an. Elle ne l'avait pas fait avec un Italien beau, jeune et vigoureux et, selon toute vraisemblance, ne le ferait jamais.

— Je te rappelle aussi, reprit Bennie, que l'audience Lucia a lieu demain et qu'il faudrait t'y préparer. As-tu appelé tes parents ?

— Non.

— Appelle-les tout de suite. Préviens-moi si McRea se manifeste, je veux être au courant. Et appelle tes parents. Ils passent en premier ! aboya Bennie en quittant le bureau.

Judy ouvrit son carnet d'adresses, trouva le numéro transmis par ses parents à leurs trois enfants en fonction de leur itinéraire et des dates. Judy avait un frère professeur de droit à Boston, une sœur dans une agence boursière de Sydney. Sans e-mail, ils ne communiqueraient ni ne se verraient sans doute jamais.

Son appel fut pris par une messagerie vocale impersonnelle alors qu'elle aurait préféré entendre la voix de sa mère. Elle attendit le top sonore, récita : « Salut, c'est moi, Judy. Je voulais juste vous dire bonjour et dire que tout va bien. Amusez-vous bien, je vous aime. » Ce message couvrait l'essentiel, pensa-t-elle en raccrochant. Elle appela ensuite ses clients en souffrance. Le dernier appel était, en réalité, le seul qu'elle avait envie de passer.

Elle pressa les touches en imaginant Frank qui entassait des pierres sous le soleil, le torse nu, les muscles roulant sous la sueur. Il entendait son portable, devinait que c'était elle et se hâtait de répondre. Mais, cette fois encore, ce fut une voix synthétique qui lui répondit : « Votre correspondant est indisponible pour le moment, veuillez laisser votre message après le top sonore. » Déçue, elle attendit le signal en pensant au message qu'elle allait enregistrer. Par exemple : « J'ai lancé la procédure, mais j'ai mis notre meilleur témoin en danger de mort. » Ou bien : « Désolée d'avoir refusé hier soir parce que c'était devant tes amis. » Ou encore : « Tout va bien, sauf que ton grand-père doit comparaître demain au tribunal et risquer de se faire tuer. »

Le top retentit et elle laissa parler son cœur :

— Appelle-moi. Je pense à toi sans arrêt.

Et elle raccrocha.

La nuit tombait, le bureau était silencieux. Tout le monde était parti, sauf Judy. Sortie donner une conférence à l'Association pour les libertés civiques, Bennie avait dit qu'elle téléphonerait pour vérifier si tout allait bien. Bennie se souciait de sa sécurité, sollicitude que Judy appréciait d'autant plus qu'elle s'en inquiétait autant elle-même. Une paire de ciseaux posée devant elle à portée de main, elle se sentait prête à découper des cocottes en papier dans la peau d'un entrepreneur fou de rage.

Tout en avalant le repas chinois rapporté dans une boîte en carton et en se forçant à ne plus penser au fait que son téléphone n'avait pas sonné depuis des heures, elle examina les trente-deux photos prises aux obsèques de Coluzzi dans l'après-midi. Épinglées dans l'ordre de la prise de vues sur un panneau de liège posé sur un chevalet, ces photos reconstituaient le film de l'arrivée des proches.

Les premières étaient celles des deux frères et de leurs familles respectives. Suivait la série représentant la file d'attente qui se formait et montait les marches du funérarium. Judy constata avec intérêt que l'appareil avait enregistré beaucoup plus de détails qu'elle n'avait eu l'impression d'en voir de ses yeux.

Si la plupart des visages lui étaient inconnus, elle s'attendait à en reconnaître plusieurs d'ici la fin des procès. Elle avait scanné la série complète des photos et l'avait transmise par e-mail à Dan Roser dans l'espoir qu'il serait capable d'identifier au moins les sous-traitants ayant travaillé sur son chantier. Elle lui avait téléphoné ensuite, mais il n'était pas chez lui et ne l'avait pas encore rappelée.

La quinzième photo attira son attention. On y distinguait une touffe de cheveux blonds se détachant, en haut des marches, sur le fond uniformément noir des chevelures et des vêtements de deuil. Judy se pencha, cligna des yeux. L'auvent projetait de l'ombre et l'image était trop petite pour y distinguer les détails. Faute de loupe, Judy pensa à se servir de son ordinateur.

En quelques clics de souris, elle rappela les photos scannées envoyées à Roser, ouvrit le programme Photoshop et agrandit la photo jusqu'à ce que la chevelure blonde occupe la moitié de l'écran. Il s'agissait bien de Theresa McRea, elle s'en était doutée, mais avec qui était-elle ?

Elle glissa le zoom du logiciel sur l'homme à côté d'elle, agrandit jusqu'à ce que l'image devienne floue et qu'elle doive la réduire un peu. L'homme brun qui tenait Theresa par la main était probablement Kevin, son mari. Le front plissé, la mine soucieuse, il se penchait vers un autre homme comme s'il lui parlait à voix basse. Judy fit pivoter l'image pour mieux voir cet interlocuteur. Son profil était net, pas la moindre équivoque : c'était Marco Coluzzi.

Judy s'éloigna de l'écran et se carra dans son fauteuil. Ainsi, elle avait une photo de Kevin McRea et de Marco Coluzzi en conversation confidentielle le jour même du lancement des assignations. Compte tenu de ce qu'elle avait vu du déroulement de la cérémonie, Marco avait dû s'absenter un instant de la salle où il recevait les condoléances pour aller accueillir McRea à l'entrée. On distinguait aussi une cigarette dans la main de Marco. Qu'il ait souhaité sortir fumer, peut-être, mais ce n'était qu'un prétexte. En réalité, il donnait à McRea une marque de « respect », comme on dit dans « l'honorable société ».

McRea avait aménagé les abords d'une villa de la famille, Judy avait oublié laquelle. Elle ferma Photoshop, ouvrit Word et parcourut le texte de l'assignation jusqu'au paragraphe 55 : « Le susnommé McRea aurait exécuté le terrassement, la construction et le revêtement d'une allée et d'une cour au bénéfice de Marco Coluzzi, travaux d'une valeur estimée à 130 000 dollars, en contrepartie de… »

C'était donc Marco le bénéficiaire, pas John. C'était logique, Marco traitait les affaires d'argent et John n'avait pas reconnu Theresa quand il avait passé la tête par la porte de la salle des pleureuses. Sinon, il se serait demandé à bon droit pourquoi la femme d'un simple sous-traitant, une étrangère, manifestait un tel chagrin de la mort de son père. Ou alors, peut-être l'avait-il reconnue, mais sans vouloir abattre tout de suite son jeu. Judy n'avait aucun moyen de le savoir à coup sûr, ce qui aggravait ses craintes sur le sort de Theresa.

Or Theresa ne lui avait pas téléphoné depuis leur rencontre. L'aurait-elle appelée que Judy serait aussi inquiète. Dans quel guêpier avait-elle fourré les McRea ? Elle remonta jusqu'au début du texte et y trouva leur adresse à Glenolden, une banlieue résidentielle proche de Philadelphie. Son premier mouvement fut d'y aller, mais Bennie la tuerait si les Coluzzi n'en faisaient pas autant avant elle. Par prudence, Judy décrocha donc le téléphone et demanda aux renseignements le numéro des McRea.

Son cœur battit quand on décrocha, mais la femme qui répondait n'avait pas l'accent irlandais.

— Pourrais-je parler à Theresa ou Kevin McRea ? demanda-t-elle.

— Ils sont partis, déclara la femme.

— Partis ? Que voulez-vous dire ?

— Ils viennent de déménager, cet après-midi même. Je croyais que leur nouvelle maison était prête plus tôt que prévu, mais ce n'est pas le cas. Ils sont partis comme ça, ils avaient l'air pressés de déguerpir.

Judy n'en fut pas beaucoup plus rassurée.

— Ils ont déménagé, dites-vous ? C'est incroyable !

— Vous pouvez quand même le croire, je suis leur propriétaire et je suis encore plus étonnée que vous.

— Mais Theresa est une amie ! Je l'ai encore vue pas plus tard qu'aujourd'hui. Elle ne m'avait pas parlé de déménager.

— En tout cas, elle n'est plus là. Ils sont rentrés ensemble, ils ont fait leurs valises et ils ont décampé. Ils m'ont payé le loyer de l'année et laissé le dépôt de garantie, je ne me plains pas de ce point de vue-là. Et ils étaient tellement pressés qu'ils ont tout laissé, les meubles, la cuisine, les appareils ménagers. Ils m'ont donné deux cents dollars pour tout emballer et le mettre au garde-meubles.

Judy s'efforça de réfléchir le plus vite possible. Theresa ayant sûrement raconté à Kevin sa conversation avec elle, il avait préféré la fuite pour ne pas se trouver pris entre les Coluzzi et la justice.

— Vous ont-ils laissé une adresse ou un numéro de téléphone où on puisse les joindre ?

— Rien. Ils m'ont dit qu'ils m'appelleraient plus tard. Maintenant, si vous permettez, j'ai du travail. Theresa était bonne ménagère, mais elle a un tas de bibelots et de trucs, il faut que je m'en occupe.

Judy remercia la propriétaire et raccrocha. Elle était prête à parier que les McRea étaient déjà à mi-chemin de l'Irlande. En dépit de sa frustration d'avocate dont les témoins vedettes disparaissent dans la nature, elle ne put s'empêcher de sourire. Au moins les McRea étaient en sûreté et elle trouverait d'autres moyens de gagner son procès.

Ce coup de théâtre la laissait toutefois songeuse. L'enfant à naître n'entravait pas leur fuite. Mais une affaire ? Comment Kevin McRea pouvait-il abandonner ainsi son entreprise ? Et pour combien de temps ?

Judy fit de nouveau appel à son ordinateur, se brancha sur Internet et lança le moteur de recherche sur la piste McRea, terrassement et activités connexes. Tout le monde de nos jours ayant un site, Kevin McRea ne faisait pas exception. Une page mal présentée, mais efficace, apparut bientôt sur l'écran. Il y avait des photos d'engins divers sur fond de logo et un texte maladroitement rédigé, mais Judy était avocate, pas critique littéraire. Elle entama donc la lecture :

« McRea Terrassement & Revêtement offre à sa clientèle privée ou collective le service complet d'une entreprise spécialisée depuis vingt ans dans la préparation et le revêtement du terrain. McRea T&R réalise un chiffre d'affaires annuel de plus de deux millions de dollars. Président et seul propriétaire de son entreprise, Kevin McRea dirige un personnel permanent de 63 collaborateurs hautement qualifiés, dont certains font partie de la maison depuis sa création. McRea T&R ne perd jamais de temps à cause d'un équipement défectueux ou loué pour les besoins d'un chantier, car il est propriétaire de tout son matériel et responsable de son entretien… »

Ainsi, l'entreprise McRea tournait rond et avait des finances saines. Kevin ne pouvait pas abandonner longtemps son outil de travail, son gagne-pain ! Cette réflexion lui était à peine venue que Judy se rappela que Theresa, entre ses accès de larmes, lui avait dit que les Coluzzi voulaient racheter l'affaire de son mari. Compte tenu de son importance, une telle acquisition n'était pas une décision que l'on prend à la légère, mais un investissement réfléchi. Pourquoi, se demanda-t-elle, penseraient-ils acheter une entreprise alors même que la succession de leur père met en question leur propre avenir ? Ou, plus précisément, lequel des deux frères aurait eu l'idée de diversifier ses activités ?

Le regard de Judy se posa à nouveau sur les photos, allant de John à Marco et de Marco à John. C'est Marco qui était allé accueillir McRea, pas John. C'est pour Marco, pas pour John, que McRea avait effectué les travaux. Serait-ce Marco, pas John, qui voulait seul racheter McRea T&R ? À force d'examiner les photos, Judy se rendit compte qu'on ne voyait sur aucune d'elles John avec Marco ni même les deux frères se parler. Ils étaient arrivés dans des limousines séparées, leurs familles respectives ne se parlaient pas non plus, tant sur le trottoir qu'auprès du cercueil de leur père. La mésentente était donc manifeste et, si l'article du journal reflétait la vérité, cette mésentente ne pouvait être causée que par la succession du père. Qu'est-ce qui pouvait opposer deux princes, sinon la possession du royaume ?

« Entre voyous, il n'y a pas d'honneur », avait dit Dan Roser au sujet des sous-traitants. La même observation pouvait-elle s'appliquer aux frères Coluzzi ? Leur antagonisme déboucherait-il sur une guerre ouverte ? Et Judy avait-elle les moyens de précipiter les événements ? Ce serait une arme autrement plus redoutable qu'une série de procès.

Judy décrocha son téléphone. Elle était peut-être capable de créer des ennuis aux méchants. Même sans quitter son bureau.

27

Le mardi matin, un soleil éclatant annonça une nouvelle journée de beau temps, phénomène météorologique d'une durée exceptionnelle à Philadelphie. Cependant, Judy n'en profitait pas. Caméras, appareils photo, magnétophones et micros brandis à bout de bras lui cachaient le bleu du ciel. Les journalistes qui lui soufflaient de la fumée de tabac dans le nez l'empêchaient de respirer l'air pur.

Frank et elle, flanquant Tony-pigeon, se frayaient un passage vers l'entrée du palais de justice. Pour la première fois, non seulement Judy tolérait les journalistes, mais elle les bénissait. La présence de plus de trois cents témoins garantissait sa sécurité et celle de son client. Elle avait d'ailleurs dévolu aux médias un rôle clef dans sa nouvelle stratégie.

« Maître Carrier, vos commentaires sur la disparition de Kevin McRea ! » « Hé, Judy ! Est-il exact que Marco Coluzzi était en train de racheter McRea Terrassement ? » « Maître Carrier, pensez-vous que Kevin McRea serait victime d'un attentat ? »

— Pas de commentaires ! répétait-elle en masquant sous une expression impassible le plaisir que lui causaient ces questions.

À l'évidence, ses coups de téléphone anonymes aux journaux la veille au soir avaient fait merveille. Car c'est elle qui leur avait mis la puce à l'oreille sur le projet de rachat de McRea

T&R par Marco Coluzzi. Les reporters s'étaient empressés d'enquêter et de recouper l'information par leurs propres sources. Aucun ne perdait de vue le fait que les journaux de Philadelphie n'avaient pas gagné le prix Pulitzer depuis belle lurette.

« Maître Carrier, vos commentaires sur les acquisitions de Marco Coluzzi dans les cimenteries et les carrières ? » « Judy, quels témoins avez-vous maintenant que Kevin McRea a disparu ? » « Maître Carrier, quel genre de revêtement coûte cent trente mille dollars ? L'or massif ? »

Judy ne leur accorda pas même un sourire. Unanime la presse du matin titrait sur la « Disparition d'un prévenu » et consacrait plusieurs colonnes à « L'expansion de l'empire Coluzzi ». Judy n'aurait pas pu mieux faire si elle l'avait voulu. Les reporters avaient interviewé la propriétaire des McRea et avaient réussi à se procurer des déclarations fiscales et les documents des transactions boursières de Marco Coluzzi, qui démontraient l'accroissement constant de son pouvoir dans l'industrie du bâtiment et des travaux publics par le biais de sociétés écrans. Judy espérait que ces manœuvres avaient été menées à l'insu de John Coluzzi, qui ne manquerait pas de s'en étonner et de se sentir trahi. Quand et comment les Coluzzi arriveraient-ils ? se demanda-t-elle. Ensemble ou séparément ? En paix ou en guerre ?

« Maître Carrier, soyez gentille, donnez-nous un tuyau ! » « Maître Carrier, Tony-pigeon est innocent ou pas ? » « Hé, Judy ! Dans quel état est ta bagnole ? »

Judy échangea un regard avec Frank, dont le large sourire dévoilait de belles dents blanches dans son visage hâlé et rasé de frais. Il était très élégant avec sa chemise blanche, sa cravate, et la veste de tweed toute neuve qu'il était allé acheter dans un grand magasin au lieu de téléphoner à son avocate comme elle le lui avait demandé. Mais comment lui en vouloir ?

— Je ne t'ai pas encore dit combien ton message d'hier soir m'a fait plaisir ? lui chuchota-t-il à l'oreille juste avant de franchir la porte.

— Pas de commentaires, répondit Judy.

L'heure était au travail, pas à l'amour. Les Italiens comprendront-ils jamais qu'on ne mélange pas les deux ? songea-t-elle, agacée, en entraînant Tony à l'intérieur.

La salle du tribunal était moderne mais petite, ce qui contribuait à alourdir l'atmosphère d'hostilité qui y régnait, comme si l'on avait forcé des tigres et des lions à partager la même cage. Le clan Coluzzi en occupait la moitié, avec John et Marco au premier rang qui se regardaient en chiens de faïence ; les Lucia et leurs alliés, y compris M. Di Nunzio et les Tony, l'autre moitié. Cette disposition reproduisait de manière regrettable celle de la précédente audience sauf que, cette fois, des mesures de sécurité avaient été prévues et que des gardes avaient pris position autour du prétoire, prêts à intervenir. Judy, qui aurait préféré un régiment de la Garde nationale, décida d'ignorer les regards malveillants qu'elle sentait dans son dos et s'assit à sa table à côté de Tony. Il manifestait un calme inhabituel, dû peut-être au complet et à la cravate que Frank avait achetés pour l'occasion et qu'il lui avait fait endosser en dépit de ses protestations.

— L'audience est ouverte, déclara le juge.

D'âge moyen, le regard aigu derrière des lunettes à monture d'or, le juge Randy Maniloff avait été tiré au sort pour présider l'audience. Judy préférait croire à un coup de pouce de son étoile plutôt qu'au hasard, car Maniloff était un magistrat intègre et unanimement respecté. Il ne siégerait pas au procès définitif, mais Judy savait pouvoir compter sur son équité à ce stade de la procédure.

— Nous avons pour une fois un rôle particulièrement chargé, ne perdons pas de temps. J'appelle l'affaire État de Pennsylvanie contre Lucia. Qui représente le ministère public ?

— Joseph Santoro pour l'accusation, Votre Honneur, répondit le procureur en se levant.

Premier substitut du procureur général de l'État, c'était un petit homme trapu aux cheveux et à la moustache noirs. Son patronyme italien était pour lui un atout auquel Judy dut se résigner.

Le juge se tourna ensuite vers Judy :

— Je vois que nous avons maître Carrier pour la défense. Bienvenue dans mon prétoire, ajouta-t-il avec un sourire.

— Merci, Votre Honneur, dit Judy en se levant à son tour.

— Maintenant que nous avons tous fait connaissance, veuillez appeler votre premier témoin, monsieur Santoro.

— L'accusation ne présente aujourd'hui que deux témoins, Votre Honneur. J'appelle le premier, M. James Bello.

L'interpellé se dégagea de son siège à côté de John Coluzzi et s'assit lourdement dans le box des témoins après avoir prêté serment.

— Monsieur Bello, commença Santoro, veuillez décliner votre identité et l'adresse de votre domicile.

— Je m'appelle James Bello, mais tout le monde m'appelle Gros Jimmy, répondit-il comme si c'était tout naturel.

Judy douta que Santoro se soit attendu à ce genre de réponse.

— Et votre adresse ?

Bello s'exécuta, sans digression cette fois.

— Bien. Venons-en tout de suite à la matinée du vendredi 17 avril. Étiez-vous présent à 8 h 30 au 712 Cotner Street ?

Corpulent jusqu'à l'obésité, Bello était vêtu de noir en signe de deuil et arborait au poignet une Rolex en or massif. Il avait la bouche épaisse, le nez bourgeonnant et de gros yeux globuleux, dont on ne pouvait oublier l'éclat inquiétant quand on l'avait vu de près. S'il avait reconnu Judy au funérarium, il n'en donnait aucun signe.

— Oui, répondit-il.

— Cette adresse est celle d'un club colombophile, n'est-ce pas ?

— Oui.

Judy ouvrit son bloc-notes. À l'audience préliminaire, l'accusation n'était tenue de démontrer que la matérialité du crime et disposait d'assez d'éléments de preuve pour ne dévoiler que le minimum de sa stratégie, alors que la défense s'efforçait d'en découvrir le plus possible. Les parties adverses se livraient donc à un pugilat juridique qui n'était civilisé qu'en apparence.

— Veuillez dire à la cour qui d'autre était présent dans les locaux du club ce matin-là, monsieur Bello.

— Devant, il y avait Tony LoMonaco et Tony Pensiera. Angelo Coluzzi était dans la pièce du fond où Tony Lucia est allé après.

— Y avait-il quelqu'un dans la pièce du fond en dehors de M. Coluzzi et de M. Lucia ?

— Non. Angelo et moi, on avait fait l'ouverture. Il était seul au fond jusqu'à ce que Tony y aille.

— Veuillez dire à la cour ce qui s'est passé ensuite, monsieur Bello.

Le gros Jimmy dut éclaircir son graillement de fumeur avant de répondre.

— Oui, bien sûr. M. Lucia est allé dans la pièce, et puis on a entendu crier et comme un bruit de chute. Quand on est entrés, Angelo était mort, par terre, et Tony se penchait sur lui, tout excité.

— Vous dites avoir entendu crier, monsieur Bello, dit Santoro. Savez-vous qui criait et qu'avez-vous entendu, au juste ?

— Oui, c'était Lucia. Il criait : « Je vais te tuer. »

Judy affecta de prendre des notes. Ce témoignage ferait un malheur au procès. Le pire, c'est qu'il était véridique.

— M. Lucia criait-il en anglais ou en italien, monsieur Bello ?

— En italien.

— Et vous comprenez cette langue ?

— Bien sûr, je la parle depuis que je suis gamin. Angelo n'aimait pas parler italien, lui. Il voulait oublier le passé et être un vrai Américain. Il parlait anglais sans accent. Enfin, presque.

Santoro se rengorgea. Judy serra les dents.

— Vous êtes donc certain, monsieur Bello, qu'il s'agissait de la voix de M. Lucia et pas de celle de M. Coluzzi ?

— Je la connais, la voix d'Angelo. Et puis, c'est lui qui est mort.

— Qu'avez-vous fait ensuite, monsieur Bello ?

— J'ai couru dans la pièce du fond et j'ai vu Angelo par terre, sous les étagères métalliques qui lui étaient tombées dessus. Je lui ai tâté le pouls, mais il était bien mort et sa tête avait une position pas normale.

— Qu'ont fait MM. LoMonaco et Pensiera ?

Judy souleva pour le principe une objection que le juge rejeta.

— Ils ont dit à M. Lucia de filer et ils sont partis ensemble.

— Qu'avez-vous fait alors ?

— J'ai appelé la police, ils sont arrivés, ils ont emporté Angelo et c'est tout.

Judy n'avait jamais entendu rendre compte d'un crime avec autant d'indifférence. Santoro allait devoir offrir au gros Jimmy plusieurs kilos de raviolis pour le décider à verser une ou deux larmes au procès. Pour le moment, en tout cas, l'accusation semblait satisfaite des déclarations de son témoin.

— Je n'ai pas d'autre question à poser à ce témoin, Votre Honneur, dit Santoro en regagnant sa place.

Judy se leva afin de procéder au contre-interrogatoire.

— Monsieur Bello, veuillez nous préciser où vous vous teniez lorsque vous avez entendu M. Lucia crier : « Je vais te tuer. »

— Je sortais des toilettes et je m'asseyais au bar quand M. LoMonaco et M. Pensiera m'ont dit que M. Lucia était dans la pièce du fond.

Elle revit par la pensée la disposition des lieux.

— À quelle distance le bar se trouve-t-il de la pièce du fond ?

— Dans les trois, quatre mètres, pas plus.

— Sur quel siège étiez-vous assis, devant le bar ?

— Celui du milieu.

— Vous buviez quelque chose ?

— J'allais me servir, mais je n'ai pas eu le temps.

— Et qu'alliez-vous consommer ?

— Du café.

Lors de cet échange, Judy n'avait pas cessé de prendre des notes ou, du moins, de faire semblant. Prendre des notes pendant la déposition d'un témoin lui donne l'impression qu'on rassemble des éléments déterminants et qu'on est prêt à le confondre.

— Pas d'alcool dans ce café ?

— Non, rien.

— Bien. Vous dites avoir entendu M. Lucia crier : « Je vais te tuer. » Vous n'avez rien entendu d'autre ?

— Non.

— Vous n'avez pas entendu parler Angelo Coluzzi ?

— Non.

Pas même avouer un double assassinat ? s'abstint-elle d'ajouter. Santoro la regardait d'un air perplexe. Il doit se demander ce qui avait pu se dire dans cette pièce du fond, pensa Judy, et c'est tant mieux.

— Passons à autre chose si vous le voulez bien, monsieur Bello. Êtes-vous marié ou célibataire ?

— Divorcé.

— Avez-vous un lien de parenté avec la famille Coluzzi ?

— Oui.

— Lequel ?

— Je suis un arrière-cousin, je crois. Mon père, Guido, était marié à une cousine Coluzzi.

— Je vois. Et vous travaillez pour la famille Coluzzi, n'est-ce pas ?

— Oui.

— Quelles sont vos fonctions ?

— Je travaille dans les bureaux.

— Quel genre de travail ?

— Je faisais tout ce qu'Angelo me demandait de faire.

— Vous étiez son assistant, en quelque sorte ?

Santoro souleva une objection, que le juge rejeta :

— La défense a le droit de savoir ce qui concerne le principal témoin de l'accusation, monsieur Santoro. N'êtes-vous pas de cet avis ?

Sûrement pas, pensa Judy tandis que Santoro se rasseyait.

— Donc, monsieur Bello, reprit-elle, vous étiez l'assistant personnel de M. Angelo Coluzzi ?

— Oui, si on veut.

— L'êtes-vous resté pour John ou Marco Coluzzi ? Dans le cadre de leurs nombreuses affaires ? ne put-elle s'empêcher d'ajouter.

— Pour toute la famille, oui. Je rends des services, quoi.

Judy feignit de ne pas voir le regard décontenancé que l'homme de main des Coluzzi leur lançait en donnant sa réponse. Elle ne voulait surtout pas que l'un ou l'autre lui signifie de se taire, car elle entendait tirer profit de la réponse de Bello et la développer devant le jury.

— Et depuis combien de temps êtes-vous l'assistant de la famille Coluzzi, monsieur Bello ?

— Trente-cinq ans.

— Fort bien. Combien gagnez-vous, en qualité d'assistant ?

Santoro se leva d'un bond :

— Objection ! Ceci est...

Judy ne lui laissa pas le temps de finir :

— Votre Honneur, il n'est pas hors de propos, je crois, de déterminer que le témoin de l'accusation est salarié par la famille.

— Je vous l'accorde, répondit le juge. Mais terminez rapidement.

— Merci, Votre Honneur, dit Judy en souriant. Monsieur Bello, vous nous disiez être salarié des Coluzzi. Veuillez préciser pour combien de dollars.

Bello prit le temps de réfléchir à la différence entre ce qu'il se mettait dans les poches et ce qu'il déclarait.

— Quinze mille par an, dit-il enfin.

Toi, mon bonhomme, il te faudra un bon avocat si le fisc met son nez dans tes affaires, pensa Judy en refermant son bloc-notes.

— Je n'ai pas d'autres questions pour ce témoin, Votre Honneur.

— Parfait. Votre prochain témoin, monsieur Santoro ?

— J'appelle le Dr Patel, déclara le premier substitut.

Le médecin légiste s'approcha du box, déclina son identité et ses qualités et prêta serment avant de prendre place.

— Vous avez procédé à l'autopsie d'Angelo Coluzzi, docteur ?

— En effet, le lendemain du dépôt du corps à la morgue. Le 18 avril, si je ne me trompe.

— Avez-vous pu, docteur, vous former une opinion sur les causes et les circonstances du décès d'Angelo Coluzzi ?

— Selon mes constatations, j'estime que la mort est consécutive à un homicide et a été provoquée par la fracture de la vertèbre cervicale C3.

— En termes profanes, docteur Patel, peut-on dire qu'on a brisé le cou de la victime ?

— En effet.

— Je vous remercie, docteur. Je n'ai pas d'autres questions.

Pendant que Santoro se rasseyait, Judy se leva, armée de son bloc-notes.

— Le précédent témoin, docteur Patel, a indiqué que le défunt était tombé sous des rayonnages métalliques qu'il aurait entraînés dans sa chute. Cette chute serait-elle liée au décès de M. Coluzzi ?

Non sans impatience, le juge rejeta l'objection que Santoro s'était empressé de soulever.

— Poursuivez, maître Carrier. Et ne traînez pas trop, je vous prie. Le témoin peut répondre à votre question.

— Le défunt était déjà mort au moment de sa chute, affirma le docteur Patel.

Judy voulut préciser. Ce détail éviterait de susciter la compassion du jury au cours du procès.

— En êtes-vous certain, docteur ?

— Absolument certain.

— Je n'ai pas d'autres questions, dit Judy en allant se rasseoir.

Le juge ouvrait déjà le prochain dossier sur la pile devant lui.

— Monsieur Lucia, déclara-t-il, l'accusation a apporté des preuves suffisantes pour maintenir à votre encontre l'inculpation de meurtre. En conséquence, vous comparaîtrez aux dates et dans les conditions qui vous seront communiquées par votre défenseur.

— Merci, Votre Honneur, répondirent à l'unisson Judy et Santoro.

C'était là, sans doute, leur dernière manifestation d'unanimité.

— Et maintenant, dit Judy à Tony, il faut vous faire sortir d'ici.

Comme ils en étaient convenus, Frank quitta sa place dans le public pour se mettre derrière Tony tandis que deux gardes l'encadraient, comme ils le feraient pour un prisonnier remmené en cellule. Tony gagnerait ainsi sous bonne escorte la sortie devant laquelle attendait la voiture de location affrétée par Frank.

— Je me suis arrangée pour que vous passiez par la porte réservée aux prisonniers, dit Judy. Vous ne risquerez rien.

— J'ai pas peur, répondit calmement Tony.

Dans la salle, le groupe Lucia s'attardait afin de s'assurer que Tony quittait le tribunal en vie. Le clan Coluzzi se retirait avec lenteur, Marco avec sa mère, John restant en arrière pour attendre le gros Jimmy. Les deux hommes fixaient Judy. Si les regards pouvaient tuer, ils auraient déjà eu les menottes aux poignets.

Leur départ s'éternisant, le juge fit retentir son marteau :

— Évacuez la salle, je vous prie. Sortez tous immédiatement, dit-il avec une autorité dont il n'avait pas fait preuve durant l'audience.

— Vous le tenez bien ? demanda Judy à Frank et aux gardes.

— Ne t'inquiète pas pour lui, répondit Frank avec un sourire crispé. Soucie-toi plutôt de toi-même.

— Nous sommes prêts, monsieur Lucia, dit un des gardes.

Mais Frank ne bougeait toujours pas.

— Nous n'irons nulle part tant que cet énergumène n'aura pas déguerpi et que Mlle Carrier ne sera pas en sûreté, gronda-t-il.

Le garde suivit la direction du regard de Frank.

— Retirez-vous, monsieur Coluzzi ! cria-t-il à John. Nous ne voulons pas que vous provoquiez encore des troubles.

— Dites-le donc à cet individu ! rugit Coluzzi en montrant Tony.

Le juge donna un bruyant coup de marteau.

— Évacuez immédiatement la salle, monsieur Coluzzi, ou je vous inculpe d'outrage à magistrat ! Gardes !

Deux gardes se précipitèrent pour expulser John Coluzzi et le gros Jimmy Bello. Frank se tourna vers l'un des deux gardes commis à la protection de Tony :

— Vous accompagnerez Mlle Carrier jusqu'à la sortie, d'accord ?

— Oui, bien sûr, répondit l'homme sans conviction.

Judy ne se fit pas d'illusion, le garde la « perdrait » au détour d'un couloir. Jusqu'au jour du procès, elle serait forcée de s'entourer d'un luxe de précautions, sinon d'avoir des yeux derrière la tête.

— Je t'appellerai dès que je pourrai, lui dit Frank en prenant Tony aux épaules d'un bras protecteur. Merci pour tout.

Judy se força à sourire. Et en le voyant s'éloigner avec Tony et les gardes, elle se demanda quand elle le reverrait.

LIVRE QUATRE

Vers 1870... ces communautés homogènes avaient déjà constitué les quartiers, ou « villages urbains », de l'Amérique moderne. Le cas des Italiens présentait une anomalie sociologique qui, depuis, tend à marquer la plupart des groupes ethniques dans les sociétés complexes. Dotée d'un ordre interne qui lui était propre et d'une relative autonomie, la communauté italienne de Philadelphie formait par elle-même une société soudée et séparée des autres.

Richard JULIANI, *Les Italiens de Philadelphie avant l'immigration de masse (1998)*

Fratelli, flagelli
La fureur de frères est la fureur du Diable.

Proverbe italien

28

La tristesse dans le regard de Judy en voyant Frank s'éloigner n'avait pas échappé à Tony. Il s'en affligeait pour ces amoureux qui n'étaient pas encore amants, car c'était un sentiment qu'il connaissait bien et dont le souvenir restait au plus profond de lui-même. Il aurait voulu dire à Frank de retourner près d'elle, de courir vers elle sans se soucier de lui. Mais il n'avait pas pu parler, car les gardes le tenaient chacun par un bras et le poussaient rudement, comme le font toujours les policiers même quand c'est inutile. Frank, qui marchait derrière eux et que Tony ne pouvait pas voir, lui avait dit que la police travaillait cette fois pour eux, qu'elle veillait sur leur sécurité, mais Tony avait été témoin dans sa vie de choses que son petit-fils ne verrait jamais. Il savait que la police ne travaillait pour personne que pour elle-même, que ces hommes traitaient les autres durement parce qu'ils jouissaient de leur sentiment de puissance. Les Coluzzi, eux aussi, prenaient plaisir aux souffrances qu'ils infligeaient. Le vice était si profondément ancré en eux qu'il coulait dans leurs veines.

Les policiers le forçaient à courir dans un long couloir blanc, puis dans un autre à angle droit, à gauche, à droite, à gauche, à droite avant de dévaler un escalier et d'en remonter un autre, si vite que Tony avait le vertige de ces tours et détours, sans repères, incapable de reconnaître ces couloirs tous semblables.

Il se sentit bientôt comme un mulot perdu dans un champ, désorienté et vulnérable. Les jambes flageolantes et les mains moites, la peur de la police lui nouait l'estomac comme elle l'avait fait si longtemps auparavant, lorsque sa terreur était bien réelle. Et ce n'était pas pour lui qu'il avait eu peur, mais pour Silvana.

Cela se passait le deuxième dimanche d'août. Il ne pouvait pas l'oublier, car c'était le jour du Tournoi des Chevaliers, une fête qui se déroulait à Mascoli depuis le XVe siècle. Tony n'y avait jamais assisté, il n'avait pas de temps à consacrer à ce genre de distractions et ne se serait pas rendu à celle-là s'il n'avait eu l'espoir d'y revoir Silvana.

Depuis leur baiser symbolique, deux mois plus tôt, par tomates interposées, ils avaient échangé de vrais baisers d'amoureux et se rencontraient régulièrement. Ces jours-là, Tony mettait dans un panier du fromage, des olives, des tomates, un pain frais et une bouteille de vin. Silvana sortait de chez elle sous un prétexte ou un autre et rejoignait Tony dans les collines dominant Mascoli, mais ces rendez-vous n'avaient lieu que pendant la journée. Ils étendaient une couverture sur l'herbe et, tandis que la mule broutait, ils parlaient sans fin, se faisaient des confidences, riaient, s'embrassaient. Tony en venait à aimer la campagne de la Marche autant que celle de ses chères Abruzzes, moins cependant qu'il n'aimait Silvana. Au cours de ces conversations à cœur ouvert, elle lui disait parfois qu'elle continuait à voir Coluzzi de temps en temps le soir, car elle appréciait la puissance et les idées politiques des fascistes, ce que Tony ne pouvait pas comprendre et avait le plus grand mal à admettre de sa bien-aimée Silvana. En fait, la situation ambiguë où ils se trouvaient tous les trois était de celles que créent souvent les femmes lorsqu'elles ne peuvent se décider à choisir entre deux soupirants dont elles font ainsi des rivaux.

Tony rongeait son frein en attendant la décision de Silvana, car il savait que lui forcer la main serait de la folie. Sa mère lui conseillait la patience. Son père, plus au fait de la politique, s'inquiétait de savoir son fils en concurrence avec une Chemise noire et le pressait d'oublier Silvana. Mais Tony ne pouvait pas s'y résigner. Il préférait attendre et ajournait la demande en mariage qui lui venait aux lèvres à chacun de leurs baisers parce qu'il la sentait prématurée. Puis, le jour du Tournoi venu et sachant que Silvana et sa famille ne manqueraient pas d'y assister, il avait pris le chemin de Mascoli dans l'espoir de voir la jeune fille, d'être présenté à ses parents et, peut-être, d'avoir ce jour-là l'audace de leur demander sa main.

Plus il s'approchait de la ville, plus la route était encombrée de piétons, d'automobiles, de cyclistes, de chevaux et de charrettes. Tony préféra attacher sa mule à un arbre près de la route de peur que ce tintamarre ne l'effraie et gagner à pied la place où devaient avoir lieu les cérémonies d'ouverture et le départ du défilé. Mais, comme il avait perdu du temps à chercher Silvana, le cortège était déjà en marche lorsqu'il le rejoignit. De là où il était, en queue du défilé, il entendait la musique, apercevait le maire et les personnalités à cheval ; des centaines de figurants suivaient à pied, eux aussi en costumes médiévaux. Ici et là, des groupes de Chemises noires les encourageaient à grand renfort d'applaudissements et de slogans patriotiques, mais Tony ne reconnut pas Coluzzi parmi eux.

Enfin parvenu sur la grand-place de la ville, la piazza del Popolo, où devait se dérouler le tournoi, Tony suffoquait tant la foule était dense et la bousculade forte. Il avait en vain cherché Silvana dans les rues et, bien entendu, il était impossible de la découvrir au milieu d'une telle affluence. En jouant des coudes, il se fraya un passage jusqu'au milieu de la place, où il pouvait au moins respirer un peu mieux et observer la foule plutôt que de rester noyé dans la masse. C'est alors qu'il vit Angelo Coluzzi.

Il paradait en grande tenue sur une estrade avec d'autres dignitaires du Parti et leurs familles. Le menton en avant, dans l'attitude prétentieuse du Duce présidant une parade militaire, il toisait les cavaliers déguisés en chevaliers du Quattrocento qui entraient en lice. Tony jugea plus sage de s'éclipser, mais Coluzzi se détourna à cet instant-là du spectacle pour parler à l'un de ses acolytes et reconnut Tony avant qu'il ait pu se fondre dans la cohue.

Un long moment, le fasciste arrogant et l'humble paysan, devenus ennemis parce qu'ils aimaient la même femme, se lancèrent des regards haineux par-dessus la foule. Les chevaliers galopaient, passaient et repassaient entre eux dans le fracas du galop des chevaux, mais ils ne voyaient chacun rien d'autre que son rival, ils n'entendaient même plus les cris et les rires, les applaudissements ou les huées. Puis, un mouvement de foule cacha Coluzzi au regard de Tony. Quand son champ de vision redevint libre, Coluzzi avait disparu.

Tant mieux, pensa Tony. Bon débarras, sale porc. Comment Silvana pouvait-elle trouver le moindre attrait à ce fantoche gonflé comme une outre, plus creux, plus faux que ces simulacres de chevaliers déguisés pour amuser la populace ? Quand Tony avait raconté à Silvana la manière dont Coluzzi et ses âmes damnées avaient rossé le malheureux pharmacien, elle lui avait cherché des excuses et affirmé que l'homme devait avoir des torts. Les femmes sont-elles vraiment attirées par le prestige d'un uniforme clinquant, par le faux or des épaulettes ? Avec un soupir, Tony se replongea dans la foule.

Il s'efforçait de chercher Silvana des yeux quand il se sentit soudain empoigné par les bras et par le col de sa chemise, serré à l'étrangler. Son cri de protestation fut vite étouffé par un coup de poing sur la mâchoire. Au moins une dizaine de Chemises noires l'entouraient, le tiraient par les bras en laissant ses pieds traîner sur les pavés. Tony se débattit de son mieux car, depuis qu'il avait vu ce qui était arrivé au pharmacien, il savait que personne ne viendrait à son aide. Mais plus il tentait d'échapper à ses ravisseurs, plus ils le bourraient de coups de poing, et Tony, fou de douleur, fut vite hors d'état d'opposer la moindre résistance.

Inerte, il se laissa entraîner par des rues étroites comme des corridors, tournant à gauche, à droite, à gauche encore. Le plaisir évident qu'ils prenaient à le maltraiter aggravait les souffrances de Tony. Il ne savait plus où il était ni pourquoi ils l'emmenaient ainsi. Les rues qu'il voyait défiler dans un brouillard de douleur finissaient par se ressembler toutes, ce qui, pour une raison qu'il ne s'expliquait pas, l'effrayait plus encore que les coups qu'il recevait. Ils s'arrêtèrent enfin sur une étroite placette et recommencèrent à le rouer de coups de poing et de coups de pied. Quand Tony tomba à terre, ils le battirent de plus belle jusqu'à ce qu'il perde connaissance.

Il était résigné à mourir de la main de ses bourreaux quand les coups cessèrent. Plus qu'à demi inconscient, incapable de bouger, de se relever, il ne sentait plus la douleur. Il baignait dans un calme aussi complet que celui des collines où il rencontrait Silvana. Le silence régnait. Toujours plongé dans une bienheureuse torpeur, Tony ouvrit les yeux en s'attendant à découvrir la gloire de Dieu en son paradis.

Au lieu du Tout-Puissant, il ne vit que Coluzzi penché sur lui. Le Diable en personne.

— Félicitations, l'ami, ricana Coluzzi.

Tony ne comprit pas ce qu'il voulait dire.

— Hein ?

— J'ai une bonne nouvelle à t'apprendre, paysan. Tu ne te doutes pas laquelle ? Alors, jouons aux devinettes. Quelle nouvelle ?

Trop faible pour parler, Tony ne répondit pas. Coluzzi lui lança un coup de pied dans la hanche qui le fit gémir de douleur.

— Parle, chien ! Demande-moi quelle nouvelle j'ai pour toi.

Toujours incapable d'articuler un mot, Tony garda le silence, ce qui lui valut un nouveau coup de pied.

— Eh bien, puisque tu ne veux pas parler, je vais te la dire quand même. Notre petite putain t'a choisi, toi.

Tony ne pouvait en croire ses oreilles. Silvana l'avait vraiment choisi ? Oui, puisque le porc immonde le lui disait ! Il eut soudain dans la bouche le goût du plus exquis des fruits, jusqu'à ce qu'il se rende compte que c'était celui de son propre sang et que le moment le plus merveilleux de sa vie était aussi le plus atroce.

Car, si Silvana l'avait choisi, lui Tony, Coluzzi ne pouvait pas la laisser vivre. Tony aurait dû le prévoir, mais il avait fermé les yeux sur les conséquences de ses actes. S'il en avait pris conscience assez tôt, il n'aurait pas fait la cour à Silvana. Maintenant, il était trop tard. Il avait mis en danger la vie de sa bien-aimée.

Un flot de larmes lui monta aux yeux, son cœur faillit éclater de terreur et de chagrin. Et avant de perdre de nouveau connaissance, un dernier cri lui échappa :

— NON !

— Non ! cria Tony entre les gardes qui l'entraînaient.

Le cœur battant, haletant, il essayait de se débattre. Mais les gardes le tenaient trop fermement. Ils étaient au moins dix…

— Grand-père ! cria Frank derrière lui. Qu'est-ce qui ne va pas ?

— Non ! Non ! continuait de crier Tony.

Il bredouillait en italien des mots incompréhensibles pour les hommes en uniforme qui le cernaient et le brutalisaient.

— Lâchez-le ! leur cria Frank. Vous lui faites peur, lâchez-le !

Tout à coup, Tony se sentit libéré de la poigne de ses tortionnaires et se retrouva dans les bras de son petit-fils qui le serrait sur sa poitrine, lui murmurait en italien des paroles apaisantes, d'une voix aussi douce que celle de son père quand il était petit. Sa langue natale, plus mélodieuse que la plus belle des musiques, le calma comme une berceuse, détendit ses muscles crispés, adoucit l'amertume de sa peine, si bien qu'il se laissa sans honte bercer comme un enfant.

Émergeant de son cauchemar, il rêva l'espace d'un instant que son fils Frank était encore près de lui, que sa Silvana bien-aimée ne l'avait pas quitté. Et il vit dans son rêve qu'ils vivaient tous ensemble, dans le parfait bonheur d'une famille aimante et réunie pour l'éternité.

29

En sortant du tribunal, Judy se hâta de regagner le bureau où l'attendait une montagne de travail. Le procès n'aurait lieu que dans plusieurs mois, mais elle avait découvert à l'audience certains éléments qu'elle voulait exploiter sans perdre de temps, et ses autres dossiers, honteusement négligés, exigeaient son attention immédiate.

Judy prit au passage son courrier, ses messages téléphoniques et la presse du jour.

— Ils sont arrivés ? demanda-t-elle à la réceptionniste.

— Oui, il y a dix minutes.

— Voulez-vous leur dire que je les rejoins tout de suite ? Je voudrais d'abord déposer tous ces papiers dans mon bureau.

Elle traversa le hall au pas de course et eut la surprise de trouver Murphy assise à sa place.

— Qu'est-ce que tu fais là ? voulut-elle savoir.

Murphy se leva, gênée. En chemisier de soie et minijupe de la taille d'un timbre-poste, coiffée à ravir, les lèvres peintes à la perfection, elle paraissait parfaitement déplacée derrière le bureau de Judy.

— Je ne commettais pas d'indiscrétions, rassure-toi, dit-elle en s'écartant. J'étais juste venue t'apporter quelque chose.

Judy posa son chargement sur le bureau déjà trop encombré.

— C'est là.

Elle contourna le bureau et, entre un vieux gobelet de café et du courrier en souffrance, elle découvrit un document tout frais sorti de l'imprimante : ses conclusions – mais terminées.

— C'est mon texte !

— Oui, le début du moins. Je savais que tu étais trop occupée pour le finir, alors j'ai étudié le dossier et je l'ai complété. Fais les corrections que tu voudras, je les remettrai au propre. J'en donnerai ensuite une copie à Bennie et, si cela lui plaît, je ferai suivre.

Judy le parcourut rapidement. L'introduction, l'analyse des lois applicables, les déclarations de principes, c'était irréprochable. Ainsi, pensa-t-elle, cette petite garce cherche à se faire bien voir de Bennie à mes dépens ! Elle s'apprêtait à éclater quand elle vit que son nom figurait à la dernière page, pas celui de Murphy.

— Si ce que j'ai fait ne te convient pas..., commença Murphy.

Judy fut sincèrement touchée. Jusqu'à présent, seule Mary avait été gentille avec elle. Or Mary était une sainte. Alors, Murphy aurait agi par pur altruisme ? Aurait-elle une arrière-pensée ?

— Mais non, c'est parfait. Je ne sais pas comment te remercier.

— Si je peux faire autre chose, n'hésite pas, offrit Murphy.

— Non, tout est parfait. Merci encore.

— De rien, voyons. Mais si tu tiens à me remercier, invite-moi donc à déjeuner, déclara Murphy avant de se retirer.

Arborant encore leurs beaux costumes endossés pour l'audience, les Tony et M. Di Nunzio étaient assis autour de la longue table de noyer dans la salle de conférences. Devant eux fumaient des gobelets de café et, entre les blocs et les crayons, trônait une boîte de la taille d'un gros cartable portant en belle cursive la marque *Capaciello's*.

— Qu'est-ce que c'est ? demanda Judy.

— Un petit quelque chose pour vous remercier de ce que vous faites pour Tony, l'informa M. Di Nunzio en souriant.

— Vous pensiez peut-être qu'on allait venir les mains vides ? précisa Tony-du-bout-de-la-rue. Ce ne serait pas correct.

— Ouvrez donc la boîte, nos cafés refroidissent, ronchonna Tony-les-pieds. Vous nous avez fait attendre.

— Tout de suite, patron.

Elle défit la ficelle et libéra de délicieuses odeurs en soulevant le couvercle. La boîte était pleine de pâtisseries assorties, aux formes les plus variées dont Judy ne reconnut aucune. Dans sa famille, on s'était toujours contenté de donuts et de brownies.

— C'est trop gentil. Merci, messieurs.

Chacun se servit au prix d'hésitations qui menaçaient de s'éterniser. À la fin, Judy n'y tint plus :

— Passons aux choses sérieuses, si vous le voulez bien. Je vous ai demandé de venir pour plusieurs raisons…

— Vous avez des assiettes ? l'interrompit Tony-les-pieds, son gâteau à la main.

— Nous sommes une firme juridique, pas un restaurant. Tenez, dit-elle en arrachant des pages d'un bloc qu'elle leur tendit, servez-vous de ceci. Et maintenant…

— Vous ne mangez rien, Judy ? s'étonna l'autre Tony.

— Non merci, j'ai déjeuné avant de venir.

— Et alors ? Voilà le dessert. Tout le monde y a droit.

— Non merci, je n'ai vraiment pas faim.

— Alors, si vous ne mangez pas, je peux fumer un cigare ?

— Non ! lança Judy d'un ton sans réplique. Et maintenant, écoutez-moi, je vous prie. Nous employons les services d'un excellent enquêteur, mais il est absent en ce moment et…

— Du café ? s'enquit M. Di Nunzio en brandissant la cafetière.

— Il est tout frais, précisa Pieds en essuyant ses lèvres couvertes de sucre glace. Nous l'avons fait nous-mêmes, la fille à l'entrée nous a montré comment.

— Messieurs, messieurs, écoutez-moi, je vous en prie ! Nous étions tous ensemble à l'audience et nous y avons entendu des choses intéressantes. Pouvez-vous me dire quelle est la plus importante ?

M. Di Nunzio leva la main. Judy lui donna la parole.

— Je ne savais pas que le gros Jimmy avait entendu Tony dire à Coluzzi : « Je vais te tuer. »

— Exact, mais ce n'est pas la réponse que je cherche. Dites-moi quand même pourquoi cela vous intéresse. Avez-vous entendu Tony quand il l'a dit, vous ?

— Bien sûr, nous l'avons tous entendu, n'est-ce pas vous autres ? Je m'étonne seulement que le gros Jimmy l'ait entendu lui aussi, il fait toujours comme s'il n'entendait rien. Tony devait parler plus fort que d'habitude.

Judy laissa échapper un soupir. Il y avait donc quatre témoins prêts à jurer que son client avait proféré des menaces de mort. Un client, plus grave encore, qui se reconnaissait lui-même coupable.

— Vous n'avez rien entendu de ce que disait Coluzzi quand ils étaient tous les deux dans la pièce du fond ?

— Non, rien, répondit M. Di Nunzio, ce que les autres confirmèrent d'un signe de tête.

— Pourquoi ? s'enquit Pieds avec un sourire encourageant. Il a dit quelque chose que nous aurions dû entendre ?

Judy refusa de se laisser entraîner sur cette pente glissante. Son travail ne consistait pas à susciter des faux témoignages.

— Non, vous n'avez rien entendu de plus que ce que vous avez entendu ! À part cela, quelqu'un a-t-il trouvé autre chose d'intéressant dans les témoignages de ce matin ?

Tony-du-bout-de-la-rue leva son cigare éteint :

— Oui, ça m'intéresse de savoir que le gros Jimmy n'est plus avec Marlène, je n'en avais pas encore entendu parler. Un sacré numéro, cette Marlène. Et elle gagne bien sa vie.

— Ce n'était pas non plus ce que j'attendais, mais c'est intéressant quand même, commenta Judy.

— Moi, c'est ce que j'attendais, déclara Tony.

— Je croyais que tu avais dégotté une fille sur Internet, lui reprocha M. Di Nunzio. En Floride.

— Elle croit que j'ai vingt-cinq ans, la pauvre. De toute façon, c'est une vraie fille qu'il me faut. Une rousse comme Marlène, tiens.

— C'est pas une vraie rousse, ricana Pieds.

— Et alors ? J'ai une oreille qui marche plus et la prostate grosse comme un ballon de foot, je vais pas chipoter sur ses cheveux, non ?

Judy regretta de ne pas avoir de règle pour taper sur la table et rappeler à l'ordre sa classe indisciplinée.

— Et vous, Pieds ? Avez-vous entendu quelque chose d'intéressant à l'audience ?

— Oui, j'ai appris que le gros Jimmy ne gagnait que quinze patates pour sucer Angelo Coluzzi.

— Pas de grossièretés ! le rabroua M. Di Nunzio.

— Surtout devant une fille, renchérit l'autre Tony.

— Bon, je n'aurais peut-être pas employé la même expression, mais c'est à peu près ce que je cherchais, dit Judy. Le gros Jimmy a déclaré avoir travaillé plus de trente ans pour Coluzzi, c'est un bail. Qu'est-ce qu'il faisait pour justifier son salaire, à part ce que vous avez suggéré ? Vous le savez, monsieur Di Nunzio ?

— Pas vraiment. Je ne faisais pas partie du club, comme eux.

— Le gros Jimmy ne quittait pas Angelo, intervint Pieds. Il lui servait de chauffeur, il l'accompagnait au club, aux courses, partout.

— Oui, approuva l'autre Tony, parce que le Gros la fermait et laissait Angelo le traiter comme un toutou.

— J'aurais pas voulu sa place pour des millions, commenta Pieds.

— Moi non plus, approuva M. Di Nunzio.

— Tout cela est bel et bon, déclara Judy, mais voilà où je voulais en venir. Nous savons que le fils et la belle-fille de Tony-pigeon sont morts l'année dernière dans un accident de voiture et que Tony est convaincu qu'Angelo Coluzzi en était responsable. Dites-moi exactement comment l'accident s'est produit. À quel endroit, d'abord.

— À la sortie de la 95, répondit M. Di Nunzio. Tu sais, à l'endroit où la route remonte juste avant de rentrer en ville par un passage supérieur. La police estime que Frank avait perdu le contrôle de son véhicule, parce qu'il était fatigué et s'était endormi ou quelque chose comme ça. La voiture a défoncé le rail et est tombée en dessous.

— Je vois. Est-elle tombée sur quelque chose ou quelqu'un ?

— Non, à cette heure-là il n'y avait pas de circulation. Il paraît que les Lucia sont morts sur le coup. Au moins, ils n'ont pas souffert.

— C'étaient de braves gens, commenta Pieds. Frank avait le cœur sur la main, il aurait donné sa chemise. Il travaillait quelquefois pour mon cousin et moi sans se faire payer. Sa Gemma, ma femme l'adorait. Ils ne méritaient pas de partir comme ça, tous les deux.

À leurs mines affligées Judy comprit qu'ils n'avaient pas encore surmonté leur tristesse de la mort tragique des Lucia.

— Personne ne mérite une fin comme celle-là, renchérit Tony-du-bout-de-la-rue. Sauf mon ex-femme.

Sa boutade fit rire les autres et détendit l'ambiance.

— Si ce n'était pas un accident mais un crime, et si nous pouvons le prouver au procès, dit Judy, nous pourrons peut-être obtenir une réduction des charges qui pèsent sur Tony. Et si Coluzzi en était vraiment l'instigateur, je parie que le gros Jimmy était dans le coup.

M. Di Nunzio reposa son gobelet de café sur la table.

— Je ne suis pas de ton avis, Judy. C'était sûrement un accident. Angelo Coluzzi était peut-être au-dessus des lois dans l'ancien pays et dans l'ancien temps. Mais ici, à Philadelphie ? De nos jours ?

Tony-du-bout-de-la-rue avait écouté en mâchant son cigare éteint.

— Ils ont pourtant bien flanqué une bombe sous la bagnole de Judy, non ? Cette ordure d'Angelo était capable de tout, et ça ne m'étonnerait pas qu'il ait maquillé son coup pour faire croire à un accident. Surtout la nuit sur l'autoroute, c'est facile.

— Moi, j'ai toujours pensé que c'était Coluzzi, déclara l'autre Tony avec gravité. Toujours.

— Pourquoi ? lui demanda Judy.

— Parce que Coluzzi haïssait Tony-pigeon. Il voulait le ruiner, le détruire. Coluzzi était un salaud, et je suis sûr qu'après avoir tué Frank il aurait tué Frankie.

Judy ne put retenir un frisson.

— Eh bien, notre travail est tout tracé. Je vous demande à tous de m'aider, mais à une condition. Il faut que vous me fassiez une promesse avant que je vous confie à chacun votre mission.

— Laquelle ? voulut savoir M. Di Nunzio.

— Personne ne dira rien à Frank. D'accord ?

Un hochement de tête unanime lui répondit. Les conspirateurs du quatrième âge barbouillés de sucre glace étaient prêts à passer à l'action.

30

Lorsque Marlène Bello ouvrit la porte de sa maison de brique, Judy comprit ce qu'avait voulu dire Tony-du-bout-de-la-rue. Portant ses quelque soixante ans avec grâce et féminité, baignée dans les effluves d'un parfum entêtant, ses cheveux auburn serrés en chignon et ses grands yeux marron maquillés avec art, elle avait un petit nez impertinent et des lèvres généreuses que soulignait un rouge d'une nuance rouille à la dernière mode. Les plis qui encadraient sa bouche et les pattes-d'oie ses yeux venaient à l'évidence non d'un caractère revêche, mais d'une longue pratique du sourire et de la bonne humeur.

— Vous désirez ? demanda-t-elle avec un sourire confirmant les déductions de Judy.

— Je m'appelle Judy Carrier et je voudrais vous parler. Une minute, pas plus.

— Ah ! Je fais du porte-à-porte depuis des années, ma petite, je sais ce que c'est. Alors, qu'est-ce que vous vendez ?

— Je suis avocate et…

— Avocate ? Vous voulez rigoler ! Les avocats en sont à tirer les sonnettes, maintenant ? Quels produits vous proposez ? Testaments, contrats de mariage, des trucs comme ça ?

Son pantalon moulait des jambes parfaitement galbées et un ventre plat, probablement gagné à grand renfort de séances de gym. Son T-shirt rose, avec l'inscription MARY KAY COSMETICS, révélait un décolleté à faire pâlir d'envie bien des jeunes filles. Venue en taxi par souci de discrétion, Judy balayait d'un regard inquiet la rue qui restait heureusement déserte. La nuit tombait, un match de l'équipe de base-ball passait à la télévision et tout le monde était devant son poste.

— Non, je n'ai rien à vendre, se défendit-elle. Je peux entrer ? Il s'agit de votre mari, Jimmy.

— Une avocate qui cherche Jimmy ? Elle est bien bonne celle-là ! dit Marlène avec un ricanement amer. De toute façon, il n'habite plus ici et vous ne récupérerez jamais l'argent qu'il vous doit.

Elle allait lui refermer la porte au nez quand Judy glissa son cartable dans l'entrebâillement. Marlène apprécia en connaisseur :

— Bien joué !

— Madame Bello, euh... Marlène, laissez-moi entrer, je vous en prie. Je cherche de l'aide, pas de l'argent. Je représente Tony Lucia contre les Coluzzi. J'ai interrogé le gros Jimmy hier au tribunal...

— Pourquoi ne l'avoir pas dit tout de suite ? l'interrompit Marlène avec un large sourire. Les ennemis de Jimmy sont mes amis !

Quelques minutes plus tard, Judy se retrouva attablée dans la cuisine devant un café fumant. La pièce était de la même taille que celle des Di Nunzio, mais plus moderne.

— Alors, qu'est-ce que vous voulez savoir ? demanda Marlène.

Judy se sentait déjà à l'aise avec elle, et le sourire lui vint naturellement aux lèvres.

— Vous savez sans doute qu'il y a depuis longtemps une vendetta entre les Lucia et les Coluzzi.

— Bien sûr, tout le monde est au courant dans le quartier. Mais moi, je ne suis plus dans le coup comme avant, je n'ai plus le temps de bavarder avec les filles depuis que j'ai monté mon affaire avec Mary Kay. Un peu de fond de teint ne vous ferait pas de mal, d'ailleurs, estima-t-elle en scrutant le visage de Judy. Surtout avec un ensemble aussi sombre. Qu'est-ce que vous vous mettez sur la peau ?

— Rien.

Marlène écarquilla les yeux, incrédule :

— Quoi, rien du tout ?

— Non, rien.

— Vous vous foutez de moi !

— Je ne me fous pas de vous.

— Pas étonnant que ça ait l'air naturel ! dit Marlène en éclatant de rire.

— Le naturel, c'est ma spécialité. J'en ai fait une science.

— Ça, c'est votre problème ! s'esclaffa de nouveau Marlène. Je pourrais vous arranger, vous agrandir les yeux pour faire ressortir le bleu. Vous pourriez aussi vous mettre une touche de rouge, ajouta-t-elle en pointant un ongle laqué sur les pommettes.

— Les avocats ne rougissent jamais. Est-ce que vous essayez de me vendre quelque chose, par hasard ?

— Bien sûr ! Je suis une vendeuse de premier ordre. Vous sonnez à ma porte et c'est moi qui vous vends quelque chose ! C'est fort, non ? Je suis devenue chef de vente indépendante, poursuivit Marlène, comme huit ou dix mille autres dans le pays. Mais j'ai ma Cadillac et tout ce qui va avec. Je paie mes traites, j'arrive même à mettre de l'argent de côté. Et tout ça pour les cent dollars que m'a coûté ma marmotte de démonstration. Vous pouvez rigoler si vous voulez, mais je fais des affaires et je suis ma propre patronne.

— Je n'ai pas envie de rigoler. Félicitations.

— Simple façon de parler, et merci pour les félicitations. Les produits Mary Kay sont les meilleurs des États-Unis, j'en suis la preuve. Pour une vieille peau, je ne suis pas trop moche, non ?

— Vous n'avez rien d'une vieille peau, protesta Judy en riant.

— Et pourtant… Mais je ne cherche pas à vous vendre ma camelote à tout prix. Vous êtes une brave fille et je peux vous rendre un peu plus jolie, voilà tout. Je vous donnerai quand même des échantillons avant que vous partiez. Alors, qu'est-ce que vous vouliez savoir ?

— Il était question de la vendetta.

— Oui, c'est vrai. Les journaux se sont mis à en parler, mais je suis au courant depuis belle lurette.

— J'ai l'impression que tout le monde connaît tout le monde dans le quartier. C'est vrai ?

— Oui, ici c'est un village. Chacun connaît les habitudes des autres, leurs voitures, leurs gamins, leurs problèmes. Avant, il n'y avait que des Italiens. Maintenant, il y a en plus des Vietnamiens, des Coréens, surtout au sud de Broadstreet. Au nord, les Noirs commencent à arriver. Mais ce sont tous des bons bourgeois tranquilles qui paient leurs factures et s'entendent bien avec les autres.

— Comment faites-vous pour en savoir autant ? s'étonna Judy.

— C'est mon territoire. Pour bien vendre, il faut connaître son marché. Un peu plus loin, il y a le quartier de Packer Park qui est un monde à part. Et puis, juste à côté, les Estates sont encore plus rupins. C'est là qu'habitent les Coluzzi, d'ailleurs.

Judy sortit son bloc et en prit note.

— Pendant que vous y êtes, reprit Marlène, notez que les maisons les moins chères coûtent un demi-million de dollars et qu'on trouve au moins une Mercedes dans chaque garage. Jimmy voulait toujours s'y installer, mais pas moi. J'aime bien ma maison telle qu'elle est et je ne supporte pas les snobs.

— Quels Coluzzi vivent là ? John ou Marco ?

— Les deux. Angelo aussi, et sa veuve. Leurs baraques sont toutes sur le même modèle, tape-à-l'œil et tout.

— Puisque vous êtes si bien renseignée, vous devez aussi savoir que le fils et la belle-fille de Tony-pigeon se sont tués l'année dernière dans un accident de voiture sur l'autoroute.

Marlène réfléchit un instant avant de répondre :

— Oui, j'en ai entendu parler.

— Je m'intéresse à cet accident, parce que je pense qu'Angelo Coluzzi en était responsable et, dans ce cas, je parie que Jimmy y était mêlé lui aussi.

Le sourire de Marlène s'effaça.

— Franchement, ce n'est pas impossible. Mais je ne savais pas grand-chose de ce que Jimmy trafiquait avec Angelo et je n'avais même pas envie de le savoir. J'étais tout le temps dehors, je travaillais pour monter mon affaire. Moins j'en savais, mieux je me portais.

— Vous ne pouvez donc rien me dire à ce sujet ? soupira Judy.

— Non, vraiment rien. Désolée.

— Que sauriez-vous sur John ou sur Marco ?

— Rien non plus.

— Et sur le centre commercial de Philly Court ?

— Toujours rien.

Déçue, Judy reposa son stylo. Cette visite ne lui apprenait rien d'utile. M. Di Nunzio et les Tony auraient peut-être plus de chance.

— J'aurais bien voulu vous rendre service, reprit Marlène, mais je ne peux vraiment pas. Jimmy et moi menions nos vies chacun de notre côté, même si nous vivions sous le même toit. Il a déménagé l'année dernière, mais c'était fini entre nous depuis longtemps.

Judy reprit son stylo.

— Comment Jimmy et Angelo se sont connus ? Vous étiez déjà mariés, à l'époque ?

— Bien sûr. Jimmy vendait de la peinture à la grande quincaillerie. Angelo y allait souvent, ils sont devenus bons amis et Jimmy s'est mis à travailler pour lui. Je ne le voyais pour ainsi dire plus, et c'est à ce moment-là qu'il a commencé à changer. Il est devenu prétentieux, autoritaire, il se laissait aller, il a grossi comme un cochon. Et puis il s'est mis à courir les jupons.

— Savez-vous combien Angelo le payait ? Il a déclaré au tribunal qu'il ne gagnait que quinze mille dollars par an.

— Ça, c'est pour le percepteur. En réalité, il devait au moins se faire dans les cent mille, mais tout en liquide. Et n'allez pas croire, poursuivit-elle avec un éclair de férocité dans le regard, que je profitais de son argent sale ! Pas un sou, jamais. Je ne suis pas une hypocrite, moi. Nous déclarions nos revenus séparément. Je gagnais assez pour me passer de son fric.

Judy ne regrettait quand même pas d'être venue. Elle était heureuse d'avoir fait la connaissance d'une femme du calibre de Marlène.

— Bravo. Je ne comprends pas que Jimmy ait pu vous quitter. Je pense qu'il ne vous méritait pas.

— Merci, c'est gentil. Je suis du même avis, mais je ne m'en étais pas rendu compte, au début. J'ai entendu dire qu'il s'est mis en ménage avec une petite grue. C'est le grand amour, paraît-il. Avec lui, ajouta-t-elle en soupirant, la vie n'était pas rose tous les jours.

— Je m'en doute.

— Il n'a vraiment rien pour lui. Il est gros, il est moche, il est vulgaire. Je ne l'aurais jamais cru capable d'en séduire une autre. Vous savez comment j'ai découvert le pot aux roses ?

— Vous l'avez pris la main dans le sac ?

— En un sens, oui. J'avais fait mettre le téléphone sur écoute par un privé.

— Votre propre téléphone ? s'étonna Judy.

— Bien sûr que si.

— Mais… c'est illégal !

Marlène approuva d'un signe de tête avec un sourire ravi.

— Et alors ? J'étais tout le temps dehors, Jimmy était seul ici à faire le joli cœur avec des gamines de vingt ans. J'ai écouté la bande sur laquelle il parlait à la dernière en date. Je n'y aurais pas cru si je ne l'avais entendu de mes propres oreilles ! C'est ce qui m'a décidée à le flanquer dehors.

Judy réfléchit un instant.

— À partir de quand avez-vous enregistré le téléphone ?

— Voyons… Il a décampé il y a un peu moins d'un an, donc j'ai dû commencer six ou sept mois avant.

Les deux femmes se regardèrent et le même éclair de compréhension s'alluma dans leurs yeux.

— Où sont ces enregistrements ? demanda Judy.

Elle n'avait pas fini sa question que Marlène était déjà levée.

Judy descendit du taxi devant la porte de son immeuble, son sac en bandoulière, son cartable sous le bras et, tenu à deux mains, un grand carton plein de cassettes. Elle avait mis dessus un sac de toile rose bourré de produits de beauté Mary Kay, qu'elle n'avait pas pu s'empêcher d'acheter pour manifester sa reconnaissance à Marlène après avoir refusé la séance de maquillage professionnel. Plus tard, peut-être... En attendant, elle avait du travail.

Il faisait presque nuit, mais la rue était encore pleine de monde. Pour une fois, Judy se félicitait de voir les touristes envahir son quartier, tout proche des restaurants, des boutiques de mode et des disquaires ouverts tard le soir. Ces derniers temps, elle ne se sentait en sûreté qu'au milieu de la foule – et encore, pas toujours.

Elle jeta quand même un coup d'œil sur les passants. Beaucoup de bermudas et de T-shirts, de familles avec enfants et cornets de glace ou ballons multicolores. Pas de mines patibulaires ni de faciès de boxeurs. Parfait.

Jonglant de son mieux avec son cartable et la grosse boîte, plus lourde qu'elle ne l'avait cru, elle coinça tant bien que mal le tout contre la porte d'entrée de l'immeuble et fouilla son sac à la recherche de ses clefs, introuvables bien entendu. Le couple du rez-de-chaussée pourrait peut-être lui ouvrir la porte par la gâche électrique de l'Interphone. Mais les fenêtres du rez-de-chaussée étaient obscures. Il n'était que dix heures du soir. Étudiants en médecine surmenés en permanence, ils devaient être encore à l'hôpital.

La barbe, se dit-elle en poursuivant sa fouille. Il n'y avait pas de lumière non plus aux fenêtres du premier étage. La prochaine fois, se promit-elle, elle sortirait ses clefs avant d'arriver à la porte, comme le conseillent les magazines féminins. Un bruit de pas derrière elle la fit se retourner. Ce n'était qu'un couple du quartier qui rentrait chez lui. À force de persévérance, elle finit par trouver son trousseau, introduisit la clef dans la serrure et ouvrit la porte.

— Non ! On ne saute pas ! cria-t-elle, stupéfaite d'être accueillie dans le hall d'entrée par les débordements d'affection de sa chienne.

Que faisait-elle là ? Comment était-elle sortie de l'appartement fermé à double tour ? L'avait-elle vraiment fermé avant de sortir ?

Judy sentit son estomac se nouer. Se démenant de son mieux, elle réussit à ne pas lâcher son fardeau tout en repoussant les assauts de la chienne qui, après un dernier bond, fila dans la rue par la porte toujours ouverte.

Judy lâcha tout et courut après elle.

— Non ! Penny, reviens ! Reviens tout de suite !

Elle n'avait pas besoin de s'inquiéter, les chiens préfèrent en général sauter sur les gens que sur les voitures, sauf s'il y a une balle à l'intérieur. Penny sauta donc affectueusement sur le couple qui n'était encore qu'à quelques pas et qui recula, horrifié, en sentant un jet d'urine tiède asperger leurs chaussures.

— Désolée, s'excusa Judy en les rattrapant. Ce n'est pas sa faute, je l'ai laissée seule toute la journée.

Elle agrippa la chienne par son collier et la traîna jusqu'à l'entrée de l'immeuble, dont elle referma cette fois la porte derrière elle. Son sac, son cartable et la boîte en carton gisaient sur le dallage. À l'évidence, son appartement était ouvert. L'immeuble était désert et n'avait jamais disposé d'une sécurité digne de ce nom. Les seuls instruments contondants à sa disposition se bornaient à ses semelles de bois, sa seule arme contre l'incontinence d'une chienne d'à peine plus de six mois. Rien au monde ne lui ferait monter l'escalier jusque chez elle.

Elle dégrafa la bandoulière de son sac et l'accrocha au collier de la chienne en guise de laisse, puis ramassa tant bien que mal la boîte et le reste. En cas de besoin, elle emprunterait des vêtements au bureau, mais elle ne resterait pas une minute de plus.

La chienne et sa maîtresse, l'une traînant l'autre, sortirent sur le trottoir. Un taxi passait à ce moment-là. La chance ne l'avait pas tout à fait abandonnée.

31

Assise sur la moquette de la salle de conférences, Judy glissa dans le lecteur la cassette datée du 25 janvier. Penny dormait paisiblement à côté d'elle, gavée du poulet chinois qu'elles s'étaient partagé. Elles se sentaient l'une et l'autre rassasiées et en sûreté, grâce au verrou de la salle de conférences, au double loquet de la porte d'entrée et à la présence du gardien dans le hall de l'immeuble. Si Rosato & Associées était loin d'être inviolable comme Fort Knox, la sécurité y était supérieure à celle de l'appartement de Judy, pour un temps du moins.

Elle avait appelé la police pour signaler l'effraction, mais l'inspecteur Wilkins était de jour cette semaine-là et l'agent de permanence lui avait répondu que les collègues iraient voir quand ils pourraient. Il ignorait tout de l'enquête sur sa voiture piégée et dans quelle fourrière se trouvait le véhicule. À ce stade, le score s'établissait donc à Famille Coluzzi 1, Victime outragée 0, ce qui était contre nature.

Judy pressa le bouton et la voix rocailleuse du gros Jimmy fit vibrer la machine :

« Jimmy : J'ai besoin de ce costume !

« Voix de femme : Mais, monsieur, il n'est pas prêt. Je vous avais dit lundi ou mardi. »

Judy appuya sur l'avance rapide. Chaque cassette était datée et couvrait vingt-quatre heures, mais le temps que Jimmy consacrait au téléphone dépassait l'entendement. Elle avait commencé son écoute à la date de la veille de l'accident des Lucia et remonté ensuite dans l'espoir de surprendre entre Bello et Coluzzi une conversation susceptible de prouver leur complicité dans la préparation de l'accident et la perpétration du crime.

« Jimmy : C'est toi ?

« Voix de femme : Qui crois-tu que c'est ? Cher ?

« Jimmy : Cher, j'aime pas. Elle me fait rien.

« Voix de femme : Tu préfères Pamela Sue Anderson ?

« Jimmy : Celle avec les gros nénés ? Ouais, j'aime. »

Écœurée, Judy repassa en avance rapide. Ce dialogue lui coupait l'envie de faire l'amour à l'italienne. Pauvre Marlène ! Jimmy Bello n'était qu'un porc lubrique.

Elle appuya sur l'écoute quand elle pensa être allée assez loin.

« Voix d'homme : Et n'oublie pas l'huile pour bébé.

« Jimmy : Qu'est-ce que tu veux faire de ça, Angelo ? »

Judy dressa l'oreille. Angelo Coluzzi parlait d'un ton cassant, son anglais était très supérieur à celui de Tony. Les quelques bribes de dialogues entendues jusqu'à celui-là confirmaient que le gros Jimmy n'était rien de plus pour Coluzzi qu'un garçon de course.

« Coluzzi : C'est pour Sylvia, je te l'ai dit cent fois !

« Jimmy : Bon, je m'excuse. Je te l'apporterai tout à l'heure. »

En plus des commissions pour la famille, il était aussi chargé de s'occuper des pigeons du patron et semblait accumuler les bourdes :

« Angelo : Tu n'as pas apporté les bonnes cacahuètes.

« Jimmy : Qu'est-ce qu'elles ont, celles-là ?

« Angelo : Tu es bouché ou quoi ? On ne donne pas des cacahuètes grillées et salées à des pigeons ! Pourquoi pas des hot dogs et de la bière pendant que tu y es, bougre d'âne ? Et cette fois, arrive à deux heures, pas à trois ! »

Judy notait toutes les conversations entre Jimmy et Coluzzi, mais ses espoirs sombraient un peu plus chaque fois. Elle n'avait encore rien entendu qui puisse suggérer leur implication dans l'accident des parents de Frank. Le seul indice éventuel se trouvait dans la première cassette du 25 janvier, jour de l'accident :

« Angelo : Je serai prêt à dix heures ce soir, et j'aurai soif.

« Jimmy : Compris, j'apporterai le Coca.

« Angelo : Bon. Et ne sois pas en retard. »

Judy avait écouté et réécouté cet échange. Maintenant qu'elle le comparait aux autres, elle n'y discernait plus ce qu'elle avait d'abord espéré, mais cette faible lueur l'incitait à poursuivre ses recherches en dépit de sa fatigue croissante.

Il était plus de trois heures du matin. Si elle s'étendait pour écouter au lieu de demeurer assise en tailleur ? Elle posa son bloc-notes et s'allongea sur la moquette, le dos contre celui de Penny qui lui parut étonnamment ferme et chaud. Un chien, pensa-t-elle, est un réconfort dans les situations pénibles et Bennie ne pourra pas me le reprocher, elle en fait souvent autant.

Appuyée sur un coude, le stylo à la main, elle pressa de nouveau le bouton et ferma les yeux tandis que se dévidait le ronronnement monotone des conversations, en espérant toujours entendre, dans le silence de la nuit, les mots révélateurs des deux conspirateurs en train d'ourdir la trame de leur crime.

Une berceuse d'avocate, en somme…

Judy se rendit compte que le silence était revenu en entendant le téléphone sonner avec insistance. Elle s'était donc endormie ? La jupe de son tailleur était toute froissée, ses chaussures gisaient çà et là. L'aube pointait derrière les fenêtres, des nuages gris s'amassaient dans le ciel. Il était six heures et demie. Déjà ?

Judy souleva péniblement la tête, se mit à quatre pattes pour pouvoir se redresser, et décrocha.

— Rosato & Associées, dit-elle d'une voix pâteuse.

— Judy ! Tu es là ? C'est M. Di Nunzio.

Sa voix vibrante d'excitation la réveilla tout à fait.

— Oui. Qu'y a-t-il ?

— Nous t'avons appelée toute la nuit chez toi. Qu'est-ce qui se passe avec ton téléphone ?

— Je n'en sais rien. Pourquoi ?

— Il est en dérangement. J'ai appelé la compagnie, ils m'ont dit que la ligne est détraquée à l'intérieur et qu'ils ne peuvent pas y aller, ils ne réparent que les lignes extérieures.

Judy frissonna. Sa porte forcée, son téléphone vraisemblablement saboté, si ce n'était pas un piège, cela y ressemblait fort. Son regard se posa sur Penny qui s'était rendormie, couchée en rond. Sa chienne lui avait sauvé la vie. Judy décida d'être une meilleure mère.

— Ça va, Judy ? demanda M. Di Nunzio, inquiet de son silence.

— Oui, oui. J'étais restée au bureau travailler. Je voulais écouter ces enregistrements de Coluzzi et...

— Je n'ai pas le temps de parler, Judy, je suis dans une cabine et je n'ai plus de monnaie. Il faut que tu viennes. Tout de suite.

— Où ? Pourquoi ?

— Près de l'aéroport. Nous avons besoin de toi, c'est urgent. Tu as de quoi écrire ?

Il débita à toute allure une adresse que Judy eut à peine le temps de noter.

— Qu'est-ce qui se passe ? voulut-elle savoir.

Mais la communication était déjà coupée.

Le chantier de ferraille et de casse automobile s'étendait le long de l'autoroute, dans la zone industrielle. Des sentiers de mâchefer serpentaient entre des montagnes d'objets indéfinissables couverts de rouille. Une tour bardée de tôle ondulée, à laquelle aboutissait un lacis de convoyeurs, trônait au milieu de ces gratte-ciel de rebuts comme l'hôtel de ville d'une cité fantôme. Une clôture grillagée doublée de barbelés par endroits et une grille fermée par une lourde chaîne et deux cadenas interdisaient au monde extérieur l'accès de ce royaume du détritus. Pour le moment, en tout cas, les seuls représentants du monde extérieur souhaitant s'y introduire se limitaient à M. Di Nunzio, les Tony et une jeune chienne assise sagement à côté de sa maîtresse. Judy avait préféré ne pas la laisser seule au bureau sans avoir pu avertir quiconque de sa présence.

Les trois septuagénaires mâles et les deux femelles sensiblement plus jeunes se tenaient devant la grille fermée. Chacun, sauf la chienne, avait en main un gobelet en carton plein de café et un donut – il en restait une douzaine dans la voiture en cas de besoin. Judy en arrivait à la conclusion qu'aucun Italien ne peut rien faire ni aller nulle part sans sa dose de sucres et de graisses saturées, même dans un lieu aussi peu appétissant. On voyait des ordures partout, des papiers et des bouts de sac en plastique s'accrochaient à la clôture, et la circulation de plus en plus dense sur l'autoroute emplissait l'air des relents d'hydrocarbures. L'heure de pointe qui approchait menaçait de les asphyxier.

M. Di Nunzio considérait avec perplexité un document d'allure officielle à moitié effacé, collé sur une planchette accrochée à la grille.

— Il y a écrit « Entrée interdite » et un tas de jargon après, je n'y comprends rien, dit-il à Judy.

Judy parvint à déchiffrer. Il s'agissait d'un jugement de faillite signifié par le tribunal civil le 15 février de l'année précédente.

— Si je comprends bien, informa-t-elle ses compagnons, la société propriétaire du chantier a été mise en liquidation, et tous ses biens, le terrain, les machines et le reste, sont gelés depuis l'année dernière.

— C'est bien ce que m'avait dit Dom, approuva M. Di Nunzio.

— Comment l'avez-vous appris ? demanda Judy.

— Eh bien, nous nous sommes dit que si la fourgonnette dans laquelle Frank et Gemma se sont tués était une épave, surtout après être passée par-dessus le rail et avoir pris feu en tombant de je ne sais pas combien de mètres, elle avait dû finir à la casse. Les casses de South Philly sont toutes dans Passyunk Avenue, c'est commode.

— Et on peut discuter, enchaîna Pieds. Il y en a cinq ou six et…

Judy interrompit son exposé sur les vertus du marchandage.

— Que disiez-vous, monsieur Di Nunzio ?

— Nous sommes allés voir tous les casseurs du quartier jusqu'à ce que ce type qui s'appelle Dom nous dise qu'il avait revendu l'épave à ces gens-là un ou deux jours après et que, s'ils ne l'ont pas démolie, elle doit encore y être puisque le chantier a été fermé en février.

— Bon travail, messieurs ! les félicita Judy qui n'en espérait pas tant. Ce casseur vous a-t-il dit si l'épave était encore complète ?

— Oui, il y avait beaucoup de pièces à récupérer, il en a tiré dans les deux cent cinquante dollars, ce qui est plutôt un bon prix.

— Le tas de ferraille de Tullio ne vaut pas autant, commenta Pieds avec un ricanement méprisant.

Judy ne releva pas l'interruption.

— Bon, il ne s'agissait donc pas d'une bombe, sinon le véhicule aurait été complètement détruit. Mais s'ils l'ont trafiqué, il doit en rester des traces. Même dans l'état où il est.

M. Di Nunzio but son café, l'air pensif.

— Si c'était vraiment un crime, je ne comprends pas pourquoi les flics n'y ont pas pensé.

— Ils ont même pas cherché, ils étaient sûrs que c'était un accident, lui fit remarquer Pieds. Nous, on le saura quand on aura retrouvé la camionnette, comme dit Judy. Vous allez la faire examiner par un expert, n'est-ce pas ?

— Oui, un expert agréé par les tribunaux. Alors, où sont les épaves ?

Au fond du terrain, derrière les amoncellements de ferrailles diverses, les épaves d'automobiles s'empilaient sur des dizaines de mètres de hauteur. Judy sursauta quand Pieds les lui montra du doigt.

— Pas possible ! Il doit y en avoir des millions !

— Non, tout juste deux mille quarante-quatre. On les a comptées en vous attendant, on n'avait rien d'autre à faire.

— Comment saurons-nous laquelle ? s'inquiéta-t-elle, effarée.

— C'est un Combi Volkswagen rouge de 1981. Frank ne s'en servait que pour travailler. Il y a un symbole maçonnique doré sur le panneau arrière, parce que Frank était franc-maçon.

— Vous êtes bien renseigné, dit Judy en souriant.

— Normal, Frank et Gemma habitaient au bout de ma rue. On connaît tous nos voitures, dans le quartier. Sinon, comment on ferait pour se garer en double file ?

— Si on ne regarde que les rouges, commenta M. Di Nunzio, ça réduit les recherches. Il n'y en a que cinq cent quatre-vingt-treize.

— Il faut surtout chercher les épaves qui ont brûlé, observa judicieusement Tony-du-bout-de-la-rue. Il y en aura encore moins.

— Combien y en a-t-il ? s'enquit Judy.

— On les a pas comptées, on était fatigués. On est plutôt allés chercher le café et les donuts.

Judy examina la clôture, qui faisait au moins trois mètres de haut.

— Il va maintenant falloir trouver le moyen d'entrer.

— Tu crois que c'est ça qui arrête les gamins du quartier ? dit M. Di Nunzio en riant. Tiens, regarde.

Il crocha d'un doigt noueux une maille du grillage et tira, ce qui dégagea un passage grossièrement cisaillé.

— Mais… ce serait une effraction ! s'exclama Judy.

— Pas du tout, la rabroua Tony-du-bout-de-la-rue. On n'a rien fracturé, nous autres.

— Allons-y, encouragea Pieds.

Il s'engouffra dans la brèche suivi de l'autre Tony, tandis que M. Di Nunzio retenait le grillage pour laisser passer Judy.

— Je ne peux pas, protesta-t-elle sans conviction. Je suis auxiliaire de justice, je n'ai jamais rien fait d'illégal dans ma vie…

— Ne soyez donc pas rabat-joie ! lui cria un Tony.

— Vous nous avez dit de retrouver la bagnole, on l'a retrouvée, renchérit l'autre Tony. Allons, Judy, venez ! Elle est sûrement quelque part là-dedans, ne perdons pas de temps.

Judy réfléchit à toute vitesse. Elle pourrait demander au tribunal l'autorisation de pénétrer dans l'enceinte, mais ce serait dévoiler son jeu à Frank et aux autres et rien ne garantissait que sa demande serait acceptée. Elle pourrait aussi prendre contact avec le liquidateur judiciaire, mais cela demanderait du temps…

— Il faut le faire, Judy. Pour Tony, l'adjura M. Di Nunzio. Si nous ne l'aidons pas, comment obtiendra-t-il justice ?

— Selon vous, on peut obtenir justice par des moyens illégaux ?

Bien qu'ils n'aient ni l'un ni l'autre abordé de front le problème de la culpabilité de Tony-pigeon, M. Di Nunzio savait exactement ce qu'elle voulait dire.

— Oui, quand il le faut, affirma-t-il avec fermeté.

Judy hésita. Était-elle hypocrite ou naïve ? Plus elle y pensait, plus la question devenait lourde d'implications. Un problème d'éthique n'avait pas besoin d'un sujet d'importance pour se poser.

— Penny ! cria Pieds de l'autre côté de la clôture, un donut à la main. Viens, mon bon chien, viens !

La chienne bondit. Judy, qui tenait la laisse, fut entraînée à sa suite sans pouvoir résister à son élan.

— C'est déloyal ! objecta-t-elle en retrouvant à grand-peine son équilibre.

M. Di Nunzio la rejoignit.

— Allons sauver la vie de Tony, lui dit-il en lui donnant une affectueuse tape dans le dos.

— La belle affaire, Judy ! déclara Pieds. Vous êtes avocate, d'accord, mais vous devriez vous décoincer de temps en temps.

— L'éducation ne rend pas toujours plus intelligent, dit l'autre Tony d'un ton docte en la prenant aux épaules.

Judy n'était pas d'accord, mais elle ne protesta pas. Elle avait déjà franchi la clôture. Et le passage était refermé derrière elle.

32

Les gaz toxiques de l'autoroute semblèrent moins virulents aux quatre conjurés qui s'enfonçaient dans le dédale de ferraille. De temps en temps, l'un ou l'autre des Tony jouait les guides.

— Regardez, Judy, dit Tony-du-bout-de-la-rue devant la tour de tôle ondulée. Ça, c'est la machine à déchiqueter le métal. À l'intérieur, des aimants séparent l'acier de l'aluminium et du cuivre qui tombent en dessous, et des ventilateurs chassent le reste, le tissu des sièges et les saletés irrécupérables.

— Comment tu sais ça ? s'étonna Pieds.

— J'ai roulé ma bosse, moi. Un chantier de cette taille, il pouvait traiter jusqu'à trois, quatre mille bagnoles par jour.

Tandis que Tony continuait à faire étalage de sa science, ils poursuivirent leur cheminement entre les piles de ferraille rouillée avant d'arriver devant un mur de carcasses de voitures consolidé par des chaînes. Les carrosseries étaient dépouillées des roues, des phares et des chromes afin de n'en laisser que l'acier récupérable, revendu aux aciéries pour fabriquer de nouvelles voitures.

— Au travail, déclara M. Di Nunzio.

— D'accord, dit Judy. Il ne doit pas y avoir beaucoup de Combi VW rouges avec un emblème maçonnique à l'arrière.

— C'est juste, approuva Pieds. Ce n'était pas un engin courant, et je ne crois pas qu'ils en aient fabriqué beaucoup. Frank l'aimait bien sa fourgonnette, parce qu'elle était facile à garer et qu'il avait de la place à l'intérieur pour loger son fourbi.

Tony-du-bout-de-la-rue posa une main réconfortante sur l'épaule de Judy.

— On le trouvera, Judy. Si quelqu'un peut le repérer, c'est nous.

— Sûr, renchérit M. Di Nunzio. Rouge, c'est voyant.

— J'espère bien, fit Judy sans conviction.

Seule, Penny eut le bon esprit de prendre une mine dubitative.

Quatre heures plus tard, sous un soleil de plomb qui transformait les débris de métal en autant de réflecteurs et le chantier en fournaise, Judy transpirait à grosses gouttes et Penny lapait l'eau minérale de M. Di Nunzio dans son gobelet de café vide. Mais ils oublièrent tous la chaleur et l'inconfort en découvrant enfin l'objet de leurs recherches dans le dernier tiers de l'amoncellement d'épaves.

— Vous en êtes sûr ? demanda Judy lorsque M. Di Nunzio poussa un cri de triomphe.

— Sûr et certain. Il est écrasé et brûlé, mais c'est bien le Combi de Frank. Regarde le rond à l'avant avec le VW.

Judy s'approcha. La peinture rouge était encore visible par plaques sur les tôles calcinées.

— Et là ! cria Pieds qui inspectait l'arrière. Voilà le truc des francs-maçons. C'est bien la camionnette de Frank.

L'emblème maçonnique était à peine identifiable, mais il figurait bel et bien sur le panneau arrière. Voir l'épave d'aussi près attrista Judy. Compte tenu de son état, il était évident que personne n'avait pu en réchapper vivant. Et, malgré son remords d'avoir entrepris ces recherches à l'insu de Frank, elle se félicitait qu'il ne puisse pas voir ce sinistre témoin de la mort de ses parents.

— Personne ne dit à Frank que nous l'avons retrouvée, d'accord ?

Ses trois compagnons hochèrent la tête avec gravité.

Judy fit le point de la situation : elle avait trois septuagénaires épuisés mais victorieux, une jeune chienne qui déchirait à belles dents un gobelet en carton et un ferrailleur en faillite, injoignable.

— Il reste à sortir l'épave d'ici, conclut-elle à haute voix.

Un sourire ravi éclaira le visage de Tony-du-bout-de-la-rue :

— C'est du gâteau ! On coupe les chaînes et…

— Non ! protesta Judy. Nous ne pouvons pas l'emporter comme ça, le chantier est sous scellés avec tout ce qu'il contient !

— Tu ne peux pas intervenir auprès du tribunal ? demanda M. Di Nunzio.

— La procédure est longue et difficile. Et nous ne pouvons pas non plus faire saisir l'épave par la police sans rendre la démarche publique, ce que je préfère éviter.

— Pour que Frank ne sache pas ? s'enquit Pieds.

— Surtout les Coluzzi. S'il s'agit d'un crime et non d'un accident, il ne faut pas qu'ils se doutent que nous sommes sur leur piste.

— Ce dont on a besoin, déclara l'autre Tony avec un sourire tentateur, c'est d'un bon grutier. La grue est sur place, il n'y a qu'à dégager les bagnoles au-dessus et retirer la rouge. J'ai un de mes amis qui sait manœuvrer l'engin et un autre qui a un camion plateau.

— C'est illégal, voyons ! soupira Judy.

— On nous prendra pas, l'endroit est désert. Mes deux copains sont membres du club, ils seront trop contents de rendre service à Tony-pigeon et ils garderont bouche cousue, je vous le garantis. Tout peut être réglé en cinq minutes.

Judy frémit :

— J'ai prêté serment…

— C'est pas plus grave que des vœux de mariage, l'interrompit Tony. Les gens divorcent tout le temps, Pieds et moi on en sait quelque chose.

Les trois amis pouffèrent de rire. Pas Judy.

— Ce n'est pas du tout pareil ! Je risque d'être radiée du barreau.

— Et alors ? Vous ne serez pas là pendant qu'on opérera, on n'a pas besoin de vous.

— Nous ferions mieux de faire venir l'expert ici plutôt que de lui apporter l'épave, s'obstina Judy.

— Pour qu'il l'examine comme une crêpe au milieu de la pile ?

— Attendez, laissez-moi réfléchir. Il doit y avoir un moyen légal.

— Vous réfléchissez trop, Judy. Même pour une avocate.

— Bon, accordez-moi quand même une journée. Je trouverai la solution et je vous tiendrai au courant.

Sa décision fut accueillie avec résignation.

Judy n'eut pas à se battre contre la presse en rentrant au bureau, c'était la première fois que si peu de journalistes encombraient le trottoir devant l'immeuble, depuis le début de l'affaire. Elle déduisit de leurs questions qu'ils la négligeaient en faveur du siège de l'entreprise Coluzzi.

« Maître Carrier, que pensez-vous du fait que Marco Coluzzi a expulsé son frère John des bureaux de la société ? » « Maître Carrier, vos commentaires sur la bagarre entre les deux frères ? » « Judy, nous diras-tu enfin où tu planques Tony Lucia et pourquoi ? »

Elle répondit « Pas de commentaires » en dissimulant de son mieux le plaisir que lui procuraient ces nouvelles, s'engouffra dans l'ascenseur, en sortit sans attendre que les portes soient complètement ouvertes et fit irruption dans le hall d'entrée des bureaux.

— Bennie est là ? demanda-t-elle à la réceptionniste qui s'apprêtait à sortir déjeuner.

— Bennie ? répéta l'autre.

Judy ne connaissait pas cette grande brune mince et trop maquillée – mais, pour elle, toutes les femmes étaient trop maquillées –, apparemment une intérimaire.

— Ah oui, Bennie Rosato, la patronne ? reprit la fille qui avait enfin compris. Elle est au tribunal.

Pas étonnant que le portable de Bennie soit resté muet, pensa Judy avec dépit. Elle avait essayé de l'appeler, avant de se faire arrêter plutôt qu'après, pour l'informer de la découverte du Combi rouge.

— Donnez-moi mes messages et mon courrier, s'il vous plaît. Et les journaux du jour.

— Une minute. Vous êtes Judy Carrier, n'est-ce pas ?

Avec une évidente répugnance, la réceptionniste retourna derrière son comptoir et fouilla dans les papiers avant de localiser les messages téléphoniques et la correspondance, qu'elle tendit à Judy avec une poignée de journaux.

— Vous êtes intérimaire ? Où est Marshall ?

— Je ne sais pas. Désolée, il faut que j'y aille, je suis déjà en retard.

— Bon appétit, lui lança Judy en courant vers son bureau.

Elle laissa tomber la pile de courrier sur la table et déplia le *Daily News*, dont la une s'ornait d'une manchette aguicheuse :

JOHNNY, C'EST FINI !

> Par un coup d'État retentissant, Marco Coluzzi, directeur financier de Coluzzi Construction, a interdit ce matin à son frère John l'accès aux bureaux de l'entreprise. Les agents de sécurité engagés par Marco Coluzzi ont réussi sans violence à empêcher John Coluzzi, directeur général, ainsi qu'un certain nombre de ses collaborateurs de pénétrer dans les locaux. La police est rapidement arrivée sur les lieux car, selon les déclarations d'un cadre dirigeant, elle avait été prévenue afin de parer à toute éventualité.
>
> Nous n'avons pu joindre aucun des frères Coluzzi, mais la compagnie a émis un communiqué selon lequel Marco Coluzzi est nommé à compter de ce jour président-directeur général de l'entreprise. Le communiqué précise que tous les contrats signés par l'ancienne direction seront honorés et menés à terme.

Ainsi, Marco avait pris le taureau par les cornes ! Quel prétendant, en effet, attendrait d'être couronné roi quand il peut se couronner lui-même ? Judy lut en jubilant ce que le *Daily News* rapportait sur ce coup d'éclat, éplucha ensuite les autres journaux et tomba sur un encadré qui redoubla son plaisir :

> Déjà considérée comme adjudicataire du nouveau centre commercial du front de mer, l'entreprise Coluzzi Construction vient de voir ses espoirs partir en fumée. Un porte-parole de la municipalité nous a affirmé que le marché avait été signé avec Melton Construction pour « la qualité de leur travail et le niveau compétitif de leur soumission ». Selon des sources bien informées, l'action en justice récemment intentée contre Coluzzi Construction pour pratiques frauduleuses ne serait pas étrangère à ce revirement de la situation. Le marché du nouveau centre commercial était évalué à environ onze millions de dollars.

Judy en eut le vertige. Elle, faire perdre une fortune aux Coluzzi ! Le coup de force de Marco n'était pas le fait d'une coïncidence. La responsabilité de John dans le fiasco du centre commercial de Philly Court était donc la goutte d'eau qui avait fait déborder le vase.

Du coup, elle décida de modifier sa stratégie. Elle était revenue au bureau dans l'intention d'activer le procès contre les Coluzzi, de compléter le dossier, de préparer la première vague d'interrogatoires de témoins. Ce bouleversement changeait ses priorités. Marco avait déclaré la guerre à John, et elle ne pouvait pas prévoir les réactions du roi détrôné.

Quoique… à la réflexion, si. Elle en avait les moyens.

Les enregistrements des conversations entre Angelo et le gros Jimmy lui offraient une vision fragmentaire, certes, mais privilégiée de l'intimité des Coluzzi, et elle était loin d'avoir fini de les écouter. Ils ne lui avaient rien apporté en ce qui concernait le meurtre éventuel des parents de Frank, sauf la preuve qu'Angelo et Jimmy étaient ensemble ce soir-là. Mais ces cassettes devaient pouvoir la renseigner sur les rapports entre les frères ennemis. John Coluzzi et le gros Jimmy étaient donc alliés, depuis longtemps sans doute. Ils avaient peut-être parlé de Marco avant la mort d'Angelo.

Judy rejeta les journaux sur son bureau et se précipita vers la salle de conférences où elle avait laissé les cassettes dans leur boîte.

Mais quand elle y entra, les cassettes avaient disparu.

33

Judy n'en crut d'abord pas ses yeux. La salle de conférences était telle qu'elle l'avait quittée le matin, moins les emballages du dîner chinois, le bol d'eau pour Penny et la grosse boîte contenant les cassettes.

Personne n'aurait enlevé quoi que ce soit laissé ici la veille, c'était une règle que tout le monde observait depuis toujours. Tout le monde, sauf une nouvelle, l'intérimaire de la réception par exemple. Et elle se préparait à partir quand Judy arrivait.

Une secrétaire passa la tête par la porte entrouverte :

— La remplaçante est venue ce matin. Elle m'a dit que vous lui aviez demandé de débarrasser les cartons et le reste.

— Merci, mais je ne le lui ai jamais demandé.

Judy se précipita dans le hall et héla Murphy, qui faisait entrer des clients dans son bureau.

— Murphy ! Appelle tout de suite chez Marshall et renseigne-toi sur ce qui lui est arrivé !

— Hein ? s'exclama Murphy, ahurie. Pourquoi ?

— Notre réceptionniste, Marshall ! Appelle-la ! Où est l'intérimaire ? cria-t-elle à la cantonade.

— Tu l'as manquée de peu, répondit une de ses collègues. Ne compte surtout pas sur elle, elle est au-dessous de tout. Elle a passé sa matinée à vouloir rentrer chez elle et elle est incapable de taper du courrier proprement.

Judy fonçait déjà vers l'ascenseur. Le témoin lumineux indiquait qu'il était au rez-de-chaussée. Ne voulant pas perdre de temps, elle courut à l'escalier, dévala les marches et ouvrit à la volée la porte coupe-feu qui donnait sur le hall de l'immeuble.

— La grande brune au chignon, par où est-elle partie ?

Le garde leva les yeux en montrant la porte de service.

— Elle m'a dit qu'elle sortait par là pour éviter les journalistes. Un problème ? ajouta-t-il avec inquiétude.

Sans répondre, Judy s'engouffra dans le couloir qui débouchait dans une ruelle étroite. Elle regarda de gauche à droite, aperçut la fausse réceptionniste qui tournait le coin et s'élança à sa poursuite. En arrivant dans la rue principale, sa progression fut ralentie par une masse de gens qui regagnaient leurs bureaux après le déjeuner. Louvoyant entre les piétons sans perdre la fille de vue, elle se remit à courir. Le cœur battant, la sueur lui coulant en rigoles dans le dos, elle se posait des questions angoissantes. Comment avaient-ils appris qu'elle détenait les cassettes ? L'avaient-ils suivie, surveillée ? Qui avait envoyé cette femme ?

L'autre courait toujours, en direction du centre-ville dans l'espoir évident de perdre Judy dans la foule. Les passants s'écartaient, regardaient avec curiosité les deux femmes, mais la foule devenait plus dense. Malgré tous ses efforts, Judy voyait la distance s'accroître entre la fuyarde et elle. C'est alors qu'une idée lui vint. Si la fille se servait de la cohue pour lui échapper, pourquoi pas elle pour la rattraper ?

— Arrêtez cette femme, elle m'a volé mon sac ! cria-t-elle de toutes ses forces.

Elle savait que Bennie avait utilisé ce subterfuge avec succès. Pas elle. Personne ne s'arrêtait, ne se retournait ni ne faisait le moindre geste pour intercepter la femme. Bravo pour la Cité de l'amour fraternel, pensa-t-elle avec amertume.

Elle allait se résigner à sa défaite quand elle eut une autre idée :

— Rattrapez cette femme ! C'est Cher !

Cette fois, une vague d'intérêt se manifesta chez les badauds, qui se retournèrent sur la grande brune mince un peu trop maquillée. Un chasseur d'autographes lui tendit un papier et un crayon, un jeune homme plus hardi lui courut après.

— C'est Cher ! s'égosilla Judy. Rattrapez-la !

En un clin d'œil, une demi-douzaine de fans de la célèbre chanteuse prirent en chasse la grande brune qu'ils réussirent à immobiliser dans une encoignure, le dos au mur. Hors d'haleine, Judy les rejoignit au moment où se manifestait leur inévitable déception : « Mais, c'est pas Cher ! » s'indigna l'un. « Elle ressemble même pas à Cher ! » déplora un autre. « Qui c'est, cette nana ? » rugit un troisième.

Et ils se retirèrent en laissant les deux femmes face à face.

Épuisée, la brune ne tenta même pas de s'échapper. De près, Judy se rendit compte que, sous son maquillage défait par la sueur et sa chevelure trois teintes trop noire, elle avait à peine vingt ans et ne pesait pas plus d'une cinquantaine de kilos. Elle avait la peau trop blanche pour être saine, les pommettes trop accusées, et la lumière du soleil n'était sans doute pas responsable de la taille de ses pupilles, pas plus grosses que des têtes d'épingle.

Judy l'empoigna par un bras décharné et la maintint sans difficulté contre le mur.

— Où sont mes cassettes ?

— Ne me faites pas mal. Je les ai jetées dans l'incinérateur, à la cave.

La fille battit des cils, ses yeux s'emplirent de larmes de frayeur. Judy en fut désarmée. Elle n'avait jamais fait peur à personne, pas même à sa chienne pour essayer de la dresser. Mais ses précieuses cassettes étaient parties en fumée… Elle serra plus fort.

— Pourquoi avez-vous brûlé mes cassettes ?

— Parce qu'ils m'y ont forcée. Ils ont menacé de me rosser si je ne le faisais pas. Ne me dénoncez pas, je vous en prie. Laissez-moi partir.

— Qui cela, « ils » ? Les Coluzzi ?

La fille ne répondit pas. Judy insista sans ménagement :

— Vous avez détruit des éléments de preuve dans une affaire criminelle. Si je vous livre à la police, vous êtes bonne pour finir dans un pénitencier fédéral. Qui vous l'a fait faire ? Coluzzi ? Jimmy Bello ?

— Je ne peux pas le dire. Je préfère aller en taule que me faire tuer.

— Vous croyez qu'ils vous tueraient ?

— Je ne crois pas, j'en suis sûre.

Judy frémit en pensant à Marshall.

— Ont-ils agressé notre réceptionniste ?

— Non, ils ont dit qu'ils la retarderaient, c'est tout.

— Et Marlène Bello ?

— Personne ne touche à Marlène, répondit la fille avec un sourire en coin. Lâchez-moi, je vous en prie. Je n'avais pas le choix.

Judy réfléchit un instant. Elle répugnait à livrer cette fille à la police, en partie par pitié, mais aussi parce que si elle avouait le nom de celui qui l'avait chargée de détruire les cassettes, les menaces contre elle-même redoubleraient. Le souvenir de Theresa McRea, obligée de quitter le pays pour sauver sa vie et celle de son mari, lui fit prendre conscience que son obsession de justice causait trop de tort aux autres. Que les salauds commettent seuls désormais leurs méfaits, décida-t-elle. Puisque je me range dans les rangs des bons, je ne ferai plus que le bien. Depuis la veille au soir, elle trouvait que la chance était en train de tourner.

Elle lâcha enfin le bras de la fille.

— Filez. Vite. Désintoxiquez-vous, apprenez la dactylo. Et rendez-moi un service : faites-leur croire que j'avais recopié les cassettes.

La fille lui lança un regard méfiant :

— Ce n'est pas vrai, n'est-ce pas ?

— Non, mais ces gens dans la rue ont cru que vous étiez Cher. Vous avez vu ce qui s'est passé.

La fille eut un bref éclat de rire.

— Ils veulent votre peau, vous savez.

Judy se retint de faire une grimace. La constante menace que les Coluzzi faisaient peser sur elle lui nouait trop souvent l'estomac.

— Je le sais depuis qu'ils ont mis une bombe sous ma voiture. Pourquoi ne vous ont-ils pas demandé de me tuer plutôt que de brûler les cassettes ? Vous l'auriez fait aussi facilement.

— Moi ? Ah, non ! Tuer, c'est pas mon truc ! D'ailleurs, ils le font très bien eux-mêmes. Ils n'ont besoin de personne.

Le sourire que Judy se forçait à garder depuis quelques minutes s'effaça d'un coup.

— Allez, fichez le camp avant que je change d'avis.

La grande brune maigre détala sans demander son reste.

Inquiète du sort de Marshall et de Marlène Bello, Judy retourna au bureau et trouva Murphy et les secrétaires en train de bavarder devant la réception. Elle en fut soulagée. Elles ne se conduiraient pas avec insouciance si Marshall avait été sérieusement en danger.

— Je suppose que tout va bien ?

— Oui, répondit Murphy. Marshall était coincée dans son ascenseur en panne. Elle ne va pas tarder.

Judy salua la nouvelle d'un sourire. Les Coluzzi ne tuaient donc qu'en cas de besoin, c'était toujours bon à savoir.

— Tant mieux. Et merci pour tout.

— Tu n'as pas rattrapé l'intérimaire ? s'étonna Murphy.

— Bennie y serait arrivée, elle a de l'entraînement. Pas moi.

— La barbe ! Je te dois dix dollars, dit Murphy à sa voisine.

Judy rentra dans son bureau en riant de bon cœur. Murphy lui devenait décidément de plus en plus sympathique.

La porte refermée, elle composa le numéro de Marlène Bello et retint sa respiration en attendant qu'elle décroche.

— Vous êtes toujours en vie ? s'exclama-t-elle.

— Aux dernières nouvelles, oui. Plus que jamais. Vous voulez parler à Tony ?

— Lequel ?

— Tony-du-bout-de-la-rue. Il est venu se faire inviter à déjeuner et me charge de vous donner le bonjour.

Ses vétérans n'étaient donc pas tous aussi fatigués qu'elle l'avait cru, pensa Judy, qui informa Marlène de la destruction des cassettes et lui recommanda de surveiller ses arrières.

— Ne vous faites pas de souci pour moi, ma belle. Je ne sors jamais sans un Beretta dans mon sac à main, déclara Marlène.

Judy se retint de lui demander combien d'autres représentantes de Mary Kay faisaient leur tournée avec des armes à feu.

— Parfait. Vous n'auriez pas recopié ces cassettes, par hasard ?

— Bien sûr que non.

— Et le privé qui a réalisé les enregistrements ?

— Je ne crois pas. D'ailleurs, il est mort il y a trois mois.

— De quoi ? demanda Judy, soudain soupçonneuse.

— D'une infection rénale. Ne quittez pas, poursuivit-elle. Tony me harcèle, il veut vous parler.

— De quoi ? répéta Judy.

— Il m'a d'abord demandé de vous dire : « Ne vous fâchez pas. »

Judy n'eut pas besoin de plus amples explications.

— Bon, passez-le-moi ! fulmina-t-elle.

34

L'agent de permanence à l'entrée de la Rotonde était au téléphone. Judy n'attendit pas pour se faire annoncer et alla tout droit au bureau des inspecteurs. En bras de chemise et la cravate desserrée, ils finissaient de déjeuner. Les bureaux étaient jonchés de gobelets vides et de papiers gras, et des relents d'oignon épiçaient l'atmosphère lourde de fumée refroidie. Nul ne parut surpris en voyant la jeune femme, qui avait prévenu l'inspecteur Wilkins de sa visite.

— Maître Carrier, dit celui-ci en se levant. Vous venez déposer une nouvelle plainte, je suppose ?

— Récapitulons. Une bombe sous ma voiture, une intrusion dans mon appartement et une fausse intérimaire à mon bureau. Traitez-moi de folle si vous voulez, mais j'ai l'impression que quelqu'un m'en veut.

— Nous ne vous traitons pas du tout de folle, répondit Wilkins avec un sourire froid. Au contraire, nous prenons vos plaintes très au sérieux, et je suis heureux que vous soyez venue nous en parler.

Cela ressemblait fort aux discours du type « Le policier est votre meilleur ami » dispensés périodiquement aux enfants dans les écoles. Mais Judy ne se voyait pas discuter de ses problèmes devant les autres.

— Y a-t-il un endroit où nous puissions parler tranquillement ?

Wilkins prit sa veste sur le dossier de sa chaise.

— Je vous propose mieux que cela. Venez.

Dix minutes plus tard, dans la voiture de l'inspecteur, Judy lui résumait les événements des dernières quarante-huit heures, en omettant toutefois sa visite à un certain chantier de ferraille. Requérir la protection de la police après s'être rendue coupable d'un bris de clôture lui causait des remords auxquels elle s'efforçait de ne plus penser.

La circulation était fluide, mais Wilkins conduisait comme s'il fonçait vers une urgence. Il louvoyait entre les files, freinait pile aux feux rouges et démarrait à plein régime. Judy se félicita que le trajet soit relativement court.

— Vous voulez donc bien vérifier mon appartement ?

— J'ai eu votre message tout à l'heure en arrivant. Vous disiez que la porte de l'appartement avait été ouverte.

— C'est exact. Je ne l'ai pas inventé, inspecteur.

— Je n'ai pas dit que vous l'aviez inventé. Mais il se pourrait aussi que vous ayez oublié de refermer votre porte.

— Non, je n'oublie jamais.

— Nous examinerons les lieux ensemble et vous me signalerez tout ce qui vous paraîtra anormal.

— D'accord. Au fait, les types qui nous ont tiré dessus et sont rentrés dans le camion ? Du nouveau, de ce côté-là ?

— Nous poursuivons l'enquête de voisinage, nous essayons de faire parler les témoins, d'obtenir un signalement, de remonter jusqu'au vol de la voiture. Pas de pistes pour le moment.

Judy poussa un soupir.

— Et la bombe dans mon pot d'échappement ? Le laboratoire a pu l'analyser ?

— Un simple tuyau bourré d'explosifs. Fabrication artisanale, rien de très compliqué.

— Quel soulagement ! Je ne voudrais surtout pas d'une bombe compliquée.

Le regard de l'inspecteur se durcit, son ton se fit plus sec.

— Nous ne disposons d'aucune preuve pour accuser qui que ce soit. Nous avons relevé toutes les empreintes sur votre voiture. Rien.

— Que voulez-vous dire par « rien » ?

— Les empreintes relevées ne correspondent à aucune de celles figurant au fichier. Aucun suspect déjà arrêté pour avoir fabriqué des engins explosifs ou incendiaires. Cela vous suffit ?

Judy se rappela ce que la fille avait dit sur les Coluzzi qui tuaient eux-mêmes et n'avaient besoin de personne.

— John et Marco Coluzzi ont un casier judiciaire vierge ?

— Cela ne vous regarde pas, mais la réponse est oui.

— Leurs empreintes ne figurent donc nulle part ?

— Non.

Ils passaient devant la nouvelle prison fédérale, mitoyenne de l'imposant bâtiment en briques rouges de la cour fédérale.

— Ces symboles de la loi et de la justice ne protègent personne, en fin de compte ! soupira-t-elle, frustrée.

— Assez ! Ce que je fais, je ne le fais pas pour tout le monde. Je ne suis même pas de service en ce moment. J'ai dix dossiers non élucidés sur mon bureau et mon collègue doit perdre quatre jours à témoigner au tribunal. Je m'occupe de vous à cause de la voiture piégée et de l'affaire que vous défendez. Nos services en ont fait plus pour vous que pour n'importe qui. Alors ne nous jetez pas la pierre.

— Il n'empêche que je ne suis pas plus en sûreté. Cette fausse intérimaire aurait pu me tuer, aujourd'hui. Je suis avocate de la défense et je dois passer mon temps à me défendre moi-même.

— Parce que vous cherchez les problèmes, si vous voulez mon avis, dit Wilkins d'un ton devenu presque agressif. Intenter des procès, donner des conférences de presse, défier les gens. Vous pensiez vous en sortir comme une fleur ?

— Selon vous, ce qui m'arrive est normal ? répliqua Judy sur le même ton.

— Je dis simplement qu'il fallait vous y attendre. Vous ne pouvez pas avoir le beurre et l'argent du beurre.

L'argument n'était pas sans logique, admit Judy. Mais il lui restait encore des points à éclaircir.

— Avez-vous interrogé les Coluzzi sur tous ces sujets ? Le rodéo en voiture, la bombe, l'appartement ?

— Je suis allé leur rendre visite ce matin, mais je n'ai pas trouvé John. Marco était trop occupé pour me recevoir et sa secrétaire a dit qu'il me rappellerait.

— Vraiment ? Trop occupé pour recevoir la police ?

— Un homme qui affronte une émeute, on lui laisse un peu de champ libre, non ? De toute façon, il ne fait pas partie des suspects, officiellement du moins. Et vous n'avez pas idée de l'état dans lequel étaient les lieux ce matin, après le coup de force de Marco. Nous avons dû envoyer plus de vingt agents en tenue pour maintenir l'ordre.

— Alors, que dois-je faire, à votre avis ? Engager des gardes du corps ?

— Vous pourriez, bien sûr. Mais, à votre place, je me retirerais de l'affaire Lucia.

— Sûrement pas...

Judy s'interrompit. Wilkins serait-il à la solde des Coluzzi ? Elle chassa aussitôt ce soupçon, qu'elle mit sur le compte de la paranoïa. Enfin, peut-être...

— Pourquoi pensez-vous que je devrais laisser tomber ? demanda-t-elle pour en avoir le cœur net.

— Votre client ne s'en tirera pas et, de toute façon, j'estime qu'un criminel ne vaut pas la peine qu'on se fasse tuer pour lui.

— Connaissez-vous les Coluzzi ?

— Non.

— Vous n'avez jamais rencontré ni John ni Marco ?

— Non.

— Vous n'avez jamais eu aucun contact avec eux ?

— Non, et je n'aime pas subir un contre-interrogatoire.

Judy se sentit rougir. Elle avait toujours manqué de subtilité, elle le savait et devait s'y résigner.

— Je ne vous accuse de rien, inspecteur. Mais vous ne pouvez pas me reprocher de chercher à en savoir plus.

— Si, je peux.

Si Wilkins était vexé, Judy ne le regrettait pas.

— Allons, inspecteur, comprenez-moi. Ma vie est menacée, celle de mon client aussi, et la police ne fait rien. Le domicile de mon client a été saccagé, il est obligé de se cacher, et la police ne fait toujours rien. Il arrive un moment où l'on ne peut pas faire autrement que se poser des questions, surtout quand il s'agit des Coluzzi. Ils distribuent des pots-de-vin à la moitié des fonctionnaires municipaux et, si mes souvenirs sont bons, la police de Philadelphie n'a pas été elle non plus à l'abri de la corruption.

Elle ne put lui donner plus de précisions : un coup de frein brutal en plein milieu de la rue, sans feu rouge en vue et au risque de se faire percuter par un autobus bondé juste derrière eux, l'envoya la tête la première contre le pare-brise.

Les yeux de l'inspecteur Wilkins lançaient des éclairs quand il se tourna vers elle.

— Je vous prie de ne pas me prendre pour un ripou ou de croire que les hommes de ma brigade se laissent acheter alors même que je vous sers de chauffeur de taxi et que je fais l'effort de vous lécher les bottes. Je peux me dominer, mais jusqu'à un certain point. Compris ?

Judy acquiesça d'un signe de tête. À la véhémence de sa réaction, Wilkins était sincère – ou alors, un excellent acteur.

Sa tirade débitée, il enfonça l'accélérateur et tourna à droite dans un crissement de pneus. Quelques minutes plus tard, sur les pavés des vieilles rues de Society Hill, Judy fut envahie de remords.

— Je suis vraiment désolée, je ne voulais pas vous insulter.

L'inspecteur garda le silence.

— J'apprécie… ce que vous faites, croyez-moi, ajouta-t-elle en ayant supprimé juste à temps « le peu que vous faites ».

Comme frappé de mutisme, Wilkins enchaînait les virages.

— Écoutez, reprit Judy, je ne suis pas moi non plus forcée de vous lécher les bottes !

La voiture stoppa devant l'immeuble. Wilkins coupa le contact, tira le frein à main, descendit et claqua la portière, le tout sans dire un mot. Judy descendit à son tour, claqua sa portière encore plus fort et marcha sans se retourner jusqu'à la porte d'entrée. Il lui fallut cinq bonnes minutes pour pêcher son trousseau de clefs dans son sac. Pendant tout ce temps, ni l'inspecteur ni elle ne desserrèrent les dents.

Elle sentit son estomac se nouer en gravissant l'escalier jusqu'à son étage. Et s'il y avait encore quelqu'un chez elle en embuscade ? Elle aurait pu demander à l'inspecteur de la précéder, mais elle préférait se faire hacher sur place plutôt que rompre le silence, attitude qui lui valait souvent d'être qualifiée de tête de mule. Arrivée devant sa porte, elle l'ouvrit, fit un pas à l'intérieur et regarda autour d'elle.

Le living lui parut exactement dans l'état où elle l'avait laissé la veille. L'oreille aux aguets, elle contourna le canapé, la table basse, passa devant les fenêtres. Rien d'anormal, pas de bruit suspect. Le désordre habituel régnait dans la cuisine, la vaisselle sale trempait dans l'évier. Sa chambre lui offrit le spectacle familier des draps tirebouchonnés sur le lit défait, des tiroirs de la commode ouverts, du linge jeté au petit bonheur. Rien ne manquait dans son coffret à bijoux. La salle de bains ne présenta elle non plus rien d'inquiétant. Peut-être avait-elle oublié de fermer sa porte, après tout, pensa-t-elle en soupirant. Peut-être personne n'était-il entré en son absence...

En ouvrant la porte de son atelier, Judy se figea sur le seuil.

Son dernier tableau, celui commencé la nuit de la pleine lune, quand elle avait décidé de changer de style, était toujours sur le chevalet. Pour rompre avec les paysages de sa jeunesse nomade désormais révolue, elle avait choisi le premier sujet qui lui était tombé sous les yeux, son autoportrait telle qu'elle était cette nuit-là. Nue.

Le tableau avait maintenant de quoi la glacer de terreur. Depuis la base du cou, le torse était lacéré par un couteau resté planté dans le pubis. Des taches de peinture vermillon éclaboussaient de sang frais son corps dépecé. Le sens en était assez clair.

— Dieu tout-puissant ! exhala derrière elle l'inspecteur Wilkins.

Judy se retourna, vit son expression aussi horrifiée que la sienne. Elle ne savait s'il était pire qu'un étranger voie son portrait nue ou dans cet état. Le rouge lui monta aux joues, elle se détourna.

— Ne regardez pas, je vous en prie.

Elle tremblait. Cette agression était plus atroce que la bombe dans sa voiture. Plus terrifiante. Plus personnelle. La guerre entre les frères Coluzzi ne les empêchait pas de continuer à la terroriser.

Wilkins la prit aux épaules et l'entraîna hors de la pièce.

— Nous allons nous en occuper, Judy. Je suivrai l'affaire personnellement, je vous le promets. Je ferai tout ce qui est en mon pouvoir pour arrêter le salaud qui a fait ça.

— Merci.

— Mais je ne peux pas accuser les Coluzzi sur cette seule preuve, pas encore du moins. Vous êtes avocate, vous le savez aussi bien que moi. Il ne s'agit jusqu'à présent que de vandalisme.

— Je sais.

— Et soyez réaliste, même si vous êtes bouleversée. Si vous me demandez de passer l'appartement au peigne fin et de relever toutes les empreintes, je serai obligé de vous répondre que nous n'avons pas assez de personnel ni de moyens et que, même si nous le faisions, nous ne trouverions rien de probant. Si je demande aux Coluzzi où ils étaient et ce qu'ils faisaient hier soir, il y aura vingt témoins prêts à jurer qu'ils étaient en train de déguster un homard de dix livres dans un restaurant du front de mer.

Judy savait qu'il avait raison, mais son cœur battait toujours aussi fort. Elle ne voulait plus revenir dans cet appartement profané. Elle voulait contre-attaquer. Légalement, il devait y avoir un moyen…

— Que diriez-vous d'un contrôle judiciaire contre les Coluzzi et les membres de leur famille, au sens large ? Je pourrais préparer la requête et la déposer au tribunal dès cet après-midi.

— Croyez-vous vraiment pouvoir obtenir un contrôle judiciaire sur ces seuls éléments ?

Judy s'attendait à sa réaction. Elle n'y croyait pas elle-même.

— Non, c'est vrai. Rien ne prouve que les Coluzzi sont derrière cela. Toujours le même problème. Et, de toute façon, les Coluzzi n'en tiendraient aucun compte.

Le tremblement convulsif qu'elle avait réussi à maîtriser la reprit. Wilkins lui prit le bras pour la soutenir.

— Ne vous laissez pas entraîner dans leur jeu morbide, Judy. Celui ou ceux qui vous ont fait cela cherchent à vous déstabiliser. Ne leur accordez pas la victoire.

Ces paroles sensées et rassurantes ne l'étaient pas assez pour qu'elle se ressaisisse. La loi, la justice ne pouvaient donc rien pour elle ? Frank avait-il raison, en fin de compte ? Il lui manqua soudain alors qu'elle n'avait plus pensé à lui depuis longtemps.

— Écoutez Judy, reprit Wilkins, j'ai une fille plus jeune que vous. C'est à cause d'elle que je vous ai dit de vous retirer de l'affaire Lucia, pas parce que je me laisse corrompre. Je vous le dis comme je le lui dirais à elle. Aucun job ne vaut de risquer sa vie.

Judy en sourit presque.

— Ai-je bien entendu ? Vous êtes flic. Vous vous faites tirer dessus, vous risquez votre vie pour gagner votre pain. Vous pensez vraiment ce que vous venez de dire ?

À cela, l'inspecteur Wilkins ne trouva rien à répondre.

35

Judy eut le plus grand mal à faire comme si de rien n'était devant les deux Tony, M. Di Nunzio et Penny, confiée depuis le matin à leur garde. De peur de les inquiéter, elle ne leur parla pas de sa découverte à son appartement. Elle ne devait penser qu'à la tâche immédiate, se répétait-elle en regardant les titres des ouvrages techniques alignés sur les étagères de l'expert dans l'espoir de remettre de l'ordre dans ses idées. L'image de son autoportrait mutilé revenait cependant la hanter. Les bras croisés comme pour se protéger la poitrine, elle regardait autour d'elle. Partout, sauf en elle-même.

Le local où ils se trouvaient, un ancien garage, paraissait d'autant plus vaste que les murs étaient peints en blanc. Des boîtes à outils rouges étaient posées sur des établis le long d'un mur, surmontés de panneaux où des dizaines d'outils chromés étaient rangés en bon ordre. Au fond, sur une longue surface de travail à côté d'une batterie de classeurs, on voyait un ordinateur du modèle le plus récent avec un écran géant de vingt et un pouces, un fax, une imprimante et trois microscopes. Des panneaux fluorescents au plafond dispensaient sur le tout une lumière aussi crue que celle d'une salle d'opération.

Les Tony et M. Di Nunzio regardaient fixement le Dr William Wold qui tournait autour de la carcasse calcinée du Combi Volkswagen des Lucia. Très fiers de leur initiative, ils avaient subtilisé l'épave en ouvrant dans la clôture une brèche de la taille d'une baleine. Partagée entre la réprobation et le remords de s'en être rendue complice, Judy envisageait de les envoyer se coucher en les privant de cigares. Pourtant, quand Tony-du-bout-de-la-rue lui avait avoué au téléphone ce qu'ils avaient fait, elle lui avait demandé sans hésiter de livrer l'épave chez l'expert. Et c'est ce qui la tracassait. Pouvait-elle encore se considérer comme une personne honnête en profitant sans scrupule d'un acte répréhensible ? Les câblages de son sens moral avaient subi, il est vrai, un sérieux court-circuit depuis la découverte de son portrait assassiné.

L'épave était posée sur une bâche blanche, elle-même déroulée sur un linoléum immaculé afin de recueillir tous les débris susceptibles de tomber au cours de l'examen, avait expliqué l'expert. Le Dr Wold ne lésinait pas sur les explications, caractéristique obligée d'un expert agréé par les tribunaux. Il avait témoigné dans quelque cent trente-cinq affaires d'accidents d'automobiles, preuve que l'on peut trouver en Amérique un expert dans tous les domaines imaginables – à condition d'y mettre le prix.

Après avoir pris des notes, l'expert s'éclaircit la voix :

— Il s'agit en effet d'un Combi VW, maître Carrier. Ce type de véhicule semi-utilitaire a été fabriqué dans l'usine Volkswagen de Pennsylvanie de 1979 à 1983 avant que la production soit transférée dans une autre usine du groupe en Yougoslavie. Ils étaient pourvus d'un moteur Diesel ou à essence. Environ quatre-vingts Combi seulement sont sortis aux États-Unis en 1979, mais ce chiffre est passé à vingt-cinq mille en 1980 et à trente-trois mille en 1981. Celui-ci est assurément un modèle de 1981.

— Comment en savez-vous autant ? s'étonna Judy.

Ingénieur dépourvu du sens de l'humour, ce qui tient du pléonasme, le Dr Wold rajusta ses lunettes sur son nez.

— Je me suis documenté après votre appel. Il est moins important de s'encombrer la tête d'informations que de savoir où et comment y accéder. Je sais obtenir toutes sortes d'informations.

— Je vous crois volontiers, approuva Judy.

Elle espérait lui donner l'impression de participer à la conversation, effort parfaitement inutile, car le Dr Wold n'attachait aucune importance à la participation d'autrui à une quelconque de ses activités. Les Tony et M. Di Nunzio avaient dû en prendre conscience dès leur arrivée, car ils observaient depuis le début un mutisme inaccoutumé.

L'expert se posta près de l'avant. Puis, après avoir remarqué que les phares avaient disparu, ce que chacun avait déjà constaté de visu, et que le capot était enfoncé, preuve évidente qu'il avait dû absorber le plus fort de l'impact, il se tourna vers son auditoire.

— Je crois savoir que le véhicule est tombé d'un passage supérieur sur la chaussée située en dessous.

— Je le pense aussi, confirma Judy, mais je ne dispose pas du rapport de police sur les circonstances exactes.

— Je me le procurerai. J'ai déjà consulté les archives de presse relatant l'accident et je me rendrai sur les lieux. Afin d'en reconstituer le déroulement aussi précisément que possible, je réaliserai une vidéo animée par ordinateur, qui vous sera utile au cours du procès. Ce type de présentation fait en général le meilleur effet sur le jury.

Judy manifesta son appréciation d'un signe de tête.

— Vous m'avez demandé de déterminer si le véhicule porte des traces de sabotage, ce que je ferai. J'effectue une série très complète de tests et de vérifications. J'interviens la plupart du temps dans des affaires de responsabilité civile, mais ces tests s'appliqueront avec autant sinon davantage de rigueur dans une affaire criminelle.

— Je n'en doute pas, opina Judy.

— Vous m'avez aussi demandé de vérifier si le moteur avait été saboté ou trafiqué d'une manière quelconque. Cela me sera extrêmement difficile, déclara le Dr Wold en ponctuant ces derniers propos d'un bref éclat de rire qui tenait de l'aboiement.

Judy se sentit rougir. Pendant leur conversation téléphonique, en effet, Tony lui avait appris que l'épave était veuve de son moteur. Elle n'aurait pas dû l'oublier.

— C'est exact. Le moteur a dû être revendu en pièces détachées.

— Ou au poids de la ferraille. Dans la plupart des cas, les épaves sont rarement envoyées à la casse avec leur moteur, c'est ce qui a le plus de valeur.

— Je sais. Pouvez-vous aussi vérifier s'il y a eu usage d'explosifs ?

L'expert leva un sourcil hautain.

— Bien entendu. Mais c'est fort peu probable, compte tenu du fait que l'épave est à peu près intacte, si j'ose dire.

Décidément, pensa Judy en soupirant, ce n'est pas mon jour.

— Vous pouvez quand même vous assurer s'il y a eu ou non un acte de sabotage ? Les freins, par exemple. Y sont-ils encore ?

— En partie seulement.

— Bien, vérifiez-les. Vérifiez tout. J'ai besoin d'être informée aussi complètement que possible sur les causes et les circonstances de cet accident. De comprendre pourquoi deux personnes saines de corps et d'esprit ont défoncé en pleine nuit le rail de protection du passage supérieur d'une bretelle d'autoroute. Nous ne disposons que de l'épave de leur véhicule pour nous l'apprendre.

— Cela va sans dire. Mais je dois vous avertir que je rendrai mes conclusions en me fondant sur ce que j'aurai dûment constaté et non sur ce que vous souhaiteriez entendre. Je ne suis pas de ces experts qui ajustent leurs conclusions selon le montant de leurs honoraires.

— Je comprends.

Judy haïssait les experts qui faisaient ainsi étalage de leur intégrité. Elle préférait ceux qui se font payer pour dire ce que vous voulez.

— Parfait. Vous ne verrez donc pas d'inconvénient à ce que je vous dise que, compte tenu de mon examen préliminaire de l'épave et des premières informations dont je dispose, j'estime que la cause de l'accident est évidente et tout à fait simple. Il s'agit d'un type d'accident de la route parmi les plus courants.

Judy dut se mordre la langue pour ne pas répliquer. Elle ne pouvait pas répéter, surtout devant les autres, ce que

Tony-pigeon lui avait révélé. Elle connaissait la conclusion mais devait en obtenir la preuve. Le processus inverse d'un procès criminel, en quelque sorte.

— Si vous voulez bien vous approcher de l'ordinateur, reprit le Dr Wold en les précédant vers le plan de travail. Comme je disposais d'un peu de temps cet après-midi, j'ai consulté sur Internet les archives des journaux de Philadelphie. L'une des photos publiées à l'époque m'a paru particulièrement instructive. Regardez.

Il effleura une touche du clavier et l'écran géant se ralluma pour afficher la photo en noir et blanc d'un passage supérieur d'autoroute. On voyait clairement le rail de sécurité tordu vers l'extérieur et le grillage arraché. Mais l'impact de cette image venait moins de ce qu'elle montrait que de ce qu'elle évoquait, le fait qu'un couple de braves gens inoffensifs avait trouvé la mort à cet endroit. Judy se rappela avec un serrement de cœur la photo désormais historique des astronautes de la navette *Challenger* saluant la foule en souriant au moment de monter dans le vaisseau spatial où ils allaient périr.

— L'article du journal, reprit le Dr Wold, se borne à rapporter que le véhicule a démoli le rail de protection avant de tomber sur la chaussée inférieure où il a pris feu. Comme je vous le disais, ce type d'accident est malheureusement fréquent, surtout à ce nœud autoroutier qui comporte de nombreux points noirs. Vous constatez d'ailleurs, poursuivit-il en pointant son stylo sur l'écran, que le rail de sécurité est ici d'un modèle ancien, dépourvu des renforts installés depuis. La faiblesse structurelle de ce dispositif, dont les essais s'étaient révélés catastrophiques, a contribué, c'est certain, à la déplorable facilité avec laquelle le véhicule qui nous intéresse a réussi à le franchir.

Judy ne put s'empêcher de frémir.

— L'article rapporte en outre que l'accident s'est produit le 25 janvier. J'ai donc consulté les bulletins météorologiques à cette date, continua l'expert en déroulant l'image sur l'écran jusqu'à la page recherchée. Or il est établi que la température était inférieure à zéro tout l'après-midi pour chuter à moins quinze pendant la nuit. De plus, il avait plu au cours de la matinée. Il y avait donc à coup sûr des plaques de verglas sur les routes de la région, ce qui les rendait particulièrement dangereuses à cette heure nocturne. D'après le journal, l'accident a eu lieu à une heure du matin, n'est-ce pas ?

— C'est exact, approuva Judy.

— L'heure aussi a son importance. Le Conseil de santé publique estime qu'une dizaine de milliers d'accidents de la route sont dus chaque année à la somnolence, qui altère la vigilance des conducteurs et leur capacité à discerner un danger potentiel. Ce danger est également aggravé par la consommation d'alcool...

— Ils n'étaient pas saouls ! protesta Pieds, qui prenait la parole pour la première fois. Quand Frank avait bu deux bières, c'était le bout du monde, et Gemma n'a jamais bu une goutte d'alcool.

Agacé par l'interruption, le Dr Wold cligna des yeux.

— Je ne suggérais pas que vos amis aient été ivres, monsieur. Je disais simplement qu'un verre de trop à une heure tardive, comme c'est souvent le cas de ceux qui reviennent d'une noce ou d'une cérémonie par exemple, avant d'emprunter une route rendue dangereuse par les intempéries, risque d'entraîner des conséquences désastreuses, surtout dans un véhicule aussi léger que celui-ci.

Judy n'en croyait pas un mot. La théorie de l'expert ne correspondait en rien à ce que lui avait dit Tony-pigeon dont elle ne doutait pas de la parole, même si les apparences lui étaient contraires. Les agressions dont elle était elle-même victime lui permettaient de mieux saisir les raisons pour lesquelles Tony s'était laissé aller à tuer Angelo Coluzzi. Tony était un honnête homme acculé malgré lui à un acte répréhensible, et elle éprouvait exactement le même sentiment. Elle comprenait maintenant le mécanisme d'une vendetta, pourquoi elle débutait et pourquoi elle suivait ensuite son propre cours, qu'aucun des protagonistes n'était plus en mesure de faire dévier.

La voix du Dr Wold interrompit ses réflexions.

— Votre décision, maître Carrier ? Voulez-vous que j'entreprenne mon expertise ou préférez-vous en faire l'économie ? Je suis honnête avec vous, car je pense que mes conclusions ne seront guère différentes de celles de l'enquête de police.

Judy le regarda droit dans les yeux.

— Faites le nécessaire, docteur. On compte sur moi.

En fait, elle parlait pour elle-même. Et Penny leva un regard étonné vers sa maîtresse dont elle ne reconnaissait pas la voix.

36

La nuit était tombée lorsque Judy revint au cabinet avec Penny pour seule compagnie. Les deux Tony et M. Di Nunzio lui avaient proposé de rester pour assurer sa sécurité, mais elle savait qu'ils avaient mieux à faire et avait refusé. Ce soir, elle coucherait à l'hôtel. En attendant, elle devait travailler. Elle avait averti les gardiens à l'entrée de l'immeuble qu'elle serait seule au bureau et que Penny lui servirait de garde rapprochée.

Assise à son bureau devant le rectangle noir de la fenêtre, Judy commença à rédiger une requête à la cour. Le léger cliquetis de son clavier d'ordinateur brisait le silence. L'idée lui était venue sur le chemin du retour d'essayer d'avancer la date du procès Lucia compte tenu des menaces de mort pesant sur son client et sur elle. C'était l'unique mesure légale qu'elle pouvait entreprendre avec quelque chance de succès et, sur le moment, elle avait retrouvé son optimisme.

Mais plus elle relisait ses arguments, plus elle se sentait gagnée par l'énervement. Elle ne se souvenait plus de l'heure ni même de la date de son dernier repas. Elle n'avait pas eu une bonne nuit de sommeil depuis des jours et elle était sursaturée de café. Couchée sur la moquette, Penny devinait l'humeur de sa maîtresse qu'elle épiait d'un œil inquiet. Judy avait bien pensé rappeler Frank, qui lui avait laissé de nombreux messages dans la boîte vocale de son portable, mais elle n'avait pas envie de lui parler dans l'état d'esprit où elle se trouvait ni ne voulait, surtout, qu'il apprenne ce qui s'était passé à son appartement. Bennie, retenue par les longues négociations d'un compromis amiable dans les bureaux d'un de ses clients, était injoignable au moins jusqu'à minuit. Pour rompre sa solitude qui devenait oppressante, Judy envisagea de se rabattre sur Mary mais, là encore, elle préféra s'en abstenir afin de ne pas inquiéter son amie. Elle n'avait même pas Murphy sous la main, et la solitude qu'elle éprouvait était plus intense que jamais.

Elle s'efforça de se concentrer à nouveau sur son texte. Mais, devant l'énumération des agressions dont Tony-pigeon, Frank et elle avaient été l'objet depuis à peine huit jours qu'elle s'était chargée de l'affaire, la colère la reprit. La police ne ferait rien tant qu'ils ne seraient pas tous morts ! C'était insensé, dément ! Sous son vernis de professionnalisme qui menaçait de craquer, elle sombrait dans une forme de dérangement mental. Elle le sentait, en fait, depuis la découverte de son portrait ensanglanté, un poignard entre les jambes.

Judy abandonna sa relecture, se leva d'un bond et se mit à faire les cent pas, mais l'exiguïté de son bureau ne faisait qu'aggraver sa frustration. Elle n'arrivait toujours pas à étayer son dossier par des preuves. L'expert en accidents automobiles ne pouvait rien prouver contre Angelo Coluzzi, ses cassettes avaient flambé dans l'incinérateur, Jimmy Bello témoignerait sous serment qu'il avait entendu Tony dire à Coluzzi : « Je vais te tuer. » Et les violences auxquelles elle était en butte finiraient inévitablement par aboutir au pire des résultats si elle s'obstinait à assurer la défense de Tony.

Judy allait de long en large, comme un tonneau vide sur le pont d'un bateau ballotté par le roulis. Trois pas dans un sens : reverrait-elle jamais sa voiture ? Trois pas en sens inverse : rentrerait-elle chez elle un jour ou l'autre ? Trois pas en avant : pourrait-elle trouver quelque chose de plus efficace contre les Coluzzi que de les traîner devant les tribunaux ? Trois pas en arrière : elle était parvenue à les rendre enragés, à les dresser l'un contre l'autre, mais sans pouvoir les stopper…

Judy s'arrêta brusquement, essuya d'un revers de main son front couvert de sueur. Percevant ce soudain changement d'humeur, Penny leva la tête d'entre ses pattes.

Oui, il y avait quelque chose qu'elle était capable de faire. Quelque chose qu'elle n'avait pas encore tenté. Une démarche sans doute un peu folle, sûrement dangereuse, mais qui valait mieux qu'une avalanche de documents juridiquement corrects.

Elle revint à l'ordinateur, adressa en hâte un e-mail explicatif à Bennie et se prépara à mettre son idée à exécution. Elle avait une voiture de location, une jeune chienne pleine de bonne volonté, et un sens de l'humour qui renaissait de ses cendres. Que demander de plus ou de mieux ?

Elle empoigna son sac, la laisse de Penny, s'engouffra dans l'ascenseur, sortit par la porte de derrière dans la ruelle où elle avait garé la voiture et démarra sans quitter des yeux le rétroviseur. Penny s'était assise sur le siège du passager et regardait droit devant elle, tel un garde du corps aux aguets.

Judy prit un chemin désormais familier et se retrouva en peu de temps dans les rues étroites de South Philly où elle prit des raccourcis sans se perdre, comme une vraie indigène. La circulation était clairsemée, les rues quasi désertes, car l'équipe de base-ball passait à la télévision. On était mieux assis pour regarder le match chez soi que sur les sièges durs du stade où, plus ennuyeux, la bière coûtait plus cher.

Après plusieurs virages à angle droit, elle atteignit la rue qu'elle cherchait et ralentit jusqu'à ce qu'elle voie l'enseigne. C'était bien là, le bâtiment de brique avec des grilles aux fenêtres contre les cambrioleurs et une double porte en verre blindé à travers laquelle on distinguait la silhouette d'un vigile, pistolet à la ceinture. À cette heure avancée, l'effectif des gardes armés était réduit au minimum, la foule s'était dispersée. Le coup d'État de Marco Coluzzi avait réussi.

Judy se rangea contre le trottoir d'en face, éteignit les phares et coupa le contact. Elle respira profondément à plusieurs reprises afin de calmer ses nerfs qui recommençaient à faire des leurs et regarda autour d'elle. Il faisait sombre, un seul lampadaire sur les quatre de cette section était en état de marche. Dans ce quartier non résidentiel, on ne trouvait que des bureaux ou des ateliers, fermés et obscurs à cette heure tardive. Seuls, les locaux de Coluzzi Construction étaient encore éclairés. Compte tenu de la journée, Marco Coluzzi et ses gens devaient travailler tard, ce que Judy avait espéré.

— Nous y voilà, Penny, dit-elle à haute voix.

La chienne tourna la tête et se blottit contre elle, comme à son habitude. Judy ne la repoussait jamais, malgré la gêne qu'elle lui causait en conduisant. Ce soir, en tout cas, elle avait besoin d'une présence réconfortante, même poilue.

Judy aurait déjà dû descendre de voiture et entrer dans les bureaux, mais quelque chose la retenait. Elle était venue dans l'intention d'aborder Marco Coluzzi de front, de lui dire de rappeler ses nervis, de le convaincre de laisser la décision à un juge et à un jury. De lui expliquer que s'il la tuait ou la forçait à abandonner l'affaire, un autre avocat prendrait sa place. Il y en avait des centaines d'autres, nul ne l'ignorait.

Elle serra les dents. Si Bennie ne considérait pas indigne d'elle de négocier un compromis, pourquoi pas elle ? Les avocats sont rompus à toutes les ficelles du marchandage. Et elle avait un atout en main, une monnaie d'échange. Si Marco s'engageait à cesser les hostilités, Judy retirerait ses plaintes. Les procès coûtaient déjà une fortune aux Coluzzi et ce n'était qu'un début. Un bon compromis mettrait fin aux dommages des deux côtés. Et s'il lui arrivait quoi que ce soit ce soir, la mémoire de son ordinateur révélerait à qui de droit où elle était et qui serait responsable de sa disparition. Maigre réconfort, se dit-elle en revoyant le sac de plastique noir dans la chambre froide de la morgue.

Maintenant qu'elle était au pied du mur, son projet lui paraissait si hasardeux, sinon complètement insensé, que Judy hésitait à le mettre à exécution. Elle n'avait pas d'arme, Marco si. Elle avait une jeune chienne encore fofolle, Marco de solides vigiles en uniforme. Il avait beau être bardé de diplômes, il était capable de faire disparaître son cadavre dans les fondations en béton d'un centre commercial. Et ça, c'était le scénario optimiste. Parce qu'il restait le poignard…

Judy caressa Penny entre les oreilles en essayant de se convaincre qu'elle ne reculait pas devant l'obstacle. Le silence était si total qu'elle entendait le léger cliquetis de l'horloge du tableau de bord qui marquait minuit moins dix. Elle ferait sans doute mieux de rentrer au bureau, d'effacer son testament de la mémoire de l'ordinateur, de parler à Bennie qui serait bientôt de retour. Elle terminerait sa requête pour l'avancement de la date du procès, elle finirait la nuit dans une chambre d'hôtel où elle pourrait dormir et se sentir mieux le lendemain matin. Elle n'avait rien à faire ici. Son idée était pire qu'absurde, elle était idiote et elle aurait de la chance de s'en sortir indemne.

Elle tendait la main vers la clef de contact quand l'obscurité de la rue fut soudain percée par l'éclat aveuglant des phares d'une voiture qui roulait à pleine vitesse. D'abord déconcertée, Judy craignit que la voiture ne la percute et, d'instinct, prit Penny dans ses bras. La voiture, une grosse berline sombre, stoppa dans un crissement de freins devant les bureaux de Coluzzi Construction. Par réflexe, Judy regarda le numéro, mais il n'y avait pas de plaque d'immatriculation.

Les quatre portières s'ouvrirent en même temps, quatre hommes en cagoule descendirent, armés de fusils d'assaut. Terrifiée, le cœur battant, Judy entendit une explosion assourdissante et vit la porte de verre voler en éclats qui se répandirent sur le trottoir, tandis que des flammes orange et un épais nuage de fumée s'échappaient du bâtiment. Elle aurait cru voir une scène d'un film d'horreur si l'odeur de brûlé n'emplissait déjà la rue. Terrifiée, Penny se mit à aboyer et Judy dut lui fermer la gueule d'une main pour ne pas trahir leur présence.

Les quatre hommes chargèrent à travers le nuage de fumée et firent irruption dans le hall d'entrée. Judy vit les lumières clignoter avant de s'éteindre. De longues rafales d'armes automatiques crépitèrent alors à l'intérieur du bâtiment plongé dans le noir total. Judy imagina sans peine ce qui se passait. Ces tueurs étaient-ils venus supprimer Marco ? John se cachait-il sous une de ces cagoules ? Irait-il jusqu'à tuer son propre frère ? Ils étaient l'un et l'autre des voyous sans scrupule, soit, mais cette abomination dépassait l'entendement. Son devoir lui imposait de faire quelque chose.

Elle saisit son téléphone portable au fond de son sac, composa le numéro de Police secours sans quitter des yeux l'entrée du bâtiment, d'où s'échappait toujours de la fumée, lorsque les quatre hommes sortirent en courant et sautèrent dans leur voiture qui démarra en trombe.

— Venez vite ! cria-t-elle sans attendre que l'opérateur s'annonce. Les bureaux de Coluzzi Construction à South Philly, une explosion, une fusillade. Venez vite !

— Avez-vous vu l'agresseur ? Pouvez-vous nous le décrire ?

— Ils étaient quatre, ils portaient des cagoules. Dépêchez-vous, pour l'amour du Ciel ! Envoyez aussi une ambulance !

— Combien avez-vous dit ?...

Le téléphone à l'oreille, Judy traversait déjà la rue en courant. Elle pourrait peut-être se rendre utile. Si elle ignorait tout du secourisme, elle demanderait conseil à l'homme au téléphone. Au bas des marches, elle glissa sur des échardes de verre, se releva, pénétra dans le bâtiment. Le hall de réception était en ruine, le comptoir se consumait encore en dégageant de la fumée noire.

— Ne tirez pas ! cria-t-elle. Je viens vous secourir !

Elle se rendit aussitôt compte que son appel était inutile. Il régnait un silence de mort. Avançant à tâtons dans la fumée, elle buta contre quelque chose et regarda à ses pieds. C'était le cadavre d'un garde, qui la regardait de ses yeux encore grands ouverts. Il était criblé de balles, son uniforme couvert de sang. Une main sur sa bouche pour réfréner son cri d'horreur, Judy se força à continuer.

Elle s'engagea dans un couloir en se guidant d'une main contre le mur et découvrit deux autres vigiles, morts eux aussi constata-t-elle en leur tâtant le pouls. Trois morts en quelques mètres. Elle fit de son mieux pour refouler la nausée qui s'emparait d'elle.

— Marco ! cria-t-elle. Marco, répondez !

Elle ne comprit pas pourquoi elle l'appelait. La veille encore, elle l'aurait volontiers tué de ses mains, aujourd'hui, elle voulait lui sauver la vie. Au bout du couloir, elle entendit des gémissements et se précipita dans une vaste pièce sombre. Le bureau, supposa-t-elle, devait se trouver au fond. Un nouveau gémissement le lui confirma.

Elle courut, buta contre un corps étendu par terre, tomba à genoux et, sa vision s'accoutumant à l'obscurité, reconnut la silhouette de Marco Coluzzi. Mais il ne gémissait plus. Un filet de liquide coulait de la commissure de ses lèvres. Judy y posa la main. Le liquide était tiède. Du sang.

Le téléphone coincé entre l'épaule et l'oreille, elle se mit à presser en cadence sur la poitrine de Marco.

— Dites-moi ce qu'il faut faire ! cria-t-elle.

La communication était si mauvaise que la voix de l'opérateur de la police était presque inaudible. Dehors, une sirène se rapprochait, puis une autre. Au moins avaient-ils reçu son appel au secours.

— Marco ! Marco, répondez ! cria-t-elle en lui pompant frénétiquement la poitrine.

Aucun son n'émergeait plus du corps étendu devant elle. Elle appuyait de toutes ses forces comme elle l'avait vu faire au cinéma, recommençait. Marco portait un costume de ville et une cravate, même à cette heure de la nuit, et elle en fut touchée sans savoir pourquoi. Mais elle avait beau faire, Marco ne respirait plus.

Elle laissa tomber son téléphone, prit Marco dans ses bras. Elle pouvait voir le sang couler le long de son cou sur sa chemise ensanglantée. Il avait déjà perdu trop de sang, c'était trop tard pour le sauver. Et tout était sa faute. C'est elle qui avait dressé les frères l'un contre l'autre. Elle n'aurait jamais pensé que la situation en arriverait là. Pourtant, elle aurait dû le prévoir.

— Au secours ! Au secours !

Mais elle savait que c'était inutile. Ni elle ni personne ne pouvait plus rien pour lui.

— Assez ! Il faut que ça cesse ! Assez ! s'entendit-elle crier d'une voix hystérique, sans savoir si elle parlait du sang qui coulait, des crimes à répétition ou de la vendetta.

Et c'est avec soulagement qu'elle sentit ses larmes lui monter aux yeux et ruisseler sur son visage, parce que ces larmes signifiaient qu'elle faisait encore partie de l'espèce humaine, qu'elle avait un cœur, une conscience, une âme dont personne ne saurait la dépouiller, le pauvre homme mort entre ses bras moins que tout autre.

Les heures suivantes furent pour elle une parade confuse de brancardiers et de policiers qui posaient des questions. Elle vit défiler les techniciens de la police scientifique, le médecin légiste qui la reconnut et la salua d'un signe de tête, encore des policiers qui tendaient les bandes de plastique jaune interdisant l'accès à la scène du crime. Surgirent enfin les caméras de télévision, les projecteurs, les micros tandis que son téléphone portable sonnait sans arrêt. Elle répéta plus d'une centaine de fois « Pas de commentaires ». Quelqu'un lui tendit une serviette en papier avec laquelle elle s'essuya le visage. Quand elle la regarda, elle vit qu'elle était couverte de sang, un sang plus rouge que toutes les peintures à l'huile.

Judy répondit de son mieux aux questions de la police. Elle décrivit ce qu'elle avait vu et expliqua la raison de sa présence à l'inspecteur Wilkins. Elle fouilla dans sa mémoire pour retrouver des détails de la berline sombre, des hommes en cagoule, tout indice susceptible d'aider à confondre l'auteur de ce massacre, bien qu'ils fussent tous deux persuadés qu'il s'agissait de John Coluzzi. Wilkins ne la contraignit pas à aller déposer à la Rotonde, parce que Bennie, arrivée entre-temps, menaçait de faire un scandale.

Serrant Judy contre elle comme un enfant perdu, Bennie la reconduisit à sa voiture et la fit asseoir au volant, à côté de Penny complètement affolée par l'odeur du sang qu'elle reniflait sur les vêtements de sa maîtresse.

— Comment te sens-tu ? demanda-t-elle, accroupie sur le trottoir pour être à sa hauteur. Veux-tu que je t'emmène à l'hôpital ?

— Non, ça va. Je vais bien, je t'assure.

Le dire lui faisait du bien. Judy se sentait peu à peu redevenir elle-même. Et quand Penny sauta contre elle et lui lécha les joues, elle ne put s'empêcher de rire en dépit des circonstances.

— Les chiens sont de braves gens.

— Les chiens sont indispensables, assura Bennie. Et maintenant, tu vas filer d'ici. Veux-tu coucher chez moi cette nuit ?

— Non merci, j'ai réservé une chambre d'hôtel. Je vais mieux, sois tranquille. Beaucoup mieux.

— Ta chienne à l'hôtel ? Ils te jetteront dehors. Confie-la-moi, elle jouera avec la mienne.

Judy hésita. Ce serait la solution la plus sensée, la meilleure aussi pour Penny.

— Non, je préfère la garder avec moi.

— Comme tu veux, dit Bennie en riant. Retrouve-moi au bureau à neuf heures, nous parlerons. Passe par la porte de service. J'engage deux gardes supplémentaires pour l'entrée de l'immeuble et deux pour le bureau, il y seront tous les jours jusqu'à la fin du procès.

— Merci.

— Allez, fiche le camp, voilà la presse. Es-tu en état de conduire ? ajouta Bennie avec inquiétude.

Les caméras et les micros s'avançaient en rangs serrés.

— Assez pour semer ces guignols, la rassura Judy.

— Alors, vas-y, ma fille !

Et Bennie se releva pour affronter la meute des médias.

Judy démarra en trombe. Elle sema les deux dernières voitures des journalistes vingt minutes plus tard parce qu'ils ne la poursuivaient qu'assez mollement. Il n'était question que des Coluzzi à la radio, que Judy avait réglée sur la station d'informations continues. Les bureaux mais aussi le domicile de Marco Coluzzi avaient été attaqués. John Coluzzi était injoignable.

Judy eut une pensée pour la femme et les enfants de Marco. Elle aurait dû prévoir ce qui arriverait, se disait-elle avec des remords de plus en plus cuisants. Elle avait sous-estimé la barbarie de John. Tuer son propre frère ! Sans parler des autres hommes, des innocents dont le sang tachait encore ses mains et ses vêtements.

Plongée dans ses réflexions, elle s'arrêta à un feu rouge et ne redémarra qu'en entendant les coups d'avertisseur indignés de la voiture qui la suivait. La fatigue mais plus encore la tristesse lui pesaient de plus en plus. Les massacres allaient-ils enfin cesser ou la violence allait-elle empirer ? John allait-il reprendre les rênes de l'affaire ? Ces questions lui donnaient le vertige.

C'est en laissant ses pensées s'enchaîner librement qu'elle aboutit à une conclusion qui la fuyait depuis le début de cette folie.

En lui déclarant la guerre, les Coluzzi l'avaient poussée aux limites extrêmes de l'irrationnel, c'est-à-dire à sa décision d'affronter Marco face à face. En cela, son cas n'était pas différent de celui de Tony. S'ils l'avaient provoqué comme ils l'avaient provoquée, s'ils étaient allés jusqu'à tuer une personne qui lui était chère, aurait-elle tué à son tour pour se venger ? C'était possible, voire probable, mais elle n'en avait pas encore pris conscience. Elle comprenait maintenant ce qui troublait son jugement depuis le début de l'affaire : Bennie lui avait demandé de décider en son âme et conscience si Tony était coupable ou innocent. Eh bien, sa décision était désormais irrévocable.

Il était innocent.

Cette nouvelle certitude redonna à Judy une forme de paix intérieure. Les événements du jour, pour abominables qu'ils aient été, s'éloignèrent comme la marée se retire de la plage. La vitre baissée, elle conduisait dans les rues calmes de la nuit. Un léger crachin vint humecter le pare-brise et c'est au rythme lancinant des essuie-glaces qu'elle dépassa son hôtel. Elle n'eut même pas la pensée de s'arrêter et de faire marche arrière.

Judy continua à rouler jusqu'à la rampe d'accès à l'autoroute. La circulation était nulle ou presque lorsqu'elle dépassa les limites de la ville pour gagner la sortie vers la route 202 puis la 401, qui serpentait à travers bois. Elle freina à un moment pour laisser passer une petite troupe de chevreuils qui traversaient la route. Le jappement réprobateur de Penny la fit sourire.

Judy n'avait rien pour la guider que les étoiles, mais elle avait oublié les leçons de navigation que son père avait tenté de lui donner. Ce qui ne l'empêcha pas de retrouver le chemin du château d'eau abandonné, car elle naviguait selon un repère beaucoup plus efficace que les étoiles, bien qu'il soit tout aussi naturel. Le cœur humain.

Quand elle stoppa dans l'herbe humide, Frank était déjà là et accourait vers elle. Il la souleva dans ses bras, si forts et si doux à la fois, et elle n'eut pas besoin de parler, il effaçait par ses baisers le sang de son visage et la douleur de son âme.

Et lorsqu'elle lui demanda enfin si elle pouvait rester pour la nuit, il répondit simplement :

— Je me demandais quand tu te déciderais enfin à le dire.

LIVRE CINQ

La massima giustizia è la massima ingiustizia.
(Une justice extrême est une injustice extrême.)
Proverbe italien

La justice doit suivre son cours normal.
Benito MUSSOLINI, 10 décembre 1943

« Calmez-vous, mon vieux ! Vous ne sentirez rien, vous verrez. »
Un membre du peloton d'exécution ayant fusillé
le comte Ciano, gendre de Mussolini,
le 11 janvier 1944

37

L'église, la boucherie et la boulangerie constituaient les principaux édifices bordant la place du village natal de Tony. Il y avait aussi, au coin de la boucherie, un petit café où ce dernier emmenait souvent son fils Frank le vendredi après-midi à quatre heures, assez tôt pour ne pas lui couper l'appétit comme le lui avait enjoint Silvana. Tony ne voyait pas d'inconvénient à se laisser commander par sa chère épouse, surtout en ce qui concernait leur fils. Silvana était une bonne mère, sachant tempérer son autorité par la tendresse. C'est pourquoi Tony avait des remords d'emmener son fils de deux ans boire avec lui un expresso à l'une des deux ou trois tables que le café sortait sur la place à la belle saison. Mais c'était si agréable de s'asseoir là avec ce fils dont il était fier et de regarder vaquer à leurs occupations les gens du village, qui ne manquaient pas de les saluer au passage.

Tony ne se lassait jamais d'observer son fils, d'admirer la finesse de ses cils, le rose de ses joues, le noir de ses cheveux où les rayons du soleil posaient des touches de terre ocre et même des reflets d'or. Contrairement à son père, Tony voulait que son fils grandisse meilleur que lui, qu'il aille à l'école apprendre à lire et à écrire, qu'il se mêle aux gens de la ville et devienne leur égal.

Son plaisir, ce vendredi-là, se doublait de la joie de fêter l'anniversaire du petit Frank. La famille avait économisé ses tickets de sucre pour que Silvana prépare un superbe gâteau, luxe inouï à cette époque de sévères restrictions. Mais avant de devoir rentrer à la maison, Tony profitait de cette heure douce où le soleil descend sur l'horizon et où la place commence à se remplir des habitants venus faire la rituelle *passeggiata*.

Son plaisir fut gâché par l'apparition d'un groupe de Chemises noires qui traversaient la place en faisant sonner leurs bottes sur les pavés. Il s'étonnait de leur présence dans ce village plutôt à l'écart où rien ne pouvait les intéresser, quand l'un d'eux accrocha son regard et se détourna aussitôt. Qui est cet homme ? se demanda Tony. Pourquoi me regarde-t-il ? C'est alors qu'il le reconnut et la peur lui noua l'estomac.

Il l'avait déjà vu le jour du Tournoi de Mascoli. C'était celui qui se tenait près de Coluzzi sur l'estrade officielle. L'un de ceux qui l'avaient agressé et roué de coups.

Son vague malaise se mua en terreur. Il se leva d'un bond.

— Papa ? s'étonna le petit Frank. *Che cosa è ?*

Tony baissa les yeux vers lui et la vue de l'enfant le ramena au présent. Son fils était aussi celui de Silvana. Si le bras droit de Coluzzi était ici, Coluzzi l'était-il lui aussi ? Dieu tout-puissant ! La menace qui pesait sur lui et sa famille s'était interrompue pendant l'absence de Coluzzi en Éthiopie, mais ses méfaits s'étaient multipliés après les fiançailles officielles de Tony et de Silvana. Un matin, il avait trouvé sa chère mule égorgée dans le pré. Un autre, une rangée d'oliviers sciés ou arrachés. Tony savait qui avait commis ces crimes, mais il avait trop peur pour aller se plaindre à la police qui était aux mains des fascistes. Alors, Coluzzi était-il de retour au pays ? Avait-il obtenu d'être nommé à Mascoli, son fief ? Dans ce cas, le pire était à craindre.

Tony jeta une lire sur la table.

— Il faut partir, mon fils.

— Mais papa, je n'ai pas fini.

— Nous boirons un meilleur café à la maison. Viens.

— Mais maman n'aime pas que je boive du café !

La seule mention de Silvana aggrava la terreur de Tony.

— Il faut rentrer, répéta-t-il. Viens vite.

Frank dans les bras, il courut à sa bicyclette, l'installa sur le cadre et partit en pédalant à une vitesse inaccoutumée qui fit d'abord pousser des cris de joie à l'enfant. Mais ces cris de joie devinrent des cris de frayeur lorsque Tony aborda les chemins de terre où la bicyclette cahotait dans les ornières et zigzaguait entre les gros cailloux.

— Arrête, papa ! Arrête !

— Tiens-toi bien, mon chéri, répétait son père sans ralentir.

Leur course folle les amena enfin au sentier de la ferme, dont Tony dévala la pente sans plus ressentir la fatigue. Deux mots, deux noms s'entrechoquaient dans sa tête. Silvana. Coluzzi.

À peine arrêté, il empoigna l'enfant en larmes, laissa la bicyclette tomber dans l'herbe et franchit la porte en courant.

— Silvana ! Silvana !

Il parcourut du regard la salle commune, décorée de guirlandes et de fleurs en l'honneur de l'anniversaire de Frank. Le gâteau trônait au milieu de la table recouverte d'une belle nappe blanche brodée. Mais Silvana n'était nulle part. Le cœur de Tony battait à se rompre.

— Silvana !

Il criait si fort que Frank, effrayé, se mit à pleurer de plus belle.

Tony courut à la cuisine. Toujours pas de Silvana. Elle n'était pas non plus dans la chambre ni ailleurs dans la maison.

— Silvana !

Toujours en courant, Tony sortit jusqu'à l'oliveraie, cria le nom de Silvana, les mains en porte-voix. Seul, l'écho des collines alentour lui répondit. Où est-elle, grand Dieu ? se répétait-il. Où est-elle ?

La panique le paralysait. Où était allée Silvana ? Elle avait peu d'amis au village, ses parents étaient morts et sa sœur avait déménagé. Elle ne sortait presque jamais seule sans lui. Quels endroits n'avait-il pas encore explorés ? Le pigeonnier ? Peut-être, elle aimait autant que lui les oiseaux.

Il reprit en courant le chemin de la maison, ouvrit la porte du pigeonnier. Les oiseaux battirent des ailes pour protester contre son intrusion. Mais toujours aucune trace de Silvana.

Il allait reprendre ses recherches autour de la maison quand il entendit le cheval hennir dans l'écurie. Tony s'arrêta net. L'écurie, il n'y avait pas pensé ! Silvana n'y mettait jamais les pieds car elle avait peur du cheval. Il s'y précipita, ouvrit la porte.

Le seul spectacle plus atroce que celui qu'il découvrit devant lui fut celui qui surgit derrière lui. Le petit Frank, secoué de sanglots et livide de terreur.

— Maman ! gémit l'enfant devant le corps sans vie qui gisait dans le foin. Maman !

38

— La cour ! annonça l'huissier.

Tout le monde se leva dans le prétoire. Tony avait revêtu pour la circonstance un complet bleu marine, assorti au tailleur de Judy, et qui lui allait mieux que celui de la précédente audience. Au cours des dernières semaines, la jeune femme avait acquis une garde-robe d'une ennuyeuse austérité et même deux paires de chaussures dignes de ce nom, ce qui, à ses yeux, ne représentait pas un progrès.

Le juge Russel Vaughan, grand homme grisonnant au teint fleuri dont l'ample toge noire ne parvenait à dissimuler les imposantes proportions, fit son entrée et prit sa place comme s'il y était prédestiné. Il l'était, d'ailleurs, car son père, magistrat, avait été aussi respecté en son temps qu'il l'était lui-même. Qu'il ait été désigné pour conduire le procès constituait, selon Judy, un bon signe.

— Bonjour à tous, dit le juge. Veuillez vous asseoir. Je déclare ouverte l'audience du procès de l'État de Pennsylvanie contre Lucia. La date en a été avancée à la demande de la défense et il nous a fallu près de quinze jours pour sélectionner le jury ; je vous demanderai donc à tous de ne pas nous faire perdre davantage de temps. Huissier, faites entrer les jurés.

Judy les observa au fur et à mesure qu'ils prenaient place dans leur box. Ils étaient quatorze, y compris les deux suppléants, hommes et femmes en nombre égal. Judy considérait qu'elle avait eu de la chance de pouvoir en choisir cinq de plus de soixante ans dans l'espoir qu'ils se montreraient cléments envers son client. Mais comme ils avaient prêté serment d'appliquer la peine capitale si la culpabilité était prononcée, ils pouvaient aussi bien envoyer Tony à la mort.

Judy les examina avec attention. Elle apprendrait à les connaître pendant le procès, au long duquel s'établit une sorte de familiarité entre les jurés et les avocats adverses. Pour le moment, ils se tenaient raides et empruntés comme s'ils cherchaient à se fondre dans le décor neutre des murs beiges et de la moquette anthracite. L'épaisse cloison de verre pare-balles séparant le public du prétoire constituait le seul élément discordant de ce cadre impersonnel.

Elle lança un coup d'œil à la partie de la salle réservée au public. Les deux gardes engagés par Bennie étaient assis au premier rang. Ils étaient devenus pour elle de fidèles amis qui la suivaient comme son ombre et l'avertissaient quand il était prudent de changer d'hôtel. Ils l'accompagnaient même à ses rares rencontres avec Frank. Entre leur présence et celle de Tony, leurs rapports étaient donc restés déplorablement chastes. Frank était lui aussi au premier rang, à côté de Bennie, de M. Di Nunzio et des deux Tony. Elle essaya d'accrocher son regard, mais il avait les yeux rivés sur le côté du clan Coluzzi.

En complet et cravate noirs, John Coluzzi posait un bras protecteur sur les épaules de sa mère, elle aussi vêtue de noir, à côté du gros Jimmy Bello. Aucun des deux n'avait été officiellement impliqué dans l'assassinat de Marco, la police affirmant ne disposer d'aucune piste. Comme Frank, Judy ne pouvait détacher son regard de John tandis que l'image de Marco mourant dans ses bras revenait la hanter. Les procès intentés par Judy marquaient le pas, faute pour elle de pouvoir s'appuyer sur des témoignage déterminants tels que celui de Kevin McRea, toujours introuvable.

La voix du juge la fit se retourner :

— Commençons, je vous prie. Monsieur Santoro, pour l'accusation. Nous vous écoutons.

Joseph Santoro se leva en boutonnant la veste de son complet de coupe italienne et vint se poster devant le jury. Sa mise recherchée, ses ongles manucurés, sa coiffure artistement stylée égalaient sans doute le soin avec lequel il avait préparé son dossier. Judy savait qu'il y avait consacré autant de temps et d'efforts qu'elle-même et qu'il disposait d'éléments de preuve accablants contre son client.

— Mesdames et messieurs les jurés, je parle au nom du peuple de l'État de Pennsylvanie. Je serai bref, car je préfère laisser les témoins s'exprimer à ma place, vous comprendrez pourquoi. Comme la plupart des affaires de meurtre, celle-ci est d'une tragique simplicité. Anthony Lucia, l'accusé, a voué soixante ans durant une haine tenace à Angelo Coluzzi, sa victime. Il le haïssait, en fait, depuis le temps de leur jeunesse en Italie, leur pays d'origine. La raison de cette haine ? Lucia s'était persuadé, à tort, que Coluzzi avait tué sa femme il y a soixante ans et même tué son fils et sa belle-fille en provoquant l'an dernier l'accident de la circulation qui leur a été fatal. Tout cela, bien sûr, n'était que pure invention de la part d'un vieillard à l'esprit aigri qui remâchait sa rancune dans la solitude.

Tony émit un sourd grondement. Judy se hâta de le calmer en posant une main sur la sienne. Elle l'avait dûment chapitré, ainsi que Frank et les Tony, afin qu'ils observent une conduite irréprochable. Une nouvelle bagarre publique entre les Coluzzi et eux ferait le jeu de Santoro, qui avait d'ailleurs eu l'habileté, dès sa déclaration d'ouverture, d'introduire la vendetta en la présentant comme une rancune forcenée et imaginaire de l'accusé envers sa victime.

— La haine de l'accusé n'a cessé de fermenter durant ces années, poursuivit Santoro. Elle se nourrissait en outre de la réussite d'Angelo Coluzzi, qui fondait dans son pays d'adoption une importante et prospère entreprise de construction, alors que Lucia stagnait au niveau artisanal et échouait pitoyablement. C'est ainsi que l'accusé a décidé de se venger d'un innocent en préparant son crime.

Tony ouvrit la bouche et, une fois encore, Judy dut le faire taire. Mais elle aussi était scandalisée par les allégations de Santoro. Rien de ce qu'il disait n'était vrai et elle ne pouvait le démontrer. Les preuves du meurtre de Silvana avaient depuis longtemps disparu, et l'expert ayant examiné l'épave du véhicule des Lucia avait rendu ses conclusions : « Une conduite inattentive, de mauvaises conditions météorologiques et l'insuffisance structurelle du rail de protection se sont conjuguées pour provoquer l'issue fatale de l'accident », avait-il écrit. Son rapport notait également qu'il n'avait pas décelé de preuves de sabotage sur le véhicule et qu'il n'y avait relevé que des traces d'huile, de gazole et d'essence, normales selon lui dans le cas d'un utilitaire.

— Poussé par son imagination malsaine, continua Santoro, l'accusé a donc accompli cette vengeance trop longtemps attendue. Le matin du vendredi 17 avril, il est allé au club de colombophiles dont Angelo Coluzzi et lui étaient membres et s'est introduit dans la réserve où il savait que sa victime était seule. Vous entendrez le témoignage d'un autre membre du club, présent sur les lieux ce matin-là, qui a entendu l'accusé crier à M. Coluzzi : « Je vais te tuer ! »

Santoro marqua une pause pour mieux souligner ses effets. Les jurés parurent étonnés et une femme au premier rang lança un rapide coup d'œil en direction de Tony.

— Vous apprendrez, reprit le substitut, que ce même membre du club a entendu dans cette pièce un cri suivi d'un bruit de chute, celle d'une lourde étagère métallique. Quand il accourut, il était hélas trop tard. L'accusé avait brisé à mains nues le cou de sa victime.

Judy reposa le stylo avec lequel elle prenait des notes depuis le début. Cette déclaration préliminaire systématiquement biaisée l'inquiétait pour la suite. Elle s'attendait à quelque chose de plus conventionnel, mais comme Bennie l'avait avertie de ne pas tenir compte de ses idées préconçues et de bâtir sa contre-attaque à mesure du déroulement des débats, elle s'efforça de dominer son appréhension.

— Au terme de ce procès, conclut Santoro, le ministère public aura démontré sans l'ombre d'un doute que l'accusé est coupable de meurtre avec préméditation sur la personne d'Angelo Coluzzi. Ce ne sera pas une fin heureuse, car elle ne ramènera pas la victime au sein de sa famille éplorée. Ce ne sera pas non plus une fin regrettable, car elle aura servi la cause de la justice. Je vous remercie de votre attention.

Santoro alla se rasseoir. Le juge fit signe à Judy :

— À vous, maître Carrier.

Judy se leva, s'approcha à son tour du jury et se concentra un moment avant de commencer.

— Je me présente à vous, mesdames et messieurs les jurés, parce que je défends Anthony Lucia. Je serai brève moi aussi, car une seule question se posera désormais à vous, une question essentielle. L'accusation vous apportera-t-elle la preuve irréfutable de la culpabilité d'Anthony Lucia ? C'est sur cette question et elle seule que se fonde tout procès criminel. Or, jusqu'à présent, je n'ai rien entendu dans les déclarations de l'accusation qui laisse entrevoir une telle preuve. Et cette preuve est le seul élément qui importe.

Judy marqua une pause avant de poursuivre.

— Lorsque vous entendrez les témoignages qui vont suivre, ne perdez jamais cette question de vue. L'accusation vous présente-t-elle, vous présentera-t-elle la preuve indiscutable de la culpabilité d'Anthony Lucia dans la mort d'Angelo Coluzzi ? Pour moi, la réponse à cette question est non. Mon client est innocent de ce crime. Et lorsqu'à l'issue de vos délibérations vous l'aurez déclaré non coupable, alors seulement justice aura été rendue.

En concluant son exposé, Judy observa que les jurés l'écoutaient avec attention. Elle ne pouvait guère espérer mieux à ce stade.

— Appelez votre premier témoin, monsieur Santoro, dit le juge pendant que Judy regagnait sa place.

Santoro fit signe à l'huissier. Judy s'attendit que l'inspecteur Wilkins ou Jimmy Bello se lève dans le public, mais elle eut la surprise de voir apparaître une vieille dame qu'elle ne connaissait pas.

— L'accusation appelle Mme Millie D'Antonio, Votre Honneur.

Le nom ne disait rien à Judy, car l'interminable liste des témoins comprenait presque toute la population du quartier.

Judy en avait interviewé autant qu'elle avait pu, mais il lui restait des lacunes.

— Qui est-ce ? souffla-t-elle à Tony.

— Ma voisine, murmura-t-il en saluant la vieille dame d'un large sourire quand elle passa devant lui.

Menue, ridée, elle portait une robe à fleurs et un cardigan que Judy reconnut. Elle n'avait échangé avec elle que quelques phrases anodines. Pourquoi Santoro la faisait-il témoigner à charge ?

Après lui avoir fait décliner son identité et préciser son adresse, mitoyenne de celle de Tony, Santoro demanda :

— Depuis combien de temps habitez-vous là ?

— Depuis toujours. C'était la maison de ma mère, elle me l'a laissée à sa mort. Qu'elle repose en paix, ajouta-t-elle en se signant, ce qui eut le meilleur effet sur les jurés.

— Et depuis combien de temps M. Lucia habite-t-il la maison à côté de la vôtre ?

— Depuis qu'il est arrivé dans ce pays, je pense. Il y a longtemps, en tout cas. Soixante, soixante-dix ans, je ne sais plus au juste.

Judy souleva une objection : la question s'écartait du sujet. Santoro riposta. La question suivante, sur le point de savoir si Tony lui parlait de sa défunte femme, entraîna une nouvelle escarmouche. Agacé, le juge rejeta les objections de la défense et autorisa Santoro à poursuivre, mais lui enjoignit d'être bref.

— Merci, Votre Honneur. Quelle était donc la teneur de ces conversations, madame D'Antonio ?

Judy se retint de soulever une nouvelle objection. Quelles conversations ? Quand avaient-elles eu lieu ? Mieux valait ne pas se mettre le juge à dos et compromettre sa stratégie de défense.

— La… teneur ? demanda le témoin, interloqué.

— Je veux dire, de quoi ou de qui parliez-vous ? Prenons, par exemple, la dernière conversation que vous avez eue avec l'accusé, six mois avant le meurtre d'Angelo Coluzzi.

— Eh bien, nous parlions de Coluzzi.

— Et que vous disait M. Lucia ?

— Qu'Angelo avait tué sa femme et son fils, et qu'il le haïssait.

Judy serrait les dents. Tony semblait trouver normales les réponses de sa vieille voisine. Elles étaient véridiques, soit, mais désastreuses pour la défense. Puisque haine il y avait, Santoro persistait à faire croire que seul Tony la ressentait. Fallait-il intervenir ? Trop risqué…

— Était-ce la seule occasion où l'accusé vous l'a dit ?

— Oh, non ! Il me le disait souvent. Tout le monde le savait, il n'en avait jamais fait mystère.

— Donc, vous déclarez que M. Lucia accusait Angelo Coluzzi d'avoir tué sa femme, son fils et sa belle-fille ?

— Eh bien, oui.

— À votre connaissance, madame D'Antonio, ces prétendus crimes ont-ils jamais fait l'objet d'une enquête de police, aux États-Unis ou en Italie ?

Judy se leva d'un bond. Si Santoro voulait insinuer, voire prouver que ces morts étaient accidentelles, il allait devoir s'y prendre autrement. Cette fois, le juge accepta l'objection.

— Je n'ai pas d'autres questions à poser à ce témoin, Votre Honneur, dit alors Santoro.

Judy était déjà debout pour procéder au contre-interrogatoire.

— Madame D'Antonio, êtes-vous d'une manière ou d'une autre au courant des événements du 17 avril, date du prétendu meurtre ?

— Eh bien, non.

— Vous n'avez pas vu M. Lucia ce matin-là ?

— Non.

— Vous n'êtes pas allée au club colombophile ce matin-là ?

— Non.

— Donc, en réalité, vous ignorez tout du meurtre dont M. Lucia est accusé ?

— Eh bien… oui.

Judy hésita à s'en tenir là. Cette fois, pourtant, le risque valait d'être pris.

— Vous avez témoigné, madame, que M. Lucia haïssait Angelo Coluzzi. Savez-vous si M. Coluzzi haïssait aussi M. Lucia ?

Santoro objecta, mais le juge rejeta l'objection.

— Vous pouvez répondre, madame D'Antonio, dit-il en se tournant vers la vieille dame.

— Oui, bien sûr. Tout le monde savait que Coluzzi haïssait M. Lucia. Ils ne pouvaient pas se sentir, ces deux-là.

Par prudence, Judy s'abstint de lui demander si elle connaissait les raisons de cette haine mutuelle.

— Merci, madame. Je n'ai pas d'autres questions.

Santoro fit ensuite prêter serment à son témoin suivant, un certain Sebastiano Gentile, que Judy reconnut. Ravi de revoir ses amis et voisins, Tony lui fit un chaleureux salut quand il passa devant lui.

Santoro lui posa les mêmes questions qu'à Mme D'Antonio et en obtint les mêmes réponses. Oui, Tony accusait souvent Coluzzi d'avoir tué sa femme et son fils. Oui, Tony haïssait Coluzzi, ce n'était un mystère pour personne dans le quartier.

Si Santoro cherchait ainsi à prouver la préméditation, il fallait une fois encore contrecarrer sa tactique, car la répétition de ces témoignages pratiquement identiques finirait par influencer le jury.

— Monsieur Gentile, lui demanda Judy quand vint son tour, étiez-vous présent au club colombophile le matin du 17 avril ?

— J'y vais jamais, je suis allergique aux animaux, répondit le témoin avec une sincérité qui fit sourire plusieurs jurés.

— Vous ne savez donc rien au sujet du meurtre dont M. Lucia est accusé ?

— Je peux rien en dire, non. Je sais rien.

— Vous avez dit il y a un instant que M. Lucia haïssait M. Coluzzi. Savez-vous si M. Coluzzi haïssait aussi M. Lucia ?

— Oh, pour ça oui ! Angelo haïssait Tony-pigeon, euh... M. Lucia. Il y avait du mauvais sang entre eux depuis toujours. Je peux le dire parce que je le sais.

Judy s'en tint là et Santoro appela son témoin suivant, du nom de Guglielmo Lupito. Judy comprit où il voulait en venir en faisant défiler à la barre une procession d'Italiens du troisième ou du quatrième âge, déclarant les uns après les autres que Tony haïssait Coluzzi. Elle s'efforça d'y mettre un terme avant que cela dégénère :

— Votre Honneur, j'ai le sentiment que ce serait une perte de temps pour la cour d'entendre répéter le même témoignage des heures durant. La défense est prête à soumettre des conclusions par lesquelles nous admettons l'animosité mutuelle des...

— Non, Votre Honneur ! protesta Santoro. Le jury doit pouvoir entendre de la bouche des témoins la preuve de cette haine !

— Soit, dit le juge avec un soupir de lassitude. Poursuivez, mais soyez bref, je vous prie. Vos raisons sont valables, mais celles de Me Carrier ne le sont pas moins. N'abusez pas de notre patience.

Judy se rassit, frustrée. La vie de Tony était en jeu et, même s'il prenait un plaisir évident à revoir tous ses vieux amis, chacun d'eux plantait un clou de plus dans son cercueil. Ni l'accusation ni elle ne pouvaient rien prouver en ce qui concernait les crimes dont Coluzzi s'était rendu coupable, mais Santoro s'en servait à son avantage et Judy se jura de trouver le moyen d'en faire autant avant la fin du procès.

Le juge et les jurés subirent les mêmes témoignages et les mêmes contre-interrogatoires d'un M. Ralph Bergetti, d'une Mme Giuseppina DiGiuseppe, d'un M. Tessio Castello, d'une demoiselle Lucille Buoniconti et de plusieurs autres avant que le juge, excédé, consente à accepter les objections de la défense.

Judy n'en était pas moins inquiète. Le jury garderait le souvenir de ces témoins, aussi crédibles et respectables les uns que les autres, qui accréditaient sans s'en rendre compte la thèse de la préméditation soutenue par l'accusation.

Et lorsque vint l'heure de la pause-déjeuner, Judy avait de sérieux doutes sur la valeur de sa stratégie de défense. Si elle ne parvenait pas à retourner la situation, Tony était un homme mort.

39

— Santoro nous a joué un tour de cochon ! déclara Judy.

Tony, Frank et Bennie étaient assis avec elle autour de la table ronde d'une salle de conférences du palais de justice. Une grande boîte de pizza pleine de miettes occupait le centre de la table.

— En effet, approuva Bennie. Tu as compris où il veut en venir, n'est-ce pas ? Jeter les bases des preuves matérielles.

Elle avait rassemblé en catogan sa chevelure toujours ébouriffée et portait son traditionnel tailleur kaki. Sa pâleur était due à la fatigue et à l'inquiétude, car elle avait joué envers Judy le rôle d'une assistante efficace sans ménager sa peine.

— J'avais compris. Comment me suis-je sortie des contre-interrogatoires ?

— Bien jusqu'à présent. Tu connais le proverbe : si tu as les faits, tape sur les faits, si tu as la loi, tape sur la loi. Et si tu n'as ni les faits ni la loi, tape sur la table.

— D'accord, répondit Judy en souriant. Je taperai jusqu'à ce que notre tour vienne.

— Et alors, je parle au juge ? intervint Tony.

Judy soupira. Ils en avaient discuté plus de mille fois avant le début du procès.

— Non, nous présenterons nos témoins. Vous ne témoignerez pas, je croyais que nous étions d'accord. Cela ne servirait à rien, les autres n'ont aucune preuve de ce qui s'est passé dans cette pièce puisque vous y étiez seul.

— Mais ils mentent ! s'exclama Tony, rouge de colère. Ils disent Coluzzi a pas tué ma Silvana, Frank et Gemma ! Mensonges !

— Si vous témoignez, vous direz la vérité. Vous direz que Coluzzi les a tués, mais nous ne pourrons rien prouver et vous passerez pour ce que dit l'accusation, un vieil homme aigri et haineux. Légalement, c'est à vous de décider, mais je vous répète qu'il vaut mieux ne pas témoigner. Laissez-moi faire.

— Je dis la vérité ! Millie dit la vérité ! Ralph, Sebastiano, ils disent la vérité ! Je hais Coluzzi ! Il a tué ma famille ! C'est la vérité !

Frank voulut intervenir, mais Judy l'arrêta. Cette discussion devait rester entre l'avocate et son client.

— Écoutez-moi, Tony. Ils peuvent à la rigueur prouver que vous vouliez tuer Coluzzi, mais ils ne peuvent pas prouver que vous l'avez fait. Dans ce pays, on ne met pas les gens en prison simplement parce qu'ils veulent tuer quelqu'un.

— Mais j'ai tué Coluzzi ! Je l'ai fait !

Judy fit la grimace. Elle avait toujours autant de mal à accepter cet aveu – surtout crié sur ce ton dans un palais de justice.

— Mais c'est à eux de le prouver ! S'ils ne peuvent pas, vous gagnez. Si vous témoignez, ils vous feront dire la vérité et vous perdrez. Avez-vous compris, à la fin ?

Tony se raidit, sa bouche prit un pli à la fois sévère et réprobateur. Frank posa sur son épaule une main rassurante.

— Judy sait ce qu'elle fait, grand-père. Elle ne veut que ton bien. Laisse-la faire à sa façon, tu comprends ?

Buté, Tony ne répondit pas. Le regard de Judy croisa celui de Frank, mais elle n'eut pas besoin de lui dire ce qu'elle pensait pour qu'il comprenne. Ils avaient fait l'amour la nuit où elle l'avait rejoint mais, depuis, leurs rapports n'avaient pas eu l'occasion de se développer, leur amour de s'épanouir. La loi est une maîtresse trop jalouse.

— Elle a raison, grand-père, reprit Frank. Elle fait tout ce qu'elle peut pour te sauver la vie. Dis-lui que tu es d'accord.

De mauvaise grâce, Tony poussa un soupir résigné.

— *Si*, dit-il enfin.

— Merci, fit Judy en posant une main sur son autre épaule. Et maintenant, retournons à l'audience. Et n'oubliez pas que ce sera pire avant de devenir meilleur. Personne n'est heureux pendant que l'adversaire avance ses arguments.

— Amen, conclut Bennie.

Pour sa part, Tony perdait la foi.

La présentation et le comportement de l'inspecteur Wilkins firent contrepoint au débraillé bon enfant des voisins de Tony. En complet bleu marine, sérieux et professionnel, il inspirait à coup sûr le respect aux jurés qui garderaient de lui le meilleur souvenir. Sa personne irradiait une intégrité que Judy appréciait... sauf chez les témoins de la partie adverse.

Après les premières questions et réponses de routine, Santoro demanda à Wilkins de décrire ce qu'il avait vu en pénétrant dans la pièce des réserves, au fond du local du club.

— Le corps de M. Coluzzi était pris en partie sous une étagère métallique où se trouvaient des produits vétérinaires. Je me suis penché sur lui et j'ai constaté que son pouls ne battait plus. Il était évident que le cou était brisé et...

— Objection ! protesta Judy. L'inspecteur n'est pas expert médical.

Le juge accorda l'objection. Judy en tira une satisfaction mitigée. Elle n'avait pas accompli grand-chose, certes, mais il était bon de souligner pour le jury le fait qu'un policier, même intègre, n'est pas Superman. Tony était le seul à en être d'avance persuadé. Il fusillait littéralement l'inspecteur d'un regard étincelant de fureur, au point que Judy dut poser une main sur son bras pour le rappeler au calme.

— Vous pouvez au moins nous expliquer ce que vous avez vu, inspecteur, dit Santoro.

— Le cou de M. Coluzzi était tordu vers la gauche selon un angle anormal. Il gisait par terre sous l'étagère tombée sur lui, et la pièce portait les traces d'une lutte de courte durée. Mon enquête préliminaire m'a permis d'établir que l'accusé était entré dans la pièce et avait attaqué le défunt.

Tony se leva d'un bond, écumant de fureur :

— Salaud ! Coluzzi a tué ma femme ! Coluzzi a tué mon fils ! Vous faites rien ! Vous savez qu'il a tué mon fils et vous faites rien ! Je vous crache dessus ! Cochon ! Fils de chien !

Judy empoigna Tony pour le faire asseoir. Cet esclandre risquait de lui coûter la vie.

— Silence ! cria le juge, rouge de colère. Maître Carrier, je vous ordonne de calmer votre client.

Mais Tony continuait à injurier l'inspecteur, qui ne semblait pas très surpris d'être en butte à sa vindicte. Dans ce flot d'invectives en italien, Judy ne reconnut que le nom de Coluzzi, répété au moins cinq ou six fois. Les gardes postés dans la salle se précipitèrent pour maîtriser l'accusé, le public était debout, Frank avait l'air atterré.

Tout en forçant Tony à se rasseoir, Judy constatait l'effet déplorable produit sur les jurés. Ils avaient beau ne pas comprendre les mots, la signification en était néanmoins claire, et Tony leur offrait le portrait du personnage décrit par Santoro, celui d'un vieillard violent, débordant de haine et parfaitement capable de tuer.

Le juge lâcha une nouvelle salve de coups de marteau :

— Huissier, faites sortir le jury ! Gardes, maîtrisez l'accusé ! Et vous deux, venez immédiatement dans mon cabinet ! tonna-t-il à l'intention de Judy et de Santoro, qui s'empressèrent d'obéir.

— Maître Carrier, voulez-vous me dire ce que signifie ce cirque ? aboya le juge, toujours rouge de colère.

— Je vous présente mes excuses, Votre Honneur…

— Vos excuses ? Mon prétoire transformé en zoo ! J'ai dû distraire des gardes d'autres prétoires afin d'en doubler l'effectif dans le mien pour en arriver là ? Comment vais-je expliquer, je ne dis pas justifier, cet inqualifiable incident ? Votre client est-il normal ou passible de la camisole de force ?

— Je suis absolument désolée, Votre Honneur, mais permettez-moi d'abord de vous expliquer…

— Ah, oui ! Expliquez-vous, je vous prie ! Et trouvez mieux que d'être désolée ! C'est un peu court.

— Votre Honneur, je vous renouvelle mes plus plates, mes plus profondes excuses. Mon client est très émotif, vous l'avez constaté, et il subit un stress extrême pour son âge. En son nom, je vous demande pardon pour cet incident, d'autant plus regrettable qu'il s'est produit en présence du jury.

Judy marqua une brève pause avant d'exposer au juge une idée qui venait de lui traverser l'esprit.

— Le fait que les jurés puissent en garder un préjugé défavorable susceptible d'altérer leur capacité de juger mon client en leur âme et conscience m'amène à vous demander d'ajourner le procès et de reprendre la procédure avec un nouveau jury.

Le juge sursauta :

— Quoi ? s'exclama-t-il. Vous êtes folle !

Judy espéra que ce n'était qu'une figure de style.

— Je suis aussi contrariée que vous, Votre Honneur, mais je pense qu'un ajournement serait la seule solution compte tenu de…

— Le ministère public s'oppose catégoriquement à un ajournement, Votre Honneur, intervint Santoro. Ce serait une perte de temps lourde de conséquences. Notre calendrier est déjà surchargé, nous ne pouvons pas nous permettre de tout reprendre à zéro sans provoquer des retards au détriment d'autres justiciables. J'estime, par ailleurs, que la défense ne manque pas d'audace de présenter cette demande. Le jury a le droit et le devoir de juger l'accusé pour ce qu'il est et, à l'évidence, il ne craint pas de dévoiler son véritable caractère.

Le juge avait écouté avec une irritation qui ne présageait rien de bon.

— Il n'y aura pas d'ajournement, déclara-t-il. L'accusé est responsable de l'incident, il n'est pas question qu'il en bénéficie. Maître Carrier, veillez à ce que votre client adopte dorénavant une conduite irréprochable. Je lui laisse la nuit pour se calmer, l'audience reprendra demain mardi à neuf heures. Faites le nécessaire. Compris ?

— Oui, Votre Honneur.

Judy avait parfaitement compris. Mais qu'en serait-il de Tony ?

40

— Je parle au juge ! Je dis que la police fait rien ! Rien !

Trois heures plus tard et l'estomac lesté de cuisine chinoise, Tony n'était toujours pas calmé. Judy ne s'en étonnait plus. Bennie s'était retirée dans son bureau, laissant Tony, Frank et Judy dans la salle de conférences dont Judy avait fait son quartier général.

— Pourquoi le juge est furieux contre moi ? poursuivit Tony. Je dis la vérité ! Je sais la vérité !

Les épais dossiers et les ouvrages de droit qui encombraient la pièce ne l'impressionnaient guère. Le droit commun anglo-saxon auquel ils se référaient n'existait que depuis quelques siècles...

— Je vous en prie, Tony ! Continuez à vous conduire comme vous l'avez fait aujourd'hui et vous indisposerez le jury. Vous jouez avec le feu ! Le juge est déjà très remonté contre vous.

— Menteurs ! Tous des menteurs ! Vous dites au juge, je dis au juge ! Il a tué mon fils et ma belle-fille !

Debout derrière son grand-père, Frank supportait mal cette nouvelle évocation de la mort de ses parents. Judy en eut assez.

— Arrêtez, Tony ! cria-t-elle en se levant. Ça suffit ! Nous serons demain matin au tribunal et vous vous tairez ! J'ai failli me faire tuer à cause de vous, vous me devez au moins de la reconnaissance !

Désarçonné par ce déploiement d'autorité, Tony se tint coi.

— Allez-vous m'écouter, maintenant ? Bon. Je vous préviens que si vous dites encore un mot à l'audience, vous n'aurez plus à vous soucier de la décision du jury. C'est moi qui vous tuerai.

Tony ouvrit la bouche, la referma.

— Promettez-moi de bien vous tenir, reprit Judy.

— Promis, bougonna-t-il.

Judy leva les yeux vers Frank qui se força à sourire. Elle le connaissait désormais assez bien pour savoir qu'il était aussi inquiet qu'elle-même des conséquences de l'esclandre de l'après-midi.

— Bien. À présent, il est temps d'aller vous coucher. Il est bientôt dix heures, vous avez tous les deux besoin de sommeil et moi j'ai du travail.

— Elle a raison, grand-père, dit Frank en posant une main sur l'épaule de Tony. Allons-y.

— Bon, bon…

Tony se leva avec difficulté, comme soudain terrassé par la fatigue de cette dure journée. Frank l'aida à rétablir son équilibre et le soutint jusqu'à la porte.

— Laisse-moi seul une minute avec Judy, veux-tu ? lui chuchota-t-il à l'oreille.

Tony acquiesça d'un signe. Frank le confia aux gardes dans le hall d'entrée avant de revenir à la salle de conférences. Judy discerna dans son regard une lassitude dont elle ne put identifier la cause.

— Qu'y a-t-il ? demanda-t-elle.

— Assieds-toi, veux-tu ?

Ils s'assirent face à face, mais Frank évita son regard.

— Allons-nous faire l'amour ? C'était très bon la première et unique fois, dit-elle avec un sourire que Frank ne lui rendit pas.

— Non, soupira-t-il. Ce n'est pas facile à dire…

— Quoi ?

— Grand-père, à l'audience. Il a crié des choses à l'inspecteur.

— Oui, je sais. Et alors ?

— Il l'a d'abord insulté en anglais, ensuite il a parlé italien. Tu n'as rien compris, n'est-ce pas ?

Judy devina où il voulait en venir et sentit son cœur manquer un battement.

— Non, rien.

— Ce qu'il criait en italien était à peu près ceci : « Coluzzi m'a dit qu'il avait tué mon fils et c'est pour ça que je l'ai tué. Mais vous n'avez rien fait. » C'est du moins ce que j'ai cru entendre. Il me tournait le dos, et mon italien n'est pas fameux.

Frank avait parlé d'une voix étranglée, comme si les mots s'étaient accumulés en travers de sa gorge. Judy souhaita ne pas s'attarder sur ce sujet trop douloureux.

— Tu m'as dit toi-même que ton grand-père avait toujours cru que Coluzzi était responsable de la mort de tes parents.

— Je sais, mais maintenant il affirme que Coluzzi le lui a avoué ce matin-là. Serais-tu déjà au courant ?

Le regard de ses yeux noirs établissait entre eux un lien si réel, si charnel qu'elle se trouva ramenée à leur seule nuit d'amour. Et cela avait pour elle un trop grand prix pour qu'elle veuille le gâcher. Elle ne voulait pas causer à Frank une peine inutile, elle ne voulait pas non plus lui mentir et, pourtant, elle lui avait déjà caché tant de choses. La découverte de l'épave, l'expert et son rapport inutile, sinon nuisible. Si l'accident était un crime déguisé, elle n'en avait aucune preuve, et cela risquait de pousser Frank à la folie, d'en faire jusqu'à la fin de sa vie un autre Tony, obsédé par sa douleur et sa rage.

— Quand nous nous sommes connus, je t'ai dit que j'étais l'avocate de ton grand-père. Le fait que nous soyons devenus amants n'y change rien. Si tu veux une réponse à ta question, pose-la-lui.

Il acquiesça d'un signe de tête trop brusque, comme si la seule possibilité que ce soit vrai était pour lui un choc.

— Si c'est vrai, j'ai le droit de savoir.

— Parle-lui, répéta-t-elle.

— En ce moment, c'est à toi que je parle. Il s'agit de mes parents, pas des siens ni des tiens.

Son ton était si amer qu'elle eut l'impression de recevoir un mauvais baiser de rupture. Elle se leva, car elle sentait que si elle restait assise en face de lui, elle finirait par tout lui révéler. Et elle ne voulait pas que leur histoire d'amour se termine avant même d'avoir commencé.

— Tu devrais rentrer, Frank. Ton grand-père a vraiment besoin de sommeil. Toi aussi.

Il se leva à son tour, avec une raideur trahissant sa conviction d'avoir bien entendu ce que Tony avait dit en italien. Il était désormais certain, lui aussi, que Coluzzi avait assassiné ses parents.

— Judy, mon amour..., dit-il d'un ton qui n'avait rien d'amoureux.

À la porte, il s'arrêta, se tourna vers elle :

— Un jour, il ne sera plus question de mon grand-père ou de son procès. Un jour, il sera question de nous deux. Et j'espère que nous serons encore ensemble ce jour-là.

Elle demeura debout, figée sur place, longtemps après son départ.

Judy passa les heures suivantes à préparer les contre-interrogatoires des témoins de l'accusation et à réviser sa stratégie de défense. Sa conversation avec Frank lui serrait encore le cœur, et si le café n'avait plus sur elle aucun effet, la peur elle-même ne parvenait pas à y suppléer pour lui maintenir sa lucidité, puisque les gardes veillaient sur elle et sur Bennie.

Il était minuit. Malgré sa fatigue, Judy aimait travailler alors que la ville dormait, que la nuit semblait devoir durer, que l'aurore était loin qui ramènerait les flots de voitures dans les rues et les jurés au tribunal pour décider si un être humain méritait de vivre ou devait mourir.

Elle se mit debout, s'étira et alla rejoindre Bennie dans son bureau. Elle estimait que c'était une preuve de maturité de ne plus considérer Bennie comme sa patronne. Son père était le seul patron qu'elle ait jamais eu et les suivants n'avaient été pour elle que des substituts. Maintenant, sans s'en rendre compte, elle était devenue sa propre patronne. Cette mue avait dû se produire lorsqu'elle s'était vu confier la vie de quelqu'un d'autre.

— Salut, dit-elle du pas de la porte.

Bennie leva les yeux du document qu'elle relisait et repoussa une mèche de cheveux qui lui tombait sur le front.

— Salut toi-même. Alors ?

— Je serais presque tentée de m'apitoyer sur mon sort, ce soir, répondit Judy en se laissant tomber dans le fauteuil en face de Bennie. Mon affaire va mal, mon client pique une crise à l'audience, et je viens de perdre un amant que je n'avais pas encore.

— Vois plutôt le bon côté des choses. Ta meilleure amie est vivante et se porte bien.

— Mais pas assez pour reprendre le travail.

— Tu as survécu aux agressions des Coluzzi.

— Jusqu'à présent.

— Tu poursuis les Coluzzi.

— Et nous sommes noyés dans la paperasse.

— Tu sais aussi que ton client est innocent bien qu'il s'accuse lui-même d'avoir tué son ennemi. C'est fort.

— Très. Trop.

— Tu peux aussi gagner ce procès.

Judy cligna des yeux. Il était tard. Avait-elle bien entendu ?

— Qu'est-ce que tu viens de dire ?

— Plus précisément, tu peux gagner cette affaire si tu te décides à trouver comment.

— Tu pourrais préciser ? Pourquoi me dis-tu cela ?

— J'ai plaidé beaucoup d'affaires criminelles, comme tu le sais. J'en ai retenu une leçon que tous les avocats plaidant au pénal devraient savoir par cœur.

« Les affaires criminelles sont toujours simples », avait dit Santoro. Si elle devait en plaider beaucoup d'autres, pensa Judy, elle devrait se dépêcher d'inventer ses propres formules toutes faites.

— Vas-y.

— Chaque procès criminel se résume à deux questions. Une, fit Bennie en levant l'index, la victime méritait-elle la mort ? Deux, ajouta-t-elle en levant le majeur, l'accusé était-il le mieux placé pour le faire ? Si la réponse à ces deux questions est oui, la défense est bien partie. Tu ne peux pas espérer mieux, surtout dans ce cas.

Une sacrée théorie, estima Judy. Meilleure que celle de Santoro. De toute façon Bennie le dépassait de cent coudées.

— Dans ton affaire, poursuivit Bennie, la réponse à ces deux questions est oui, mais il faut donner aux jurés de quoi s'en rendre compte. Offre-leur une plaidoirie à laquelle ils aient envie de croire. Tu as fait du bon travail aujourd'hui avec les témoins. Ce n'est que le début. Le jury te suivra si tu lui en fournis l'occasion.

— Tu crois vraiment que je peux y arriver ?

— J'en suis sûre.

— Tu penses que je pourrais aussi me casser la figure ?

— Bien entendu.

— Aïe ! fit Judy avec une grimace de douleur.

— Je suis avocate, ma petite. Pas groupie.

Mais Judy ne put se forcer à sourire.

41

— Pas de commentaires !

Flanquée de deux gardes du corps chargés de la protéger autant des médias que des individus malintentionnés, Judy fonçait tête baissée dans la foule des journalistes agglutinés devant le palais de justice. Des parapluies abritaient les correspondants de la télévision, des sacs en épais plastique transparent, leurs caméras. Malgré la pluie, ils étaient venus en nombre, attirés par l'esclandre de Tony à l'audience de la veille. Les manchettes du matin avaient tiré de Judy des frissons d'horreur : LA TIRADE DE TONY, L'ITALIEN JETTE UN SORT, LE VIEILLARD ATRABILAIRE, etc.

« Maître Carrier, une photo, juste une seule ! » « Maître Carrier, ferez-vous témoigner Tony ? » « Judy, le juge Vaughan vous a lu la loi antiémeute ? »

— Pas de commentaires ! répétait Judy.

Elle trébuchait sur les câbles électriques de la télévision qui serpentaient sur les marches mouillées du palais de justice. Si les Coluzzi ne la tuaient pas, la presse s'en chargerait.

Les journaux avaient rapporté en détail l'explosion de fureur italienne de Tony, mais personne n'avait pu traduire et la sténographe de service à l'audience n'avait pas su transcrire des mots qu'elle ne comprenait pas. Judy espérait seulement que Frank resterait dans le doute comme les autres, mais il ne l'avait pas appelée la veille pour lui dire bonsoir et son portable ne répondait pas. Elle se demandait comment il se comporterait quand ils se reverraient.

« Hé, Judy ! Quel traitement allez-vous réserver à Jimmy Bello quand il témoignera ? » lui cria un journaliste au moment où elle atteignait enfin la porte.

Elle s'arrêta une seconde :

— C'est la meilleure question de la matinée, lança-t-elle par-dessus son épaule.

Pendant le plus clair du témoignage de l'inspecteur Wilkins, interrompu la veille, le juge Vaughan darda sur Tony un regard sévère, ce qui fit l'affaire de Judy car son client demeura sage comme une image. La climatisation, poussée au maximum pour contrer l'humidité de ce jour de pluie, faisait régner dans la salle une température polaire. Judy était glacée. À moins que cette sensation ne fût liée à l'attitude de Frank ce matin-là.

Quand elle s'était tournée vers le public, il avait brièvement croisé son regard avant d'affecter de s'intéresser au témoin. Rasé de frais, il était pâle et avait les yeux cernés. Judy en déduisit que Tony lui avait parlé de la mort de ses parents. Elle ignorait comment la situation allait évoluer et préférait ne pas y penser. Mieux valait se concentrer sur sa mission, c'est-à-dire sauver son grand-père.

Son tour venu de procéder au contre-interrogatoire du témoin, elle se posta devant Wilkins qui ne lui accorda qu'un regard indifférent. S'il gardait le souvenir de s'être montré amical et secourable envers elle lorsqu'il l'avait accompagnée à son appartement, il n'en donnait aucun signe. Aujourd'hui, ils étaient adversaires.

— Inspecteur Wilkins, commença-t-elle, nous nous connaissons déjà, n'est-ce pas ?

— En effet.

Son calme, la précision de ses réponses avaient fait la meilleure impression sur le jury, surtout depuis l'esclandre de Tony. Judy devait à tout prix reprendre l'avantage.

— Je tiens donc à vous présenter les excuses de mon client ainsi que les miennes, inspecteur, dit-elle avec une évidente sincérité qui n'empêcha pas deux jurés au premier rang de faire un sourire ironique.

— Merci, mais j'en ai l'habitude. C'est un des risques du métier.

Il y eut quelques rires. Cet échange permettrait sans doute de minimiser l'incident une fois pour toutes.

— Revenons, si vous le voulez bien, sur votre témoignage. C'est vous qui avez été appelé au club colombophile le matin de la mort d'Angelo Coluzzi, n'est-ce pas ?

— C'est exact.

— Vous avez donc examiné avec soin la pièce au fond du local. Vous avez noté les traces d'une lutte, brève selon vos propres termes.

— En effet.

Judy prit alors sur sa table un grande feuille de papier, qu'elle plaça sur un pupitre de manière qu'elle soit vue aussi par le jury.

— Ceci est un croquis coté du club colombophile. D'après vos souvenirs, inspecteur, représente-t-il le local avec exactitude, y compris la position des meubles ?

Wilkins étudia un instant le croquis avant de répondre :

— Oui.

— Nous voyons d'abord une pièce assez vaste, appelons-la le hall d'entrée, comportant un bar sur la gauche, contre le mur ouest. La porte de la réserve est percée dans le mur nord. Cette pièce contenait au centre une table de jeu entourée de quatre chaises. Si nous nous référons aux signes de lutte brève que vous avez notés, avez-vous remarqué si cette table était déplacée ou, plutôt, de travers ?

— De travers, oui.

— De manière sensible ?

Wilkins se raidit imperceptiblement. Il voyait déjà où Judy voulait en venir, ce qui lui déplaisait.

— Non, un peu de travers.

Judy aurait pu utiliser les photos de la police, mais on y voyait le corps de Coluzzi, aussi avait-elle préféré ce dessin.

— Les chaises disposées autour de la table étaient des chaises métalliques pliantes assez légères, n'est-ce pas ?

— Oui.

— Est-il exact que la chaise située du côté est de la table était renversée ?

— Oui, mais elle se trouvait sur le passage entre la porte et les étagères métalliques et...

— Je ne vous ai pas demandé pourquoi ou comment elle avait été renversée, seulement si elle était renversée.

— Elle l'était, admit Wilkins sèchement.

— Voyons maintenant cette étagère métallique. Vous nous avez dit qu'elle était par terre au moment de votre arrivée. Elle se trouvait contre le mur est, en face de la table, n'est-ce pas ?

— Oui.

— Elle servait à ranger des produits vétérinaires, des bagues pour les pigeons et d'autres fournitures, dont vous avez constaté qu'elles étaient éparses dans une grande partie de la pièce, n'est-ce pas ?

— Oui.

— Il se pourrait donc, ce n'est qu'une hypothèse, que le déplacement de la table et de la chaise ait été causé par la chute de l'étagère et de tout ce qu'elle contenait ?

Wilkins réfléchit un long moment.

— Ce n'est pas impossible.

Judy avait presque atteint son but. Elle ne pouvait espérer obtenir davantage d'un témoin hostile, mais il fallait mettre les points sur les *i* avant de conclure.

— Vos états de service sont particulièrement impressionnants, inspecteur Wilkins. Vous avez vingt-trois ans d'expérience à la brigade criminelle. Combien de scènes de crime avez-vous examinées au cours de cette période ?

— Des milliers, hélas ! soupira Wilkins.

Judy ne releva pas. Il se commettait environ deux cents crimes par an dans la bonne ville de Philadelphie, inutile de procéder à une macabre multiplication pour en déterminer le chiffre exact. Elle avait mieux à faire en portant l'estocade.

— Je suppose que, pour la plupart, ces crimes sont commis à l'aide d'une arme, couteau, revolver. Ferais-je erreur ?

— Non, c'est vrai dans la majorité des cas. C'est même la situation la plus courante.

— Vous êtes donc familiarisé avec les indices ou les traces des luttes qui se déroulent dans les situations de ce type ?

— Bien entendu.

— Avez-vous jamais eu l'occasion d'enquêter sur un crime commis sans arme et dont les protagonistes étaient tous deux âgés de plus de soixante-quinze ans ?

Étonné, Wilkins eut un bref éclat de rire.

— Non, jamais.

— Je vous laisse donc imaginer la sauvagerie de la lutte, conclut-elle avec un sourire que Wilkins ne put s'empêcher de lui rendre. Je vous remercie, inspecteur, je n'ai pas d'autres questions à vous poser.

Santoro s'empressa de demander au juge l'autorisation d'interroger de nouveau son témoin, à qui il fit répéter avec complaisance l'étendue de son expérience et le haut niveau de ses qualifications. Judy s'abstint de soulever des objections. Le jury avait compris la manœuvre et elle ne voulait pas se mettre inutilement à dos l'inspecteur Wilkins. Elle aurait sans doute encore besoin de ses bons et loyaux services – pour elle-même.

Le témoin suivant appelé par l'accusation était une grande brune sévère de la police scientifique, qui témoigna avoir relevé sur les vêtements d'Angelo Coluzzi des fibres provenant des vêtements de Tony. Judy la laissa parler, car son témoignage lui serait utile quand elle développerait sa défense. Elle pensait surtout à ce que Santoro lui réservait comme mauvaises surprises et aux moyens d'y faire face.

Après la grande brune vint le jeune rouquin qui avait pris les photographies. Santoro ne faisait appel à son témoignage que dans le but d'exhiber devant le jury le corps d'Angelo Coluzzi, gisant sous l'étagère renversée entre les flacons de pilules brisés. Judy ne put faire autrement que voir elle aussi ces photos, projetées sur un écran qui agrandissait les moindres détails. Les yeux ouverts, le cou tordu, Coluzzi était horrible à voir. L'absence de sang donnait à ces images morbides un impact encore plus fort. Deux jurés s'en détournèrent et Tony lui-même cligna des yeux à plusieurs reprises.

Judy se félicita que la cloison de verre blindé étouffe les réactions du public. Elle voyait du coin de l'œil la veuve Coluzzi sangloter sur l'épaule de John. La moitié de la salle occupée par le clan pleurait et avait les yeux rouges, tandis que le calme régnait du côté Lucia. Les dessinateurs de presse crayonnaient furieusement, les reporters griffonnaient dans la fièvre. Les Tony restaient impassibles et Frank observait les Coluzzi.

Judy allait devoir le faire parler pour découvrir ce qu'il avait appris. Pour la première fois de sa vie, la pause du déjeuner lui parut totalement dépourvue de charme.

42

La salle de conférences du palais de justice parut à Judy plus petite que la veille, peut-être parce qu'elle y affrontait Frank comme l'accusé son juge. Elle était assise d'un côté de la table, Frank de l'autre. Entre eux, une pizza intacte refroidissait sous la lumière crue du plafonnier fluorescent. Bennie et Tony étaient réduits au rôle de spectateurs muets.

— Pourquoi ne m'as-tu rien dit, Judy ? Tu savais que Coluzzi avait tué mes parents et tu me l'as caché.

Sa bouche avait un pli amer, ses yeux étaient rougis par une nuit sans sommeil. Judy sentit le sang lui monter aux joues.

— Ton grand-père t'a répété ce que Coluzzi lui avait dit ?

— Oui. Il ne le voulait pas, mais il a fini par parler.

— Désolé, Judy, intervint Tony d'un air peiné. Il a pas arrêté. Il demandait encore et encore. Il criait. Têtu, comme son père.

— Il m'a aussi parlé de la fourgonnette de mes parents que tu as retrouvée, du rapport de l'expert qui a examiné l'épave. Tu en sais plus que moi sur la mort de mes parents, Judy. Tu le sais depuis le début et tu ne m'as rien dit !

— Je ne pouvais pas. Secret profes…

— Ah, non ! Pas ça, je t'en prie ! Tu aurais dû m'en parler ! N'essaie pas de te réfugier derrière ce prétendu secret professionnel. Tu n'es pas mon avocate, tu es mon amie, mon amoureuse. Du moins, tu es censée l'être. J'y croyais, moi. Pas toi, à ce que je constate. Pour toi, ça ne compte pas ?

Judy piqua un fard. Cette conversation était plus que gênante, surtout dans un palais de justice et devant Bennie.

— Frank, ce n'est ni le lieu ni le moment de…

— C'est le lieu et le moment, au contraire ! Tu ne m'en as pas parlé parce que tu avais peur que je venge la mort de mes parents. Vous vous taisiez tous les deux, ajouta-t-il avec un regard de mépris englobant Judy et Tony. Vous étiez déjà sûrs de ma réaction et vous avez préféré vous taire. Vous n'aviez pas le droit de le prendre sur vous, vous comprenez ? Il s'agit de mes parents ! Je suis leur fils unique ! J'ai le droit de savoir qu'ils sont morts assassinés !

— Mais nous n'en savons rien ! répliqua Judy. Coluzzi a dit à ton grand-père qu'il les avait tués, soit. Avant de t'emballer, demande-toi plutôt si Coluzzi a dit la vérité. Rien ne le prouve. Il a pu mentir pour blesser ton grand-père.

— Il l'a fait, je sais, intervint Tony.

— Moi aussi, j'en suis sûr, renchérit Frank.

— Tu n'es sûr de rien ! J'ai, ou plutôt, j'ai eu les cassettes de conversations téléphoniques de Coluzzi enregistrées le soir de l'accident de tes parents. Il n'y a pas un mot à leur sujet. Rien.

— Des cassettes ? Quelles cassettes ? Audio ? Vidéo ?

Tony regarda Judy avec étonnement. Elle n'avait rien dit des cassettes à lui non plus.

— Audio. Une écoute téléphonique.

— Coluzzi sur écoute ? À qui parlait-il ?

Judy prit soudain conscience de son faux pas. Elle ne voulait surtout pas que Frank agresse Jimmy Bello avant qu'elle ait pu le cuisiner au contre-interrogatoire.

— Peu importe. Je les ai écoutées et je n'y ai rien trouvé. L'expert affirme que l'accident n'était rien de plus qu'un accident. L'enquête de police aussi. Ils ne peuvent pas tous se tromper, Frank ! Réfléchis.

Mais la colère de Frank ne se calmait pas :

— Avec qui Coluzzi était-il au téléphone ? À qui parlait-il ? Et où as-tu trouvé ces enregistrements ?

— Je ne te le dirai pas. Ils ne prouvent rien. Il n'y a aucune preuve, nulle part. Je ne croyais pas moi non plus à la thèse de l'accident, mais l'expert m'en a convaincue.

— Je n'ai pas besoin de preuves, Coluzzi a avoué.

— Mais ça ne signifie rien, je te l'ai déjà dit !

— Pourquoi l'aurait-il avoué, alors, s'il ne l'avait pas fait ?

— Pour blesser ton grand-père, je te le répète. Pour le rendre fou, pour se vanter d'être toujours capable de lui faire mal. Il y a mille raisons possibles, Frank. Coluzzi était un sadique.

— Je te dis qu'il l'a fait.

— Oui, il l'a fait, répéta Tony en écho.

Bennie lui décocha un regard meurtrier. Judy était excédée.

— Écoute, Frank, je suis en plein procès et il ne s'agit ni de toi ni de tes parents, même si je suis sincèrement affligée de leur mort. Pour le moment, il s'agit uniquement de ton grand-père, qui est accusé de meurtre et dont j'essaie de sauver la peau. Comprends-tu, à la fin ?

Frank déglutit avec peine et Judy se hâta d'enfoncer le clou :

— Tu veux la vérité, Frank ? Tu la liras toi-même. Ce soir, je te prêterai tous mes dossiers, le mien, celui de la police, le rapport de l'expert. Tout. Si tu veux, tu pourras même parler à l'expert, il est impartial. Mais, dans l'immédiat, je dois défendre mon client et tu ne lui rends pas service, ni à moi non plus, en te conduisant comme cela.

Frank se raidit, se tourna vers son grand-père.

— Bien, dit-il enfin avec un profond soupir. Nous en reparlerons plus tard.

— Et tu te domineras jusque-là, déclara Judy.

— Je ne t'ai rien promis de semblable.

— Ce n'était pas une question.

Elle n'insista pas davantage. Frank n'avait quand même pas perdu la raison au point de vouloir commettre un meurtre lui aussi ? Et qui pourrait-il tuer ? Angelo Coluzzi était déjà mort.

— Il est temps de retourner à l'audience, reprit-elle. As-tu des conseils à me donner ? ajouta-t-elle à l'adresse de Bennie.

— Non, répondit Bennie avec un soulagement visible. Ici, c'est toi la patronne.

Judy sourit. Cette simple phrase valait tous les encouragements.

En strict costume trois-pièces, le Dr Patel était aussi distingué qu'en blouse blanche. Ses lunettes, son sourire et son accent britannique semblaient donner du poids à ses qualifications professionnelles. Après les premières questions de routine, Santoro lui demanda de préciser si le rapport d'autopsie figurant au dossier était bien le sien, puis de le commenter.

Le Dr Patel décrivit alors les opérations dont Judy avait été, en partie seulement, témoin à la morgue, en commençant par l'examen externe du corps et en finissant par l'ablation et la pesée des organes internes. Cette description orale était encore plus éprouvante que la réalité, car elle laissait libre cours à l'imagination.

— Docteur Patel, poursuivit Santoro, avez-vous été en mesure de vous former, avec une certitude raisonnable, une opinion professionnelle sur la cause du décès d'Angelo Coluzzi ?

— Certes. Le décès a été provoqué par la rupture de la troisième vertèbre cervicale.

— Et comment l'avez-vous déterminé, docteur ?

— À l'aide d'un examen externe confirmé par une radiographie.

— Quel a été le mécanisme, si je puis dire, de la mort ?

— Elle a été provoquée par une secousse brutale vers l'avant qui a brisé la vertèbre. La mort a été instantanée.

— Pour l'information du jury, docteur, quand rencontre-t-on le plus souvent ce type de lésion ?

— Elle est communément appelée le « coup du lapin », qui survient, par exemple, dans un accident d'automobile lorsqu'on est heurté violemment à l'arrière. Les vertèbres cervicales sont soumises à un effort excessif qui entraîne leur rupture, comme dans le cas présent.

Santoro projeta ensuite une photo du torse d'Angelo Coluzzi, montrant la tête affreusement décalée par rapport à l'axe du cou, puis un cliché radiographique sur lequel on voyait la rupture de la vertèbre. Judy ne souleva pas d'objection, bien que ces démonstrations soient inutilement répétitives. Persuadé d'avoir démontré sa thèse, Santoro s'en tint d'ailleurs là.

Armée de ses notes et du rapport circonstancié d'un expert ostéopathe, Judy s'approcha du médecin légiste.

— Bonjour, docteur Patel. Je suis Judy Carrier et, vous vous en souvenez peut-être, j'ai assisté à l'autopsie de M. Coluzzi.

— Je m'en souviens très bien, en effet. Bonjour, maître.

— Je n'aurai que quelques questions à vous poser, docteur. Vous connaissez, je pense, l'âge de M. Coluzzi au moment de son décès ?

— Il allait avoir quatre-vingts ans, je crois.

— À votre avis, docteur, les os d'un homme de quatre-vingts ans sont-ils différents de ceux d'un homme, disons, de trente ans ?

— Bien sûr. Le squelette des personnes âgées est très différent de celui des personnes jeunes. Les os deviennent fragiles, voire friables avec l'âge. Leur masse et leur résistance diminuent.

Le regard que Santoro lança au Dr Patel fit comprendre à Judy que le substitut était mécontent de son témoin. Mais le Dr Patel, à l'évidence, n'était pas homme à se laisser intimider et à ne pas dire ce qu'il pensait, ce qui est souvent dangereux de la part d'un expert

— Ce que vous venez de dire vaut aussi, je pense, pour la colonne vertébrale ?

— Sans aucun doute. Les vertèbres se déminéralisent et les coussinets se dessèchent, ce qui entraîne un tassement de la colonne vertébrale. En outre, les risques d'arthrite et d'arthrose s'accroissent eux aussi en proportion du vieillissement.

Judy se retint de pousser un cri de joie. Elle avait engagé les services d'un ostéopathe et d'un gérontologue. Elle n'aurait peut-être pas besoin de les faire témoigner si elle réussissait à faire dire au Dr Patel ce qu'elle souhaitait entendre.

— Les vertèbres de M. Coluzzi portaient les signes de ce vieillissement, je suppose ? Souffrait-il d'arthrose à ses vertèbres cervicales ?

— Oui, ce qui était tout à fait normal compte tenu de son âge. Dès soixante-cinq ans, la plupart des gens ont les articulations douloureuses et raides. Les femmes souffrent davantage des mains et des genoux, les hommes des hanches. Le cou est lui aussi très fréquemment atteint, comme c'était le cas de M. Coluzzi.

— On peut donc supposer que, dans ces conditions, le cou de M. Coluzzi était sensiblement plus fragile que celui d'un homme plus jeune, de trente ou quarante ans par exemple ?

Santoro protesta avec énergie, mais le juge rejeta l'objection.

— Répondez à la question de la défense, docteur, lui dit-il.

— Eh bien, oui. Compte tenu de son âge et de son arthrite avancée, M. Coluzzi était prédisposé à ce type de lésions.

Judy s'engouffra dans la brèche :

— Vous disiez il y a un instant, docteur, que les lésions de ce type sont de même nature que celle, communément appelée « coup du lapin », que l'on pourrait subir dans un accident d'automobile. Afin de bien éclaircir ce point dans l'esprit des jurés, peut-on penser qu'un choc moins violent aurait entraîné le même résultat en ce qui concerne Angelo Coluzzi ?

— Bien entendu, répondit le Dr Patel en s'adressant directement aux jurés, ce que Judy n'osait même pas espérer. Je ne voulais pas créer de doute ni de confusion dans votre esprit en disant qu'il s'agissait d'une lésion du même type, je me servais simplement d'une comparaison facile à comprendre. De fait, la lésion subie par le défunt aurait pu être provoquée par une impulsion minime et très brève.

— Au cours d'une simple bousculade, par exemple ?

Une fois encore, Santoro objecta avec véhémence. Une fois encore, et non sans quelque agacement, le juge rejeta son objection. Judy jubilait. Son étoile n'était pas loin, apparemment.

— En effet, opina le médecin légiste. Une simple bousculade aurait pu suffire.

— Je vous remercie, docteur. Ce sera tout, dit Judy en souriant.

Elle n'aurait donc même pas besoin de faire témoigner ses experts ! Elle avait obtenu ce qu'elle voulait du témoin de l'accusation.

Santoro bondit :

— Docteur Patel, cette lésion aurait pu aussi avoir été provoquée par une poussée violente exercée d'avant en arrière, par quelqu'un qui se serait rué sur M. Coluzzi, par exemple ?

Le Dr Patel ne put faire autrement que de le confirmer.

Judy laissa passer question et réponse sans objecter. Si elle réussissait maintenant à tirer ce qu'elle souhaitait de Jimmy Bello, le sauvetage de Tony serait en bonne voie.

43

Dans un évident souci de respectabilité, Jimmy Bello avait mis une cravate en soie de couleur sombre, une chemise d'un blanc éclatant et un complet gris à reflets moirés. L'ensemble, qui se voulait sobre, était en réalité aussi voyant que de mauvais goût. Mais Judy, il est vrai, n'avait jamais été sensible aux élégances mafieuses.

Après avoir laborieusement fait déclarer à son témoin qu'il avait travaillé trente-cinq ans pour Angelo Coluzzi et qu'il entretenait avec lui des relations de véritable amitié, Santoro aborda les événements de la fatale matinée du 17 avril.

— Vous étiez avec M. Coluzzi ce matin-là, n'est-ce pas ?

— Oui, je l'ai conduit au club. Il avait besoin de bagues.

— De bagues ? s'étonna Santoro.

— Oui, pour ses pigeons, pour la prochaine compétition. Ils portent un numéro, vous comprenez, comme ça on peut pas tricher.

Judy vit deux jurés pouffer de rire. Santoro dut s'en apercevoir aussi, car il s'empressa de changer de sujet.

— Voulez-vous nous dire, monsieur Bello, ce qui s'est passé ce matin-là au local du club colombophile ?

— Eh bien, moi et Angelo on a fait l'ouverture et Angelo est entré dans la réserve du fond pendant que je faisais du café au bar. Le bar, il est tout à côté de la réserve.

— Et après, qu'avez-vous fait ?

— Eh bien, je suis allé aux toilettes en attendant que l'eau bouille.

— Que s'est-il passé ensuite ?

— Eh bien, quand je suis sorti des toilettes, j'ai vu Tony Pensiera et Tony LoMonaco qu'étaient là et l'eau qui bouillait dans la casserole. Alors, ils m'ont demandé : « Qu'est-ce que tu fais là ? » et moi je leur ai demandé : « Qu'est-ce que vous faites là ? » et on m'a dit que Tony-pigeon, Tony Lucia je veux dire, il était allé chercher ses bagues dans la réserve où Angelo était déjà. Alors...

Le gros Jimmy devenait intarissable. Santoro l'interrompit :

— Avez-vous entendu quelque chose à ce moment-là ?

— Oui, j'ai entendu Lucia crier · « Je vais te tuer. » En italien.

Des murmures horrifiés s'élevèrent parmi les jurés.

— Qu'avez-vous entendu ensuite, monsieur Bello ?

— Le bruit de quelque chose qui tombe et puis un cri à faire froid dans le dos. Alors on a couru tous les trois voir ce qui se passait et on a vu Angelo mort, par terre, à côté de l'étagère qu'était tombée avec tout ce qu'il y avait dessus.

— Que faisait l'accusé ? voulut savoir Santoro.

— Il était penché sur Angelo et ses amis l'ont embarqué et j'ai appelé les flics. Voilà.

En observant les jurés, Judy vit du coin de l'œil des larmes poindre aux yeux de Tony, qui se détourna aussitôt. Elle en fut stupéfaite. Ainsi, il éprouvait des remords ? Elle aurait dû s'y attendre. Décidément, elle ne comprendrait jamais tout à fait cet étrange petit homme. Il n'avait pas honte de dire qu'il avait tué Coluzzi, mais il avait honte qu'elle le voie pleurer à cause de son acte !

— À votre tour, maître Carrier.

La voix du juge la ramena à la réalité. Santoro regagnait sa place, Jimmy Bello inspectait ses ongles, les gardes, l'huissier et la sténographe s'étonnaient qu'elle ne soit pas déjà debout. Elle prit son bloc-notes et s'approcha du témoin.

— Monsieur Bello, vous avez travaillé trente-cinq ans pour Angelo Coluzzi. Vous étiez son assistant personnel, n'est-ce pas ?

— Oui.

— Combien de temps passiez-vous avec lui ou étiez-vous à sa disposition ?

— 7 sur 7, 24 sur 24, répondit fièrement le gros Jimmy.

Judy affecta de poser ses questions en consultant ses notes. Bello croirait ainsi qu'il s'agissait de la transcription de ses conversations téléphoniques. S'il savait que les cassettes avaient été détruites, il ne pouvait pas être certain que Judy ne les avait pas copiées.

— Voyons brièvement le genre de tâches dont vous étiez chargé. Vous lui serviez de chauffeur, n'est-ce pas ?

— Oui.

— Il vous demandait aussi de faire des courses pour lui ?

— Oui.

— S'il avait besoin, disons, de contreplaqué pour un chantier, vous vous occupiez de le faire livrer, n'est-ce pas ?

— Oui.

— S'il vous demandait d'acheter la sauce tomate préférée de son épouse ou de la lotion pour bébés, vous vous la procuriez ?

— Oui.

Bello lançait des regards inquiets en direction du public, mais Judy ne pouvait pas se permettre de se retourner pour voir la réaction de la veuve Coluzzi.

— Si vous vous trompiez en lui apportant, par exemple, des cacahuètes salées pour ses pigeons, vous retourniez en acheter d'autres ?

— Eh bien, oui.

Bello paraissait de plus en plus mal à l'aise.

— S'il vous demandait de lui apporter un Coca-Cola en venant le chercher, vous le lui apportiez, n'est-ce pas ?

Santoro objecta pour le principe. Il ne pouvait pas comprendre la signification de ces questions, anodines en apparence, mais que Bello comprenait trop bien, lui. Judy changea de sujet sans attendre la décision du juge.

— Passons à autre chose. Puisque vous étiez aussi proche que vous le dites de M. Coluzzi, vous saviez pour qui il éprouvait de la sympathie ou de l'antipathie, n'est-ce pas ?

— Oui.

— Est-il exact que M. Coluzzi haïssait Tony Lucia parce que sa femme avait préféré l'épouser plutôt que lui ?

Cette fois, le juge accepta l'objection de Santoro. Mais Judy avait obtenu ce qu'elle voulait. Le jury avait entendu la question et saurait s'en souvenir le moment venu.

— Je répète donc ma question sous une forme différente. Vous saviez que M. Coluzzi haïssait M. Lucia, n'est-ce pas ?

— Eh bien... oui. Oui.

— Vous avez déclaré, monsieur Bello, que lorsque vous étiez sorti des toilettes, M. Pensiera et M. LoMonaco étaient arrivés dans le local et que vous avez ensuite entendu crier. Est-ce exact ?

— Oui.

— Combien de temps s'est-il écoulé entre votre retour dans la pièce et le moment où vous avez entendu crier ?

— Eh bien... j'sais pas.

— Essayons de le déterminer. Le temps de sortir des toilettes et de vous demander les uns les autres ce que vous faisiez là, disons environ une minute ou peut-être un peu moins. D'accord ?

— Oui, d'accord.

— Vous avez ensuite entendu l'eau bouillir. Comptons à peu près deux ou trois minutes pour qu'une petite casserole d'eau atteigne son point d'ébullition sur une plaque électrique. Exact ?

— Euh... oui. P'têtre bien.

— Vous avez donc dû faire le tour du bar pour couper le courant, n'est-ce pas ?

— Eh bien, oui.

Judy reprit alors son croquis du club colombophile qu'elle remit sur le chevalet.

— Voici le plan du local déjà présenté par la défense. La longueur du comptoir est d'environ quatre mètres. Voulez-vous montrer au jury et à la cour où se trouve la plaque chauffante ?

— Là, au bout, répondit Bello en la pointant du doigt.

— Nous disons donc, à l'extrémité ouest du comptoir. Vous avez donc dû parcourir deux fois sa longueur, n'est-ce pas ? Le temps de parcourir ces quelques mètres, de débrancher l'électricité et de revenir à votre point de départ, disons que cela vous a pris près de deux minutes. Vous êtes d'accord ?

Judy n'eut pas besoin de préciser que sa corpulence lui interdisait toute agilité, cela sautait aux yeux.

— P'têtre bien. Je bouge jamais très vite et j'avais pas de raison de me presser, ajouta-t-il avec un rire que le jury n'eut pas l'air d'apprécier.

— Nous en sommes donc à quatre minutes, sinon un peu plus. Combien de temps après avez-vous entendu crier ?

— J'sais pas. Juste après, quoi.

Judy marqua une pause.

— Donc, les deux hommes sont restés seuls dans la réserve au moins quatre minutes, sinon cinq.

Santoro ne put faire autrement que soulever une objection, mais Judy avait établi que les deux hommes, qui se vouaient une haine féroce depuis soixante ans, s'étaient retrouvés seuls dans une pièce pendant près de cinq minutes. Ils s'étaient donc parlé. Et lequel avait commencé à bousculer ou agresser l'autre ? Le doute était planté dans l'esprit des jurés. Mais un problème, cependant, persistait :

— Vous avez déclaré, monsieur Bello, que vous étiez près du bar quand vous avez entendu M. Lucia crier en italien : « Je vais te tuer. »

— Oui.

— Aviez-vous jamais eu une conversation avec M. Lucia ?

— Non.

— Aviez-vous jamais entendu sa voix auparavant ?

— Eh bien… non.

En voyant un juré sourire d'un air entendu, Judy n'insista pas de peur de paraître en faire trop. Le message était passé, c'était l'essentiel.

— Revenons un peu en arrière, si vous le voulez bien, jusqu'à la soirée du 25 janvier au cours de laquelle le fils et la belle-fille de M. Lucia sont morts dans un accident de la circulation. Vous souvenez-vous de ce que vous faisiez et où vous étiez ce…

Santoro objecta avec vigueur, mais le juge refusa son objection en lui faisant remarquer qu'il avait lui-même évoqué cet accident dans son exposé préliminaire. Judy ne pouvait toutefois pas crier victoire. Elle ne tirerait sûrement pas du gros Jimmy un aveu de sa culpabilité, elle réussirait tout au plus à l'inquiéter, car il ignorait ce qu'elle savait avec certitude ou ce dont elle était en mesure d'apporter la preuve.

— Vous ne vous souvenez donc pas de ce que vous faisiez ce soir-là, monsieur Bello ? reprit-elle.

— Non.

— Vous avez affirmé être avec Angelo Coluzzi « 7 sur 7 et 24 sur 24 ». Vous ne vous rappelez pas si vous étiez avec lui ce soir-là ?

— Non.

— Saviez-vous, monsieur Bello, que le téléphone de votre domicile était sous écoute à cette époque et que toutes vos conversations avec Angelo Coluzzi et d'autres personnes étaient enregistrées ?

— Objection ! clama Santoro.

Judy ne quittait pas des yeux le gros Jimmy, dont un tic fit soudain tressauter la lèvre supérieure. Les jurés intrigués, qui l'observaient eux aussi, se souviendraient à coup sûr de sa réaction. Si Bello ne savait pas ce qui figurait au juste dans ces enregistrements, les questions précises posées par Judy au début de son contre-interrogatoire pouvaient lui faire craindre qu'ils l'incriminaient. Judy l'avait déstabilisé, elle n'en demandait pas davantage pour le moment.

Son sentiment de satisfaction vola en éclats lorsqu'elle se retourna pour regagner sa place et vit Frank dans le public. Livide d'angoisse et de rage, il avait compris que c'était à Coluzzi que Bello téléphonait pour prendre ses ordres le soir de la mort de ses parents. Et l'expression de son regard posé sur Bello révéla à Judy qu'il était lui aussi capable de tuer.

Quand elle se rassit, elle tremblait.

44

Il était plus de six heures du soir lorsqu'ils réintégrèrent la salle de conférences de Rosato & Associées dont Judy avait fait son quartier général.

La porte n'était pas encore refermée quand Frank prit doucement le bras de Judy.

— Je peux voir ces dossiers, maintenant ?

Il parlait pour la première fois depuis qu'ils avaient quitté le palais de justice en taxi. Judy posa son cartable, y prit les dossiers qu'elle lui tendit. La lecture du rapport de l'expert allait à coup sûr lui être pénible, comme elle l'avait été pour elle-même.

— Tu es sûr de vouloir les lire ?

— Oui.

Judy ajouta aux dossiers la cassette de l'animation vidéo réalisée par l'expert. Elle l'avait convaincue de la thèse de l'accident, elle réussirait peut-être à en convaincre aussi Frank.

— Tu peux t'installer dans l'autre salle de conférences, il y a un magnétoscope et un moniteur. Veux-tu que je commande un dîner ?

— Non merci, je n'ai pas faim.

Il la regardait sans la voir, d'un regard distant. Judy s'abstint de faire d'autres commentaires.

— Bien, vas-y. Moi, je dois expliquer à ton grand-père ce que nous ferons demain.

Frank prit les dossiers et quitta la salle pendant que Judy installait Tony et que Bennie allait au téléphone relever sa messagerie vocale.

— Frankie, ça va ? demanda Tony.

— Je l'espère, répondit Judy.

— Pas bon, tout ça. Pas bon pour lui.

Judy eut un pincement de cœur et se força à détourner le cours de la conversation.

— Vous voulez du café, Tony ?

— Vous avez du chianti ?

— Non, mais vous n'en avez pas besoin, répondit-elle en riant. De l'eau, à la place ?

— *Si.*

Judy lui versa de l'eau dans un gobelet. Bennie était toujours au téléphone. Elle devait recevoir au moins deux mille messages par jour.

— Voilà, dit-elle en revenant s'asseoir à côté de lui.

— *Grazie*, Judy.

Il en but une gorgée. Judy vit sa pomme d'Adam monter et descendre comme s'il avalait avec difficulté.

— Ma Silvana, reprit-il. Vous savez ?

Judy acquiesça d'un signe de tête. Elle se demanda d'où venait ce tour inattendu de la conversation, mais elle avait remarqué que Tony parlait volontiers du passé quand il était fatigué ou troublé. Si elle pouvait deviner les souvenirs que le procès réveillait dans sa mémoire, elle ne pouvait imaginer ce qu'on éprouve en perdant des êtres chers.

— Silvana, elle avait la tête dure. Bébé Frank, il avait la tête dure. Moi, j'ai pas la tête dure, dit-il en souriant.

— Non, approuva Judy. Vous êtes un ange.

Tony pouffa de rire avant de poursuivre son idée.

— Ma Silvana, elle était belle.

— Sûrement.

— Je dis au juge combien elle était belle.

En pensant au passé, le regard de Tony prit un éclat que Judy reconnut pour l'avoir vu dans celui de sa grand-mère lorsqu'elle évoquait ses souvenirs. Elle n'avait jamais eu l'occasion de la laisser parler devant un gobelet de plastique plein d'eau fade et tiédasse. À présent, c'était trop tard.

— Je dis au juge quand j'ai vu Silvana la première fois. Sur la route, dans la carriole avec Coluzzi. Qu'elle était belle ! Elle avait du, vous savez… sur la bouche. Comme vous, la première fois.

— Du rouge à lèvres ?

— *Si !* Rouge comme le bon vin. Que de baisers !

— Il ne faut pas le dire au juge, voyons !

— Non, non ! Pas baisers sur la bouche. Baisers avec les tomates, dit Tony en pouffant encore de rire.

Judy ne comprit pas de quoi il parlait, mais il était maintenant trop lancé pour s'arrêter.

— Oui, des tomates. Plein de tomates jusqu'à ce qu'elle m'aime. Ma maman, elle disait tout le temps « Où sont mes tomates ? ». Et je riais, je riais ! Et puis, Silvana déjeunait avec moi, dans les collines. Nous parlions, nous parlions, nous nous embrassions.

— Plus de tomates ? hasarda Judy.

— Non, non ! Des vrais baisers de femme. *Che bella donna !* dit Tony, le visage éclairé par la béatitude. Je pensais, Tony, tu maries cette femme, tu seras heureux pour toujours.

Judy sourit, oubliant un instant la façon tragique dont l'histoire s'était conclue.

— Je dis au juge comment elle me choisit, moi. Je dis comment Coluzzi il bat le pharmacien, comment il me bat, moi, dans les rues. Je dis aux jurés comment Coluzzi il tue ma Silvana, comment il tue mon Frank et Gemma, sa femme Alors, ils comprennent.

Tony voulait toujours témoigner, dire lui-même son histoire, et Judy n'était pas encore parvenue à lui faire entendre raison.

— Écoutez, Tony, vous allez parler au juge et aux jurés de Silvana, de sa beauté et de ses qualités, vous leur parlerez de Coluzzi, de sa méchanceté et de ses crimes…

— *Si !* Et comment je trouve ma Silvana morte dans l'écurie et bébé Frank voit sa mère morte par terre.

Les larmes montaient aux yeux de Tony. Judy l'interrompit et lui prit la main pour tenter de le ramener au présent.

— Et après, Tony, que direz-vous au juge et aux jurés ? Que vous êtes entré dans la réserve du club, que Coluzzi a dit qu'il avait tué Silvana et Frank et que vous lui avez sauté dessus pour lui casser le cou ?

— *Si !* Je dis et je montre que je fais pas un meurtre.

— Non, Tony ! Si vous le dites, ils vous jugeront coupable. Ici, dans ce pays, c'est un meurtre. La vengeance n'est pas une excuse. Vous ne comprenez donc rien, à la fin ?

Frustrée, Judy n'avait pas pu s'empêcher d'élever la voix. Bennie, qui avait raccroché, la regardait d'un air réprobateur.

— Tu pourrais peut-être éviter d'engueuler ton client.

— Très juste, admit Judy.

Un bloc et un stylo à la main, Bennie vint s'asseoir au bord de la table en face de Tony.

— Monsieur Lucia, commença-t-elle, nous n'avons pas eu souvent l'occasion de nous parler, vous et moi, parce que c'est Judy qui vous défend. Elle fait un excellent travail, elle présente une défense que le jury peut comprendre et, surtout, peut croire. Selon ce qui se passera demain, elle réussira peut-être à gagner ce procès, ce qui ne sera pas facile, je vous prie de me croire. Si elle vous conseille de ne pas témoigner, je l'écouterais si j'étais à votre place. Vous devez aussi savoir que dans ce pays, les accusés témoignent très rarement au cours de leur procès. J'ai plaidé beaucoup d'affaires criminelles et je n'ai jamais fait témoigner mes clients.

— *Si*, se borna à répondre Tony.

— Pourtant, comme elle vous l'a dit, vous avez le droit de parler si vous le voulez. Je vous conseille donc d'aller dormir et de ne prendre votre décision qu'après vous être reposé. Si vous voulez toujours témoigner à ce moment-là, vous en discuterez avec Judy. D'accord ?

— *Si*, approuva Tony.

— D'accord, acquiesça Judy.

— Tu n'as pas à être d'accord ou non, lui lança Bennie.

— Mais ce n'est pas plus mal, répondit Judy en souriant.

Bennie leva les yeux au ciel.

— Vous voyez, monsieur Lucia, Judy prend votre intérêt à cœur. Et puis, elle est encore jeune, plus que vous et moi.

Cette dernière phrase le fit éclater de rire :

— Vous, Benedetta, vous êtes une jeune fille !

— J'ai quarante-cinq ans, cher monsieur, et j'ai cessé d'être jeune il y a quarante ans. Tu devrais commander un dîner pour ton client et toi avant de te remettre au travail, dit-elle en se levant.

Judy s'en voulut de négliger ses devoirs dans ce domaine. Elle avait même perdu la garde de Penny, ce qui montrait à quel point elle était une mère dénaturée.

— Bonne idée. Vous avez faim, Tony ?

— Si, approuva-t-il.

— Du chinois, comme hier soir ?

— *La pasta*, elle est mauvaise, répondit-il avec une grimace.

— Une pizza, alors ?

— *Si.*

— Va pour une pizza, soupira Judy.

Ce ne serait jamais que la trois millième en à peine huit jours, se dit-elle en allant au téléphone pour passer la commande.

Elle avait le combiné à la main quand la porte s'ouvrit. Frank entra, jeta les dossiers sur la table. Son expression paraissait étrangement soulagée.

— Mes parents ont été assassinés ce soir-là, annonça-t-il.

Judy en resta bouche bée.

— Que veux-tu dire ? Tu n'as pas lu le rapport de l'expert ?

— Si, justement. C'est lui qui m'en a fourni la preuve.

— Comment cela ? Il démontre au contraire qu'il s'agissait d'un accident.

— Non, il s'est trompé. Parce que je sais quelque chose qu'il ne savait pas, répondit Frank avec une sorte de sourire.

De stupeur, Judy raccrocha sans avoir commandé la pizza.

45

De l'attitude du juge Vaughan lorsqu'il entra dans le prétoire, Judy déduisit qu'il avait hâte d'en finir, ce qui lui convenait tout à fait. Maintenant qu'elle voyait la victoire à sa portée, elle avait hâte de présenter sa défense. Cette victoire dépendait toutefois en grande partie du dernier témoin de l'accusation.

Depuis la veille au soir, la situation était renversée : désormais, il s'agissait moins du procès de Tony Lucia que de celui d'Angelo Coluzzi, même s'il était dans l'autre monde. Judy ne savait pas encore si elle parviendrait à le confondre grâce aux éléments nouveaux dont elle disposait, mais la découverte de Frank avait décuplé ses chances. Et elle se réjouissait que ce soit lui qui ait trouvé la clef. Ce rôle lui revenait de plein droit.

Tony paraissait lui aussi impatient, puisque la vérité sur la mort de son fils allait enfin éclater. Au premier rang du public, Frank se tenait au bord de son siège, comme s'il s'apprêtait à bondir.

— L'audience est ouverte. L'accusation peut appeler son premier témoin, dit le juge.

Santoro se leva :

— Merci, Votre Honneur. Le ministère public appelle Calvin De Witt.

L'huissier introduisit un Afro-Américain d'une quarantaine d'années qui s'avança avec assurance. Élégamment mais sobrement vêtu, il portait un fin collier de barbe et des lunettes. Santoro lui fit décliner son identité et ses qualifications. De Witt se présenta en tant qu'enquêteur assermenté à la division des accidents de la circulation de la police de Philadelphie avant d'énumérer ses diplômes, ses états de service et ses accréditations auprès de nombreux organismes officiels. Santoro obtint du juge qu'il soit admis à témoigner à titre d'expert et Judy ne souleva pas d'objection, car elle aussi avait besoin de son témoignage.

— Monsieur De Witt, commença Santoro, est-ce vous qui avez enquêté sur l'accident survenu le 25 janvier de l'année dernière, au cours duquel Frank et Gemma Lucia ont trouvé la mort ?

— Oui.

— Pouvez-vous nous décrire brièvement la manière dont vous avez mené votre enquête ?

— Puis-je me référer à mon rapport ? demanda De Witt.

— Certainement.

Santoro prit le rapport sur son bureau et en fit passer des copies au juge et à Judy, qui le posa ostensiblement sur sa table sans l'ouvrir. C'était la seule manière de faire comprendre aux jurés qu'elle l'avait appris par cœur la veille au soir.

De Witt déclara alors qu'il s'était rendu sur les lieux de l'accident à une heure du matin, qu'il avait examiné le véhicule, le rail de sécurité et le point de chute du véhicule sur la chaussée inférieure.

— Pouvez-vous nous expliquer comment s'est produit cet accident ?

— Bien sûr. Le véhicule, un semi-utilitaire d'un modèle ancien, circulait sur la voie de droite de la bretelle quand il a dérapé sur une plaque de verglas et défoncé le rail de sécurité avant de tomber sur la voie inférieure, où le réservoir de carburant a explosé et provoqué un incendie. Les occupants ont dû mourir sur le coup, soit par la violence du choc, soit par l'intensité des flammes, mais les corps avaient déjà été évacués au moment de mon arrivée sur les lieux.

— Selon votre opinion d'expert dans des circonstances de ce type, il apparaît donc qu'il s'agissait d'un simple accident ?

— Oui, bien qu'aucun accident mortel ne justifie le qualificatif de simple, observa De Witt.

— Vous avez raison, admit Santoro. Si je vous ai bien compris, aucun autre véhicule n'était impliqué dans cet accident ?

— Non.

— À la suite de votre rapport, l'affaire a été classée par la police de Philadelphie, n'est-ce pas ?

— Oui, et elle l'est encore.

— Ce sera tout, je vous remercie.

Pendant que Santoro regagnait sa place, Judy se leva. Elle posa d'abord deux ou trois questions anodines, puis elle demanda :

— Quelle était, selon vous, la cause de l'incendie du véhicule, monsieur De Witt ?

— L'éclatement du réservoir, qui a déversé le carburant à l'intérieur du véhicule avant de prendre feu.

— Avez-vous procédé à des tests ou à des examens pour déterminer la nature des résidus de combustion à l'intérieur et à l'extérieur du véhicule, monsieur De Witt ?

— Non, je n'avais aucune raison de le faire.

Que tu crois, mon bonhomme, s'abstint de commenter Judy.

— Et selon votre opinion, qu'est-ce qui a déclenché l'embrasement du carburant ?

— Dans les accidents de ce type, les causes peuvent être multiples. Un court-circuit électrique ou la chaleur du moteur, par exemple. Le choc violent de l'acier sur le ciment peut également produire des étincelles suffisantes pour allumer le feu.

— Quel genre de carburant y avait-il dans le réservoir et s'est ensuite répandu à l'intérieur du véhicule ?

— Du gazole, puisque le véhicule avait un moteur Diesel. Je l'ai vérifié auprès du service des immatriculations. Il s'agissait d'un moteur de 1,6 litre de cylindrée développant cinquante-deux chevaux.

— Il n'y avait donc pas d'autre carburant dans ce véhicule que celui contenu dans le réservoir éclaté ?

— Bien sûr que non. Que pourrait-il y avoir d'autre ? répondit le témoin avec étonnement.

— Il aurait pu y avoir, par exemple, l'essence contenue dans une tondeuse à gazon, une tronçonneuse ou même un bidon de réserve.

De Witt réfléchit un instant avant de répondre :

— Non, je n'ai rien trouvé de semblable. À l'exception d'éclats de verre et de débris divers, le véhicule était entièrement vide.

— Si vous y aviez vu un objet tel que celui que je viens de vous citer, vous l'auriez noté dans votre rapport, n'est-ce pas ?

— Bien entendu. Je note toujours tout avec soin.

L'accusation déclarant qu'elle n'avait pas d'autres témoins à faire comparaître, le juge dit à Judy d'appeler son premier témoin.

— Merci, Votre Honneur. J'appelle le Dr William Wold.

Après que l'expert eut prêté serment, Judy lui fit énumérer ses titres et qualités, ce qu'il fit avec complaisance en précisant qu'il avait fait profiter trente-deux ans la police de Philadelphie de son expertise avant de l'exercer pour son propre compte et qu'il enseignait, en outre, dans divers établissements prestigieux.

— Docteur Wold, poursuivit Judy, vous avez examiné l'épave de la fourgonnette des Lucia, n'est-ce pas ?

— Oui, à votre demande, afin de déterminer les circonstances de l'accident.

Sur l'objection de Santoro, Judy produisit les copies du certificat d'immatriculation du véhicule et la facture acquittée de son achat par les parents de Frank. Le juge en prit connaissance tandis que Judy priait qu'il ne lui vienne pas à l'idée de demander comment elle s'était procuré ladite épave.

L'incident clos, Judy reprit son interrogatoire :

— À l'issue de votre examen, docteur Wold, vous avez donc rédigé un rapport ?

— Bien entendu.

Judy fit passer une copie du rapport au juge et à Santoro, qui se plongea dans sa lecture.

— Voulez-vous avoir l'obligeance, docteur, d'informer le jury de la manière dont vous avez procédé pour parvenir à vos conclusions ?

— J'ai examiné l'épave et le lieu de l'accident, j'ai pris connaissance du rapport de police et effectué plusieurs tests des résidus de combustion à l'intérieur et à l'extérieur du véhicule.

— Et quels ont été les résultats de ces tests ?

— J'ai décelé des résidus de combustion de matières plastiques, de gazole ainsi que d'essence.

— Ces résidus existaient-ils en proportions égales ?

— Non, pas du tout. La plus forte proportion de ces résidus, en particulier dans la cabine de conduite, était de l'essence.

Judy vit poindre le bout du tunnel, mais elle n'y était pas encore parvenue.

— Quelle signification donnez-vous à la présence de résidus de combustion d'essence dans la cabine de conduite, docteur ?

— Une signification très importante, en ce qu'elle dénote que de l'essence s'est enflammée dans la cabine de conduite.

— Je vois. Y a-t-il une explication rationnelle à la présence d'essence dans la cabine de conduite, docteur ?

— Bien sûr. Comme je l'ai noté dans mon rapport, les véhicules utilitaires transportent fréquemment plusieurs types de carburants. J'ai donc supposé qu'il en allait de même dans le cas présent, car si le véhicule était chargé d'une tondeuse à gazon, par exemple, d'une tronçonneuse ou d'un outillage quelconque pourvu d'un moteur, l'essence s'en serait écoulée au moment du choc.

— Certes, docteur. Mais s'il n'y avait eu aucun de ces appareils dans le fourgon, comment l'expliquez-vous ?

— Que voulez-vous dire ?

Cet expert était décidément le plus infréquentable qu'elle ait jamais rencontré ! pensa Judy en réfrénant un soupir agacé.

— Je veux dire, comment expliquez-vous qu'un véhicule pourvu d'un moteur Diesel et dans lequel il ne se trouvait ni appareil marchant à l'essence ni bidon d'essence ait pu être embrasé par un feu d'essence ?

— Je ne me l'explique pas.

Toi, mon bonhomme, tu attendras longtemps tes honoraires, se dit Judy avec rage.

Elle lui demanda de lire à haute voix la conclusion de son rapport, dans lequel il déclarait que l'accident avait été causé par la conjonction des mauvaises conditions météorologiques, d'une conduite fautive et de l'insuffisance structurelle du rail de protection. Était-ce folie de sa part de démolir son propre expert ? Pas dans le cas de celui-ci, décida-t-elle. Lui prouver qu'il se trompait du tout au tout en dépit de ses diplômes lui causerait un vif plaisir.

— Docteur Wold, est-il possible que ce soit de l'essence enflammée dans la cabine qui ait provoqué l'accident et non l'inverse ?

L'expert réfléchit et s'éclaircit la voix.

— Je ne l'avais pas envisagé, répondit-il, mais ce n'est pas impossible. Mais s'il n'y avait pas d'essence à l'intérieur du véhicule, la présence de ces résidus demeure inexpliquée, sinon inexplicable.

— Je vous demande donc si vous maintenez toujours les conclusions de votre rapport ?

Le Dr Wold hésita un long moment.

— Je… je ne sais pas, dit-il enfin.

Judy regagna sa place sans oser lever les yeux vers Frank. Et pendant que Santoro faisait, pour la forme, répéter au Dr Wold les dernières phrases de son rapport, où il n'était question que de verglas, d'erreur de conduite et de rail de sécurité dépourvu de renforts, Judy avait l'estomac noué. Elle avait progressé, certes, mais elle se concentrait trop sur l'immédiat pour juger de l'ensemble en perspective.

Elle devait à tout prix regagner sa lucidité, car elle allait introduire son dernier témoin.

46

— La défense appelle Marlène Bello ! déclara Judy.

Le public, surtout du côté Coluzzi, se contorsionna pour regarder la porte. Le gros Jimmy était bouche bée de stupeur et Tony-du-bout-de-la-rue couvait Marlène d'un regard d'amoureux transi. Judy avait hésité à user d'elle comme d'une arme secrète, mais Marlène avait accepté de venir témoigner sans la moindre hésitation.

Elle traversa la salle d'une démarche de mannequin défilant sur un podium. Sa robe en jersey rouge épousait ses courbes et ses rondeurs, elle prêta serment comme si elle n'avait fait que cela toute sa vie et s'assit en croisant des jambes à faire saliver les hommes et pâlir d'envie les femmes présentes, sans parler des autres.

— J'étais la femme de Jimmy Bello, le gros là-bas, répondit-elle à la première question en pointant un ongle laqué.

— Combien de temps avez-vous été mariée à M. Bello ?

— Près de trente-deux ans. Un sacré bail, ajouta-t-elle, ce qui provoqua des rires parmi les jurés.

— Et depuis quand êtes-vous divorcée ?

— Je l'ai flanqué dehors il y a un an et demi, bientôt deux ans.

— Pouvez-vous nous dire, madame Bello, si vous avez fait placer à un moment votre téléphone sur écoute à l'insu de votre mari ?

Comme prévu, Santoro objecta. Le juge accorda toutefois à Judy de poursuivre, mais en prenant soin de ne pas aller trop loin.

— Oui, j'avais fait mettre mon téléphone sur écoute par un détective privé. Je voulais avoir la preuve que mon mari me trompait.

— Vous avez mis en place cette écoute à partir du début de janvier de l'année dernière, n'est-ce pas ?

— Oui. Ma bonne résolution du Jour de l'an, c'était de me débarrasser de ce propre-à-rien.

Santoro bouillait mais n'intervenait pas. Le juge écoutait avec attention. Judy fit de son mieux pour calmer ses nerfs.

— Vous avez donc enregistré les communications sur votre ligne le 25 janvier, date de la mort de Frank et Gemma Lucia ?

— Oui, bien sûr, confirma Marlène.

— Outre les conversations que vous enregistriez, madame Bello, vous est-il aussi arrivé d'en entendre directement ? Auriez-vous, par exemple, entendu M. Bello parler à Angelo Coluzzi ?

— Ah ça, oui ! Jimmy passait son temps au téléphone avec lui, pour prendre ses ordres.

— Vous souvenez-vous de l'avoir entendu le soir du 25 janvier, date de la mort de M. et Mme Lucia ?

— Bien sûr.

— Où étiez-vous, à ce moment-là ?

— Dans ma cuisine, où il se servait du téléphone.

Judy consulta rapidement ses notes. Après avoir appris la veille au soir la présence d'essence dans la fourgonnette, elle avait appelé Marlène. Elle seule pouvait expliquer la signification de cette conversation entre Bello et Coluzzi où il était question de Coca-Cola.

— Qu'avez-vous entendu M. Bello dire à M. Coluzzi ce soir-là ?

— Ils prenaient rendez-vous pour que Jimmy aille chercher Angelo puisqu'il était son chauffeur, et j'ai entendu Jimmy dire à Angelo : « J'apporterai le Coca. »

— Cette phrase avait-elle pour vous une signification ?

— Oui, c'est un code dont ils se servaient entre eux. Un Coca voulait dire un cocktail Molotov.

Santoro objecta avec indignation :

— Cela n'a aucun rapport avec la mort d'Angelo Coluzzi, Votre Honneur !

— Je veux entendre les déclarations de ce témoin, monsieur Santoro. Madame Bello, reprit-il en se tournant vers elle, il est du devoir de la cour de vous informer que ce que vous allez dire risque de vous incriminer, car une écoute téléphonique non autorisée par une autorité judiciaire est un acte illégal. Êtes-vous représentée par un avocat au titre de cette procédure ?

— Oui, Votre Honneur, il est assis au fond de la salle, répondit Marlène avec un sourire contraint. Je suis prête à subir les conséquences de ce que je dirai. Après avoir vécu avec Jimmy Bello, la prison ne me fait pas peur.

Le juge ne put dissimuler tout à fait son sourire et la salua d'un signe de tête respectueux.

— Fort bien, madame. Maître Carrier, vous pouvez poursuivre.

— Merci, Votre Honneur. Au fait, madame Bello, qu'est-ce au juste qu'un cocktail Molotov ?

Du coin de l'œil, elle nota que les jurés écoutaient avec une évidente fascination tandis que Santoro soulevait une nouvelle objection :

— Ce témoin n'est pas un expert en engins explosifs ou incendiaires, Votre Honneur !

— Je suis native de South Philly. Vous ne croyez quand même pas que je ne sais pas ce que c'est qu'un cocktail Molotov ? le contra Marlène en soulevant des rires chez les jurés.

L'objection rejetée, Judy répéta sa question.

— Un cocktail Molotov, répondit Marlène, est une bouteille dans laquelle on met de l'essence, et un bout de chiffon qu'on allume avant de la lancer. La bouteille se casse en tombant et met le feu à l'endroit où elle explose.

Judy frémit. Les Lucia étaient morts brûlés vifs… Que devait ressentir Frank en entendant ces mots ?

— À quelle heure M. Bello est-il sorti ce soir-là, madame Bello ?

— Il était tard, après neuf heures et demie.

— Vous a-t-il dit où il allait ?

— Non, simplement qu'il allait chercher Angelo.

— Et a-t-il emporté du Coca-Cola en sortant ?

— Il a pris dans le frigo un Coca en bouteille de verre, il n'achetait que ceux-là, et il l'a vidé dans l'évier sans même en boire une goutte.

— Il est donc sorti de chez vous avec la bouteille vide ?

— Oui. Je n'ai rien dit, mais j'aurais dû. Je me doutais qu'il était sur un mauvais coup, mais je ne pensais quand même pas qu'il allait tuer quelqu'un. Surtout les Lucia.

Judy laissa au jury le temps d'assimiler. Elle ressentait tout à coup une immense lassitude. Pourquoi tant de morts, tant de violence ?

— Madame Bello, reprit-elle, pourquoi n'avez-vous pas communiqué cette information à la police jusqu'à maintenant ?

— Parce que je n'ai fait le rapprochement que lorsque vous m'avez appelée hier soir et que vous m'avez parlé d'essence enflammée dans une camionnette à moteur Diesel. Je ne savais pas. Je le regrette vraiment. Oui, je regrette de n'avoir rien dit plus tôt, répéta-t-elle en regardant Tony et Frank avec des larmes dans les yeux.

Judy contenait son émotion avec peine. Elle atteignait le bout du tunnel, elle avait prouvé que les Lucia avaient été assassinés et par qui, elle avait établi dans l'esprit des jurés un doute solide sur les circonstances de la mort d'Angelo Coluzzi…

Une volée de coups de marteau et les exclamations indignées du juge la firent sursauter :

— Gardes, arrêtez cet homme ! Huissier ! Appelez la sécurité, faites condamner toutes les issues !

L'huissier bondit sur un téléphone. Santoro se leva, la mine défaite, la sténographe invoqua le nom du Seigneur. Le chaos s'était emparé de la salle du public, où Jimmy Bello fonçait vers la sortie, poursuivi par Frank et les gardes. Les spectateurs s'écartaient en poussant des cris de frayeur, les dessinateurs crayonnaient et les journalistes griffonnaient fébrilement.

Bello disparut par la double porte, Frank et les gardes sur ses talons. Il ne pouvait pas quitter le bâtiment ni même l'étage sans être intercepté par la police et les gardes du palais. Il ne pouvait qu'espérer tomber le plus vite possible entre les mains des représentants de l'ordre.

Avant celles de Frank.

Personne n'avait faim pendant la suspension d'audience à l'heure du déjeuner. Judy était blottie dans les bras de Frank, sous le regard indulgent de Tony et de Bennie. Le velours de sa veste, dont une manche s'était déchirée dans la mêlée, était doux contre sa joue. Le premier, Frank desserra leur étreinte pour frotter sa joue tuméfiée.

— Au moins, fit-il, nous avons eu Bello.

— Un policier m'a dit qu'ils l'avaient déjà placé en garde à vue, enchaîna Judy. J'ai donné à la police une copie de mes dossiers et demandé à l'expert de faire livrer l'épave dans une fourrière officielle pour que la police puisse en tirer quelque chose.

— Tu crois qu'il sera inculpé ?

— Nous ne prendrons pas de repos tant qu'il ne le sera pas. Tu as mal ? demanda-t-elle en lui caressant la joue.

— Non, ça va. Quand je l'ai plaqué au sol, il s'est débattu, mais j'ai pu lui placer quelques bons coups. L'huissier m'a laissé le temps de m'occuper de lui, ajouta-t-il en souriant pour la première fois.

Il prit Tony dans ses bras et adressa par-dessus sa tête un autre sourire à Judy.

— Bennie et toi pouvez vous embrasser. Je crois que nous avons gagné.

— Je le crois aussi, approuva Judy en riant.

— Oui, mais pas d'embrassades, précisa Bennie. Les avocates ne s'embrassent pas.

Judy était trop heureuse pour cesser de sourire. Son étoile avait opéré un vrai miracle. Mais sa bonne humeur s'évanouit lorsque Tony se dégagea des bras de Frank en déclarant :

— Maintenant, je parle au juge, je dis la vérité.

Judy en fut atterrée.

— Mais non, c'est inutile ! Le jury va délibérer, le procès est fini !

— Non. Je parle au juge, je dis la vérité, répéta Tony avec obstination.

Il n'avait donc rien compris à ce que Judy lui avait expliqué des centaines, des milliers de fois ? Elle fit appel à ses dernières réserves de patience.

— Écoutez, Tony, j'ai prouvé qu'Angelo Coluzzi vous haïssait et que vous étiez restés seuls ensemble dans une pièce pendant près de cinq minutes. Pendant ce temps, Angelo Coluzzi a eu le cou brisé, mais j'ai prouvé que cela aurait pu lui arriver facilement à son âge et dans son état à la suite d'une simple bousculade.

— Non, je l'ai cassé ! Moi, j'ai cassé son cou !

Judy l'aurait volontiers étranglé de ses mains.

— Mais les autres ne peuvent pas le prouver ! Ils ont perdu ! Je parie à dix contre un que le jury vous est favorable, Tony !

— Je parle au juge ! Je parle aux jurés ! Je parle de Silvana, je parle des tomates et des baisers !

Judy sentait poindre une monumentale migraine. Les tomates et les baisers n'avaient pas leur place dans un tribunal.

— Écoutez, Tony, je vais dire dans ma plaidoirie qu'il est aussi vraisemblable que vous avez poussé Coluzzi pour vous défendre et non pour l'attaquer. Et ce n'est pas tout. Nous avons prouvé qu'Angelo Coluzzi et Jimmy Bello ont assassiné votre fils et votre belle-fille en jetant un cocktail Molotov dans leur camionnette. Et si le jury croit que Coluzzi est coupable de ce crime et que ce n'est pas une invention de votre part…

— Judy, arrête de crier, l'interrompit Frank, qui serrait de nouveau son grand-père contre lui.

— J'ai le droit de crier s'il me flanque tout par terre ! J'essaie de sauver sa peau, bon sang !

C'est alors que Bennie décida d'intervenir.

— Assez, Judy. Tu es à bout de nerfs, ressaisis-toi. Frank, poursuivit-elle, votre grand-père comprend-il ce que lui dit Judy ? Parce qu'elle a raison. Je ne veux prendre aucun risque, sa vie est en jeu et j'en suis responsable. Répétez-lui en italien tout ce que lui a dit Judy et précisez que s'il décide de témoigner, il le fera contre l'avis de son avocate.

— D'accord, mais je vous affirme qu'il a parfaitement compris. Il n'est pas d'accord, c'est tout.

— Pas d'accord ! répéta Tony.

Judy était partagée entre la frustration et le désespoir. Bennie allait-elle laisser Tony risquer sa vie ?

— Ils peuvent le tuer, gémit-elle. Il encourt la peine capitale. Nous ne pouvons pas le laisser aller à la mort.

— Je sais, répondit Bennie avec un calme qui aggrava la nervosité de Judy. Mais nous le devons, si c'est ce qu'il veut.

Après avoir dûment chapitré son grand-père, Frank se retourna vers les deux femmes :

— Il veut témoigner. Il veut dire lui-même sa vérité. Il est innocent et il veut que le jury reconnaisse son innocence.

— Qu'a-t-il à y gagner ? éclata Judy.

— La paix de sa conscience, répondit Frank. Il ne veut pas penser jusqu'à la fin de ses jours qu'il a gagné son procès en trichant parce que, pour lui, il n'a pas commis de crime.

— Bien, intervint Bennie, c'est donc décidé. Il nous reste deux minutes avant de retourner à l'audience.

Judy ne put s'y résigner. Elle prit les deux mains de Tony :

— Comprenez-vous qu'après votre témoignage Santoro aura le droit de vous poser des questions ?

— *Si*, répondit-il calmement.

— Santoro ne sera pas gentil avec vous, Tony. Il sera même méchant, très méchant. Il vous demandera de dire au jury comment vous avez brisé le cou du pauvre vieil Angelo Coluzzi.

— Je dirai.

Judy était au bord des larmes.

— Si vous dites aux jurés que vous avez tué Coluzzi, ils penseront que vous êtes un assassin ! Ils vous condamneront à mort.

— *Si*, répéta Tony avec un demi-sourire.

Était-ce de l'inconscience ? se demanda Judy avec désespoir. Ou était-ce une forme de courage qu'elle n'avait pas encore décelé en lui ? Au combat, les plus courageux meurent toujours les premiers…

— Je vous en prie, Tony, je vous en supplie, ne parlez pas.

— Pas de souci, Judy. Vous posez les questions, *si* ?

— Oui.

Les larmes lui montaient aux yeux. Elle ne voulait pas qu'il meure, ni même qu'il retourne en prison.

— Alors, demandez-moi, je parle de Silvana, de bébé Frank, des tomates. Je dis comment Silvana est morte dans l'écurie. Je le dis comme j'ai dit hier à vous.

Judy se rappela combien ses souvenirs l'avaient touchée, mais elle n'était pas juré, elle ! Et rien n'était en jeu, pas la vie de Tony en tout cas. Une larme roula sur sa joue et elle dut lâcher la main de Tony pour l'essuyer.

— Tout va bien, Judy. Le juge comprend, le jury comprend. Tout le monde comprend.

Judy était hors d'état de parler. Bennie elle-même gardait le silence. Un long moment passa.

— Les jurés peuvent faire ce qu'ils veulent, n'est-ce pas ? demanda Frank.

— Oui, répondit Bennie. Ils peuvent même ignorer la loi et rendre leur verdict selon ce qu'ils estiment équitable. Le cas s'est présenté, mais c'est plus rare que de gagner à la loterie.

— *Andiamo !* clama Tony en battant des mains.

Ses yeux brillaient de l'expression joyeuse d'un vainqueur. Mais Judy avait le cœur trop serré pour se mettre au diapason.

47

— Vous ai-je bien entendue, maître Carrier ?

À demi levé, le juge Vaughan regardait Judy avec effarement.

— Oui, Votre Honneur. La défense appelle Anthony Lucia.

Seul, le sens des convenances interdit au juge d'émettre des doutes sur sa santé mentale. Santoro, lui, ne s'embarrassa pas d'une telle courtoisie et laissa éclater sa jubilation. Après le cuisant revers qu'il avait essuyé avec Jimmy Bello, il était tout ragaillardi de passer aussi vite du trente-sixième dessous au septième ciel. Si la défense lui offrait la victoire sur un plateau, il n'allait pas faire la fine bouche.

Judy accompagna Tony jusqu'au box des témoins, où l'huissier, déconcerté, lui fit prêter serment. Pendant ce temps, Judy s'efforça de retrouver la contenance professionnelle que ses larmes avaient mise à mal en pleine suspension d'audience. Puisque Tony avait décidé de témoigner, son devoir lui imposait de limiter les dégâts, même si le procès était devenu un suicide par justice interposée.

Mais lorsqu'elle se retrouva face à face avec ce petit homme, aussi menu et fragile qu'un oiseau dans la cage qu'était pour lui le box, l'émotion qu'elle maîtrisait à grand-peine l'envahit à nouveau.

— Alors, Judy ? dit Tony à mi-voix.

Il y eut des rires étouffés dans le jury, des sourires attendris dans le prétoire. Seule Judy était au bord des larmes. Personne ne lui avait dit qu'il n'avait pas le droit de parler à son défenseur après avoir prêté serment. Maintenant, il était seul. Son sort était entre ses mains.

— Maître Carrier ? dit le juge, étonné de son long silence.

Judy s'essuya les yeux, se mordit les lèvres pour en maîtriser le tremblement.

— Veuillez m'excuser, Votre Honneur.

Quelle idiote ! se reprocha-t-elle. Tu es une avocate, tu es dans un tribunal. Pose des questions au témoin !

— Monsieur Lucia, dites aux jurés de quel pays vous êtes originaire, se lança-t-elle en prenant aussitôt conscience de la stupidité de sa question.

— Des Abruzzes, en Italie. Vous savez ?

Les jurés du premier rang sourirent avec ensemble. Une institutrice retraitée hocha la tête en signe d'appréciation. Judy se rappela qu'elle avait de la famille dans les Abruzzes et s'essuya de nouveau les yeux. Il fallait à tout prix qu'elle se ressaisisse.

— Donc, Tony-pigeon... Puis-je appeler le témoin Tony-pigeon ?

Judy n'attendit cependant pas la décision du juge sur ce point. Elle avait toujours eu pour principe : ne demande pas la permission, excuse-toi après. C'était s'engager sur une pente glissante.

— Bien sûr, répondit Tony avec un large sourire. Tout le monde m'appelle Tony-pigeon. J'ai des pigeons, poursuivit-il en se tournant vers le juge, qui le considérait avec un étonnement mêlé de franche gaieté. Des oiseaux, vous savez ? Ils font la course, mes oiseaux. L'Ancien, il revient bientôt. Je suis sûr.

— J'en suis enchanté, monsieur Lucia..., fit le juge.

— Appelez-moi Tony-pigeon. Tout le monde dit Tony-pigeon. Même un juge.

— D'accord, Tony-pigeon, répondit le juge en riant. Voulez-vous un interprète ? Nous pouvons en convoquer un très rapidement.

— Non, juge, pas la peine. Je sais, je comprends, la tête est bonne.

Les jurés éclatèrent de rire. Judy aurait voulu disparaître dans un trou de souris. Elle ne savait plus par où commencer, elle ne se rappelait plus un mot de ce que Tony lui avait dit durant la suspension d'audience. Ah, si ! *Je parle Silvana...*

— Tony-pigeon, voulez-vous dire au jury comment vous avez fait la connaissance de votre femme, Silvana ?

— J'étais jeune, j'allais à Mascoli avec mes pigeons. Mascoli, vous savez ? La ville près de Veramo où je vis, poursuivit-il en voyant un juré faire un signe de dénégation. Mascoli, grande ville. Riche. Pas comme Veramo. Veramo, tout petit village. Fermiers, tous fermiers à Veramo. Fermiers, vous savez ?

Les jurés hochèrent la tête en souriant. Oui, les fermiers, ils connaissaient. Judy griffonna en hâte quelques notes afin de se rappeler ce que Tony lui avait raconté la veille : les tomates, les pique-niques dans les collines, le premier baiser, l'agression de Coluzzi...

— Je vois Silvana dans la carriole. Ses cheveux brillent sous le soleil. Des cheveux beaux comme la terre. Elle est si belle, Silvana, si belle !...

Dans le jury, les femmes paraissaient fascinées. Santoro était d'une humeur de plus en plus sombre. Judy en déduisit que si le récit de Tony lui déplaisait à ce point, c'est qu'il était bon. Tout espoir n'était donc pas perdu.

Peut-être. Ou peut-être pas ?

Au bout de trois heures, Judy dut aborder la partie la plus pénible de l'histoire de Tony. Si le début s'était déroulé à merveille, la suite ne passerait pas aussi bien auprès du jury.

— Tony-pigeon, parlons maintenant du matin du 17 avril. Où était Angelo Coluzzi quand vous êtes entré dans la réserve du club colombophile ?

— À côté de l'étagère.

— Saviez-vous qu'il était là quand vous êtes entré ?

— Non.

— Donc, vous avez été surpris de le voir ?

— Oui.

Judy réfléchit rapidement à la manière la moins désastreuse de présenter les événements.

— M. Coluzzi vous a parlé quand vous avez ouvert la porte, n'est-ce pas ?

— Oui.

— Que vous a-t-il dit ?

— Il rit. Il dit : « Regarde qui entre ! Le bouffon. Le lâche. »

Le juge, les jurés et les clercs présents dans le prétoire écoutaient avec attention. Santoro prenait des notes.

— Expliquez-nous pourquoi il vous a dit cela, Tony-pigeon.

— Je venge pas Silvana. Je pars en Amérique. Je fais pas la vendetta. Un homme honore vendetta. Œil pour œil, dent pour dent.

L'institutrice retraitée hocha la tête. Judy en déduisit qu'il y aurait au moins un vote favorable.

— Pourquoi n'avez-vous pas honoré la vendetta, Tony-pigeon ?

— Je veux pas tuer, moi. Je veux jamais tuer. Je cultive les olives, en Italie. Les tomates. Je cultive, je tue pas.

Judy se retint de pousser un soupir de soulagement.

— Qu'avez-vous fait après que M. Coluzzi vous a traité de lâche ?

— Je dis à Coluzzi, tu es un porc, une ordure. Tu es plus lâche que moi, tu as tué une femme sans défense. Ma Silvana, précisa-t-il en se tournant vers le jury.

Judy savait que les jurés n'oublieraient pas la manière dont il avait raconté sa découverte du corps de Silvana dans l'écurie et de son jeune fils pleurant d'horreur et de douleur derrière lui. Deux femmes pleuraient d'ailleurs sans se cacher.

— Que vous a alors répondu M. Coluzzi ?

— Il me dit : « Tu es trop bête pour voir que je te détruis. Je tue ton fils et sa femme dans leur auto, après je tue ton petit-fils Frank et tu n'as plus rien. »

Des cris étouffés s'élevèrent dans le jury, les yeux de l'institutrice des Abruzzes lancèrent des éclairs. Le juge lui-même avait l'air touché.

— Que s'est-il passé ensuite ?

— Mon cœur bat fort et je dis « Je vais te tuer », je cours sur lui et je le pousse. Je pense pas, je cours, je pousse. Il tombe, l'étagère tombe, tout tombe par terre et je crie. Je crie fort.

Judy se reprocha de ne pas y avoir pensé plus tôt.

— Donc, c'est vous qui avez poussé le cri que les témoins ont entendu et non pas M. Coluzzi ?

— Oui. Et tout le monde entre, les Tony, le gros Jimmy. Ils disent : « Tu lui as cassé le cou », je regarde et c'est vrai. J'ai cassé le cou.

Tony eut soudain l'air accablé, les jurés étaient graves, certains regardaient en direction du public. Judy n'eut pas besoin de regarder à son tour pour imaginer que les Coluzzi étaient en larmes.

— Dites-vous devant la cour, Tony-pigeon, que vous avez brisé le cou de M. Coluzzi ?

— Oui.

— Est-ce un meurtre, Tony-pigeon ?

— Non. Je tue Coluzzi, je fais pas meurtre. Coluzzi assassine ma femme Silvana, mon fils Frank et sa femme Gemma.

Il n'y avait rien à ajouter. Tony avait dit la vérité, toute la vérité, rien que la vérité. Judy pouvait seulement espérer que cette vérité n'entraînerait pas sa mort. Il lui restait pourtant un dernier détail à éclaircir.

— Encore une question, Tony-pigeon. Pourquoi avez-vous crié après avoir poussé M. Coluzzi ?

Tony cligna des yeux à plusieurs reprises.

— Je sais pas, dit-il enfin.

Judy préféra ne pas insister pour le moment.

— Ce sera tout. Je vous remercie, Tony-pigeon.

— *Prego*, Judy, répondit-il poliment.

Cette fois, les jurés ne sourirent pas.

Judy regagna sa place à regret. Elle avait fait de son mieux, Tony aussi, elle était incapable de prévoir comment le jury réagirait. Tout dépendait maintenant de la manière dont Tony résisterait au contre-interrogatoire de Santoro, qui se dirigeait déjà vers le box en manifestant la vertueuse indignation convenant à son rôle d'accusateur. Pour une fois, Judy elle-même estima qu'elle était justifiée.

Elle s'assit en s'efforçant de garder son calme. Il était toujours pénible d'assister à un suicide. Surtout au ralenti.

— Monsieur Lucia, commença Santoro, vous avez déclaré que vous croyez qu'Angelo Coluzzi a tué votre femme. En aviez-vous informé les autorités italiennes à l'époque ?

— Oui.

— Ces autorités ont-elles inculpé M. Coluzzi de ce prétendu crime ?

— Non. Rien fait. Rien.

— Contentez-vous de répondre par oui ou par non, monsieur Lucia. Comprenez-vous ?

— Oui.

— Donc, les autorités n'ont pas inculpé M. Coluzzi ?

— La police, c'est Coluzzi.

— Monsieur Lucia, gronda Santoro d'une voix tonnante, combien de fois faut-il vous répéter de répondre par oui ou par non ?

La diatribe de Santoro se poursuivit contre un Tony désorienté, qui se tassait de plus en plus sur son siège. Le juge lui-même semblait indisposé par la violence gratuite du substitut. Judy s'abstint d'objecter en voyant le jury réagir comme s'il cherchait à se dissocier de la scène. Le comportement de Santoro pouvait même être utile à Tony. Il accroîtrait la sympathie des jurés qui lui étaient déjà favorables, les autres se réjouiraient de le voir rudoyé.

— Reprenons, dit Santoro sèchement. Les autorités ont donc fait une enquête sur la mort de votre femme ?

— Oui.

— Et l'enquête a conclu à une mort accidentelle ?

— Oui.

Plus Tony faiblissait, plus Santoro se faisait menaçant.

— Votre femme est morte il y a soixante ans, n'est-ce pas ? Vous l'aimiez et vous pensiez qu'elle était une bonne mère ?

— Oui.

— Alors, depuis soixante ans, vous haïssez Angelo Coluzzi parce que vous croyez qu'il a tué votre femme et la mère de votre enfant ?

— Oui.

Le cœur de Judy se serrait un peu plus chaque fois. Combien de temps Tony serait-il capable de résister ? Son instinct lui dictait de voler au secours de son client, sa raison lui commandait de s'abstenir.

— Et pendant ces soixante ans, vous avez tous les jours souhaité tuer Angelo Coluzzi, parce que vous pensiez qu'il méritait la mort ?

— Oui.

— Venons-en maintenant au meurtre que vous admettez avoir commis.

Cette fois, Judy ne put se retenir de soulever une objection. Il s'ensuivit une escarmouche entre Santoro et elle à laquelle le juge mit fin en acceptant l'objection de Judy, mais en la mettant en garde contre toute tentative de faire annuler la procédure en influençant le jury. Elle regagna sa place en proie au découragement. Elle n'aurait jamais dû accepter de faire témoigner Tony. Elle n'aurait jamais dû le laisser commettre ce suicide judiciaire.

Santoro, de son côté, reprenait de plus belle son harcèlement de Tony.

— Le matin du 17 avril, vous êtes allé au club colombophile et vous êtes entré dans la réserve, n'est-ce pas ?

— Oui.

— Vous vous êtes rué sur Angelo Coluzzi, vous l'avez saisi par les épaules et l'avez secoué avec une telle force que vous lui avez brisé les vertèbres cervicales, n'est-ce pas ?

— Oui.

— Vous aviez l'intention de le tuer, n'est-ce pas ?

— Oui.

— Vous vouliez le tuer depuis soixante ans, n'est-ce pas ?

— Oui.

Santoro se tut. Un silence total régnait dans le prétoire.

— Et vous l'avez tué, se borna à déclarer Santoro.

Le juge eut l'air d'émerger d'une profonde méditation. Comme toute l'assistance, il avait dû visualiser l'horrible scène et posait sur Tony un regard d'où toute aménité avait disparu.

— L'accusation n'a plus de questions ? demanda-t-il.

— Non, Votre Honneur.

Judy se leva.

— Je souhaite poser une dernière question au témoin, Votre Honneur.

— Fort bien, répondit le juge sombrement.

Le contre-interrogatoire de Santoro avait mis l'accent sur le pire de l'histoire de Tony. Le jury semblait troublé au point que Judy n'espéra plus les ramener à la sympathie que Tony avait éveillée au début de son témoignage. Il ne lui restait qu'un espoir et elle ne savait même pas si Tony l'y aiderait.

— Je n'ai qu'une seule question à vous poser, Tony-pigeon.

Il leva vers elle un regard inexpressif. Opaque.

— Tony-pigeon, regrettez-vous la mort d'Angelo Coluzzi ?

Sa maigre poitrine se souleva à plusieurs reprises, il cligna des yeux, serra les lèvres.

— Oui, je regrette.

Elle marqua une pause pour laisser le mot pénétrer dans toutes les consciences. Son regard croisa celui de Tony, qui retrouva peu à peu son éclat en exprimant un regret assez contenu pour être crédible.

— Je n'ai pas d'autre question, Votre Honneur.

Mais Santoro ne s'estima pas battu pour autant.

— J'ai moi aussi une dernière question à poser à l'accusé, Votre Honneur.

Il se posta devant Tony, le fixa dans les yeux.

— Monsieur Lucia, regrettez-vous d'avoir tué Angelo Coluzzi ?

Cette fois, la réponse de Tony ne se fit pas attendre.

— Non.

Des signes de perplexité, de choc et d'incompréhension apparurent sur les visages des jurés. Judy préféra ne pas tenter une dernière fois de dissiper cette déplorable impression, car elle savait que Tony ne lui dirait que la vérité, sa vérité. Oui, il regrettait qu'Angelo Coluzzi soit mort, mais il ne regrettait pas de l'avoir tué. Qui a dit que la vérité était simple, que la nature humaine était blanche ou noire, bonne ou mauvaise ? Cette dernière réflexion lui donna une idée.

— Maître Carrier ? demanda le juge.

Sa décision prise, Judy affecta une confiance qu'elle était loin d'éprouver.

— Ce sera tout pour la défense, Votre Honneur.

En réalité, elle préparait déjà un nouveau plan.

48

Ce plan, Judy l'exposa dans la salle de conférences du palais de justice pendant la suspension d'audience.

— Nous pouvons vous sauver la vie, Tony. Écoutez-moi. Vous êtes accusé de meurtre avec préméditation, ce qui est le chef d'accusation le plus grave.

— *Si, si.*

Il était prostré sur sa chaise, épuisé par son épreuve du matin. Assis à côté de lui, Frank posait un bras protecteur sur le dossier de sa chaise. Debout les bras croisés, adossée au mur, Bennie avait donné à Judy le feu vert pour sa nouvelle tentative.

— Nous pouvons demander à la cour de ramener ce chef d'accusation à celui d'homicide involontaire, commis en réponse à une provocation caractérisée.

— Carac... *chè* ?

— Quand Coluzzi vous a dit qu'il avait tué Silvana votre fils et sa femme, il vous provoquait, n'est-ce pas ?

— *Si*, Coluzzi me provoque, admit Tony.

— Donc, vous avez réagi à sa provocation par un mouvement de colère que vous n'aviez pas prémédité. La cour va instruire le jury, c'est-à-dire lui indiquer les lois applicables. Si nous lui demandons de diminuer le chef d'accusation, les jurés ne pourront pas vous condamner pour crime avec préméditation.

— Quelle différence ? demanda Frank.

— Une différence considérable. La peine de mort n'est pas requise. L'homicide involontaire n'est passible que de dix à trente ans de réclusion.

— Autant dire qu'il finirait ses jours en prison. Mais, au moins, ce n'est pas la mort.

— Exactement. Cette solution offre au jury une possibilité de compromis. S'ils tiennent à le punir, la punition sera plus légère.

— Cela me va, dit Frank.

— À moi aussi, approuva Bennie.

— À vous de décider, Tony, reprit Judy, soulagée. Mais, cette fois, je vous conseille de me laisser faire. Je dois m'entretenir avec le juge dans cinq minutes pour lui demander de réduire le chef d'accusation, ensuite nous retournons à l'audience pour le réquisitoire de Santoro et ma plaidoirie, après quoi le juge instruit le jury qui se retire pour délibérer. Il faut donc vous décider maintenant. Dites oui.

Tony cligna des yeux.

— Dites encore ?

— Dire quoi ?

— Ce qui est écrit, là.

Judy relut les définitions légales du meurtre avec préméditation et de l'homicide involontaire.

— Non, décréta alors Tony d'un ton étonnamment ferme.

— Quoi ? s'exclama Judy. Écoutez, Tony-pigeon…

— Non, répéta-t-il.

C'était définitif. Judy aurait déplacé plus facilement le Vésuve. Elle ne disposait d'aucune solution de rechange et il était temps de retourner à l'audience.

Avant d'entamer sa plaidoirie, Judy réfléchit un instant. La tournure prise par le procès avait à tel point perturbé ses arguments préparés avec tant de soin qu'elle n'avait d'autre choix que se jeter à l'eau.

Les jurés paraissaient reposés. L'institutrice lui sourit, mais Judy devait aussi convaincre les jurés du deuxième rang, qui semblaient moins bien disposés. Mais s'ils croyaient Tony coupable, ce qui avait été le cas pour elle aussi au début, elle pourrait donc se servir de ce préjugé comme point de départ.

— Mesdames et messieurs les jurés, commença-t-elle, vous avez entendu dans ce prétoire des paroles extraordinaires dans le témoignage de Tony-pigeon. Je les ai moi-même entendues quand j'ai rencontré mon client pour la première fois. Vous les avez entendues parce qu'il a insisté pour parler devant vous et vous dire la vérité. Il ne s'est pas caché derrière moi, derrière des experts ni même derrière ses droits constitutionnels. Pourtant, lorsqu'il m'a raconté ce qui s'était passé dans cette pièce du club colombophile, exactement de la même manière et dans les mêmes termes que devant vous, j'étais atterrée. Je ne savais pas si je devais prendre sa défense. Il avait tué un homme, il l'admettait et, dans mon esprit, il était donc coupable.

« Et puis, je suis venue à le connaître, à connaître son histoire comme vous l'avez fait vous-mêmes aujourd'hui au cours de son témoignage. J'ai compris peu à peu ce qu'il avait enduré, par quelles épreuves il était passé. D'abord, sa femme assassinée, découverte morte sous les yeux de son enfant le jour de son anniversaire. Ensuite, ce même fils et sa femme brûlés vifs sur la grand-route dans leur camionnette en flammes. Tony Lucia a vu sa famille entière dérobée à son affection.

Judy surveillait du coin de l'œil Santoro prêt à bondir. Si elle devait s'abstenir d'ajouter qu'Angelo Coluzzi était responsable de ces crimes, elle espérait qu'elle n'aurait pas besoin de le préciser.

— Plus je l'ai connu, mieux j'ai saisi ce qui se passe dans l'esprit d'une personne normale quand elle se voit poussée à de tels excès de douleur et de désespoir. Ce qui se passerait dans mon esprit ou même dans le vôtre si nous étions soumis à des provocations comme celles subies par Tony-pigeon. Si nous avions perdu les êtres qui nous étaient les plus chers, ne réagirions-nous pas de la même manière à ces provocations touchant aux sources de nos plus cruelles douleurs ?

Rappelez-vous les paroles d'Angelo Coluzzi : « J'ai tué ton fils et… »

Santoro sauta sur l'occasion, le juge rejeta l'objection et Judy poursuivit :

— En entendant ces mots, Tony-pigeon s'est précipité sur Coluzzi, l'a poussé et, par ce geste, lui a brisé les vertèbres cervicales. Et après cela, Tony a crié. Il a poussé un hurlement dont un témoin de l'accusation a déclaré qu'il faisait « froid dans le dos ». Pourquoi a-t-il crié ? Il a crié parce que son geste lui faisait horreur. Vous l'avez entendu, il regrettait la mort de Coluzzi et il la regrette encore.

« Vous êtes ici pour juger Tony-pigeon. Le juge vous instruira sur les termes des lois applicables et vous dira que c'est à vous qu'il appartient en dernier ressort de considérer les faits. Vous seuls déciderez de ce qu'est la vérité. Vous seuls déciderez si Tony Lucia a commis un meurtre en tuant Angelo Coluzzi.

Judy marqua une nouvelle pause en regardant chaque juré dans les yeux.

— Votre guide le plus sûr lors de vos délibérations sera cette question : en quoi consiste la justice ? La justice réunit ici les avocats et les clercs du tribunal, le juge Vaughan, le public et les journalistes et, plus important que tout, vous autres. Les jurys sont constitués à seule fin de rendre la justice. La justice est la raison sur laquelle est fondé ce système. La justice, en fait, représente le seul but de la loi.

« Tony-pigeon n'a jamais obtenu justice tout au long de sa vie, et il a soixante-dix-neuf ans. Il a grandi sous la botte du fascisme dont il n'attendait pas justice. Il a appris par expérience de n'attendre justice de personne, mais il n'a pas perdu l'espoir de la connaître un jour. Montrez-lui sur quelles valeurs ce pays a été bâti. Apprenez-lui pourquoi nous vivons ici. Accordez-lui enfin justice. Et jugez-le non coupable de meurtre. Par cette décision, vous n'ignorerez ni ne détournerez la lettre de la loi. Vous ne ferez qu'accomplir votre devoir le plus noble. Rendre la justice. Je vous remercie.

Judy regagna sa place en regardant droit devant elle tandis que Santoro bondissait en jetant un dossier sur sa table avec un bruit assourdissant qui fit sursauter des jurés.

— Ce que je viens d'entendre est inconcevable ! commença-t-il d'une voix tonnante. Je m'attendais que la défense fasse appel à votre compassion, à votre mansuétude. Je n'aurais jamais cru qu'elle aurait l'audace d'invoquer la justice ! Est-ce justice de tuer de sang-froid un innocent venu se livrer à son inoffensif passe-temps ? Comment, par quel dévoiement peut-on parler de justice en de telles circonstances ?

« La défense vous a dit que la justice est le but de la loi. C'est exact. Elle oublie simplement que la loi applicable en pareil cas existe déjà et qu'elle est claire. Permettez-moi de vous en lire un extrait : « Le meurtre au premier degré, ou meurtre avec préméditation, est un homicide commis avec l'intention de tuer. » Telle est la loi de cet État. Et si vous vous conformez à la loi, car c'est votre devoir, vous ne pourrez que juger l'accusé coupable de meurtre avec préméditation. Il a avoué avoir tué Angelo Coluzzi. Il a avoué avoir eu l'intention de le tuer et même avoir espéré le tuer. Toutes arguties sémantiques mises à part, l'accusé ne regrette pas d'avoir tué Angelo Coluzzi, ce qui signifie qu'il recommencerait s'il en avait de nouveau l'occasion. La défense vous demande de vous mettre à la place de l'accusé. Je vous demande au contraire de vous mettre à celle d'Angelo Coluzzi, sa victime. Parce que c'est ce qui vous arriverait à vous aussi si nous permettions aux gens de s'entre-tuer pour des raisons qu'ils estiment valides mais qui sont dépourvues de toute justification dans la réalité. Faut-il désormais admettre que l'on peut tuer pour des torts issus de son imagination ? Par soif de vengeance ? Pour régler un conflit religieux ou culturel ?

Pour la première fois, Santoro reprit son souffle.

— Maître Carrier vous a parlé en son nom personnel, je vais le faire aussi. En tant qu'Américain d'origine italienne, je suis scandalisé par la personnalité de l'accusé. Nous ne sommes pas dans l'Italie d'avant-guerre, nous sommes en Amérique. Nous ne vivons pas un temps de guerre et de désordre, nous vivons un temps d'ordre et de paix. L'Amérique n'est pas le pays du fascisme et de la tyrannie, mais un État de droit démocratique. Nous autres Américains avons chacun le devoir de respecter la loi pour le bien et la sécurité de tous. Lorsque l'accusé a foulé pour la première fois le sol de ce pays, de même que mon propre grand-père, il a assumé la responsabilité de respecter ses lois comme il profite de ses richesses et de ses bienfaits. Les a-t-il respectées ?

« Au début de ce procès, je vous ai dit que tout crime avait une histoire. Nous voici au terme de celle-ci. Nous l'avons tous entendue et vue se dérouler. Tous sauf un, Angelo Coluzzi, la victime. La loi guidera votre décision et, si vous vous y conformez, vous rendrez la justice non seulement pour nous tous mais aussi, je dirai même surtout, pour Angelo Coluzzi. Je vous remercie.

L'estomac noué, Judy écoutait le juge Vaughan instruire le jury en lui lisant la loi paragraphe par paragraphe. Tony écoutait avec attention, et Judy était presque sûre que le juge lisait plus lentement que d'habitude à son seul bénéfice. Tony lui avait été visiblement sympathique jusqu'au moment où il avait entendu de sa bouche l'aveu de son acte. Judy espérait que ce revirement n'affecterait pas les jurés.

Leurs visages étaient graves. De temps à autre, ils lançaient un coup d'œil sur Tony et sur Judy, sur Santoro, sur Tony encore, comme s'ils cherchaient à se faire une opinion. En les observant de son côté, Judy s'efforçait de prévoir leur vote. L'institutrice des Abruzzes voterait peut-être pour Tony, comme la dame âgée à côté d'elle. Mais les autres ? Elle cessa bientôt ces supputations déprimantes.

La migraine lui martela les tempes lorsque le juge aborda la définition légale du meurtre avec préméditation, seul chef d'accusation puisque Tony avait rejeté l'autre. Le juge l'avait pourtant suggéré lui-même à Judy avant l'audience, et elle avait été forcée de lui dire que son client refusait. Santoro chantait déjà victoire.

Judy s'entendit grincer des dents. Tout était sa faute. À elle, avant tout, mais aussi à Tony, à l'Italie, à Mussolini. Tony écoutait, toujours imperturbable. Hors d'état de garder son masque de froideur, Judy préféra se détourner du jury.

Au premier rang du public, Frank paraissait aussi angoissé qu'elle. Il parvint à esquisser un sourire quand leurs regards se croisèrent, mais Judy en fut incapable. Elle imaginait trop bien ce que Frank éprouverait si son grand-père était condamné à mort ou à finir ses jours en prison. Et qu'adviendrait-il de leur amour si elle devenait à ses yeux celle qui l'avait si mal défendu ?

Entendant le juge entamer sa conclusion, elle se tourna de nouveau vers le prétoire.

— L'huissier va vous remettre un formulaire de verdict que vous emporterez dans la salle de délibération. Je vous remercie d'avance de votre temps, de vos efforts et de votre dévouement. L'audience est levée.

L'huissier distribua des feuilles de papier aux jurés, en déposa une sur la table de l'accusation, puis sur celle de la défense. Judy baissa les yeux et n'y vit qu'une seule question :

« Meurtre avec préméditation. Coupable ou non coupable ? »

49

Un silence pesant régnait dans la petite salle de conférences. La lumière crue faisait mal aux yeux. Personne ne parlait plus, car ils avaient tous dit tout ce qu'il y avait à dire. Ils avaient passé les deux premières heures à essayer de deviner dans quel sens s'orienteraient les délibérations du jury, à jauger la personnalité de chaque juré, à disséquer les moindres froncements de sourcils, les plus légers sourires. À se demander quel juré serait élu président par ses pairs. Lequel retarderait les autres en s'entêtant sur un point de détail. Combien de temps ils resteraient cloîtrés. S'ils allaient revenir avec de nouvelles questions. Ou, pire, une réponse…

Judy consulta sa montre pour la énième fois. Il était 18 h 30, le jury s'était retiré à 15 h 13. Des papiers, des dossiers encombraient la petite table ronde, y compris les textes de loi que Judy avait commentés à Tony pour avoir quelque chose à faire. Il ne s'y était pas intéressé ni, à vrai dire, elle non plus. Les dés étaient jetés, il n'y avait plus rien à faire qu'attendre qu'ils aient fini de rouler.

18 h 31. La tête baissée, Tony gardait le silence mais il ne dormait pas, même s'il l'avait voulu, car Frank, assis à côté de lui, lui frictionnait le dos sans arrêt, au point que Judy se demandait s'il n'allait pas finir par percer la veste de son beau costume neuf.

Personne ne se comporte normalement pendant qu'un jury délibère, le client dont la vie ou la fortune est en jeu moins que tout autre. Pour les avocats, cette oisiveté forcée est pire que tout car, quelle que soit l'issue, ils en sont responsables. Les dernières phrases de leur plaidoirie reviendront les hanter au cours de leurs longues nuits d'insomnie et provoquer d'amers regrets, parfois des larmes.

Judy soupirait, regardait partout et nulle part, tâchait en vain de ne penser à rien. Chaque profession connaît des passages difficiles, celle d'avocat comme les autres. Mais malgré les hauts et les bas d'un procès, ses moments d'exaltation ou de découragement, l'attente du verdict représente l'épreuve la plus insoutenable que la loi réserve à ses serviteurs. Une épreuve qui attache à jamais ses fidèles et rebute les moins forts. Une épreuve qui met la vie humaine dans la balance. Qui rapproche les êtres humains dans la lutte pour se maîtriser, pour tenter de trouver un sens à des faits contradictoires et poursuivre les objectifs les plus fugaces qui soient. La justice. La vérité. L'équité. La moralité. Une épreuve durant laquelle on doit chercher à fixer et définir des idées qui refusent de se laisser définir. Dont la nature même défie la définition.

Judy avait déjà longuement réfléchi à ces questions, mais elle découvrait autre chose pour la première fois ce jour-là. La loi ne se trouvait pas dans les codes et les recueils de jurisprudence. Elle existait dans les cœurs et les esprits des jurés qui décidaient, jour après jour, selon un système juridique pris en modèle par d'autres pays dans le monde entier. Et quand bien même les principes les plus nobles étaient en cause, la loi débouchait toujours sur…

Des coups frappés à la porte la firent sursauter.

— Ils reviennent, annonça un huissier solennel.

Judy s'efforça de déchiffrer l'expression des jurés qui regagnaient leurs places un par un, mais ils gardaient tous la tête baissée. Selon le folklore, c'était mauvais signe. Judy n'y avait jamais cru. Tous les verdicts étaient bons pour une partie, mauvais pour l'autre. Elle priait pour que, cette fois au moins, ce ne soit pas la sienne.

Le président du jury, un homme discret sur lequel personne n'avait parié, remit le verdict à l'huissier qui alla le porter au juge. Drapé dans sa toge, ce dernier ouvrit lentement l'enveloppe, prit connaissance de la feuille qu'elle contenait, la remit dans l'enveloppe et la rendit à l'huissier sans manifester la moindre réaction. Judy était prête à éclater. Ces gens étaient-ils donc insensibles à ce point ? À côté d'elle, Tony s'agitait sur sa chaise. Elle n'osa pas se retourner vers Frank ni regarder Bennie, les Tony et M. Di Nunzio.

L'huissier redonna le verdict au président du jury et lui demanda de se lever. Le moment le plus solennel était venu. Judy agrippa la main de Tony. Il aurait besoin de réconfort. Elle en aurait autant besoin que lui. Ils devaient affronter cet instant ensemble. Solidaires.

L'huissier reprit la parole :

— Mesdames et messieurs les jurés, sur l'accusation de meurtre avec préméditation dans l'affaire de l'État de Pennsylvanie contre Lucia, quel verdict rendez-vous ?

Le président s'éclaircit la voix.

— Le jury déclare l'accusé non coupable.

Judy crut avoir mal entendu. Tony ferma les yeux.

Santoro avait déjà bondi, indigné :

— Votre Honneur, je demande un décompte des votes !

Le juge accéda à sa demande et posa la même question à chacun des jurés. Les uns après les autres, ils lui donnèrent tous la même réponse : non coupable. À l'unanimité, les douze jurés accordaient à Tony ce qui lui était le plus cher : son innocence. Au bout de tant d'injustices subies au long de sa vie, il obtenait enfin justice. Et cela, personne ne pourrait le lui reprendre.

Judy sentit ses yeux s'emplir de larmes qu'elle n'essaya pas de ravaler.

Lorsque Judy et Tony eurent quitté l'abri de la paroi de verre blindé, les agents de sécurité escortèrent les Coluzzi jusqu'à la sortie, mais personne ne put contenir l'enthousiasme du clan Lucia. Bennie, Frank, les Tony et M. Di Nunzio se précipitèrent vers leurs héros en les étouffant sous les embrassades.

Judy avait presque atteint la porte quand elle vit une femme encore assise au fond de la salle. Elle resta d'abord incrédule alors même qu'elle avait déjà reconnu ses cheveux blonds, ses yeux bleus et son chaleureux sourire. Oui, c'était bien Theresa McRea et son mari Kevin, le sous-traitant des Coluzzi. S'ils étaient de retour, cela voulait dire qu'ils témoigneraient contre les Coluzzi.

Judy les salua joyeusement au passage. Son étoile ne l'avait pas trahie.

50

Sans doute aurait-il été agréable de s'évader aux Bermudes pour se remettre des émotions du procès, mais la campagne du comté de Chester paraissait tout aussi belle à Judy, qui roulait sous les chênes majestueux au volant de la plus mignonne Coccinelle verte jamais fabriquée. Penny occupait avec dignité le siège du passager. Une femme, son chien, sa voiture. Le trio était enfin reconstitué.

Judy roulait les vitres ouvertes. Le vent qui jouait dans ses cheveux soulevait les oreilles de Penny et froissait le journal posé sur la banquette arrière. Arrivée à l'allée menant au chantier de Frank, Judy ralentit, s'arrêta le plus loin possible. Quand elle ouvrit sa portière, Penny sauta sur ses genoux et bondit dehors dans une flaque de boue. En souriant, Judy ramassa les journaux et mit pied à terre à son tour.

Penny avait déjà rejoint Frank près du mur qu'il dressait et couvrait de boue son short kaki. Des piles de pierres s'élevaient un peu partout alentour, et Penny délaissa Frank pour aller renifler chacune d'elles en détail. Les papillons voletaient, les moucherons s'affairaient entre les flaques de boue, car les pluies de la veille détrempaient encore le sol. La matinée avait été si humide et étouffante que Judy s'était échappée du bureau dès qu'elle avait pu pour apporter en personne les nouvelles à Frank.

Tandis que Penny partait en courant vers de nouvelles aventures, Judy s'approcha du mur. Torse nu, Frank tenait une grosse pierre beige qu'il examina avant de la frapper d'un coup de son marteau pointu en faisant sonner un tintement musical. Un nuage de fine poussière s'éleva en tourbillonnant dans le soleil. Sans hâte de mettre fin à cet instant, Judy s'assit sur une pierre.

— Comment sais-tu exactement où frapper ? demanda-t-elle.

— Les pierres ont un grain, comme le bois. Il suffit de savoir trouver l'endroit pour qu'elles se brisent dans le sens du grain.

— C'est évident, voyons.

Elle n'avait aucune idée de ce qu'il disait, mais cela lui importait peu. Elle aimait trop le son de sa voix et la manière dont ses épaules bougeaient dans l'effort.

— Les anciens comme mon père, reprit-il, pouvaient déterminer au millimètre près la faille le long de laquelle la pierre se fendrait. Ils pouvaient même envoyer les éclats là où ils voulaient.

Un éclat tomba par terre. Frank le ramassa et l'inséra sous une pierre plus grosse, dans un interstice que Judy n'avait pas remarqué.

— Pourquoi fais-tu cela ?

— Pour soutenir la fondation du mur. Les petits morceaux font tout le travail, mais ce sont les gros qui en profitent. Comme dans la vie, ajouta-t-il en souriant.

Le mur de soutènement suivait avec souplesse l'ondulation du terrain. Il avait près de vingt-cinq mètres de long et ne comportait que des pierres beiges et grises, sans aucun mortier pour les relier.

— C'est beau, dit-elle.

— Merci. Il est à moi, maintenant.

— Je ne comprends pas. Qu'est-ce qui est à toi, le mur ?

— J'ai racheté la propriété hier à mon client. Dix acres, la plupart en friche, mais c'est quand même de la bonne terre.

— Tu es sérieux ?

— Oui. Donc, le mur est maintenant à moi. La maison sera là, ajouta-t-il en montrant le bas du terrain.

— La maison ?

— Bien sûr. Je la construirai moi-même.

— Toi, tout seul ?

Frank se retourna et montra le bouquet de chênes, d'où Tony émergeait pour venir vers eux.

— Non. J'ai trouvé un petit caillou pour aider la grosse pierre.

Judy éclata de rire.

— Ça alors ! Et moi qui croyais t'apporter des nouvelles.

— Quelles sont-elles, ces nouvelles ?

Judy déplia le journal et lui montra la manchette à la une : JOHN COLUZZI INCULPÉ DU MEURTRE DE SON FRÈRE MARCO. Frank lâcha son marteau pour prendre le journal.

— C'est d'aujourd'hui ?

— Oui. Mais comme une bonne nouvelle ne va jamais sans une mauvaise, Bello a négocié une réduction de peine pour le meurtre de tes parents en promettant de témoigner contre John Coluzzi. Il a même produit les cagoules et les vêtements ensanglantés qu'il aurait dû faire disparaître après avoir tué Marco. Le procureur a déclaré qu'il tenait John pour de bon, cette fois-ci.

Judy attendit la réaction de Frank qui finissait de lire l'article.

— On ne dit pas de combien écopera Bello, dit-il sombrement.

— Il ne s'en tirera pas facilement. Avec son inculpation de complicité dans la mort de Marco, il restera à l'ombre de longues années.

— Comme famille de la victime, je pourrai rencontrer le juge au moment du procès ?

— Bien sûr. J'irai avec toi.

— Bon. En fin de compte, cela aurait pu se terminer plus mal, soupira-t-il. Justice est faite, jusqu'à un certain point.

— Plus qu'à un certain point. Le procès de Dan Roser contre John et l'entreprise va redémarrer. Avec le témoignage de Kevin McRea, Coluzzi Construction sera balayée.

— La loi ne peut sans doute pas faire mieux, dit-il en rendant le journal à Judy. Il serait peut-être temps de mettre un terme à tout ça, tu ne crois pas ?

— Tu veux dire, la haine, la violence, les hostilités ?

— La vendetta, précisa Frank en souriant.

— Parfait. Fin de la vendetta. À partir de maintenant, il n'y aura plus que la paix, des murs de pierre et des maisons à la campagne.

— Tu oublies l'amour, dit-il en l'embrassant avec douceur.

— Judy !

Elle réussit à détacher ses lèvres de celles de Frank et se retourna. Tony arrivait avec Penny, qui courait en rond autour de lui. Il portait un gros sac, dont Judy était sûre qu'il contenait de quoi faire un festin. Elle remarqua aussi que son chapeau de paille accusait un angle inhabituel et cachait sur son épaule quelque chose qu'elle ne voyait pas.

— Comment penses-tu qu'il prendra la nouvelle ? demanda Judy.

— Il est plus résistant que tous mes murs réunis, répondit Frank en agitant la main vers son grand-père. Il parle déjà de reconstruire son pigeonnier pour se préparer aux compétitions de la prochaine saison. Et il te voue une vraie adoration pour avoir sauvé ses oiseaux.

— Ce n'est pas moi, ce sont les Tony qui l'ont fait.

À mesure qu'il s'approchait, Judy voyait enfin ce qui était posé sur l'épaule de Tony et affolait Penny, qui n'arrêtait pas de sauter.

— C'est un pigeon ! s'écria-t-elle en riant.

— Mais pas un pigeon ordinaire. Lui, c'est l'Ancien.

— Il est revenu ?

— Bien sûr, à South Philly. Où trouverait-il ailleurs de la mozzarella toute fraîche ?

— Que fait-il ici, alors ?

— Tony-du-bout-de-la-rue le lui a rapporté. Depuis, grand-père ne veut plus le quitter des yeux. Comme ils sont tous les deux seuls dans la vie, ils vont partout ensemble.

— Ah, Judy ! lui dit Tony en lui secouant la main avec vigueur. Merci, merci ! Il est revenu, vous voyez ? Il est revenu.

La poignée de main de Tony avait dérangé le pigeon, qui agitait ses ailes. De plus en plus affolée, Penny fit un bond…

Judy allait intervenir quand le vieux pigeon, qui avait survécu à des périls plus redoutables qu'une jeune chienne saisie par l'envie de jouer, déploya ses ailes et prit son vol avec grâce et légèreté en s'élevant en spirales dans le ciel sans nuages.

D'en bas, ils suivirent tous trois des yeux son ascension jusqu'à ce que sa silhouette se fonde dans la lumière du soleil. Désormais, il était loin du danger. Et libre.

Remerciements

Je m'y connais en droit et en golden retrievers, et c'est à peu près tout. Pour écrire ce roman, il me fallait traiter des pigeons voyageurs et de l'Italie de l'entre-deux-guerres ; autant dire que dans deux domaines au moins, je manquais cruellement de connaissances. Sans oublier que l'écriture en elle-même n'est jamais une chose simple, mais ça, c'est une autre histoire. Il est temps pour moi de remercier les gens qui m'ont aidée et je vous demanderai de bien vouloir m'excuser pour la longueur de la liste. Je suis une inconditionnelle des mercis. Les gens devraient dire merci plus souvent. Seuls les golden retrievers sont dispensés.

Merci tout d'abord à mon agent Molly Friedrich et à mon éditrice Carolyn Marino pour leurs conseils, leur soutien et leur bonne humeur tout au long de l'écriture et des révisions du texte. Merci à la directrice générale de HarperCollins, Jane Friedman, qui veille sur moi, sur mes livres et même leur couverture, et à Cathy Hemming, la meilleure directrice éditoriale de tout New York. Merci à Michael Morrison pour son savoir-faire et sa gentillesse et à Richard Rohrer pour toutes ces mêmes raisons ainsi que ses talents œnologiques. À l'étonnant Paul Cirone et à Erica Johanson, merci pour tout. Je remercie tout particulièrement Laura Leonard et Tara Brown pour avoir supporté mes humeurs.

Merci à tous les membres de ma formidable famille, les « Flying Scottolines », ici aux États-Unis et en Italie, pour m'avoir permis de puiser sans relâche dans leurs souvenirs. Merci à mon *compare* Rinaldo Celli et à sa famille, qui m'ont aidée à me faire une idée de la vie sous la dictature mussolinienne. D'excellents ouvrages m'ont d'ailleurs été d'une aide très précieuse dans ce domaine : Mussolini, *My Rise and fall* (Da Capo, 1998) ; Moseley, *Mussolini's shadow* (Yale University Press, 1995) ; Whittam, *Fascist Italy* (Manchester University Press, 1995). Pour plus de détails, vous pouvez vous reporter à Juliani, *Building Little Italy* ; *Philadelphia's Italians before migration* (Penn State University Press, 1998) et à Mangione, *Mount Allegro* (Syracuse University Press, 1998). Comme la plupart des Italo-Américains, j'ai grandi dans un foyer où les proverbes fusaient, mais il paraît que tout le monde ne s'entend pas dire *Tout finit par se payer* ou le très énigmatique *C'est toi ou moi* dès l'âge de trois ans. À ceux d'entre vous qui ont passé le cap de l'enfance sans vivre cette expérience, ou à ceux qui y ont survécu, je recommande le *Dictionary of Italian Proverbs* de Mertvago (Hippocrene, 1997). Merci à mon amie, Carolyn Romano.

Merci à Anthony et Rocco LaSalle, à leur famille, qui m'ont invitée à partager leur maison et leur amitié. Je leur suis éternellement reconnaissante. Merci aux membres d'un certain club de colombophiles d'avoir laissé la novice que je suis assister aux entraînements des pigeons voyageurs. Pour plus d'informations, consultez les ouvrages de Rotondo, *Rotondo on Racing Pigeons* (Mattachione, 1987) et de Bodio, *Aloft* (Pruett, 1990). Merci à Wil Durham pour sa gentillesse et ses compétences dans ce domaine, ainsi qu'à Marty Keeley, Sebastian Pistritto et Chris Molitor.

Merci à Paul Davis, ami et tailleur de pierres talentueux, pour avoir répondu à mes innombrables questions et m'avoir permis de l'observer soulever et reposer des blocs de pierre. Pour apprécier toute la sérénité que renvoient les murs en pierres sèches, consulter Allport, *Sermons in stone* (Norton, 1990) et Vivian, *Building stone walls* (Storey, 1976). Merci au Dr Anthony Giangrasso pour ses compétences médico-légales et son amabilité. Merci à mes amis chers Glenn Gilman, avocat au pénal, et Art Mee, talentueux agent de la police judiciaire de Philadelphie.

Par-dessus tout, merci à mes lecteurs, qui nous soutiennent, moi et mes livres, au fil des ans. Je pense à vous à chaque phrase et vous suis reconnaissante du temps que vous passez à me lire et à m'écrire. Vos sympathiques lettres e-mails me font honneur et m'encouragent.

Enfin, un merci tout particulier à mon mari et à ma famille, pour leur amour et leur soutien, et à trois golden retrievers de ma connaissance, simplement pour être ce qu'ils sont.

DÉJÀ PARUS

Robert Daley
Trafic d'influence, 1994
En plein cœur, 1995
La Fuite en avant, 1997

Daniel Easterman
Le Septième Sanctuaire, 1993
Le Nom de la bête, 1994
Le Testament de Judas, 1995
La Nuit de l'Apocalypse, 1996

Allan Folsom
L'Empire du mal, 1994

Dick Francis
L'Amour du mal, 1998

James Grippando
Le Pardon, 1995
L'Informateur, 1997

Colin Harrison
Corruptions, 1995
Manhattan nocturne, 1997

A.J. Holt
Meurtres en réseau, 1997

John Lescroart
Justice sauvage, 1996

Judy Mercer
Amnesia, 1995

Iain Pears
L'Affaire Raphaël, 2000
Le Comité Tiziano, 2000
L'Affaire Bernini, 2001
Le Jugement dernier, 2003

Junius Podrug
Un hiver meurtrier, 1997

John Sandford
Le Jeu du chien-loup, 1993
Une proie en hiver, 1994
La Proie de l'ombre, 1995
La Proie de la nuit, 1996

Rosamond Smith
Une troublante identité, 1999
Double délice, 2000

Tom Topor
Le Codicille, 1996

Michael Weaver
Obsession mortelle, 1994
La Part du mensonge, 1995

Impression réalisée sur CAMERON par

BUSSIÈRE CAMEDAN IMPRIMERIES

GROUPE CPI

à Saint-Amand-Montrond (Cher)
en octobre 2003

N° d'édition : 3837. N° d'impression : 034512/1.
Dépôt légal : octobre 2003.

Imprimé en France

